SIX times WE almost KISSED

TESS SHARPE

SIX times WE almost KISSED

(UND WAS BEIM 7. MAL PASSIERT IST)

Aus dem Englischen von Beate Schäfer

CARLSEN

*Für alle, die sich die Nächte mit Slow-Burn-Fanfiction um die Ohren schlagen,
weil sie auf den einen Kuss warten.*

Und für die, die uns mit Fanfiction versorgen.

ERSTER TEIL

Veränderungen

(oder das erste Mal, im Heuschober)

1
Penny

21. Juni

Familientreffen heute Abend um sechs. Komm nicht zu spät!

Während ich die Nachricht anstarre, flitzt June an mir vorbei und bindet sich die Schürze um.

»Bist du mit allem fertig?«

»Yep«, antworte ich. »Ketchup ist auch überall nachgefüllt.«

»Stimmt was nicht mit dir?« Sie wirft mir einen Blick zu. Ich umklammere das Telefon viel zu fest und stiere immer noch auf Moms Nachricht.

Ich setze ein Lächeln auf. »Alles klar. Ich muss los. Bis später, okay?«

»Ciao, Penny.«

Ich bin kaum draußen, da kommt noch eine Nachricht: Holst du Tate vom Schwimmen ab? Anna ist hier bei mir, ihr gehts nicht so gut.

Mom hat es also ernst gemeint mit dem, was sie Familientreffen nennt. Dabei sind sie und Anna nicht mal Schwestern, auch wenn sie selbst behaupten, sie wären mehr als das. Beste Freundinnen für immer, egal was ihnen das Leben vor die Füße wirft. Verbunden auf eine Art, die tiefer geht als alle Blutsbande.

Ob Gran auch dabei ist? In meinem Kopf schwirren lauter Katastrophenszenarien, ich weiß nur nicht, welches diesmal passt. Ist Mom wieder durchgedreht? Gibt es Neuigkeiten über Annas Gesundheit? Das sind die beiden Dauerdramen, die unser Leben beherrschen … es sei denn, das soll eine Art Intervention werden, um mich auf Spur zu bringen. Aber so was brauche ich nicht. Ich habe nichts getan, auch wenn es Leute gibt, die meinen wandgroßen Kalender mit der Farbkodierung seltsam finden. Tate jedenfalls behauptet, er wäre total überzogen, aber das sagt sie über so ziemlich alles, was ich tue.

Wobei es nicht wirklich stimmt, wenn ich behaupte, ich hätte nichts getan. Es ist eine handfeste Lüge, und das, *was* ich getan habe, hat mir Mom ausdrücklich verboten. Aber wenn sie mir da draufkäme, hätte sie sich garantiert nicht so weit im Griff, dass sie erst ein Familientreffen ansetzt. Dann wäre sie gleich losgestürmt und hätte mich zusammengebrüllt.

Mein großes Ding kann es also nicht sein.

Braucht vielleicht *Tate* so was wie eine Intervention? Unmöglich. Tate macht nichts außer Bahnen schwimmen und die Augen verdrehen, wenn ich was sage. Tate ist die perfekte Tochter. Anna muss sich nie Sorgen um sie machen. Das sagt meine Mutter jedenfalls immer und klingt dabei ganz neidisch. Weil ich ihr ja so viel Ärger mache.

Obwohl es meistens auf eine Katastrophe rausläuft, wenn ich Tate länger als zehn Minuten im Auto habe, antworte ich Mom: Klar.

Sie schreibt nicht zurück. Gibt mir keine Infos mehr.

Das muss heißen, dass jemand stirbt, oder?

Nein. *Verdammt.* Reiß dich zusammen. Denk bloß nicht –

Es ist schon jemand gestorben.

Verdammte Scheiße.

Ob ich wohl irgendwann mal durch den Tag kommen werde ohne dass –

Werde ich nicht. Er war schließlich mein Vater.

Natürlich nicht.

Sie trägt seinen Ring um den Hals. Meine Mutter. Als sie ihn bekommen hat, hinterher, war er in zwei Teile gekappt, die mussten ihm das Ding vom Finger schneiden. Sie hat eine Hälfte quer durchs Wohnzimmer geschleudert, war total außer sich. Ich habe versucht, sie zu beruhigen, aber das ging nicht – ich konnte es jedenfalls nicht.

Anna dagegen schon. Sie hat meine Mutter fest in den Armen gehalten und mich mit Tate nach draußen geschickt. Mom wohnte zu der Zeit bei Anna und ich bei Gran. Anna hat die verlorene Hälfte gefunden und irgendwie dafür gesorgt, dass der Ring wieder zusammengesetzt wird. Jetzt, zwei Jahre später, ist Mom nie ohne ihn.

Ist was mit Anna? Mein Magen zieht sich zusammen, als ich in meinen Kombi steige und vom Parkplatz des Blackberry Diner fahre. Zurückzudenken an eine Zeit, in der Anna *nicht* krank war, ist fast unmöglich. Als Tate und ich noch Kinder waren, hatte sie Eierstockkrebs, aber seit ein paar Jahren ist sie krebsfrei. Aber dann ist letztes Jahr Alpha-1 bei ihr diagnostiziert worden, irgendwas Genetisches, das Lunge oder Leber angreift. Bei Anna hat es die Leber erwischt. Seitdem kommt meine Mom nicht mehr aus dem Fix-it-Modus raus.

Ich biege in die South Street ab, die vom Diner auf die andere Seite der Stadt führt.

Der Pool befindet sich in einem Siebzigerjahre-Betonbau, einem auf aggressive Art klotzigen Ding mit sonderbar abgeschrägtem Dach. Ein Überbleibsel aus der Zeit, in der es hieß, die Stadt würde wachsen, aber dann war auf einmal Schluss mit dem Holz-Boom. Drinnen ist ein Teil der Flutlichter schon abgeschaltet, das Becken schimmert im Dämmerlicht.

Tate ist noch voll dabei, die Schwimmuhr steht so, dass sie sie im Blick hat.

Ich schaue ihr einen Moment lang zu. Ich kann gar nicht anders. Wetten, niemand würde es schaffen, nicht fasziniert von der Art zu sein, wie Tate sich im Wasser bewegt. Nicht wie eine Meerjungfrau oder sonst irgendwas Mystisches – eher wie ein Hai, der durchs Wasser schießt. Als ob sie von Natur aus dort hingehört und ihr Ziel ganz genau kennt.

Sie ist allein im Becken. Im Sommer trainiert das Team nicht gemeinsam – jedenfalls schwimmen die anderen nicht mit Tate.

Sie ist sowieso immer die Letzte, die Schluss macht. Auch das weiß ich, genauso wie ich weiß, dass ich mich, wenn ich ihr beim Durchschneiden des Wassers zuschaue, danach immer ein paar Schritte lang fest auf meine Füße konzentrieren muss. Früher war sie deshalb die Letzte, weil sie einfach härter trainiert hat als alle anderen. Das tut sie immer noch, aber jetzt steckt mehr dahinter. Sie bleibt im Wasser, bis die anderen Mädchen weg sind, weil sie sich mit dem Rest des Teams nicht mehr versteht. Das ist meine Schuld, und auch wenn Tate wirkt, als wäre sie darüber hinweg, habe ich da meine Zweifel, denn ich bin es nicht, und ich kann mir kaum vorstellen, dass es bei ihr anders ist.

Sie hat mich noch nicht entdeckt, also gehe ich zu einem Stapel von Schwimmbrettern und anderem Trainingszubehör, schnappe mir eins von diesen gestreiften Teilen und werfe es ins Becken, ihren Kopf fest im Visier. Das Ding platscht direkt vor ihr ins Wasser – ich bin keine Star-Athletin, aber zielen kann ich schon – und sie schnellt mitten im Schwimmzug hoch.

Gelassen dreht sie sich in meine Richtung und nimmt nicht mal die Schwimmbrille ab, als sie mich erkennt.

»Im Ernst jetzt?«, fragt sie. Bevor ich antworten kann, hat sie das Ding schon geschnappt und pfeffert es mit einer solchen Präzision auf mich, dass ich nur knapp ausweichen kann.

Mir entfährt ein Kichern, ganz und gar unfreiwillig. Das weiß sie auch, ich sehe es an der Andeutung eines Lächelns in ihrem Gesicht, als sie zum Beckenrand schwimmt.

Sie hebt sich aus dem Wasser und ich gehe auf Abstand. Gleich wird sie sich schütteln wie ein Hund, das weiß ich, und ich will keine Tropfen abkriegen. Diese Szene haben wir als Kinder wer weiß wie oft durchgespielt. Tausende von Malen, denn wie es aussieht, kann ich nicht bei allem schlau sein. Schon gar nicht, wenn es um Tate geht.

Sie trägt zwei Wettkampfanzüge übereinander und dazu auch noch Dragshorts, die an einem Bein eingerissen sind. Während sie sich in ihr Handtuch hüllt, fragt sie: »Hat meine Mom dich geschickt?«

»Nein, *meine*. Guck mal auf dein Handy.«

Sie reißt Badekappe und Schwimmbrille runter, geht zu ihrer Tasche und zerrt ihren Parka heraus. Ich warte und frage mich, ob sie eine Textnachricht oder eine Voicemail bekommen hat. Dem Stirnrunzeln nach, mit dem sie auf den Screen schaut, ist es wohl eher ein Text.

Ob sie mehr Infos gekriegt hat als ich? Oder auch bloß dieses knappe »Familientreffen« – absichtlich vage und zugleich ein klares Vorzeichen, dass irgendwas richtig Schlimmes im Busch ist.

Ich versuche, die Antwort an ihrem Gesicht abzulesen, von dem ich nur das Profil sehe. Ihre Nase ist leicht nach oben gebogen und ihr französischer Zopf ganz zerzaust von der Badekappe, dem Wasser und dem Conditioner, den sie vor dem Schwimmen immer drauftut. Eigentlich muss sie jetzt erst noch duschen, um das Chlorwasser abzuspülen, aber als sie von ihrem Handy hochschaut, weiß ich, dass wir direkt nach Hause fahren.

»Lass uns gleich los«, sagt sie. Normalerweise würde ich mich beschweren, dass sie in ihrem Schwimmparka mein Auto volltropfen wird, aber jetzt nicke ich bloß.

Nachdem wir eingestiegen sind, starrt sie nur auf ihr Telefon. Dabei will ich so dringend mehr wissen. Ich muss mehr wissen, unbedingt, trotzdem fahre ich einfach weiter. Die Angst zwischen uns ist wie ein bedrohlich angespanntes Seil, an dem wir aus entgegengesetzten Richtungen zerren und das gleich reißen wird.

»Wann wird dein Pick-up repariert?«, frage ich, denn es darf jetzt um Gottes willen nichts zerreißen oder brechen. Katastrophen können wir nicht brauchen, wir haben mindestens zehn Minuten Fahrt durch die Stadt vor uns und dann noch mal zwanzig den Berg hoch bis zu mir nach Hause.

Schweigen. Ich trommele mit den Fingern aufs Lenkrad und warte, denn Tate wägt ihre Worte manchmal so wie Weinliebhaber edle Tropfen verkosten – bevor sie bereit sind für den ersten Schluck, müssen sie erst genüsslich schwenken und schnüffeln.

Und genau so läuft es. Ich bin schon auf der Ausfallstraße, als sie endlich antwortet: »Gar nicht.«

Ich schaue kurz zu ihr rüber. »Was soll das heißen?«

Sie blickt eisern geradeaus, während sie sagt: »Ich hab ihn verkauft.«

»*Was?*« Sie liebt diesen Pick-up. Es ist eine Schrottkarre, aber sie pflegt ihn hingebungsvoll. Wachst ihn ein, nimmt diese speziellen Mikrofasertücher und so.

»Aber erzähl das nicht meiner Mom, okay?«

»*Tate.*« Ich kann sie nicht anstarren, auch wenn mir danach ist. Ich möchte in ihrem Gesicht nach einer Antwort suchen, denn auch wenn sie fast nie etwas laut ausspricht, zeigt sich ab und zu etwas in ihrer Miene …

Manchmal kann sie sich nicht unter Wasser verstecken.

Sie zuckt mit den Achseln. »Die Kreditkarte war am Limit. Ohne Strom sein geht nicht. Lebensmittel und Medikamente müssen auch irgendwie bezahlt sein, und außerdem … Ich habs hingekriegt, okay?«

Mir bleibt die Spucke weg, als ich realisiere, *wie* schlimm es steht. Das Geld war schon immer knapp, kein Wunder bei den Arztkosten. Aber wenn es dermaßen eng ist, dass Tate hinter dem Rücken ihrer Mutter den Pick-up verkaufen muss …

»Das kriegt sie doch mit, wenn der Wagen weg ist.«

»Sie glaubt, er wäre in der Werkstatt. Mach dir keine Sorgen.«

»Ich –« Ganz ehrlich: Tate könnte genauso gut sagen, ich soll nicht atmen. Sorgen machen, das ist mein Ding, ich kann nicht anders. »Na gut. Aber falls es bei dem Treffen *darum* geht, dann bild dir nicht ein, dass ich auf deiner Seite wäre.«

Sie verdreht die Augen. »Da gibt es keine Seiten, Penny. Ich versuch nur, alles am Laufen zu halten. Ich dachte, du würdest das verstehen. Du hast es doch genauso gemacht, als –«

Meine Zunge schnalzt gegen die Zähne, ein Warnlaut, der in mir widerhallt, während Wut und Schmerz in meiner Brust aufblitzen. »Stopp.«

Tate scheint sich nicht mal zu schämen, sie sieht mich nur herausfordernd an. »Dann nerv nicht rum, nur weil ich es schaffen will, diese verdammten Rechnungen zu zahlen.«

»Du hättest dir Hilfe suchen können, bevor du deinen Pick-up verkaufst und Mom und Anna zwingst, mit diesem Treffen hier ein Riesending draus zu machen!«

»Darum geht es heute nicht. Wenn Mom rausbekäme, dass ich den Pick-up verkauft habe, würde sie mit mir reden und nicht irgendein Treffen einberufen.«

Ich stürze mich regelrecht auf ihre Worte. »Du weißt also, worum es geht?« Sie macht ein Geräusch – ihre Version eines Lachens, die eher ein Schnauben ist und ihre Lippen und Augen nie ganz erreicht. Ihr Lächeln tut das schon, manchmal jedenfalls. Selten. Du musst es dir verdienen.

»Herr im Himmel«, sagt sie einigermaßen angewidert und liest von ihrem Handy ab: »Hallo, Süße. Familientreffen bei Lottie heute Abend! Penny holt dich ab.« Dann fügt sie hinzu: »Willst du anhalten und die Nachricht selbst lesen, damit du sicher sein kannst, dass ich nicht lüge?«

Jetzt schweige ich. Vielleicht ist es das, was sie wollte, den Rest der Fahrt über sind wir jedenfalls still. Als ich schließlich auf das Schottersträßchen einbiege, das zu unserem Haus führt, atmet sie erleichtert aus, und ich tue, als hätte ich das nicht gehört. In der Küche brennt Licht, das sehe ich, als ich das Vorhängeschloss am Viehgatter aufsperre. Ich habe das Ding auf einem County-Flohmarkt gekauft, um das ursprüngliche Gatter zu ersetzen, das Mom in dem schlimmen Jahr umgefahren hat. Miss Frisbee muss das Preisschild mit den dreißig Dollar extra für mich drangehängt haben, weil ich ihr so leidgetan habe, da bin ich mir fast sicher.

Ich hasse es, dass Tate mich an diese Zeit erinnert hat. Ich hasse es, dass Mom beschlossen hat, in ihrer Nachricht kryptisch zu sein statt klar. Uneindeutiges kann ich nicht ausstehen. Zehn-Punkte-Pläne mit drei verschiedenen Exit-Strategien sind mir lieber.

Der Wagen steht noch nicht richtig, da springt Tate schon raus. Auch etwas, das ich hasse. Ungeduld, dein Name ist Tate.

Bis das Gatter wieder abgeschlossen ist und ich sie einhole, ist sie schon fast auf der Veranda.

»Wir brauchen eine Strategie«, zische ich. »Was machen wir, wenn die wirklich eine Intervention vorhaben?«

»Weswegen denn? Oder hast du ein Problem ausgebrütet, von dem ich nichts weiß? Falls du deinen Kleiderschrank bis oben hin mit Permanentmarkern vollgestopft hast, was ja schon immer dein Traum war, bin ich jedenfalls auf der Seite von Lottie und Mom. Kein Büromaterial mehr für dich. Dieser Riesenkalender und das Bullet Journal des Grauens sind schon schlimm genug.«

»Mein Kalender ist *nützlich*!«

»Das Ding verdeckt eine komplette Wand in deinem Zimmer! Wozu brauchst du überhaupt einen Kalender, wenn du ein Bullet Journal hast?«

»Nicht mal wenn ich tot bin, trennt mich irgendwer von meinem Journal.«

»Aha.«

Ich will mit dem Fuß aufstampfen. Das macht sie immer: Fußaufstampf-Gefühle in mir auslösen. Wie ein Kind, das gleich einen Wutanfall kriegt, weil der Frust einfach zu viel ist.

Aber dann schaue ich sie an und da ist es – in ihrem Blick, denn nur selten erreicht es ihre Lippen: ihr Lächeln.

»Bist du etwa nur so ein Miststück, weil du mich ablenken willst?«, frage ich.

Um ihre Augen bilden sich kaum wahrnehmbare Fältchen. Oh mein Gott! Warum tut sie mir das an?

Und warum falle ich immer wieder darauf rein?

»Wir müssen jetzt ins Haus«, sagt sie, sonst nichts.

»Warte.« Meine Hände scheinen mehr zu wissen als mein Kopf, jedenfalls packe ich sie am Handgelenk. Ihr Schwimmparka hat ein Fleecefutter, also ist ihre Haut schon wieder warm – und dann ist da dieser lange Moment, in dem Sekunden, vielleicht sogar Minuten bedeutungslos werden, während sie erst den Blick auf meine Finger an ihrem Handgelenk senkt und mich dann ansieht … und trotzdem halte ich sie weiter fest.

Es ist immer so schwer, mich von ihr zurückzuziehen.

»Aber wenn es nicht um den Pick-up geht …«, bringe ich heraus. »Dann … was, wenn es richtig schlimm ist, Tate?«

Sie windet sich aus meinem Griff, schlingt ihre Finger um meine und drückt sie sanft. Erst als sie loslässt, springt die Zeit wieder um in die Realität.

»Dann ist es schlimm«, sagt sie schlicht.

Sie geht zur Haustür. Diesmal halte ich sie nicht auf, sondern gehe einfach hinter ihr her.

2
Penny

21. Juni

»Wieso bist du noch im Parka?«, ist das Erste, was Anna sagt, als Tate und ich ins Wohnzimmer kommen. »Gibt doch keinen Grund, hierherzuhetzen, ihr Mädchen.«

»Wirklich?«, fragt Tate. Sie lässt sich neben Anna auf das Sofa fallen. Die Sofakissen – Mom liebt Sofakissen – hüllen sie fast ganz ein.

Anna stupst Tate an der Schulter. »Zieh dich erst mal um«, sagt sie. »Du tropfst sonst noch den Teppich voll.«

»Mom?«, rufe ich, weil von ihr nichts zu sehen ist.

»Ich bin in der Küche«, ruft sie von hinten im Haus.

»Du hast sie allein in die Küche gelassen?«, frage ich Anna entsetzt.

»Sie macht nur den Salat, nichts Wichtiges«, brummelt Gran, die vollkommen unerwartet hinter mir aufgetaucht ist. Ich muss mir auf die Zunge beißen, um nicht vor Schreck loszuschreien. Gran hat einen leisen Schritt und liebt das Element der Überraschung, das macht mich seit jeher zum Nervenbündel. Wie der Tod mit seiner Sense taucht sie immer wieder aus dem Nichts auf – nur dass *sie* dich nicht ins Jenseits befördern will, sondern Kekse für dich gebacken hat oder dir beibringen will, wie man ein Auto kurzschließt.

»Aber ich schau besser mal …«, beginne ich und bewege mich Richtung Küche. Zum Glück hat Gran recht: Mom steht an der Kücheninsel und zerkleinert Salat.

»Bin gleich fertig«, sagt sie und wirft noch mehr Romanasalat in die Schüssel. »Wir reden nach dem Essen, okay? Geh rüber und leiste Tate Gesellschaft.«

»Über was reden wir denn?«

»Das siehst du dann.«

Sie schaut mir nicht in die Augen. Wenn es böse Krankheitsnachrichten zu verkünden gäbe, würde sie ja wohl kaum Salat machen, oder?

»Ich deck schon mal den Tisch«, sage ich. Ich nehme Besteck aus dem Korb und hole Servietten aus der Schublade im Esszimmer. Als Mom unser Haus in der Stadt verkauft hat, hat sie noch bei Anna gewohnt. Aus dem totalen Trauerkoma war sie da zwar schon raus, aber immer noch in einer Art Dauerschlaf. Im ersten Jahr habe ich sie kaum gesehen. Bis sie sich berappelt hatte, habe ich bei Gran gelebt. Dann ist sie hier ins Haus gezogen und Gran in ihren Wohnwagen, den sie auf der anderen Seite der Wiese stehen hat. Gran aus ihrem Haus zu vertreiben hat sich verkehrt angefühlt. Aber dass Gran und Mom über längere Zeit unter einem Dach leben, ist schlicht und einfach unmöglich.

Das war nicht immer so, aber jetzt, kurz vor meinem Abschlussjahr in der Highschool, ist es das eben.

Die Hauseinrichtung ist ein seltsamer Mix von allen drei Conner-Frauen: In Grans Dreißigerjahre-Anrichte stehen im oberen Teil die Ergebnisse aus Moms Töpferphase und in den Schubladen liegt mein Werkzeug; obenauf thront das chaotischste von Moms Buntglas-Objekten – das mit den glänzenden lila Scherben, die Kristalle darstellen sollen, aber einfach nur nach Schmerz aussehen. Es ist gröber als ihre anderen Arbeiten, eine der ersten Sachen, die sie nach Dads Tod gemacht hat. Ab dem Zeitpunkt hat sich ihr Stil verändert. Früher war sie von Symmetrie besessen, alles musste exakt durchkomponiert und ausgeführt sein, auch farblich. Jetzt erzählt sie mit ihren Objekten eine ganz andere Geschichte, viel abstrakter und brüchiger, und auf diese Art fahren die schicken Kunstszene-Leute viel mehr ab als vorher.

Das Besteck gehört Gran, aber die Servietten sind wieder typisch Mom – mit handgestickten Blumen.

Ich nehme mir Zeit, sie so zu falten, dass die Kanten genau abschließen, das hält mich vom Grübeln ab. Gerade als ich die Teller hinstellen will, kommt Tate rein. Sie hat die Schwimmklamotten abgelegt und normale Sachen angezogen: Jogginghosen und ein Shirt vom *Lauf gegen den Eierstockkrebs* im letzten Jahr, das sie am Hals und an den Ärmeln abgeschnitten hat, weil sie allergisch gegen Rundhalsausschnitte ist oder irgendwas in der Art. Das macht sie mit allen ihren Shirts. Sie rutschen ihr dann immer über die Schulter.

Das ist irgendwie ablenkend.

»Penny, du guckst wie kurz vor einer Panikattacke«, sagt sie und nimmt mir die Teller aus der Hand.

»Die benehmen sich total seltsam.«

»Find ich auch.«

»Dann dreh gefälligst mit mir durch!«

Sie zieht eine Augenbraue hoch. »Werd du lieber ruhig mit mir«, gibt sie zurück.

»Das ist …« Ich suche nach Worten und entdecke wieder diese Fältchen um ihre Augen, doch ihr Mund verzieht sich nicht. »… gemein«, beende ich den Satz.

»Ich komme jedenfalls lieber durchs Abendessen, ohne dass du hektisch nach Luft schnappst.«

»Das war nur ein einziges Mal, das weißt du genau!«

»Stimmt nicht, und einmal bist du sogar umgekippt … das weißt *du* genau!«

Ich kneife die Augen zusammen. Sie war nicht dabei, als ich ohnmächtig geworden bin. Wieso weiß sie das überhaupt? Aber ich muss die Frage gar nicht erst stellen, sie liest sie in meinem Gesicht und beantwortet sie auch, wofür ich ihr dankbar bin. Anders als Tate bin ich nicht der Typ, der in die tiefen Gewässer der Ungewissheit abtauchen kann. Sie muss nie zurück an die Oberfläche … ich muss es irgendwann unbedingt.

»Was glaubst du wohl, wem Meghan da total hektisch geschrieben hat? Sie wusste doch, wie sauer du wirst, wenn sie deine Mom anruft.«

»Das würde Meghan nie machen.«

»Was hätte sie denn sonst tun sollen? Du bist ihre beste Freundin und hast auf einmal bewusstlos auf dem Boden gelegen. Gern geschehen übrigens.«

»*Was denn?*« Am liebsten würde ich auf der Stelle das Telefon aus der Tasche zerren und Meghan schreiben, aber das lasse ich bleiben, denn Tate hat ja recht, schon wieder.

»Dass ich keinem was erzählt habe.«

»Als ob es da irgendwas zu erzählen gegeben hätte«, zische ich, was natürlich Bullshit ist. Weil sie mich immer noch anstrahlt, füge ich hinzu: »Mir gehts gut, Tate.«

»Mhm.« Sie macht sich nicht mal die Mühe, so zu tun, als würde sie mir glauben, aber das muss ich hinnehmen, denn ausgerechnet in dem Moment kommt Mom mit dem Salat aus der Küche. Tate und ich decken den Tisch fertig, noch mehr Essen wird aufgetragen, dann setzen wir uns alle hin.

Nach vier Bissen Salat halte ich es nicht mehr aus. »Also, was ist los?«

»Ich habs dir gleich gesagt«, meint Anna an Mom gerichtet und zeigt mit der Gabel auf sie. »Wir hätten es *vor* dem Essen machen sollen.«

»Was denn?«, fragt Tate.

»Nach dem Essen«, beharrt Mom. Ich bin kurz vorm Explodieren, weil sie sich weigert, mir in die Augen zu sehen. »Wir haben einen Plan«, sagt sie nachdrücklich zu Anna.

»Mom«, werfe ich ein. »Was soll der Scheiß, verdammt noch mal?«

Auf einmal herrscht Stille am Tisch, bis auf das dramatische Klirren, mit dem Gran das Besteck auf ihren Teller fallen lässt – ihre Empörung ist nur Show, sie flucht ja selbst wie Hölle.

Anna fängt an zu lachen. »Das ist deine Schuld«, erklärt sie Mom. »Penny, Liebling, alles okay.«

»Was ist los?«, fragt Tate und starrt Anna an.

Anna legt ihre Gabel weg und lächelt. Mehr noch, sie strahlt.

»Seit der Leberbiopsie reden die Ärzte über eine Transplantation«, erklärt sie.

»Wir hätten schon damals darüber sprechen sollen, gleich von Anfang an«, wirft Mom ein.

»Mich erst mal wie vorgeschlagen auf die Warteliste setzen zu lassen war vollkommen richtig«, erwidert Anna.

»Moment mal … Gibt es einen Spender? Müssen wir gleich los ins Krankenhaus?« Tate sieht aus, als wollte sie im nächsten Moment vom Tisch aufspringen, mein Auto schnappen und nach Sacramento düsen.

»Es gibt jemanden, ja«, sagt Anna.

»Und zwar mich«, verkündet Mom. »Heute haben wir erfahren, dass ich die Voraussetzungen erfülle und eine geeignete Spenderin für Anna bin. Warum sollen wir da wer weiß wie lang warten, wenn ich ihr ein Stück von mir abgeben kann?«

»*Was?*« Das ist meine Stimme. Laut schallt sie durchs Zimmer und bringt meine Mutter dazu, mich endlich direkt anzusehen. Aber nur eine Sekunde lang. Dann ist der Blick weg. Sie ist weg.

»Die Ärzte sagen, bei Lebendspenden ist die Überlebensrate besser, auch wenn so was selten gemacht wird«, verkündet Gran vom anderen Tischende.

»Es geht also um eine Lebertransplantation mit einer Lebendspende, richtig?« Tates Worte kommen so schnell, ein grausiges Durcheinander, das ich erst sortieren muss, denn ich kann nur einen einzigen Satz denken, immer und immer wieder: *Was hat Mom da eben gesagt?* »Wann ist der Termin?«

»In vier Tagen fahren wir nach Sacramento«, sagt Anna.

»Nur noch sechsundneunzig Stunden, du Liebe!« Mom grinst und ich kapiere auf einmal, dass alles schon entschieden ist: Die drei haben das schon vor Tagen besprochen – nein, *vor Monaten*. Sie müssen jede Menge Tests gemacht und Gespräche geführt haben, um rauszukriegen, ob sich Mom als Spenderin eignet, und sicherzugehen, dass sie es wirklich will, und … und uns haben sie bei dem Ganzen komplett außen vor gelassen.

»Mom!«, ruft Tate und im nächsten Moment liegt sie den beiden in den Armen, wirft sich ihnen fast in den Schoß wie ein kleines Kind. Diese Freude macht mich total fertig, mich reißt es nämlich in einen Strudel von Panik und Angst.

Ich kann nicht hier im Raum bleiben.

Noch bevor ich das zu Ende gedacht habe, bin ich schon aufgesprungen. Jemand ruft meinen Namen, aber ich laufe weiter.

Das Areal hinter dem Haus hat nichts von einem Garten oder einem Hof, eher ist es eine Wiese. Auf diesem knapp zwei Hektar großen Stück Land, auf dem das Haus mit dem gewellten Blechdach und Grans ramponierter Wohnwagen stehen, ist Dad aufgewachsen. Seit seinem Tod bin ich die ganze Zeit hier gewesen. Bis Mom auch hergekommen ist und Gran in den Wohnwagen umgezogen ist, hat es eine ganze Weile gedauert. Nach allem, was passiert ist, war klar: Gran würde mich niemals mit Mom allein lassen. Wobei Mom das auch gar nicht wollte, da bin ich sicher – immer wenn wir zusammen sind, schaut sie, dass sie schnell wieder wegkommt.

Was ist, wenn diesmal *sie* stirbt? Wenn sie mich für immer verlässt?

Egoistische Gedanken. Egoistische Fragen. Aber in dem Fall will ich egoistisch sein. Will mich festkrallen an dem einzigen Elternteil, das mir geblieben ist.

Wiesenfuchsschwanz streift meine Beine auf dem Weg durch die Wiese bis zu der Stelle ganz am Rand, wo ein paar vulkanische Felsen aufragen. Ich hocke mich auf den größten der Blöcke und taste nach der Stelle unter dem Felsvorsprung.

Da. Ich fahre die Initialen nach. *GC + CC = PC*

George Conner + Charlotte Conner = Penelope Conner

In Liebesdingen ist meine Mutter schon immer sehr eigen gewesen. Sie hat nicht nur gern Sachen in Stein eingraviert, sondern ihr Herz so restlos an Dad verschenkt, dass es, als er weg war, gleich mit verschwunden ist … und jetzt gibt sie einen Teil ihrer Leber an Anna, weil das unter besten Freundinnen nun mal so ist.

Im Team ist meine Mutter super. Wenn sie einen Partner oder eine Partnerin hat, leuchtet sie. Als Dad noch gelebt hat, war sie die personifizierte Helligkeit. Aber als er gestorben ist, war das Licht so abrupt weg, dass mir nichts geblieben ist als ein Herumtasten in der Dunkelheit.

In den ersten sechs Monaten – eigentlich im ganzen ersten Jahr – war ihr Leben ein einziges Schlingern. Sie brauchte jemanden an ihrer Seite, während ich eine Mutter gebraucht hätte. Alle dachten, ich wäre stärker als sie, also musste ich es sein. Inzwischen geht es besser. Anna war die ganze Zeit für Mom da, weil das unter besten Freundinnen nun mal so ist.

Diese Wendung habe ich mein Leben lang gehört. Ich bin so viel mit den beiden zusammen gewesen, kenne ihre Geschichten und ihre geheime Sprache und weiß, dass sie sich noch näher sind, als Schwestern oder Geliebte es wären. Sie haben etwas geschaffen, was Blutsbande oder romantische Liebe weit übersteigt – die Art Freundschaft, bei der sie für die andere sogar noch eine Leiche wegschaffen würden. Etwas, das so stark ist, dass es alles in Schwingung versetzt, was die beiden berühren. Nur ihretwegen habe ich mein halbes Leben mit Tate zugebracht. Gran ist im Prinzip auch Tates Großmutter, die einzige Großmutter, die wir beide haben. In meinem Leben gibt es nichts, was nicht durchdrungen wäre von ihrer Freundschaft, die schon in Kindertagen angefangen hat, nachdem Anna meine Mom beim Klauen erwischt und sie gedeckt hat.

Ich hätte das alles kommen sehen müssen. Natürlich hat Mom sich untersuchen lassen, ob sie eine passende Spenderin ist. Natürlich hat sie eingewilligt, ohne mit mir auch nur darüber zu reden.

Natürlich.

Ich strecke mich auf dem Felsen aus. Inzwischen bin ich lang genug hier draußen, das Essen muss vorbei sein. Ich gehe trotzdem nicht rein. Ich bewege mich nicht mal, bis –

»Im Ernst jetzt?«

Mein Gesicht verkrampft sich, als ich Tates Stimme höre. Ich starre in den Himmel, liege auf dem Rücken, die Knie in die Höhe gereckt. Mein Blick löst sich auch dann nicht von den Sternen, als sie sich neben mich setzt.

Wenn ich sie anschaue und lauter Verständnis in ihrem Blick liegt, heule ich los. Wenn sie sauer ist, dann schreie ich.

»Penny.« Nur mein Name. Ich habe ihn im Leben schon Hunderte Male gehört. Auch Dutzende Male von ihr. Aber diesmal haucht sie ihn wie einen Seufzer durch die Finger, als wollte sie ihn bei sich behalten. Als wäre er zu einem Geheimnis geworden, das ich nicht hören soll.

»Das ist nicht …« Ich breche ab, überlege, wie ich es ausdrücken kann, ohne mich hoffnungslos reinzureiten. Wenn ich sagen würde: *Deine Mom ist super, ich liebe sie, aber ich hab solche Angst, dass meine Mom sterben könnte, um deine zu retten*, käme ich ja wohl als ein egoistischer Vollidiot rüber, oder?

Das geht nicht, also halte ich den Mund. Es ist nicht ihre Schuld. Niemand ist schuld.

So ist das Leben einfach. Durch und durch unfair, das haben wir beide schon vor langer Zeit gelernt.

Ein Schweigen mit Tate verschluckt mich nie. Von ein paar Ausnahmen abgesehen ist Stille zwischen uns nichts Unbehagliches. Vielleicht deshalb, weil sie sowieso meistens nur dann was sagt, wenn es gar nicht anders geht.

Also warte ich einfach, bis sie die Stille bricht.

»Ich habe ja schon immer gefunden, dass wir Glück haben«, sagt sie nach einer Weile.

Erstaunt stütze ich mich auf die Ellbogen hoch und sehe sie an. Was soll das heißen?

»Mom und ich«, fährt sie fort, denn natürlich versteht sie meinen Blick ganz genau. »Wir haben mehr Leute, die uns nahestehen, als viele andere. Wir haben Lottie und Marion. Ich weiß ja, sie ist *deine* Großmutter, aber manchmal kommt es mir vor, als wäre sie …« Sie unterbricht sich, aber das *auch meine* hängt trotzdem in der Luft.

»Ist sie auch«, sage ich, denn es stimmt. Gran liebt Tate.

»Und wir haben dich«, ergänzt Tate.

»Nein, das –« Ich bin automatisch auf Abwehr, halte dann aber lieber den Mund, weil ich nicht weiß, warum. Einfach nur aus Trotz und Gemeinheit, wo sie doch gerade die weiße Fahne schwenkt?

»Trotzdem hast du mich heute vom Training abgeholt.« Typisch Tate, meine Antihaltung mit einer einzigen Feststellung komplett auszuhebeln.

»Das lag auf dem Weg.«

»Ist der Blackberry Diner mal eben in den Norden der Stadt gewandert, ohne dass ich das mitgekriegt habe?«

»Die Stadt ist so klein, die hat doch überhaupt keinen Norden. Da liegt quasi alles auf der Strecke. War jedenfalls kein Riesenumweg.«

»Und was ist mit dem Teil für das verstellbare Bett letztes Jahr? Da hast du dich total ins Zeug gelegt, bist mit mir hoch bis nach Chico gefahren … und hast dann auch noch stundenlang beim Aufbau geholfen.«

»Fahrdienste und ein bisschen mit einem Lattenrost rumfummeln ist nicht das Gleiche, wie einen Teil der eigenen Leber zu spenden, Tate!«

Sie bläst Luft aus, lange und bedächtig. Sie ärgert sich über mich, dabei will ich das gar nicht. Diesmal will ich wirklich nicht sticheln, auch keinen Streit provozieren, absolut nicht. Aber irgendwie vermassele ich es – was auch immer *es* sein mag, diesen Moment, nachdem sie zu mir nach draußen gekommen ist, weil sie dachte … was bloß? Hat sie gehofft, mich dazu zu kriegen, dass ich mit allem einverstanden bin?

Hat Mom Tate rausgeschickt? Die Vorstellung macht mich rasend. Mom kann mir nicht ewig aus dem Weg gehen … oder vielleicht doch? Jedenfalls hat sie es jahrelang ziemlich gut geschafft.

»Ihr habt kein Glück«, erkläre ich Tate, weil ich das alles nicht aushalte. »Das ist doch nicht dein Ernst, oder? Keine von uns hat Glück. Dein Dad hat euch hängen lassen. Meiner ist gestorben. Meine Mom hat für ein ganzes Jahr komplett den Verstand verloren und deine Mom hat ihren Krebs nur besiegt, um dann gleich was anderes zu kriegen, was genauso schlimm ist. Wenn du auf ein anständiges College willst, musst du dich beim Schwimmtraining halb totmachen, damit du ein Sportstipendium bekommst. Ich muss dafür kellnern und den Kindern von Ärzten oder Anwälten Nachhilfe geben. Wir zwei haben kein Glück, Tate. Wir stecken ohne Ende in der Scheiße. Wir haben nicht mal für Notfälle Geld. Was hast du gedacht, als du das mit dem Familientreffen gelesen hast? Hast du da nicht sofort was Schlimmes erwartet? Ich nämlich schon.«

»Natürlich habe ich das«, sagt sie. »Aber dieses eine Mal war es eben anders. Es ist nichts Schlimmes passiert, sondern etwas Gutes. Sie wird überleben.«

Und dann passiert es: Sie lächelt. Es ist wie ein Aufblühen, ganz langsam tritt es in ihr Gesicht, dieses Lächeln, fast hätte ich es verpasst.

Mir wird schwindlig. Und zwar so richtig, alles schlingert und steht kopf. Das darf nicht sein, absolut nicht. Tate ist Bewegung, ein verschwommener Schatten, umgeben von Chlorgeruch und blubbernd vor Lebendigkeit. Ich bin nichts davon … keine Bewegung, kein Verschwimmen, kein Blubbern. Ich bin Vorsicht und Umsicht, mein Ding ist zielgerichtetes Planen, ich halte unentwegt auf allen Seiten nach Bedrohlichem Ausschau. Ich will Dinge in Ordnung bringen. Und wenn das nicht geht, vergrabe ich sie.

Aber das hier kann ich nicht in Ordnung bringen, und was in sechsneunzig Stunden Realität werden wird, lässt sich auch nicht vergraben. Die Vorstellung macht mich fertig. Meine Lunge wird eng und mein Atem immer hektischer, auch wenn ich weiß, dass es dafür keinen Grund gibt.

Denn es ist ja wirklich etwas Gutes. Anna ist seit Ewigkeiten krank, vom Gefühl her mein ganzes Leben, und als letztes Jahr ihre Leber schlappgemacht hat, war das absolut bedrohlich. Ich will, dass es ihr besser geht, dass sie gesund wird – natürlich will ich das.

»Hey, *hey*, Penny, atme durch.«

Tate legt mir die Hand zwischen die Schulterblätter und drückt sanft auf meinen Rücken. Ihr Körper strahlt immer Wärme ab. Als würde ihr Tempo sie heißlaufen lassen und nach draußen drängen.

Das Atmen geht ein bisschen leichter.

Das Reden auch.

Das Ehrlichsein.

»Keine von den beiden soll sterben, meine Mom auch nicht.«

»So darfst du nicht denken«, erklärt sie, und als ich widersprechen will, denn wie sollte ich das *nicht* denken, redet sie einfach weiter. »Nein. Und jetzt hör mir zu, ich bin nämlich Spezialistin für medizinisch bedrohte Mütter. Wir dürfen ihnen keinen Stress machen. Wir haben irre viel zu tun und kaum Zeit dafür. Studien zeigen, wie schädlich Stress für Transplantationspatienten ist, also müssen wir uns von unserer besten Seite zeigen und den Umzug gut finden … wir werden sie glauben lassen, dass diese Geschichte *uns beide* zusammenbringt … Okay?«

»Seit wann liest du medizinische Studien?«, frage ich, bevor ich vollständig begreife, was sie da gesagt hat.

»Dass ich keinen Riesenkalender mit lila markierten festen Lesezeiten habe, heißt noch lange nicht, dass ich nicht lese«, gibt sie zurück, und da erst kommt es in meinem Kopf an.

»Warte mal. Was für ein *Umzug*?«

»Stimmt, da warst du nicht dabei.« Jetzt weicht Tate meinem Blick aus. »Sie wollen ihre Haushalte zusammenlegen, um Geld zu sparen. So haben sie es formuliert.«

»Was?«

»Glaubst du denn, die könnten sich leisten, das alles zu bezahlen, wenn sie beide so lange mit der Arbeit aussetzen müssen? Mom wird Monate brauchen, bis sie ihren Job wieder machen kann, und auch deine braucht ein paar Wochen Bettruhe, vielleicht sogar mehr. Und sie müssen fast einen Monat lang in Sacramento bleiben, in der Nähe der Ärzte. Die Medikamente kommen auch noch dazu ... Jedenfalls gibt Mom unser Apartment auf. Du und ich, wir müssen alles allein ausräumen, während sie sich erholen. Dieses Haus ist größer. Wir werden alle hier wohnen.«

»*Zusammen?*«

»Na ja. Meinen Pick-up habe ich verkauft, Penny, also kann ich in dem ja wohl nicht leben.«

Ihr Sarkasmus tut weh, ist bissig wie ein Hai. »Ich will doch nicht, dass du im Pick-up wohnst! Ich versuch nur zu verstehen, was überhaupt los ist. Anscheinend wurde bei diesem Familientreffen ohne mich noch ziemlich viel besprochen und ich habe Knall auf Fall zwei neue Mitbewohnerinnen.«

»*Du* hast doch die Drama Queen gespielt und bist weggerannt.«

»Ich wollte nicht vor den Moms in Tränen ausbrechen, Tate. Und überhaupt, ich hab doch eigentlich genau das gemacht, was du von mir willst – sie nicht stressen.«

»Sie denken, du wärst dagegen.«

»Also hat dich wirklich meine Mom rausgeschickt?«

»Nein. Ich bin rausgekommen, um dir was zu sagen. Wenn du das hier versaust, Penny …«

Mein Gesicht zuckt. Mein Herz krampft. Ich stürze mich auf ihre Worte. »Meiner Mom ist doch scheißegal, was ich denke. Was ich sage oder will, interessiert die doch gar nicht. Sie bezieht mich sowieso nie in irgendwas ein, das weißt du so gut wie ich!«

Ich schreie jetzt, wir sind beide aufgesprungen, ich weiß gar nicht, wann das passiert ist, jedenfalls stehen wir uns auf dem Felsblock gegenüber und sind kurz vorm Explodieren, genau wie der Vulkan, der den Felsen ausgespuckt hat.

»Dafür kann ich doch nichts.« Jetzt wird sie auch laut, wobei das bei ihr nicht nach Schreien klingt, sondern mehr nach einem Grollen. »Ich kann nichts dafür, dass deine Mom so zusammengeklappt ist. Für gar nichts kann ich was. Ich versuch doch nur, meine Mom am Leben zu halten.«

»Und dafür ist meine Mom die Lösung, die beste von allen.« Ich sage das nicht als Herausforderung oder wie etwas, das ich ihr vor den Latz knallen will, und auch nicht zu meiner Verteidigung. Es ist einfach … eine Tatsache. Genau wie das mit dem Kein-Glück-Haben. Mom ist wirklich die beste Lösung für Anna. Eine passende, gesunde Spenderin.

Die Leber regeneriert sich. Es gibt keinen Grund, gleich auszurasten.

Aber ich raste eben doch aus. Das liegt an allen möglichen Dingen – manche könnte ich kaum benennen, bei anderen war ich schon nah dran, aber Mom hat sie mir entrissen.

»Deine Mom *will* das machen.«

»Aber was, wenn –«

»Du musst mit diesem Worst-Case-Mist aufhören«, sagt Tate, diesmal ohne Grollen in der Stimme, einfach als Bitte.

Aber wie?, will ich sie fragen. Am liebsten würde ich wieder schreien. Aber jetzt, da ich das nicht tue, merke ich, wie dicht beieinander wir stehen – schon allein beim Einatmen könnte mein Körper ihren berühren, und dieser Gedanke ...

Oh nein. Es passiert wieder. Manchmal fängt es auf die Art an, ich spüre es – dieses Schwirren in meiner Brust.

Sie ist einfach ... sie frustriert mich so wahnsinnig. Ich möchte gern die Arme ausstrecken und ...

Nein, schütteln will ich sie natürlich nicht. Nie etwas in der Art, auf keinen Fall.

Manchmal möchte ich gern die Arme ausstrecken und alles stoppen: ihre Sätze, die mich so wütend machen, ihre Bewegungen, dieses Schwirren in mir drin, in Kopf und Herz, und weil ich das schon oft erlebt habe, bin ich inzwischen ziemlich sicher, dass es nur einen Weg gäbe, das zu erreichen, nämlich ... na ja ... indem ich sie küsse.

Was einfach nicht geht. Egal wie sehr es in mir schwirrt.

Das kommt mir eben ab und zu in den Sinn. Nur manchmal. Jetzt zum Beispiel. Oder wenn ich im Bett liege und mir Wege ausdenke, wie ich Tate zum Schweigen kriege, auf die gleiche Art, wie andere Schäfchen zählen.

Und es ist einfach etwas, das ab und zu passiert. Diese Pause. In der alles so gewichtig wird, in der meine Lippen austrocknen und alle Worte verschwinden, stattdessen sind nur noch Blicke da und ...

Yep. Genau so ein Moment ist das.

Also tue ich das Einzige, was ich tun kann: Ich renne weg. Schon wieder.

3

21. Juni

Bist du eben über diese verdammte Wiese gejagt wie ein Reh, das vor mir wegläuft? T

Was zur Hölle soll das, Penny? T

Dein Laufstil ist übrigens immer noch beschissen. Ich hätte dich locker einholen können. T

Ich dachte, nach Yreka … T

Ich dachte … T

Scheiße. T

22.00 Uhr:

Reden wir da irgendwann doch noch mal drüber? T

4

DAS ERSTE MAL, IM HEUSCHOBER

Tate

Vor zweieinhalb Jahren

Als wir uns zum ersten Mal beinahe küssen, habe ich ziemlich viel getrunken. Kein wirklich überzeugender Auftakt, ich weiß – das wirft kein gutes Licht auf mich und mein erstes Halbjahr in der Highschool, und auch nicht auf die Geschichte vom ersten (und definitiv nicht letzten) Mal, als ich beinahe Penelope Conner geküsst hätte. Aber machen wir einfach weiter.

Eine Welt ohne Penny hat es für mich nie gegeben. Sie ist zwei Monate älter als ich, also war sie vor mir da. Als wir klein waren, hat sie mir das dauernd unter die Nase gerieben. Und weil Lottie und Mom eben Lottie-und-Mom sind, habe ich mein ganzes Leben in Pennys Umlaufbahn verbracht, das ging gar nicht anders.

Penny kann das: Leute an sich binden. Sie ist wie ein Magnet. Wie diese verdammte Stadt – immer wenn du denkst, du hättest dich von ihr befreit, holt sie dich wieder zurück. So habe ich es bis jetzt nicht geschafft, mich auf Dauer von ihr zu befreien – genauso wenig wie von Penny.

Mit sieben habe ich beschlossen, dass sie mich nervt. Mit neun hätte ich sie gern gehasst, aber das hat irgendwie nicht funktioniert. Mit elf hätte ich mich mit ihr geprügelt, wenn Marion nicht dazwischengegangen wäre. Als wir zwölf waren, hatten wir endgültig die Nase voll von den penetranten Versuchen unserer Mütter, uns zu Freundinnen zu machen. Dann wurden wir dreizehn, kamen in die Highschool und gingen getrennte Wege. Ich bin jeden Morgen um fünf Uhr zum Schwimmtraining aufgestanden, sie hat ihre Leidenschaft fürs Farbkodieren entdeckt und mit dem Zeug, das sie in der Schülermitverwaltung veranstaltet hat, die Schulleitung in den Wahnsinn getrieben.

Was uns zurück zum Beginn der Highschoolzeit bringt und zu dieser Party. Und damit zu dem Moment, der für mich alles verändert hat, aber für sie eindeutig nicht. (Sie ist nicht die Einzige, die gern den Überblick behält. Nur tue ich das eben in meinem Kopf statt in Kalenderform an der Wand.)

Es ist die Party von einer aus dem Schwimmteam, die schon in der Abschlussklasse ist. Ihre Eltern sind verreist und sie kennt da so einen Typen, also gibt es jede Menge Bier und jemand hat Lichterketten an die Deckenbalken der Scheune gehängt. Es riecht nach Heu, der Geruch ist stärker als der von Marihuana, Motoröl und Schweiß.

Der Wechsel vom Schwimmclub zum Schulteam ist ein Balanceakt für mich, an den Wochenenden schwimme ich nämlich weiter für den Club, und jeder weiß, dass die Schultrainerin das nur akzeptiert, weil ich jetzt schon schneller bin als alle anderen im Team. Nicht nur die aus meiner Klassenstufe, sondern auch fast alle Älteren.

Ich bin nicht olympiareif oder so. Aber für ein College-Stipendium könnte es reichen, und das ist meine einzige Chance, diese Stadt jemals hinter mir zu lassen, also konzentriere ich mich ganz darauf. Mir ist jetzt schon klar, dass es ziemlich viel gibt, was für mich außer Reichweite ist. Manche Mädchen kriegen manche Sachen einfach nicht. Und ich gehöre definitiv zu dieser Sorte.

Ich bin also auf dieser Party. Nach zwei Bier bin ich einigermaßen beduselt, weil ich nichts gegessen habe, außerdem ist das noch das Alter, bevor alle kapiert haben, dass Sich-Volllaufen-Lassen eher langweilig ist und das Schwimmen am Morgen danach zur Hölle macht … und ich möchte furchtbar dringend zum Team passen und dazugehören. Da weiß ich noch nicht, dass auch Dazugehören für mich immer außer Reichweite sein wird.

Die Mädels sind laut, genau wie die Musik aus den Boxen, die irgendwer angeschlossen hat. Anfangs bemerke ich Penny gar nicht, vor allem weil mich mein Freund Remington immer neu mit Bier versorgt und mich dann dazu bringt, literweise Wasser hinterherzukippen – ich soll bloß nicht dehydrieren, zischt er mir zu. So ist Remi eben; er macht sich fast so viele Sorgen wie Penny.

Später schaue ich aus den Augenwinkeln immer wieder rüber zu Penny, die den ganzen Abend mit Jayden abhängt. Ich gebe mir wirklich Mühe, die beiden nicht weiter zu beachten, aber wenn ein betrunkener Kerl auf einmal in voller Lautstärke brüllt: *Ich glotz jeden Busen an, den ich will*, ist es unmöglich, das nicht mitzubekommen.

Jayden Thomas ist ein Arsch. Jemand, der allen Mädchen ganz ungeniert auf die Brüste starrt.

Weinend läuft Penny von ihm weg, so schnell, dass da nur ein Vorbeihuschen von braunem Haar und pastellfarbenem Chiffon zu sehen ist, dann ruft Remi meinen Namen, aber ich höre nicht hin.

Ich habe ein Problem damit, auf Leute zu hören.

Stattdessen folge ich Penny. Raus aus der Scheune und zu dem Heuschober, in dem sie sich versteckt. Drinnen gibt es kaum Licht und der Geruch erinnert mich an die Gartenarbeit mit Marion.

Als ich ankomme, hat sie sich aus Heuballen einen kleinen Sitz gebaut und dazu auch noch eine Art Fußstütze.

»Machst du als Nächstes eine richtige Burg?«, frage ich.

Mein Herz hüpft, als sie sagt: »Lass mich in Frieden, Tate«, ohne sich überhaupt nach mir umzudrehen.

»Ich will nach dir schauen.«

»Alles okay mit mir.« Sie schnieft. »Geh wieder rüber.«

Sie legt die Füße auf den Heuballen und verschränkt die Arme. Ich könnte wirklich gehen, *sollte* gehen … Eine andere, weniger betrunkene Version von mir hätte das wahrscheinlich getan. Aber in meinem Suff finde ich, dass sie gedemütigt und traurig wirkt, also habe ich gar keine andere Wahl, als ihre Füße zur Seite zu schieben und mich auf dem Heuballen vor ihr niederzulassen, direkt ihr gegenüber.

Ihre Wimperntusche ist nicht verschmiert, was ich als gutes Zeichen nehme – dann hat sie wohl nicht allzu viele Tränen vergossen. Und das heißt hoffentlich, sie hängt nicht so an ihm, dass er sie besudeln kann.

»Jayden ist ein Volldepp.«

»Ich liebe ihn«, gibt sie zurück, und ich kann den Mund nicht halten, sondern widerspreche, noch bevor sie den Satz ganz ausgesprochen hat.

»Tust du *nicht*, Penny. Das ist unmöglich.«

Sie guckt mich böse an. »Muss ich aber.«

»Wer sagt das denn?«, frage ich ungläubig. »Stammt das von ihm?«

»Nein«, meint sie und schnieft. »Das gehört zu meinem Plan.«

»Was für einem Plan?« Ich habe eine dunkle Vorahnung, denn sie hat es schon öfter zu weit getrieben mit ihren Plänen. So wie damals, als wir in der Grundschule waren und sie beschlossen hat, eine Woche lang nur von dem zu leben, was das Land ihr gibt, weil sie ein Buch *wirklich* verstehen wollte, das wir im Unterricht durchgenommen hatten. An das Buch kann ich mich nicht mehr erinnern, aber ich weiß noch, wie die neunjährige Penny tagelang mit einer Axt im Wald rumgerannt ist und sich nur von Brombeeren und den Fischen ernährt hat, die sie mit einem selbstgeflochtenen Netz aus Ranken fangen konnte.

»Meinem Highschool-Plan«, sagt sie.

Natürlich hat sie einen Plan. Wahrscheinlich umfasst er etliche farbcodierte Teile und sie hat sich dafür extra einen Bauplan der Schule besorgt. Und wie es aussieht, gehört auch Jayden Thomas dazu. Die Vorstellung macht mich fertig, etwas sticht in mir, ich sehe rot und kann mich nicht mehr beherrschen. Und so poltere ich, ohne nachzudenken, einfach los.

»Dein Highschool-Plan beinhaltet einen Typen, der weder vor dir noch vor anderen Frauen genug Respekt hat, um ihre Brüste nicht zu begaffen? Also ehrlich, Penny. Brüste sind wunderbar, klar. Ich mag sie auch sehr, aber ich glotz doch nicht die von irgendwem an!«

»Gott, der ist so ein Arschloch«, stöhnt sie mit den Händen vorm Gesicht. »Und dazu küsst er auch noch total schlecht. Was hab ich mir da bloß gedacht?«

Ich bin so erleichtert, dass dieser Depp ihr nicht das Herz gebrochen hat, dass ich erst kapiere, was mir da rausgerutscht ist, als ihr Kopf hochschießt und sie mich anstarrt.

»Moment mal. Was hast du da eben über Brüste gesagt?«

»Was?« Mein Herz donnert unter meinen Rippen.

»Du hast gesagt …« So intensiv, wie sie mich beäugt, wird mir auf einmal klar, dass Weglaufen wirklich was für sich hat.

Denn mit meinem halb betrunkenen Gerede über Brüste habe ich mich Penelope Conner gegenüber geoutet.

»Bist du …« Sie unterbricht sich, will mir die Möglichkeit geben, mein versehentliches Coming-out ungeschehen zu machen. Das finde ich so süß von ihr – und so großzügig –, dass ich nur mit den Achseln zucke und den Satz beende.

»Ja. Ich bin bi.«

Sie neigt den Kopf. In ihren Augen blitzt Neugier auf. »Okay, das klärt ein paar Fragen, die ich in der siebten Klasse über Mandy Adams und dich hatte.«

Ich schubse Heu auf sie. »Halt die Klappe. Mandy und ich haben nie irgendwas –«

Sie grinst, ihre Tränen sind restlos getrocknet.

»Haben wir *nicht*«, beharre ich.

»Hättest du aber besser mal, bevor sie weggezogen ist. Mandy war wirklich hübsch. Aber wohl mehr mein Typ als deiner.«

Und auf einmal bin ich diejenige, die starrt.

Sie hat alles auf den Kopf gestellt, einfach so. Noch vor fünf Sekunden hätte ich behauptet, ich wüsste alles, was es über Penny zu wissen gibt. Ich habe – oder hatte? – sie im Griff, von der Persönlichkeit her, meine ich.

Aber das hier … tja, das ist wirklich unerwartet.

»Penny, wie viel hast du getrunken?«

»Und du, wie viel hast *du* getrunken?«, schießt sie zurück. Ihr Grinsen vertieft sich, und durch die Schatten der Dachsparren sieht ihr Gesicht auf einmal fast wild aus.

Mit Penny ist es nämlich so: Oberflächlich betrachtet ist sie superkorrekt und klassensprecherinnenhaft, aber wenn du genauer hinschaust, hat sie sich eben nicht nur eine Woche lang mit einer Axt im Wald rumgetrieben, sondern auch noch jede Sekunde davon genossen.

»Du bist nicht die Einzige, die Geheimnisse hat«, flötet sie.

»Na ja, deinen großen Plan hast du ja schon verraten.«

»Jayden war nur ein Teil.« Sie wedelt die Erinnerung an ihn weg wie eine Fliege.

»Und wie viele Teile gibt es?«

»Fünfzehn.«

»Du hast einen Plan mit fünfzehn Teilen für deine Highschool-Zeit gemacht?«

»Der gehört zu meinem Fünfunddreißig-Schritte-Plan fürs Leben.«

Sie hat zu viel getrunken, viel zu viel, sonst würde sie nie so offen mit mir reden. Und ich habe auch viel zu viel getrunken, sonst würde ich nicht hier sitzen und mich an Pennys Worte klammern, als wäre sie eine Felsklippe, von der ich abgestürzt bin. Aber ich lasse nicht los, sondern halte mich fest.

»Das sind ziemlich viele Schritte.«

»Wie viele hätte *dein* Plan denn?«

»Mein Lebensplan besteht aus einem einzigen Schritt: Ich will weg aus dieser Stadt.«

Sie lacht. Ich sollte nicht darauf schauen, wie das Licht auf ihre Lippen fällt, tue es aber.

In diesem Heuschober kommen mir so viele schlechte Ideen. So viele neue Ideen. Dabei sind sie vielleicht gar nicht neu, sondern waren vorher nur verschwommen. Jetzt ist mein Blick wie ein beschlagener Spiegel, der auf einmal blank gewischt worden ist, und zum ersten Mal sehe ich sie wirklich klar: Penny, in ihrer ganzen Schärfe. Eher ein gebogener Dorn als ein Mädchen, etwas, das sich in dir verhaken und nicht mehr von dir lassen will.

Wie das gehen soll, weiß keine von uns.

»Du hast schon immer weggewollt.« Sie macht sich lang auf ihrem Thron aus Heu und ich bin froh, dass das Licht hier so schlecht ist, denn schon bevor ihr Top hochrutscht, laufe ich rot an. Da ist nur ein winziger Streifen Haut, kaum sichtbar, ein bisschen blasser als ihre Haut sonst, und ich begreife nicht, warum er auf einmal alles verändert. Warum er so viel mehr bedeutet als die Haut an ihrem Arm oder ihrem Hals, dieser Streifen über der Jeans, der so weich aussieht.

Dabei ist sie gar nicht weich. Daran muss ich mich extra erinnern. Sie mag weich wirken, aber sie ist das Mädchen im Wald mit der Axt. Das Mädchen, das alle Hausaufgaben schon unter der Woche macht, damit sie am Wochenende freihat, um mit ihrem Vater auf den Fluss zu gehen.

Das Mädchen, das sogar Stromschnellen mit links fährt, bei denen sich erfahrene Rafter vor Angst in die Hose machen.

Wenn ich *im Wasser* gut bin, ist Penny ein Genie *auf dem Wasser*.

Sie ist so furchtlos, dass es einem Angst machen kann – ein todesmutiger Adrenalin-Junkie, und ihr Dad treibt sie immer weiter an. Als ich das letzte Mal mit den beiden auf dem Wasser war, habe ich gedacht, ich muss jeden Moment sterben.

»Willst du denn nicht hier weg?«, frage ich, zu ehrlich und zu neugierig, um mich zurückzuhalten.

»Für mich ist die Gegend hier jedenfalls kein Käfig.« Sie dreht den Kopf zur offenen Seite des Heuschobers, wo der Horizont zu sehen ist – nichts als Kiefern und Vulkangestein, und in meinem Magen macht sich ein Gefühl breit, das ich nicht gut genug kenne, um es zu benennen. »Diese Berge … dieser Fluss … ich könnte mein Leben damit zubringen, das alles immer besser kennenzulernen, und es bliebe immer noch so viel Unbekanntes übrig.«

»Von hier weggehen muss doch einer von diesen fünfunddreißig Schritten in deinem Plan sein«, stelle ich fest.

»Ach, wirklich?« Sie zieht eine Augenbraue hoch und ich habe es wieder mal geschafft – ohne es zu wollen, habe ich sie verärgert, weil wir schon immer aneinander scheuern und schleifen wie Metallteile, die ein schlechter Mechaniker zusammengeflickt hat.

»Du willst also für immer hier bleiben?«

»Ich hasse diesen Ort jedenfalls nicht so wie du.«

»Tu ich doch gar nicht.«

»Tust du doch.«

Stille. Denn mit dem Hassen hat sie ja teilweise recht, und das mit dem Käfig stimmt hundertprozentig. Auch was sie über sich selbst gesagt hat, stimmt, sie könnte wirklich ihr Leben hier in den Wäldern verbringen, mit ihrer verdammten Axt, und würde nie aufhören, Neues zu entdecken. Das sehe ich so deutlich vor mir, wie ich *sie* auf einmal ganz deutlich sehe.

Ich weiß nicht, warum mir das so viel ausmacht: diese Vorstellung, dass sie einfach *hier bleiben* könnte.

(Oder ist es vielleicht eher die Vorstellung, sie zurückzulassen? Egal wie nervig Penny sein mag, hassen konnte ich sie nie. Und auch wenn es oft knallt zwischen uns und wir grundverschieden sind – ich weiß, wo sie herkommt. Wir haben uns wirklich ins Zeug gelegt, um die von unseren Müttern zusammengeflochtenen Fäden unseres Lebens wieder auseinanderzukriegen, aber je mehr wir es versucht haben, desto klarer ist mir geworden, dass das kaum möglich sein wird.)

Sie schnaubt. »Immerhin sagst du nicht, ich wäre zu intelligent, um hier zu versauern.«

»Du bist auch ziemlich nett zu mir« antworte ich, woraufhin sie mich verwundert anschaut. »Du verkneifst dir zu sagen, dass ich sowieso nie von hier wegkommen werde.«

Penny runzelt die Stirn. Sie hat krasse Augenbrauen – dichte dunkle Härchen auf gebräunter, sommersprossiger Haut –, und wenn die sich zusammenziehen, während sie dich anstarrt, ist das echt intensiv. »Das würde ich niemals sagen«, meint sie. »Auch wenn es bestimmt schwer wird, aber das ist ja deine Spezialität, oder?«

Sie beugt sich vor, stützt die Ellbogen auf die Oberschenkel, ihre Füße sind jetzt dicht an meinen, wir berühren uns fast. Der Lack auf ihren Zehennägeln ist grün. Vielleicht auch blau, so genau kann ich das nicht sehen. Jedenfalls will ich mir diesen Moment plötzlich unbedingt einprägen, jedes kleinste Detail im Sinn behalten.

Sie ist so nah. (Zu nah? Nicht nah genug? Ich kann mich nicht entscheiden.) Ihre Knie streifen mein Bein und mir bleibt die Luft weg, während sie mir geradewegs in die Augen schaut und sagt: »Wenn es irgendwer schafft, dann du.«

»Penny.« Ich weiß in dem Moment nichts als ihren Namen. Und sehe nichts als sie.

Ich hätte nie einen Fuß in diesen Heuschober setzen dürfen.

»Egal ob du das selbst glaubst oder nicht, ich bin mir da sicher«, sagt sie. Wenn sie das mit Trara und großer Geste verkünden würde, würde ich es vielleicht als betrunkenes Gerede abtun.

Aber es ist eine schlichte Feststellung, kein Hauch von Getue.

Da sind ihre Hände, die meine Handgelenke umfassen und drücken, während sie das sagt. Da ist ihre Aufmerksamkeit, ihre volle Konzentration auf mich, die Sicherheit in ihren Augen, und als sie nicht loslässt, geht ein Ruck durch meinen Körper – wie ein holpriges Anspringen von lauter Teilen, die bis jetzt nie in Gebrauch waren und auf einmal zitternd zum Leben erwachen.

Ich ziehe meine Hände zurück, in der Erwartung, dass sie mich dann loslässt.

Tut sie aber nicht, sondern lässt sich näher heranziehen.

(Ich weiß nicht, was ich tun soll. / Ich weiß, was ich gern täte.)

(Ich weiß nicht, wie ich das kriegen kann / ob ich es versuchen soll.)

(Ist es besser, mich nicht zu rühren?)

»Deine Wimpern sind so lang«, sagt sie, und ich habe keine Ahnung, wie ich mit dem Herzrasen klarkommen soll, das mich überfällt, als sie fortfährt: »Das habe ich bis jetzt nie bemerkt.«

»Sind doch bloß Wimpern.« Ist das meine Stimme? Keine Ahnung. Mein Herz schlägt viel zu schnell. Meine Haut glüht. Berührt ihre.

(Nicht nah genug, beschließe ich.)

»Aber schön.« Als müsste sie das extra beweisen, lässt sie mich los und fährt, noch bevor ich mich erholen kann, mit dem Finger über mein Gesicht, streicht unter dem Bogen meiner Augenbraue entlang bis zum Augenwinkel, eine Berührung, die mich vergessen lässt, wie blinzeln geht, wie bewegen oder überhaupt irgendwas tun geht.

»Du bist wirklich hübsch.«

Mir wird kalt, mein ganzer Körper ist unter Schock. Ich ziehe mich nicht zurück, weiß aber jetzt, dass ich das tun muss.

»Du hast zu viel getrunken.«

Jetzt grinst sie wieder. Oh Gott. Ihre Finger streichen über meine Wange – wenn sie noch ein bisschen tiefer wandern, umschließen sie mein Gesicht.

»Ein halbes Bier, und das schon vor zwei Stunden. Glaubst du wirklich, ich müsste betrunken sein, um dich hübsch zu finden?«

»Ich …«

»Das warst du nämlich schon immer.«

Jetzt umfasst sie wirklich mein Gesicht. Vor Sehnsucht, ganz in diesem Gefühl aufzugehen, kann ich nicht mal mehr schlucken.

(Sie ist so nah. Ihre Hände sind nicht weich, sie hat Schwielen vom Raften, ihre raue Haut schabt über mein Gesicht, und das ist … es ist … Es ist, als würde sich mir zum ersten Mal überhaupt jemand zärtlich zuwenden.)

Ich sage ihren Namen. Damit sie aufhört? Oder damit sie weitermacht? Nicht mal mir selbst gegenüber bin ich ehrlich genug, um zuzugeben, was von beidem ich will.

(So nah.)

Dann ruft von draußen vor dem Schober eine andere Person Pennys Namen und wir lösen uns mit einem Ruck voneinander – so schnell, dass mir schwindlig wird.

»Penny? Bist du da drin?«

Eine Sekunde später kommt Meghan reingerannt, ihre beste Freundin.

»Da bist du ja! Ich hab dich überall – ach, hallo Tate. Hast du Penny Gesellschaft geleistet?«

Ich setze ein Lächeln auf. »Ich hab bloß gewartet, dass du sie findest«, sage ich und stehe auf.

»Bist du okay?«, fragt Meghan Penny, aber die starrt nur mich an, als wäre ich eine besonders knifflige Wildwasserstelle, von der sie noch nicht weiß, wie sie durchkommt, und ich will hier weg, aber wie kann ich das, wenn sie mich anschaut, als wäre nichts auf der Welt faszinierender als ich? »Du siehst furchtbar aus. Wir müssen dich wieder in Ordnung bringen, bevor wir nach Hause fahren. Komm schon.«

»Mir gehts gut«, sagt Penny und lässt sich von Meghan wegzerren. Aber dabei dreht sie sich noch mal zurück zu mir, die Brauen wieder zu einem dunklen Strich zusammengekniffen, als wäre sie wild entschlossen, herauszufinden, was zur Hölle da eben passiert ist. Oder nicht-aber-doch-fast-passiert ist.

Ich weiß nicht, ob ich mir das nur einbilde. Oder ob es die Wahrheit ist.

Jedenfalls versucht sie später nie mehr, es herauszufinden. Vielleicht, weil ihr dafür einfach keine Zeit mehr bleibt? Denn diese Penny – die mit dem Plan in fünfunddreißig Schritten, die wegen eines Jungen geweint hat, der mies zu ihr war, und in einem Heuschober mein Gesicht gestreichelt hat?

Diese Version von Penny stirbt mit ihrem Vater. Das Mädchen, das den Unfall überlebt, ist eine komplett neue Penny. Eine, die sich vor allem fürchtet, statt furchtlos zu sein.

(Denn manche Mädchen, das wissen wir ja, kriegen manche Sachen einfach nicht.)

ZWEITER TEIL

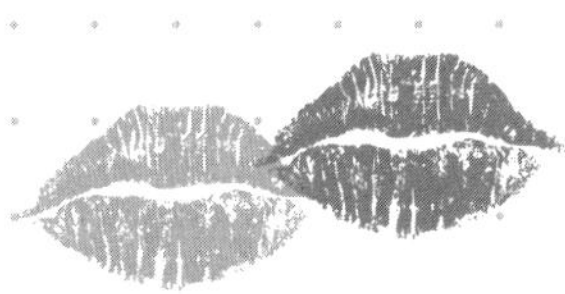

Friedenspakt

(oder das wirklich traurige Mal)

5
Tate

22. Juni

»Bist du denn sicher, dass sie okay ist?«, fragt mich Mom wieder.

Zum Glück habe ich meinen Atem gut im Griff, denn kurz bin ich versucht, laut aufzuseufzen.

»Penny gehts gut«, antworte ich Mom zum dritten Mal. Und als sie skeptisch die Augenbrauen hochzieht, füge ich hinzu: »Hat Lottie doch auch gesagt, oder?«

»Ich weiß, für euch beide verändert sich viel«, sagt Mom, dann lehnt sie sich in ihrem Stuhl zurück und wartet ab. Das macht sie gern: Sie verkündet etwas und setzt dann einen irgendwie vagen Blick auf, der bedeutet, dass ich ihr entweder zustimmen oder sagen soll, was mir Kummer macht.

»Abgesehen von dem Ort, an dem ich schlafe, und dem Weg zum Pool und zur Schule ändert sich eigentlich nichts«, erkläre ich mit fester Stimme. »Und dann ist da der Mutter-mit-funktionierender-Leber-Aspekt. Darum gehts doch. Ein großes Plus. Ziemlich guter Gegenwert für eine halbe Stunde Fahrzeit mehr, würde ich sagen.«

Sie lächelt. »Du spielst es runter, das ist wirklich süß von dir. Aber ich will, dass du mit mir darüber reden kannst. Ich bin deine Mutter, das löst sich nicht in Luft auf, bloß weil ich eine OP habe. Genau genommen sollte ich als Mutter hinterher doppelt oder dreimal so gut sein, mit der ganzen Energie, die ich dann haben werde.«

»Ich weiß nicht, ob mir dein Überschwang gefällt«, sage ich. »Ich bin praktisch erwachsen, das weißt du doch, oder? Wenn ich ein Kuchen wäre, wäre ich fertig gebacken.«

»Kann sein, aber eben nur fertig gebacken und noch nicht dekoriert.«

»Ich weiß nicht, ob die Metapher wirklich trägt«, wende ich ein, aber Mom hat sich jetzt an dem Thema festgebissen, und weil das besser ist, als wenn sie sich sorgt, lasse ich sie.

»Siebzehn ist nicht *erwachsen*«, fährt sie fort. »Und du … du hast schon so viel aufgegeben, da möchte ich einfach –«

Ihre Augen glitzern. Das hier darf auf keinen Fall mit Tränen enden.

»Mom«, sage ich sanft. »Gestern war der beste Tag in meinem Leben. Das muss dir doch klar sein.«

Was die Tränen natürlich nicht stoppt, eher im Gegenteil.

»Du und Lottie, ihr macht aus diesem Umzug ein viel zu großes Ding. Ich weiß schon, als wir klein waren, haben sich Penny und ich nicht so gut verstanden –«

Mom schnaubt.

»Na gut, eigentlich haben wir das nie«, lenke ich ein. »Aber wir sind nicht mehr sieben und kloppen uns nicht mehr um jedes Spielzeug. Wir haben schon ein paar Sachen besprochen. Wie wir das mit dem Fahren machen, wer wann wohin muss und so. Das wird alles super funktionieren. Bestimmt hat sie schon alle Aufgaben verteilt und einen haarkleinen Plan gemacht.« Das ist komplett gelogen. Penny hat mich hinter dem Haus stehen lassen und alle meine Nachrichten ignoriert. Aber egal. Ich muss jedenfalls so viel von unserem Kram packen wie möglich und zu Penny nach Hause schaffen, bevor wir nach Sacramento aufbrechen.

»Stimmt, Penny mag das Planen«, sagt Mom, aber ich sehe ihr an, wie wenig sie meinen Lügen glaubt.

Trotzdem, so viel ist sicher: Ich werde Mom gegenüber niemals ein einziges negatives Wort über den Umzug verlieren. Da kann sie stochern, wie sie will. Ganz egal, ob ich mir Sorgen mache oder Angst habe oder ob irgendwelche beschissenen Schmetterlinge in meinem Bauch flattern. Und das alles ist natürlich der Fall, denn mit einem Mädchen, dem du noch nie entkommen konntest, auch noch zusammenzuziehen, das ist eine schreckliche Idee. Schließlich habe auch ich diese ganzen Hetero-RomComs über mich ergehen lassen.

Aber das spielt keine Rolle. Ich würde alles tun, um das hier möglich zu machen. Und jede Person sein, die Mom und Lottie jetzt brauchen. Ich würde überall leben. Ich würde alles tun.

Nichts ist vergleichbar mit dem Gefühl, dem handfesten Beweis, dass ein anderer Mensch meine Mutter genauso sehr liebt wie ich.

Über die Jahre hinweg habe ich immer wieder Vorbehalte gegenüber Lottie gehabt. Die sind jetzt nicht weggewischt, schließlich habe ich miterlebt, wie Lottie derart tief in ihrer Trauer abgetaucht ist, dass Penny darüber fast vor die Hunde gegangen wäre. Über solche Dinge hinwegzusehen oder sie einfach beiseitezulassen ist schwer für mich. Ich will sie aus allen Blickwinkeln betrachten, will sie drehen und wenden, über das Warum und das Wie und das Was-wäre-wenn nachdenken.

Bei Lottie gibt es viele Was-wäre-wenn-Fragen. Und auch viele Warum-Fragen. *Wie* das alles passiert ist, ist weniger rätselhaft, ich war ja dabei, habe die Ecken und Kanten und die schlimmen Folgen miterlebt.

Ich hätte nie gedacht, dass sie einmal unsere Rettung sein würde – sonst ist immer sie diejenige, die gerettet werden muss. Aber jetzt ist er da, der Moment, auf den wir alle so gewartet haben, und unsere Welt ist neu auf eine Art, auf die ich immer gehofft habe, auch wenn ich mich nie getraut habe, mir das voll und ganz auszumalen.

Sie wird überleben. Meine Mutter, meine ich.

Wenn ich sie anschaue, kann ich an nichts anderes denken: *Sie wird überleben.* Als ich diese Worte Penny gegenüber laut ausgesprochen habe, kam mir das vor, als hätte ich jahrelang sprungbereit auf einem hohen Felsen über dem Wasser gestanden und könnte jetzt endlich springen.

Zwei Dinge sind in meinem Leben immer konstant gewesen: dass ich Penny an der Backe habe und dass das Leben meiner Mutter auf der Kippe steht. Das ist keine schöne Art, es auszudrücken, aber mitzuerleben, wie sie immer weniger wird, ist auch alles andere als schön. Über den Punkt, an dem man Dinge in schöne Formulierungen verpackt, bin ich schon mit fünf Jahren oder so raus.

»Morgen müssen wir die Betten rüberbringen«, erkläre ich meiner Mutter. »Pack du nur das, was du für Sacramento brauchst. Ich hole heute Kartons ab und erledige den Umzug, während du weg bist.«

»Tut mir leid, dass das alles so überstürzt passiert«, sagt Mom.

»Mach dir keine Gedanken«, gebe ich zurück. »Es sind Sommerferien, Penny und ich können uns um alles kümmern.«

»Ihr Lieben«, sagt Mom, nachdem ich aufgestanden und schon fast in meinem Zimmer bin. Als ich über die Schulter zurückschaue, sehe ich sie lächeln – ein Lächeln, an das ich mich für immer erinnern will. Ich will sie so in Erinnerung behalten, wie sie vorher war, denn es wird jetzt ein *Vorher* sein, weil es ein *Danach* gibt, viele Jahre lang. »Ich weiß, was ich an euch zwei Mädels habe.«

»He, stimmt, ich bin echt super«, antworte ich flapsig. Ich will nicht, dass ihr wieder die Tränen kommen. Sie muss sich ausruhen, braucht Frieden und Entspannung und so.

»Und so bescheiden.« Sie grinst. »Sehen wir uns nach meiner Abendschicht? Wir könnten uns eine Runde Personalessen genehmigen.«

»Klingt gut.«

»Dann bis später, Schatz.«

Ich schließe die Tür und betrachte das Durcheinander in meinem Zimmer. Ob Mom sauer wäre, wenn ich unser ganzes Zeug einfach in Mülltüten packe und zu Penny schleppe? Wahrscheinlich schon. Unser Apartment ist klein, aber eben doch eine komplette Wohnung. Wenn ich das Packen der Küchensachen vermassele oder eins von Moms Messern verliere, bin ich geliefert.

Hier ist ein Organisationsgenie gefragt.

Ich nehme mein Telefon und drücke ein bisschen zu fest auf ihren Namen. Wir müssen uns irgendwie zusammenraufen, sonst wird das ein Desaster.

Wenn du nicht zurückschreibst,
komm ich zu euch raus.
T

Ich starre das Telefon an, ersehne den Satz *Penny schreibt …* Kurz taucht etwas auf, verschwindet aber gleich wieder. Dann kommt eine Sprechblase, deren Text mich das Telefon Richtung Bett pfeffern lässt:

P: Schon vergessen? Du hast deinen Pick-up verkauft.

Ich laufe durchs Zimmer und fische das Telefon aus den vielen Kissen auf meinem Bett.

T: Bist du im Ernst bereit, so ein Arschloch zu sein?

Und als sie nicht antwortet:

T: Wenn du nicht kommst und mich abholst, damit wir bereden, wie wir das Zusammenwohnen hinkriegen, trampe ich eben. Egal wie, wir reden jedenfalls.

T: Such es dir aus.

Penny schreibt …

P: In einer Stunde bin ich da.

6
Tate

22. Juni

Mom klopft an die Tür. »Ich muss los«, sagt sie und steckt den Kopf rein. »Bis später dann, okay?«

»Okay.«

Bis jetzt habe ich es nur teilweise geschafft, den Boden in meinem Zimmer von Klamotten zu befreien. An den Schreibtisch will ich gar nicht erst denken. Ich brauche Kartons … viele Kartons. Und Klebeband und Luftpolsterfolie und –

Ein Klopfen an der Eingangstür unterbricht mich bei meiner mentalen Liste. Das muss *sie* sein, also stähle ich mich, bevor ich aufmache. Aber dann steht da Meghan, von oben bis unten in Erdtönen und mit schwingendem Rock.

»Hi!«, sagt sie und stürmt in einer Wolke von Orangenblütenparfüm an mir vorbei, eine Auflaufform in den Händen. »Ich hab Spinat-Makkaroni von meinem Dad mitgebracht, für dich und deine Mom, die könnt ihr später in den Ofen schieben. Schöne Grüße von meinen Eltern übrigens. Und meine Mom sagt, sie meldet sich noch bei deiner Mom.«

Penny drückt sich im Türrahmen herum und starrt mich an.

»Hast du extra eine Aufpasserin mitgebracht?«, frage ich sie, woraufhin sich Meghan auf dem Weg zur Küche abrupt umdreht.

»Wozu muss auf euch zwei jemand aufpassen?«, fragt sie und Penny brummelt: »Lass das, Tate.«

»Ist ja eine komische Energie hier drin«, kommentiert Meghan. Immerhin hat sie den Takt, der Penny und mir anscheinend fehlt, denn sie macht einfach weiter und sagt: »Wir haben Klebeband und Luftpolsterfolie dabei, auch ein paar Kartons, aber nicht ewig viele.« Dann dreht sie sich weg und verschwindet in der Küche.

»Du hast eine Aufpasserin mitgebracht«, wiederhole ich.

»Meghan ist hier, weil sie bei mir war, als du geschrieben hast, dass ich kommen soll. Sie hat angeboten zu helfen. Mit einer Person extra geht das Packen viel schneller.«

»Du hast es echt eilig, mit mir zusammenzuziehen, was?«

»Jetzt bin ich jedenfalls hier.«

»Du hast nicht geantwortet.«

»Ich war beschäftigt, schließlich musste ich erst mal die Zimmer für euch freiräumen«, erklärt Penny ganz harmlos. »Die Betten sollten wir als Erstes rüberschaffen.«

Ich atme durch. *Mom wird überleben*, erinnere ich mich. Ich versuche, nicht an kratzige Moteldecken und Pennys Tränen zu denken, und auch nicht an die spezielle Hölle von Hallenbad-Chlorgeruch, der sich auf alles überträgt.

»Wenn du findest, das mit den Betten ist das Erste, dann machen wir das so.«

Penny blinzelt, sie scheint damit gerechnet zu haben, dass ich in Streitlaune bin. »Du willst also, dass ich das in die Hand nehme?«

»Ich dachte, ich stopf einfach alles in Mülltüten«, sage ich, auch um sie in Fahrt zu bringen, und das klappt.

»Herrgott noch mal, du brauchst mich wirklich.« Jetzt kommt sie endlich rein, drängt sich geschäftig an mir vorbei und steuert aufs Wohnzimmer zu. »Hast du überhaupt Umzugskisten?«

»Remi hat uns im Laden ein paar aufgehoben. Ich muss sie noch abholen.«

»Mit deinem Pick-up ginge das Bettenumziehen viel leichter«, bemerkt sie. Erst finde ich das gemein, aber sie hat es kaum ausgesprochen, da verzieht sie schon das Gesicht. »Tut mir leid.« Sie schüttelt den Kopf. »Wir können morgen raus zu diesem Verleih hinterm See fahren und uns einen Mietlaster holen.«

»Remi leiht uns morgen seinen Pick-up. Und den Anhänger von seinem Opa.«

»Wirklich?« Ihre Miene hellt sich auf. »Das ist super. Hey, Meghan, morgen kriegen wir einen Pick-up und einen Anhänger für die Betten.«

»Perfekt«, ruft Meghan aus der Küche. »Was ist mit Kisten?«

»Die muss ich noch abholen«, sage ich.

»Warum macht ihr zwei das nicht?«, schlägt Meghan vor. »Ich hab genug Polsterfolie, um schon mal mit dem Geschirr und so loszulegen.«

»Gute Idee«, sage ich, weil ich an einem Ort mit Penny reden will, wo sie nicht weglaufen kann. Eine Autofahrt ist ideal. Wenn sie am Steuer sitzt, kann sie nicht abhauen.

»Ich –«, beginnt Penny, unterbricht sich aber gleich, denn Meghan sieht sie erwartungsvoll an und ich tue, als wüsste ich nicht, warum sie nicht mit mir unterwegs sein will. »In Ordnung«, willigt sie ein. »Dann mal los.«

Auf dem Weg zum Parkplatz sagt sie nichts. In der Stadt gibt es zwei große Wohnanlagen – eine teure und eine billige. Wir wohnen in der billigen.

Ronnie, der Vermieter, ist ein echtes Arschloch. Aber damit

mussten wir uns abfinden. Wer sich schon die niedrigste Miete, die es überhaupt gibt, kaum leisten kann, hat keine große Wahl. Mom und ich wohnen schon lange hier, ich war elf, als wir eingezogen sind.

Nach dem Training nicht mehr hierher zurückzukommen wird seltsam sein. Meine Füße wissen genau, wo die Betonstufen bröckeln und an welcher Stelle sich die Kakerlaken beim Müllcontainer verstecken; meine Hände kennen jeden Splitter an diesem beschissenen Handlauf der Treppe.

Penny schließt wortlos das Auto auf, aber nach dem Losfahren beginnt sie zu reden.

»Wenn wir das mit den Betten morgen hinkriegen, können wir am Sonntag alle zusammen von uns aus nach Sacramento aufbrechen.«

»Hast du es wirklich geschafft, innerhalb von fünfzehn Stunden die beiden Zimmer auszuräumen?«, frage ich.

Sie zuckt mit den Achseln. »Wenn ich das meiner Mutter überlassen würde, käme deine Mom nach der Transplantation in ein Gästezimmer, das von oben bis unten mit unverkauften Kunstwerken vollgestopft ist. Erinnerst du dich an ihre Skulpturenphase?«

Ich schüttele mich. »Ich hab Albträume gekriegt von den Dingern.«

»Für seinen Halloween-Abend im Brauhaus nimmt Graham immer noch welche als Deko.«

»Penny, wir müssen reden.«

»Tun wir doch. Wir besprechen die Logistik«, sagt sie, und wenn sie nicht gerade am Steuer säße, würde sie mich wahrscheinlich mit unschuldigem Augenaufschlag angucken.

»Es geht um das, was nach dem Einzug passiert.«

»Wir warten, bis sie zurück sind, und sehen zu, dass wir

Grans Garten in der Zeit nicht ruinieren«, antwortet Penny. Es klingt wie ein Mantra, das sie aus dem Gedächtnis aufsagt.

»Penny. Bitte.«

Sie presst die Lippen zusammen, tippt ein bisschen zu energisch auf den Blinkerhebel und biegt auf den Parkplatz des Futterhandels ein. Trotz der geschlossenen Fenster dringt sofort Heugeruch ins Auto.

»Na gut.« Sie schaltet die Zündung aus, öffnet den Sicherheitsgurt und dreht sich zu mir, die Hände im Schoß verschränkt. »Was willst du von mir?«

»Wie bitte?«

»Ich habe die Zimmer freigeräumt. Ich habe Platz im Kühlschrank gemacht und in meinem Bad. Ich bin mit von der Partie, Tate. Meine Mom hat eine Entscheidung getroffen, und diesmal verstehe ich immerhin warum, aber mit den Folgen muss ich trotzdem allein klarkommen, genau wie sonst. Also sag mir bitte, was du von mir willst, und ich tue es, okay?«

Ihre kleine Rede, die anfangs pampig geklungen hat, endet wie eine verzweifelte Bitte, auf einmal hat sie Tränen in den Augen und ich fühle mich wie der mieseste Mensch auf Erden.

»Ich will, dass wir … na ja, so was wie einen Friedenspakt schließen.«

»Mir war nicht klar, dass wir einen Krieg führen.«

»Ach komm, Penny.«

Ihre Finger tippen aufs Lenkrad. Aus dieser Perspektive kann ich die Narben an ihren Händen erkennen, man sieht den Fingern der rechten Hand an, dass Penny sie teilweise nur noch mit Anstrengung vollständig strecken kann.

»Ich will nicht gegen dich kämpfen«, sagt sie leise. »Ich bin einfach daran gewöhnt, dass wir uns anzicken. Das passiert eben.«

»Ich weiß.« Denn das tue ich, ich weiß es wirklich. »Wir müssen nur – wir dürfen uns nicht mehr anzicken. Das müssen wir jetzt bleiben lassen, beide. Unseren Moms zuliebe.«

»Das weiß ich, du hast ja recht.« Sie drückt die Schultern durch und starrt auf ihre Hände am Lenkrad.

»Hast du Vorschläge, wie wir das hinkriegen?«

Sie lacht auf. »Du bist doch diejenige, die das unbedingt will. Hast du nicht eine Liste oder so?«

»Das ist mehr *dein* Ding.«

Für einen kurzen Moment, in dem mein Herz stillzustehen scheint, beugt sie sich rüber auf meine Seite – sie riecht wie der Wald, dunkel, durchdringend und gefährlich – und holt ihr Bullet Journal und das Etui mit ihren Stiften aus der Tasche, die neben meinen Füßen steht. Dann rutscht sie herum, die Beine auf dem Sitz überkreuzt, damit sie mich direkt anschauen kann.

Ich bin dafür zu lang, also drehe ich mich einfach so weit zu ihr, wie ich kann.

Sie nimmt einen Pinselstift, schlägt eine neue Seite in ihrem Journal auf und schreibt:

FRIEDENSPAKT VON PENNY UND TATE

(Geschlossen am 22. Juni)

»Erster Tagesordnungspunkt?«, fragt sie. Ich verfluche meinen Fehler, einer ehemaligen Stufensprecherin alle Macht zu geben, aber jetzt stecke ich drin und muss mitmachen.

»Keine Streitereien vor den Moms.«

»Einverstanden.« Sie schreibt es auf, in ihrer Alltagsschrift, die immer noch tausendmal besser aussieht als meine beste Schönschreibschrift.

»Und kein Petzen.«

Sie zieht eine Augenbraue hoch. »Wegen dem Pick-up? Das erfährt sie doch sowieso.«

»Aber nicht von dir.«

»In Ordnung, aber umgekehrt gilt das genauso.«

»Du hast Geheimnisse?«

Sie grinst. »Kann sein.«

Ich tippe auf das Bullet Journal, denn wenn ich weiter sie anschaue, fliegen wieder die Funken zwischen uns. Und genau das soll nicht passieren, darum geht es hier ja. »Schreibst du's auf?«

Sie schreibt: *Kein Petzen den Moms gegenüber.*

»Ich hab noch was«, verkündet sie. »Du darfst beim Duschen nicht alles heiße Wasser verbrauchen.«

Ich mache eine Grimasse. Fuck. Das Bad mit ihr zu teilen wird ätzend. Ich kenne ihr Bad, es ist ... na ja, eine Art Wald mit lauter wuchernden Ranken und Fläschchen voller Badesalz, das sie wahrscheinlich selbst mischt.

»In Ordnung. Aber du musst ein paar Pflanzen und Kerzen rausräumen.«

Sie beißt sich auf die Lippe, setzt es aber auf die Liste. »Geht klar. Was ist mit dem Training?«

»Wie meinst du das?«

»Wie willst du hinkommen?«

Ich versuche das Kneifen in meinem Bauch zu ignorieren, denn das weiß ich nicht. Ich wusste es schon an dem Abend nicht, als ich Pete die Schlüssel übergeben habe und fünf Meilen bis nach Hause gelaufen bin, bevor Mom mit ihrer Schicht fertig war.

»Ich überleg mir was.«

Sie schnaubt ungeduldig. »Du bist so ein Dickkopf.«

»Bin ich nicht.«

»Ich kann dich fahren.« Das Angebot klingt ungewohnt leise und sanft.

»Das musst du nicht«, antworte ich automatisch.

»Weiß ich. Aber ich kanns trotzdem machen. Allerdings wirst du wohl manchmal eine Stunde oder zwei im Diner rumhängen müssen, wenn das Training früher vorbei ist als meine Schicht.«

»Das macht nichts. Das … danke.«

Sie nickt. »Du kriegst trotzdem einen Höllenärger, wenn deine Mom rausfindet, dass der Pick-up nicht in der Werkstatt ist.«

»Das ist meine Sache«, erinnere ich sie.

»Stimmt. Soll ich das auch aufschreiben?«

»Ja, mach das. Deine Mom, deine Sache. Meine Mom, meine Sache.«

So geht es weiter, immer hin und her, wir fummeln alles zurecht. Es dauert noch mal zwanzig Minuten, aber am Ende steht eine kleine Liste auf dem Papier, die nicht allzu schlimm wirkt. Aber dann …

»Eins noch zum Schluss«, sagt sie und schreibt etwas auf. Sie braucht ziemlich lange dafür. Ich platze fast vor Neugier, dann legt sie das Journal hin und schaut mich an – endlich kann ich lesen, was sie unten auf die Liste geschrieben hat.

Kein Ton über Yreka.

(Die ratternde Klimaanlage im Motelzimmer. Mrs Rawlins, die im oberen Stockwerk von Tür zu Tür geht, eine letzte Kontrollrunde bei allen Mädchen, bevor sie sich schlafen legt. *Alles okay bei euch?* Darauf sage ich: *Alles klar*, während Penny ihr tränenüberströmtes Gesicht und ihr gebrochenes Herz unter der Decke versteckt und wir beide inständig hoffen, dass Mrs Rawlins nicht merkt, dass statt Theresa Penny bei mir im Zimmer ist.)

Manchmal schaut mich Penny an, als wäre ich eine Art Mutprobe, die sie annehmen will, bloß dass sie leider vergessen hat, wie. Aber als ich ihr jetzt das Bullet Journal zurückschiebe, ist da ein anderer Ausdruck in ihrem Gesicht.

Irre ich mich oder will sie mich herausfordern?

(Am liebsten würde ich sie anschreien: *Jetzt? Ausgerechnet jetzt kommst du damit?* Aber ich lasse es. Nach diesem Köder schnappe ich nicht – egal ob er real ist oder ich ihn mir nur einbilde. Ich kann nicht.)

»In Ordnung«, sage ich.

(Aber das ist es nicht.)

7

Friedenspakt von Penny und Tate

(Geschlossen am 22. Juni)

- Keine Streitereien vor den Moms (oder Gran).
- Kein Petzen den Moms gegenüber.
- Nicht das ganze heiße Wasser verbrauchen (Tate).
- Den Wald im Bad ein bisschen zurückschneiden (Penny).
- Zusammen in die Stadt und nach Hause fahren.
- Deine Mom, deine Sache. Meine Mom, meine Sache.
- Wir räumen zusammen das Apartment aus und organisieren den Umzug.
- Wir teilen alle Extra-Aufgaben und -Erledigungen untereinander auf, damit die Moms sie nicht machen müssen.
- Kein Stress für die Moms. Für sie soll es aussehen, als wäre unser Leben perfekt.
- Bei einem Problem auf Leben und Tod gehen wir zu der anderen und nicht zu den Moms.
- Tate bringt Penny bei, Annas Brownies zu backen, wenn Penny Tate beibringt, wie Grans Zitronenkuchen geht.
- Kein Ton über Yreka.

8

22. Juni

M: Also, was machen wir wegen Penny und Tate?

R: Wer schreibt das?

M: Wer könnte dich sonst wegen P und T fragen?

R: Meghan, woher hast du meine Nummer?

M: Von Tate. Ich hab beim Packen geholfen. Du hilfst morgen mit den Betten, hab ich gehört?

R: Ja.

M: Gut. Wir haben heute Nachmittag das Küchenzeug gepackt und die Betten zerlegt. Also, was machen wir?

R: Wir sollten gleich morgens loslegen, wenn es noch nicht so heiß ist. Tate und ich treffen uns um sechs zum Laufen, also vielleicht halb acht?

M: Geht mir nicht um die Betten. Sondern um Penny und Tate.

R: Was ist denn mit denen?

M: Musst du doch gemerkt haben. Da ist so eine ENERGIE.

R: ???

M: Remington! Du hast doch Augen im Kopf.

R: Das geht mich nichts an.

M: Ha! Du gibst also zu, dass da was los ist?! Was ROMANTISCHES?

Remington schreibt …
Remington schreibt …
Remington schreibt …

M: Mein Gott, jetzt sag es einfach!

R: Das geht uns wirklich nichts an. Lass es.

M: So leicht kommst du da nicht raus!

R: Ich bring Tate um. Die hätte dir nie meine Nummer geben dürfen. Fang bloß nicht an, mir in einer Tour Blumenbilder zu schicken wie den anderen.

[Foto von M.]

Sehr witzig. R

M Wieso? Sind doch keine Blumen. Findest du den Ring an meinem Mittelfinger nicht ganz entzückend?

Remington schreibt …
Remington schreibt …
Remington schreibt …

Sag Bescheid, wann ihr den Pick-up braucht. Ich bin rechtzeitig da. R

M Morgen um acht. Wenn du Glück hast, mach ich sogar noch Cookies.

9
Tate

23. Juni

»Du hast Meghan meine Nummer gegeben!«

Ich richte mich auf – ich war gerade dabei, mir die Schuhe zu binden – und blinzele in die Morgendämmerung. Meistens ist Remi früher an unserer Laufstrecke als ich, aber heute war ich die Erste. Wir joggen dreimal in der Woche zusammen. Auch wenn Remi kein Schwimmer ist, sondern Läufer, gibt es eine Art Verwandtschaft zwischen uns – nicht so sehr deshalb, weil beides Individualsportarten sind, sondern eher, weil wir in unseren Teams Außenseiter sind.

»Dir auch einen guten Morgen«, gebe ich zurück.

Remi starrt mich wütend an. »Du hast Meghan meine Nummer gegeben!«, wiederholt er, als wäre das ein Kapitalverbrechen.

»Du hast doch gesagt, du hilfst uns heute, die Betten zu transportieren.«

»Das habe ich, ja. Vor allem weil du deinen Pick-up verkauft hast, ohne vorher mit irgendwem zu reden.«

»Hättest du dann locker mal siebentausend Dollar aus einem Versteck gezaubert?«, frage ich sarkastisch zurück.

»Ich hätte mir was überlegen können.«

Ich wedele mit der Hand. »Schnee von gestern. Und Meghan

legt sich total ins Zeug, sie hat mir gestern den ganzen Tag geholfen. Ich weiß nicht, warum du wegen ihr immer so motzig sein musst.«

»Die schickt doch dauernd Blumenbilder«, protestiert er.

»Entsetzen über Entsetzen! Meghan ist eine gute Fotografin. Ihre Blumenfotos sind wirklich schön. Und du könntest was Schönes im Leben gut gebrauchen. Wärmst du dich jetzt mit mir auf oder nicht? Sind gerade noch eineinhalb Stunden bis zu dem Treffen.«

»Schau dir an, was sie mir geschickt hat«, sagt er und hält mir sein Telefon hin. Meghans grinsendes Gesicht und ihre Hand, einen Ring mit einem sehr niedlichen Vogel auf dem hochgereckten Mittelfinger.

Ich kichere und er schießt wieder einen bösen Blick auf mich ab. Remi kann gut mit dem Gesicht ausdrücken, was er rüberbringen will. »Was denn? Ist doch witzig. Und auch kein Blumenbild.«

»Ist das ab jetzt immer so?«

»Wie meinst du das?«

»Du ziehst raus in die Pampa. Weiß deine Mom schon, dass du den Pick-up verkauft hast? Wie willst du überhaupt ins Training kommen?«

»Ich denk mir was aus.«

»Ist doch alles Mist.« Er seufzt. »Dann sehen wir uns nur noch in der Schule.«

Er runzelt die Stirn und sieht so bekümmert aus, dass ich glatt auf die Idee käme, ihn in den Arm zu nehmen, wenn das zu uns passen würde. Aber unser Ding war schon immer eher das Frotzeln, das liebevolle Schubsen und Anrempeln. Darum ist er auch so mies darin, in Worte zu fassen, was er ausdrücken will.

»Soll das heißen, du wirst mich vermissen?«

»Ach, halt die Klappe«, sagt er, bekommt aber rote Ohren. »Ich freu mich doch für deine Mom. Und ich versteh natürlich, warum ihr da rausziehen müsst.«

»Du wirst mir auch fehlen. Aber ich versprech dir, dass ich nicht anfangen werde, alles farbzucodieren, bloß weil ich in einem Haus mit Penny wohne.«

»Das macht mir echt keine Sorgen«, sagt er und lacht ein bisschen zu wissend, dann schüttelt er den Kopf. »Ganz ehrlich, das ist meine letzte Sorge, wenn es um Hurricane-Penny geht.«

»Was soll das heißen?«

»Ich hab doch keine Angst, dass du *wie Penny wirst*. Ich hab Angst, dass sie dir den Brustkorb aufreißt, damit sie reingreifen und dir das Herz zerquetschen kann, bis es bloß noch blutige Matsche ist.«

Der Satz hallt in mir nach, ich sehe seine Worte fast vor mir und damit das Bild, das er heraufbeschworen hat. Verdammt krasse Worte, verdammt krasses Bild.

»Ich …«

»Also wirklich, Tate.«

»Nein«, sage ich und gleich noch mal: »Nein«, diesmal mit festerer Stimme. »Du brauchst keine Angst um mich zu haben, absolut nicht.«

Er schnaubt und meine Hände krampfen sich zu Fäusten. »Ich kenn euch beide seit dem Kindergarten.«

»Das hat doch nichts zu tun mit –«

»Ich war da an dem Tag mit dem Unfall«, erinnert er mich.

Meine Augen werden groß, als er das sagt, und ich hasse mich dafür. Es gibt vieles, was ich vor anderen zu verbergen versuche, aber dieser Tag …

»Egal in welchem Raum du bist, du hast immer im Blick, wo sie ist, Tate.«

»Na ja, an dem Tag wars ja wohl schon wichtig, dass jemand sie findet, oder?«

»Du weißt genau, was ich meine.«

Natürlich weiß ich das.

»Ihr beide werdet allein in diesem Haus sein. Wie lange noch mal, zwei Wochen? Oder drei?«

»Eher vier«, sage ich schwach.

»Wie willst du es hinkriegen, mit ihr zu leben?«

Ich starre ihn an. Ich hasse diese Frage und wie vertraut sie mir ist.

»Na ja, ich werde wohl leiden.«

Das ist zu viel Ehrlichkeit auf einmal. Ich halte es nicht mehr aus, ihn anzusehen. Also laufe ich los, ohne richtig aufgewärmt zu sein, aber das ist mir egal. Ich will ihn hinter mir lassen, so schnell ich kann.

Und er kennt mich gut genug, um mich eine volle Runde laufen zu lassen, bevor er sich mir anschließt.

10

23. Juni

M: Danke für die Hilfe mit den Betten.

M: Du warst irgendwie komisch drauf. Alles okay?

R: Ich glaub, ich hab es heute Morgen mit Tate verschissen.

R: Irgendwie deine Schuld.

M: Meine Schuld?!

R: Wer hat denn behauptet, Penny und Tate wären Soulmates?

M: Von Soulmates war NIE DIE REDE.

M: Der Ausdruck kommt von dir.

M: Nicht von mir.

M: Hast du irgendwas zu Tate gesagt?

M: Was hast du gesagt?

M: Halt mal, was hat SIE gesagt?

M: Habt ihr darüber geredet? Penny will das nämlich absolut nicht.

M: Und noch was: Kannst du noch ein paar Kartons abzweigen, solange die zwei in Sacramento sind?

M: Geld ist garantiert ein Problem, mit den ganzen Arztkosten und so. Vielleicht sollten wir so ein Spaghetti-Essen organisieren, um Spenden zu sammeln?

M: Was meinst du?

R: Du hast mir sechs Fragen gestellt, bevor ich auch nur eine einzige beantworten konnte.

R: #1: Ja.

R: #2: Ich hab was gesagt, was ich nicht hätte sagen sollen.

R: #3: Das hat Tate ziemlich zugesetzt.

R: #4: Garantiert nicht. Ich halt mich da raus. Da verbrennt man sich bloß höllisch die Finger. 🔥

R: #5: Ja, ich hebe so viele Kartons auf, wie ich kann.

#6: Wenn wir wirklich eine Spenden-Aktion machen, dann lieber so ein Grill-Event mit richtig leckerem Fleisch, Steaks oder so, nicht so ein Spaghetti-Dings.

R

#7: Das ist eine gute Idee und ich finde es wirklich nett von dir, dass du dich so für sie ins Zeug legst.

R

Remington, ich fass es nicht: Ist das etwa ein Kompliment?

M

[Foto von M.]

Bitte schick mir ab jetzt die Blumenfotos, so wie allen anderen. Alles ist besser als Herzchenhände.

R

Ich schicke Herzchenhände, an wen ich will. Vor allem, wenn die Person gerade sehr nett gewesen ist.

M

11
Tate

23. Juni

»Unglaublich, was ihr da geschafft habt, in nicht mal einem Tag«, sagt Mom und betrachtet das Gästezimmer bei Lottie. Es hat ziemlich lang gedauert, aber wir haben alle ihre Möbel reingeschafft und auch die Wäsche eingeräumt.

»Remi hat die Kommode in den Pick-up gekriegt, da dachten wir, wir bringen sie gleich her«, antworte ich.

»Danke«, sagt Mom und verzieht sich sofort ins Bett. Sie nimmt die Fernbedienung von dem Beistelltisch, den ich neben das Bett gestellt habe, und fährt das Kopfteil hoch, um ein bisschen höher zu liegen. »Ein Segen.« Sie seufzt.

»Ruh dich vorm Essen ein bisschen aus.«

»Ich muss gleich wieder aufstehen, ich hab Marion versprochen, mit ihr Karten zu spielen«, erklärt Mom. »Aber ich mache einfach mal ein bisschen die Augen zu.«

»Okay«, sage ich. Ich weiß, dass sie schon eingeschlafen sein wird, bevor ich die Treppe hoch bin.

Ihr Zimmer liegt im Erdgeschoss, neben dem von Lottie, meines ist oben, gegenüber von Pennys.

Ich habe den ganzen Tag Möbel rumgewuchtet und Pennys Tür ist zu, also mache ich mir nicht die Mühe, bei ihr anzuklopfen.

Obergeschosse von Häusern sind irgendwie speziell. Sie haben so was Privates und Geheimnisvolles. Jahrelang bin ich immer wieder in diesem Haus gewesen, habe viele Stunden hier verbracht, doch seit Lottie eingezogen ist, war ich kaum noch oben. Jetzt frage ich mich, wieso es mir nicht schon früher aufgefallen ist.

Unten gibt es nirgendwo Bilder von George. Lottie scheint ihn aus ihrem Teil des Hauses komplett verbannt zu haben. Aber diese Abwesenheit fällt mir erst jetzt auf, hier oben gibt es nämlich sehr wohl Bilder von ihm. Auf dem einen stehen George und die zehn Jahre alte Penny in Schwimmwesten bei dem Ofenrohr, das hinten im Flur durchs ganze Haus führt, in einem Durcheinander von Gemälden und Fotografien. Es gibt auch ein Schwarz-Weiß-Foto von George und seinem Vater, das an der gleichen Stelle aufgenommen wurde, und ein Gemälde, das von Lottie stammen muss – es zeigt eine Männerhand mit einem glänzenden Ring am Finger.

»Was machst du?«

Aus meinen Gedanken gerissen drehe ich den Kopf und sehe Penny.

»Ich schau mir nur das Bild an«, sage ich, während sie mich von ihrer Zimmertür her anstarrt. »Ich glaub nicht, dass ich das schon mal gesehen habe.«

»Sie wollte es verbrennen, aber ich habe es gerettet«, erklärt Penny, als wäre es nicht absolut verrückt, so etwas tun zu müssen.

»Du …«

»Sie hat sein ganzes Zeug in ein Lager geräumt«, fährt Penny fort und umklammert den Türknauf, wie um Halt zu suchen. »Sie erlaubt mir nicht, die Sachen durchzusehen. Wahrscheinlich sollte ich froh sein, dass sie die nicht gleich mit verbrannt hat. Aber jedes einzelne Bild, das sie jemals gemalt hat von ihm, von den beiden zusammen oder von ihm und mir, von unserem Leben zu dritt – sie hat ein großes Feuer gemacht und alle verbrannt.«

»Penny …« Ich weiß nicht, was ich sagen soll.

»Sie meinte, ich soll mich nicht aufregen. Es wären schließlich *ihre* Bilder gewesen und nicht meine.«

»Aber deine Erinnerungen.«

Ihr Blick flackert kurz zu mir, dann schaut sie wieder weg. »Ich muss jetzt runter, Gran mit dem Abendessen helfen.«

Sie will weg von mir, das ist klar, aber es kommt nicht infrage, dass ich nicht meinen Teil beitrage. Wenn Marion kocht, helfe ich auch.

Aber als wir nach unten kommen, ist in der Küche alles ganz anders.

Marion und Mom sitzen am einen Ende der Küchentheke und spielen Karten, jede Menge After Eights zwischen ihnen, und am anderen Ende beugt sich Lottie über ihren Skizzenblock. Wenn man die Szene mit einem Schwarz-Weiß-Filter aufnehmen würde, wäre das ein hübsch heimeliges, altmodisches Bild: *Abendliche Vergnügungen.*

»Dauert noch, bis wir essen, zwanzig Minuten«, erklärt Marion. »Ich muss erst noch Anna ordentlich abziehen.«

Ich setze mich neben Mom und schnappe mir ein After Eight von ihrem Stapel.

»Hey«, protestiert Mom. »Willst du nicht, dass ich gewinne?«

»Ich glaub kaum, dass das bei dem Spielstand noch möglich ist«, sagt Marion großspurig.

Mom tut entsetzt, als ich das Schoko-Minz-Teil aus der Verpackung hole. Aber wenn es erst in zwanzig Minuten was Richtiges zum Essen gibt, brauche ich was, das muss sie einsehen. Ich bin schließlich im Wachstum.

»Hab ich dir keine Manieren beigebracht?«, fragt Mom.

»Wenns um Süßes geht, nicht.« Ich schiebe mir das After Eight in den Mund.

»Du bist ein schreckliches Kind.« Mom grinst mich an.

»Schauderhaft«, stimme ich ihr zu.

»Ihr zwei immer«, sagt Lottie und schüttelt den Kopf, ohne den Blick von ihrem Skizzenblock zu heben.

Penny späht über ihre Schulter. »Woran arbeitest du, Mom?«

Bevor sie nah genug ist, um Lotties Skizze zu betrachten, blättert Lottie um auf ein leeres Blatt. »Bloß Gekritzel«, sagt sie.

Sie scheint gar nicht zu merken, wie Pennys Gesichtsausdruck in sich zusammenfällt. Ich stelle mir Penny vor, wie sie das Verbrennen dieser Gemälde mit ansehen musste – das Gesicht ihres Vaters in Öl und Wasserfarbe, wie es in Flammen aufgeht.

Noch eine Ladung Trauer, die Lottie ihr aufgeladen hat.

»Habt ihr alles für Sacramento gepackt, Mädchen?«, fragt Lottie.

»Bis Donnerstag sind wir bereit«, antwortet Penny. »Wenn wir schon dabei sind – wir sollten noch mal reden.«

»Da gibts nichts zu reden«, sagt Lottie genau in dem Moment, in dem meine Mom fragt: »Worüber willst du denn reden, Liebling?«

Lottie lacht. »Sie macht sich doch bloß wieder Sorgen.«

»Marion hat die Runde sowieso gewonnen«, erwidert Mom.

Marion lacht ein bisschen übertrieben und zieht den Stapel After Eight zu sich. »Ich werde jedenfalls eine Menge von dem Zeug hier nach Sacramento mitnehmen.«

»Pass bloß auf, wenn wir einen ganzen Monat lang Rommé

spielen, werde ich garantiert besser«, warnt Mom, aber Marion lacht sie aus.

»Ich habe viele Jahre Vorsprung, Herzchen.«

»Worüber wolltest du denn reden, Penny?«, fragt Mom noch mal, und schon allein dass sie das Thema nicht einfach fallen lässt, scheint Penny gutzutun.

»Ich habe einen genauen Plan gemacht«, sagt Penny, legt ihr Bullet Journal vor sich hin und schlägt es auf.

»Oh nein, nicht schon wieder eine Liste«, witzelt Lottie.

»Wir haben schon durchgesprochen, wie wir es hinkriegen, die Wohnung fertig umzuziehen und hier alles einzurichten, bis ihr wieder nach Hause kommt«, erkläre ich, denn Penny starrt nur in ihr Buch und sagt gar nichts.

»Ich hab Graham gefragt, ob ich ein paar Wochenendschichten im Brauhaus übernehmen kann«, platzt Penny heraus.

Alle starren sie an.

Mom runzelt die Stirn. »Du hast mit dem Chef geredet? Wieso das denn?«

»Um den Verdienstausfall auszugleichen, den ihr in der Zeit habt. Graham sagt, das geht in Ordnung. Er will mich für die Mittagsschicht am Wochenende einteilen, damit ich mich nicht mit dem wüsten Rummel am Abend rumschlagen muss.«

»Du hast doch schon einen Job«, wende ich ein. Wie will sie das schaffen, neben den Blackberry-Schichten auch noch im Brauhaus zu arbeiten?

»Ich kann beides machen«, erklärt Penny.

»Das hättest du nicht tun sollen«, sagt Lottie.

»Lottie, das ist doch sehr fürsorglich von ihr«, protestiert Mom.

»Sie soll Graham nicht nerven und sich auch keine Sorgen machen wegen dem Geld«, beharrt Lottie. »Die Sachen, an denen ich gerade arbeite, werden genug reinbringen, sobald ich sie verkauft habe, Penny. Du machst dir immer viel zu viele Sorgen.«

Penny hebt das Kinn. »Du weißt nicht, ob deine Kunst sich schnell genug verkauft.«

»Du hast einfach kein Vertrauen in mich«, erwidert Lottie. »Für die Sachen, die ich gerade fertig mache, gibt es in der Bay Area garantiert viel Interesse, die kann ich gut verkaufen. Anna und ich haben alles im Griff, da gibt es nichts zu planen. Darum legen wir ja die Wohnungen zusammen, damit alles günstiger wird. Lass die Erwachsenen einfach mal ihren Job machen, okay?«

Moms sonst so ausgeglichene Miene verzieht sich ein bisschen.

»Ich finde es wunderbar, wie du dich um alles kümmerst, Penny«, sagt meine Mom. »Nicht nur du, ihr beide.«

»Aber wir wissen, was wir tun«, beendet Lottie den Satz, ihre Stimme triefend vor Herablassung.

Und Penny reagiert, als wäre es Säure, die sie verätzt.

»Wie hoch ist die Grundsteuer, Mom?«, fragt sie Lottie. »Und wann wird sie fällig?«

Auf einen Schlag scheint kein Sauerstoff mehr im Raum zu sein, die Stille ist abgrundtief. Mom und ich sitzen da, wechseln einen kurzen *Oh-Shit*-Blick und stieren dann auf die Küchentheke. Marion mustert ihre Enkelin und ihre Schwiegertochter mit starrer Miene, wie eine Pitbullmutter, die im Notfall jederzeit zubeißen kann.

»Penelope«, sagt Lottie, ihre Wut strahlt ab wie Hitzewellen.

Penny macht einfach weiter.

»Wie viel Holz brauchen wir zum Heizen?« Sie beugt sich

vor. »Wie hoch ist die Stromrechnung? Und nächstes Jahr müssen wir die Pumpe ersetzen, sonst –«

»Es reicht«, unterbricht Lottie.

Penny verzieht den Mund. »Die Grundsteuer wird im September fällig«, erklärt sie. »Es sind vierzehnhundert Dollar. Davon haben wir nur vierhundert gespart. Zum Heizen brauchen wir sieben Raummeter – vielleicht auch acht, wenn es Kiefer ist oder sonst irgendwas schnell Brennendes –, dazu das Propan für Grans Wohnwagen. Das sind mindestens zwölfhundert. Nichts davon haben wir gespart. Die Stromrechnung –«

»Ich hab gesagt, das reicht«, erklärt Lottie.

»Lottie«, wirft Marion leise ein.

»Fall du nicht auch noch über mich her!«, blafft Lottie, dann springt sie auf, schnappt ihren Skizzenblock und rennt weg. Ich höre, wie sie aus dem Haus stürmt, wahrscheinlich in ihr Atelier in der Garage, wo niemand sie nervt.

Kurz ist es still, dann streicht sich meine Mom – meine wunderbare, unerschütterliche Mom – die Haare glatt und sagt: »Du wolltest was über die Stromrechnung sagen, Penny?«

Penny entfährt ein kleines Geräusch, in dem Erleichterung zu erkennen ist.

»Penny hat alles im Computer«, sagt Marion. »Sie kümmert sich für mich um die Online-Konten, das ist wirklich eine große Hilfe.«

»Ich überweise jeden Monat alles einzeln«, erklärt Penny Mom. »Bloß keine Abbuchungsaufträge, wenn wir nämlich zu weit ins Minus rutschen –«

»Gibt es Überziehungszinsen«, sagen Mom und ich gleichzeitig.

»Genau. Mom hat den Kontostand oft nicht im Griff, wenn sie Vorräte einkauft oder so. Aber ich habe einen Kalender dafür. Ich hab auch den Log-in für den Stromanbieter, falls ihr den braucht.«

»Großartig«, sagt Mom. »Aber, Penny, das mit dem Job im Brauhaus –«

»Ich kann das machen«, höre ich mich sagen.

Mom sieht mich an. »Wirklich?«

»Penny hat schon einen Job. Wenn es nur die Mittagsschicht ist, kann ich vorher schwimmen gehen und den Rest vom Training danach machen. Nur bis Lottie zurück ist. Das Geld ist dann für die ganzen Rechnungen, über die Penny geredet hat.«

Als sie zögert, spiele ich meinen letzten Trumpf aus: »Dann könnte ich Drew im Auge behalten und rausfinden, was er mit dem Brezelteig anstellt«, schlage ich vor, in der Hoffnung, dass sie lacht.

Und das tut sie. »Also, *das* fände ich wirklich super.«

»Alle, die im Brauhaus mal wieder eine Brezel bestellen wollen, wären ganz deiner Meinung«, brummelt Marion.

»Süße, ich hab nichts dagegen, dass du einen Job für den Sommer annimmst, solange du das mit deinem Trainingsplan unter einen Hut kriegst«, sagt Mom. »Aber Penny, wegen dieser Sache mit Graham musst du noch mal mit deiner Mutter reden.«

»Ich wollte doch bloß helfen«, sagt Penny leise.

»Das weiß ich«, versichert ihr Mom. »Und deine Mutter weiß das auch. Schließlich tut sie genau das, was du auch tust: helfen auf jede erdenkliche Art. Ihr seid euch so ähnlich.«

Penny stehen Tränen in den Augen bei dem, was sie als Nächstes sagt: »Anna, ich will nicht sein wie sie.«

Selten war ein Satz wahrer, kommt mir vor.

Ich kann nicht schlafen. Das ist nicht weiter ungewöhnlich, ich habe immer einen leichten Schlaf. Für jemanden, der jeden Morgen vor Sonnenaufgang aufstehen muss, ist das ziemlich ungut. Daher habe ich eine ausgefeilte Einschlafroutine – mit Ohrstöpseln und so –, aber es ist die erste Nacht in einem Zimmer, das viel größer ist als meins in unserer alten Wohnung, außerdem bin ich nicht in der Stadt, sondern mitten im Wald, da ist alles so anders. Die Geräusche sind anders – der Wald einerseits still, manchmal aber auch laut, wenn der Wind durch die Kiefern und die Lücke zwischen den Bergrücken rauscht. Das Haus ist anders – das Gebälk summt und setzt sich, immer wieder knackt es auf eine Art, die ich nicht gewohnt bin. Mein Bett ist da, meine Sachen sind da, aber alles außerhalb von diesem Zimmer ist unvertraut und gehört nicht zu mir.

(Auch das Mädchen im Zimmer gegenüber nicht.)

Apropos Penny …

Ich muss wegen ihr aufgewacht sein. Von einem Knacken, das viel zu laut ist, um nur das arbeitende Holz zu sein. Als ich das begreife, steige ich aus dem Bett und laufe zum Fenster, von wo ich sie gerade noch über die Veranda gehen sehe. Ohne nachzudenken, was ich da tue, renne ich schon die Treppe runter.

(Wenn es um Penny geht, setzt das Denken bei mir immer aus.)

In Marions Wohnwagen ist alles dunkel, aber als Penny vorbeiläuft, geht das Garagenlicht an.

Unten im Flur schnappe ich mir noch schnell meine Tasche, bevor ich auf die Veranda trete. Sie sitzt schon in ihrem Kombi, lässt den Motor an und fährt auf das Gatter zu.

Ich verstecke mich hinter Marions Pick-up, während Penny aussteigt, das Gatter öffnet, durchfährt und es hinter sich wieder schließt, bevor sie sich in Bewegung setzt.

Und ich folge ihr. Ich taste nach dem Ersatzschlüssel, den Marion immer hinter der Stoßstange versteckt, und nehme ihren Pick-up.

(Wo verdammt noch mal will Penny hin?)

Die Straße führt in Haarnadelkurven durch den Wald, ein ständiger Zickzackkurs, zu schmal für zwei richtige Spuren. In jeder Kurve kann ich noch kurz Pennys Scheinwerfer aufleuchten sehen, aber bis sie auf die Auffahrt zur Interstate 5 einbiegt, hat sie so viel Vorsprung, dass ich ihr hinterherfahren kann, ohne mir Sorgen zu machen.

Ich folge ihr zwanzig Meilen die Autobahn entlang, es ist dieser kurvige Abschnitt mit den donnernden Sattelschleppern, die möglichst schnell zur angenehm geraden Strecke vor Sacramento kommen wollen und darum immer zu schnell fahren, was oft übel ausgeht.

Als ich sehe, welche Ausfahrt Penny nimmt, brause ich vorbei, statt ihr zu folgen – aber nicht weil ich so schlau wäre, sondern vor Schock.

Es war die Ausfahrt zum See. Aber sie kann doch unmöglich …

Eine Ausfahrt weiter kehre ich um und fahre zurück Richtung Norden. Diesmal biege ich an der Stelle ab, an der sie eben runtergefahren ist. Mein Gesicht und meine Finger sind ganz taub, weil das einfach nicht wahr sein kann.

Aber es ist trotzdem so. Als ich beim Anleger ankomme, steht ihr Auto auf dem Parkplatz und sie sitzt nicht drin.

Ich steige aus Marions Pick-up und stehe einen Moment lang nur da, weil mir eine Million Dinge durch den Kopf schießen, während mir mein Körper sagt, dass es nur eine einzige Möglichkeit gibt, und diese Möglichkeit …

(Nein.)

Ich setze mich in Bewegung. Auf den Anleger und den See zu, der im Mondlicht glänzt. *Was zur Hölle tut sie hier?*

Meine Füße klatschen erst auf Asphalt, dann auf Holz. Ich sehe sie nirgends. Aber sie kann doch auf keinen Fall –

Sie ist auf dem Wasser.

(Das ist unmöglich.)

Die Vorstellung haut mich um, denn Penny geht nicht aufs Wasser. Nicht mehr.

Aber sie ist eben doch da, entfernt sich zügig vom Anleger. Mit dem Rücken zu mir und einer Stirnlampe auf dem Kopf steuert sie mit sicheren, gleichmäßigen Paddelschlägen das Kajak vom Ufer weg.

Ich stehe da, als wäre es mir vollkommen egal, dass sie sich umdrehen und mich entdecken könnte. Ich beobachte, wie sie sich immer weiter und weiter entfernt, vorbei an der Bucht und auf die glatte Wasserfläche des Sees. Tagsüber wimmelt es hier nur so vor Jetskis und Motorbooten, doch jetzt in der Nacht gibt es nur sie, den Mond und das Aufklatschen des Paddels auf dem unbewegten Wasser. Mir tut das Herz weh bei der Erinnerung daran, warum sie mit dem Raften aufgehört hat … und ich frage mich, warum (und wann und wie) sie wieder aufs Wasser zurückgekehrt ist (und warum sie ein Geheimnis daraus macht).

Sie hebt die Arme. Das Kajak schwankt hin und her.

Dann ist sie unter Wasser. Sie – sie kippt einfach wie eine Lumpenpuppe zu Seite, bis der Boden des Kajaks auf der Seeoberfläche schaukelt und im Mondlicht keine Penny mehr zu sehen ist, denn Penny ist unter Wasser. Von so weit weg wirkt es fast, als hätte sie jemand aus den Tiefen des Sees nach unten gerissen, und ich muss reagieren, ich habe keine andere Wahl.

Ich springe.

Und als ich ins Wasser eintauche, habe ich nur einen Gedanken im Kopf: *Nicht noch mal.*

12

ERSTER AKT: DER FLUSS

Penny

Fünfzehn Jahre alt

Der Wasserstand ist hoch an diesem Tag. Das gefällt mir. Dad gefällt es auch. Und wir haben perfektes Wetter – die Sonne strahlt.

Perfektes Wasser – erst ruhig, bis es dann herrlich wild und wuchtig wird.

Perfekte Stromschnellen – weiß schäumend, wie Schnee.

Perfekter Vater. *Häng dich rein, Penny.*

Perfekter Tag. *Diesmal nur wir zwei, Dad?*

Und dann … ein perfekter Albtraum.

Da links! Dad!

Als es schiefläuft, passiert alles, was nur passieren kann, auf einmal. Wir kommen auf den Abschnitt vom Wishbone, wo die Schlucht eng und der Fluss schmal wird. Kurz ist das Wasser noch recht ruhig, bis zu dem Katarakt sind es noch knapp zehn Meter, aber da schrappt irgendwas über den Raftboden – ein spitzer Ast oder etwas, das der letzte Sommersturm in den Fluss gespült hat? Ich werde es nie wissen. Jedenfalls führt das dazu, dass wir rückwärts in der ersten Schwallstrecke landen, wir können nicht mehr steuern, kaum noch richtig paddeln, keine Chance, den Kurs zu korrigieren. Wasser umspült meine Schuhsohlen, schwappt mir dann um die Gelenke, so viel Wasser, so schnell. Die Welt kippt und alles verengt sich. Angst flackert auf. Ich darf ihr nicht nachgeben.

Richte dich auf. Halt das Paddel fest. Lass nicht los. Konzentrier dich. Lass Dad steuern. Zum Ufer, wir müssen zum Ufer.

Zieh durch. Zieh durch. Mit aller Kraft. Bring das Raft unter Kontrolle.

Aber wir schaffen es nicht. Ans Ufer zu kommen ist unmöglich. Noch zwei Schläge, dann landen wir rückwärts mitten im Tosen. Alles passiert so schnell, wir haben keine Chance, können uns nirgends festbinden, keinen Schutz hinter Felsen suchen. Wir kommen hier nicht raus, es geht nur noch darum, nicht unterzugehen. Hektisch schöpfen wir Wasser, werfen Gepäck raus, aber der Riss im Boden und unser Gewicht drücken das Raft tiefer und tiefer nach unten.

Er ruft etwas wegen meiner Schwimmweste. Ich kann nicht schauen, ob sie sitzt – mit einem alles erschütternden Ruck reißt es uns schon in den nächsten Abfall.

Ich kann nichts mehr tun außer mich festklammern. Wir sind dem Fluss ausgeliefert, richtungslos, ohne Kontrolle. Er ist auf der anderen Seite vom Raft, versucht es in Balance zu halten und doch noch irgendwie zu steuern, schafft es aber nicht.

Wir werden das Raft verlieren. Meine Finger umklammern das nasse Seil so fest, dass es mir die Haut aufreißt. Dann ein Aufprall, ein grässlicher Knall – wir haben einen Felsen gerammt. In meinem Kopf dreht sich alles, darum kapiere ich erst mit Verzögerung, dass der knirschende Knall sein Helm war.

Im schwappenden Wasser krabbele ich zu ihm, jetzt doch

ohne Paddel, während es uns immer tiefer in diese tosende Hölle reißt. Er blutet, ein Rinnsal läuft von der Stirn über sein Gesicht. Er zerrt den eingedrückten Helm weg und schüttelt den Kopf – um das Ding ganz loszuwerden? Dann brüllt er mir Anweisungen zu, also muss er ja okay sein, oder? Stimmt doch, oder?

Schmeiß den letzten Packsack raus. Schnapp das Paddel. Alles okay, Pen. Wir schaffen das. Die Schwallstrecken hier sind heftig. Mach dich parat für den großen Abfall. Danach wirds ruhiger, dann finden wir Halt. Wir schaffen das.

Aber das stimmt nicht. Das wissen wir beide. Noch nie habe ich so viel Angst in seinem Gesicht gesehen, überhaupt nie Angst bei ihm erlebt. Der Fluss ist in meiner Kehle, wirbelt bis tief in meine Lunge, flutet alles in mir, und mit der Sicherheit eines Mädchens, die ihr halbes Leben auf dem Wasser verbracht hat, weiß ich: Er wird uns töten.

Wenn wir in den schlimmsten Teil vom Wishbone geraten, kommen wir lebend nicht mehr raus.

Er entdeckt ihn früher als ich: den umgestürzten Baum. Ein Ast ragt teilweise ins Wasser, dahinter ist nur noch tosendes, wuchtiges Wildwasser und viel zu viel leerer Raum, Walzen, Abfälle, tiefe Löcher, der Fluss angeschwollen vom letzten Sturm, jeder Schwall wie ein Wasserfall. Er fixiert den Baumstamm, schaut kurz nach vorne, sieht gleich wieder den Ast an, und ich folge seinem Blick und seinen Gedanken, bin nur Sekunden hintendran … wirklich nur Sekunden …

Das Seil, um meine Hand gewickelt. Hände, die meine Taille packen. So fest. Wir kippen, jeden Moment kippen wir – *Schnapp ihn, Penny!*, brüllt er – und ich gehorche. Ich greife nach dem Ast – tu es oder stirb. Er hievt mich so weit nach oben, dass ich mit dem Baum zusammenkrache, Bauch und

Brustkorb werden mit solcher Wucht dagegengedrückt, dass ich aufkreische. Das Seil um mein Handgelenk wird immer strammer – nichts als dieses Seil verhindert, dass das Raft endgültig weggeschwemmt wird. Es reißt mich nach vorne, und was jetzt aus mir herauskommt, ist so laut, dass ich das Tosen des Wassers nicht mehr höre. Der Fluss kämpft mit mir, wild entschlossen, mich mit sich zu reißen, das Wasser eine unbändige Kraft, die an jedem Hindernis vorbeidrängt. Genau deshalb liebe ich es ja.

Aber jetzt bin ich das Hindernis. Dad auch. Und der Fluss hasst Widerstand.

Es ist okay, Pen. Ich höre ihn kaum vor lauter Gebrüll – ist das ein Schluchzen? Schreie ich? Gibt es dafür überhaupt ein Wort? Meine Muskeln hindern mich am Denken, diese brennende Anspannung, die mir die Knochen aus den Gelenken reißt, während ich mit aller Kraft versuche, das Seil zu mir zu ziehen, ihn irgendwie da rauszuhieven. Mein Körper kann so viel, er ist so nützlich, so fähig, so stark, aber das wird ihn zerbrechen. Dad ist jetzt mitten im wirbelnden Wasser, das Raft ist nur noch ein Haufen Gummi mit einem Seil, das sich um seinen Arm geschlungen hat.

Diesen Kampf kann ich nicht gewinnen. Aber ich versuche es immer weiter. Ich halte das Seil jetzt in den Händen, statt es ums Handgelenk zu haben. Ein Fortschritt, immerhin. Ich schaffe das. Klebriges Blut an den Händen, das Seil glitscht durch, *zieh, verdammt noch mal.* Ich muss es mir wieder um die Hand wickeln. Ich brauche nur noch zwanzig Zentimeter. Nur noch zwanzig Zentimeter. Ich schaffe das.

Ich rutsche ein Stück den Baumstamm entlang, Seil und Strömung zerren an mir. Mein Körper wird in die Länge gezogen, unmöglich für einen Menschenkörper, das knirschende

Knacken in meinem Ellbogen ist noch viel schlimmer als das in der Schulter.

Er brüllt etwas. Immer wieder und wieder, und fuchtelt dabei wie wild im Wasser herum. Ich denke, es wäre einfach die Angst, die seine Worte verzerrt, meine Angst, dazu das Tosen des Wassers, bis endlich zu mir durchdringt, was er da tut.

Er hat keine Angst.

Er versucht sich loszumachen.

Er versucht, uns voneinander zu lösen.

Er bettelt, fleht mich an.

Nicht für sich selbst.

Er will, dass ich loslasse. *Penelope! Lass los! Ich komm nicht frei – lass das Seil los!*

Ich bin klatschnass. Die Strömung hat mich schon halb von dem Baum gezerrt – die Strömung, das Seil, das Raft, sein Gewicht. Er hat das Seil vom Arm runtergekriegt, es umschlingt nur noch sein Handgelenk. Er ist fast frei.

Nein. Nein. Ich hab dich. Versprochen. Ich schaffe das. Ich bin stark genug.

Ich muss es sein.

Ich ziehe. Das Seil rutscht weg, in die falsche Richtung, aber ich fange es wieder ein, auch wenn ich dabei fast vom Baum falle. Sein Schrei ist wie das Kratzen von Nägeln auf Schiefer: *Nein, Penny, hör auf!*

Ich ignoriere ihn. Noch fünfundzwanzig Zentimeter. Oder dreißig? Ich schaffe das. Ich kann ihn da rausziehen.

Ich schaffe das. Ich schaffe das. Ich …

»Penny! Sieh mich an!«

Mein Blick hakt sich in seinen, Blau zu Blau, übers Wasser hinweg.

»Sag deiner Mutter, dass ich sie liebe.«

Ich schreie. Kein richtiges Wort. Nicht mal wirklich ein Geräusch. Nur Schmerz. Nur Begreifen. Nur dieses schreckliche Wissen in seinen Augen.

Und dann:

Lässt.

Er.

Los.

13
Penny

23. Juni

Im Sommer wird die Luft auch nachts selten wirklich kalt. Als würden sich die Bäume und der Boden an die Hitze des Tages erinnern und immer weiter Wärme verströmen. Aber der See wird kühl, wenn die Sonne vergeht.

Es gab eine Zeit, da hatte ich Angst vor dunklem Wasser. Nach dem Unfall hatte ich lange vor allem Möglichen Angst.

Die Angst ist nicht weg. *Du hast so viel Trauma erlebt*, hat Jane immer gesagt, die Therapeutin, zu der Gran mich gebracht hat. Ganz freundlich und sanft hat sie das gesagt, als würde es helfen, wenn es ein Etikett dafür gibt. Wobei ich froh gewesen wäre, wenn es was gebracht hätte, bis zu dem Tag hatte ich nämlich alle möglichen Etiketten anheftet bekommen, die mit einer posttraumatischen Belastungsstörung nichts zu tun hatten, und die waren allein schon zu viel für mich. Am Anfang der Therapie noch eins abzukriegen war nicht wirklich gut; was dabei herauskam, war eine Panikattacke.

Aber das hat sich nach und nach geändert, je länger ich zu ihr ging. Über den Unfall konnte ich nicht sprechen. Also habe ich über andere Sachen geredet. Über mein Leben. Über meine Ticks. Über Mom und den Abstand zwischen uns, den es schon immer gab, der jetzt aber zu einer tiefen Kluft geworden war.

Darüber, wie ich meinen Gedanken früher davonlaufen konnte und jetzt nicht mehr.

Je mehr ich redete und je mehr Jane zuhörte, desto mehr bekam sie mit, und eines Tages kam sie auf etwas zu sprechen, wovon ich noch nie gehört hatte. *Intrusive Gedanken.* Und diesmal war das plötzliche Wissen nicht wie eine Last. Sondern eher wie eine Tür, die bisher immer verschlossen gewesen war, wenn ich an ihr vorbeikam, und die jetzt plötzlich einen Spalt offen stand.

Im Nachhinein fühle ich mich furchtbar dumm. Ich war einverstanden mit einer Sitzung zu zweit mit Mom, weil ich mir eingebildet habe, es wäre besser, wenn Jane das Thema anspricht. Aber da lag ich vollkommen falsch.

Sobald Jane erklärt hatte, dass intrusive Gedanken oft in Verbindung mit Angstzuständen und Zwangsstörungen stehen, war alles, was sie vorher gesagt hatte, wie weggewischt. Mom stürzte sich auf den Teil mit den Zwangsstörungen, das mit der Angst ignorierte sie. Jane versuchte zwar, sie wieder auf die richtige Bahn zu lenken, indem sie betonte, dass das sowohl mit Zwangsstörungen wie auch mit Ängsten und sogar PTBS assoziiert wäre, aber Mom wiederholte nur immer wieder, ich hätte auf keinen Fall eine Zwangsstörung, dafür wäre mein Zimmer einfach nicht sauber genug.

Vielleicht hätte man das alles noch hinkriegen können, wenn Mom nicht so abwehrend gewesen wäre. Vielleicht hätte es funktioniert, wenn Jane nicht angefangen hätte, über medikamentöse Behandlung zu reden und dass es wichtig wäre, das Raften wieder in mein Leben zu integrieren, weil mir das gegen meine Ängste und die intrusiven Gedanken helfen könnte. Da ist Mom *explodiert*. Und das war es dann. Ich durfte nicht mehr zur Therapie.

Ich mache immer noch die Atemübungen, die Jane mir beigebracht hat. Sie helfen mir. Aber das Reden hat mehr geholfen. Und wer weiß, vielleicht hätten die Medikamente und das Herausfinden, wo ich hingehöre und wie ich mit den Angstzuständen umgehen kann, noch mehr geholfen. Aber das werde ich wohl nie in Erfahrung bringen.

Jedes Mal, wenn ich versuche, das alles noch mal anzusprechen, blafft mich Mom an. *Du kennst die Regeln.*

Scheiß auf die Regeln.

In der Sitzung, bevor Mom alles ruiniert hat, hat Jane mir das genau erklärt. Jeder von uns hätte seinen Werkzeugkoffer. Und manchmal würden Leute, deren Problem nicht diagnostiziert ist, sich unbewusst einen eigenen Werkzeugkoffer zulegen. Sich Bewältigungsstrategien zurechtlegen, die nicht wie Bewältigungsstrategien aussehen.

Raften war eins der wichtigsten Werkzeuge in meinem Koffer. Mein ganzes Leben kreiste darum. Ich wurde ruhig, wenn ich es tat. Und als es damit dann vorbei war, war auch Schluss mit der inneren Ruhe.

Meghan hat das Kajak so festgebunden, wie sie es jedes Mal tut, wenn ich das hier mache. Ich knipse die Stirnlampe an und schicke drei kurze Blitze übers Wasser ans Südufer. Dort blitzt es dreimal auf – sie ist bereit.

Ich lasse die Hand ins Wasser gleiten und versuche nicht mal, das Echo seiner Stimme wegzuschieben. Er sagt mir, bevor ich losfahre, soll ich mich vergewissern, dass ich alles dabeihabe, was ich brauche. Es hat keinen Sinn, das zu unterdrücken – er ist in meinem Kopf, in jeder Rundung und jeder Linie in meinem Gesicht, auf allen Wegen durch die Wälder, auf dem Fluss und überall an diesem Ort. Ich komme so sehr nach ihm, dass mich das ruiniert hat – denn jetzt bin ich für meine Mutter keine Tochter mehr, sondern die personifizierte Erinnerung.

Ich steige ins Kajak und greife nach dem Paddel, bevor ich mich vom Anleger abstoße.

Bei dem sanften Gleiten verkrampft sich sofort mein Magen, denn ein Teil von mir erwartet jetzt immer das plötzliche Abkippen und Wirbeln wilder Schwallstrecken, sobald mir der Geruch von Süßwasser und Kiefern in die Nase kommt.

Ich tauche das Paddel immer wieder ins Wasser, bewege mich über den See – auf das Licht von Meghans Taschenlampe zu. Es leitet mich.

Wahrscheinlich bearbeitet sie ihre Fotos auf dem Smartphone, während sie darauf wartet, dass ich endlich loslege und in gutem Tempo über den See komme.

Ich soll einfach auf die andere Seite paddeln. So ist der Plan. Bis jetzt habe ich das zwölf Mal gemacht. Ich musste vieles neu lernen und erst mal wieder Kraft aufbauen. Die Physiotherapie hat geholfen. Aber meinen Ringfinger und den kleinen Finger werde ich nie mehr ohne Einschränkungen bewegen können. Wenn ich eine Weile gepaddelt bin, wird mir die ganze Hand wehtun. Und wenn ich es übertreibe, dann noch viel mehr.

Ich war nie gut darin, meine Grenzen anzuerkennen. Jetzt bleibt mir nichts anderes übrig.

Ich mache das Paddel seitlich am Kajak fest und hebe die Arme, recke sie dem Mond entgegen. Mein ganzer Körper schwelgt in Vorfreude, als ich im Bruchteil einer Sekunde einen Beschluss fasse.

Eins. Zwei. *Kipp.*

Ich gleite nicht ins Wasser. Eine Handrolle mit dem Kajak hat nichts Elegantes an sich. Erst mal ist es ein Rucken, ein Klatschen, ein Aufprall, die Bauchmuskeln ziehen sich zusammen, dazu Gänsehaut am ganzen Körper, weil das Wasser so kalt ist, und dann …

Stille. Frieden. Zu-Hause-Sein

Ich genieße es, denn lange ging das nicht. Jetzt kann ich es. Es gab nicht den einen großen Moment, das hier zu können. Sondern viele kleine Schritte, Fortschritte und Rückschritte. Ich bin nicht sicher, ob ich das geschafft hätte ohne Meghan … sie war einfach da. Egal was passiert ist. Auch als ich geweint und gewütet habe und als ich am Ufer eine Panikattacke hatte bei der Vorstellung, es könnte mich genauso wegspülen wie ihn. Sie ist immer gekommen, und auch wenn sie manchmal gesagt hat, das wäre eine blöde Idee, ist sie immer einfach *da gewesen* – und, na ja, ich habe eben ein Problem mit Leuten, die auf einmal nicht mehr da sind.

Ich lasse Luftblasen nach oben steigen. Ganz langsam und kontrolliert. Die Brust wird mir langsam eng (mein Lungenvolumen ist immer noch beschissen) und ich will mich gerade zurück nach oben drücken, als ich es spüre – da ist eine Bewegung im Wasser, dann schlingt sich etwas um meine Taille.

Mein Kopf prüft nicht mal die Möglichkeiten. Ich reiße den Mund auf und stoße mit einem Schrei alle Luft aus, bevor mein Hirn wieder online geht. Angst überschwemmt mich. Ich presse die Zähne zusammen. *Bloß kein Wasser einatmen.* Mein Körper reagiert, kämpft, weiß genau, dass das schon immer klar war: Es wird das Wasser sein, das mich umbringt, genau deshalb hat Mom solche Angst –

– und dann bin ich aus dem Kajak. Ich weiß gar nicht, wie das passiert, mein Kopf ist vor Panik ganz leer, aber meine Beine sind frei und mein Körper weiß, dass er nach oben muss, bloß vergesse ich, dass ich kein Wasser einsaugen darf, und als ich über Wasser bin, huste und würge ich.

Sie taucht Sekunden nach mir aus dem Wasser und ich brauche noch einen tropfnassen, benommenen Moment, bis ich sie wirklich *sehe*. Und kapiere, dass dieser feuchte Schatten Tate ist.

»*Was machst du da?*« Ich werde nie wissen, wer von uns die Frage herausschreit – gut möglich, dass wir das beide tun, fast gleichzeitig. Ich glaube, wir fühlen in dem Moment genau das Gleiche, wenn auch aus entgegengesetzten Gründen.

Als sich ihr Arm um mich schlingt, wird mein Körper vor lauter Fassungslosigkeit schlaff und lässt sich von ihr mitziehen. Wir treten Wasser, ihre Beine streifen in unablässigen Kreisen immer wieder meine. Meine Stirnlampe schwimmt weg und nimmt das Licht mit sich. In der tiefer werdenden Dunkelheit rutschen meine Finger an ihrer Schulter ab und streifen den Träger ihres Tanktops nach unten, und dieses Detail scheint meinen Kopf wieder auf Touren zu bringen.

»Weg von mir!« Ich stoße mich von ihr ab – nicht wirklich fest, aber doch genug, um Abstand von ihr und dem Flimmern ihrer Haut im Mondlicht zu bekommen. Wasser umflutet mich und sie streift sich die Strähnen aus dem Gesicht, die sich aus ihrem Zopf gelöst haben.

»Verdammt, was soll das, Penny?«, schreit Tate.

»Du hast mich geschnappt! Du hättest mich umbringen können!«

»Du bist untergegangen! Ich dachte …«

Sie unterbricht sich. Da ist nur donnernde Stille, als mir schlagartig klar wird, was sie sagen wollte. Sie hat nicht mal die Klamotten ausgezogen, bevor sie ins Wasser gesprungen ist.

Sie dachte …

Wut blitzt in mir auf, bevor ich mich zusammenreißen oder

es durchdenken kann. Ich bin so rasend, dass ich Wasser auf sie schubse, als wären wir acht Jahre alt und müssten mal wieder ein Picknick am Fluss zusammen machen. »Wie kannst du nur glauben, ich würde meiner Mutter das antun? Und Gran?«

Dir?

»Du bist untergegangen!«, schreit sie wieder wie in einem Loop … ihre Augen sind riesig und ihre Schultern zittern.

Klatschen, Spritzen. Klatschen, Spritzen.

Meghans Stirnlampe fixiert uns wie ein Suchscheinwerfer. Wir schrecken auseinander, bringen Wasser und Abstand zwischen uns und blinzeln in dem grellen Licht.

»Ihr zwei«, knurrt Meghan. »Ab ans Ufer mit euch.«

»Ich –«, wehrt sich Tate. Sie weiß anscheinend nicht, dass man, wenn Meghan diese Stimme benutzt, besser auf der Stelle tut, was sie sagt.

»Jetzt!«

Ich gehorche und Tate kommt hinter mir her, während Meghan mein Kajak an ihrem festmacht und ein Stück neben uns herpaddelt, die Lippen zusammengepresst vor Missbilligung.

Ich drücke mich ab, ziehe die Arme durchs Wasser. Aber ich bin nicht wie Tate: Kraft und Tempo in jedem Zug, ein Körper wie zum Schwimmen gemacht, breite Schultern, lange Glieder und große Hände, die aussehen, als würden meine zweimal reinpassen. Sie prescht an mir vorbei, ganz ohne Anstrengung.

Meghan ist vor uns am Ufer und hat die Kajaks schon aus dem Wasser gezogen, als ich gerade mal die halbe Strecke zurückgelegt habe.

Als meine Füße endlich den sandigen Seeboden berühren, der bald in den Beton der Bootsrampe neben dem Anleger übergeht, ist Tate schon draußen und sitzt auf dem feuchten

Rand der Rampe, die nackten Füße im Wasser. Ich wate weiter, bis mir das Wasser nur noch bis zu den Fußgelenken geht, und fühle mich auf einmal langsam und nutzlos. Am liebsten würde ich mich schütteln und sie mit Wasser vollspritzen wie ein Hund, ich bin nämlich immer noch stinksauer. Sie ist mir nachgekommen. Wie hat sie das ohne ihren Pick-up überhaupt geschafft?

Die Antwort ist klar – auf dem Parkplatz hinter ihr steht Grans Wagen.

»Hast du mich verfolgt?«, herrsche ich sie an. »Und Grans Pick-up geklaut? Was hast du dir da gedacht?«

»Ich kann den Pick-up nehmen, wenn ich ihn brauche, hat Marion gesagt«, zischt sie zurück. »Und was hast du dir bitte schön gedacht, mitten in der Nacht hier rauszupaddeln mit nichts als einer Stirnlampe? Seit wann gehst du überhaupt wieder aufs Wasser?«

»Das geht dich nichts an!«, schreie ich, während Meghan sich genau in dem Moment nach hinten dreht und ruft: »Bis zum Kajakfahren haben wir es schon seit Ewigkeiten geschafft.«

Ich starre sie wütend an.

»Was denn?«, fragt Meghan und betrachtet uns beide von oben. »Sie erzählt das doch keinem. Tate, du sagst das doch bestimmt nicht Lottie, oder?«

Tate antwortet nicht, und meine Welt kippt noch abrupter als ich im Kajak vorhin. Wenn sie es Mom erzählt, ist es vorbei, bevor es überhaupt angefangen hat. Das darf auf keinen Fall passieren. Nicht noch mal. Mom hat schon mal alles kaputtgemacht.

Jetzt habe ich die Chance, es wieder hinzukriegen, und ich werde nicht zulassen, dass sie noch mal alles ruiniert, bloß weil sie den Fluss hasst.

»Unser Friedenspakt«, erinnere ich Tate. »Punkt zwei: kein Petzen.«

»Deine Mom kann doch unmöglich immer noch dieses Ding mit dem Fluss haben«, protestiert sie und wirkt dabei so verblüfft, dass ein Funken Hoffnung in mir aufsteigt.

»Hat sie aber, und wie«, sagt Meghan. »Es gibt eine Poolregel.«

»Eine was?« Tate guckt verwirrt.

»Ich darf in überhaupt keine Art von Gewässer außer einem Pool mit Rettungsschwimmern«, erkläre ich.

»Im Ernst?«

»Darum die Geheimnistuerei und das Kajakfahren in der Nacht«, fügt Meghan hinzu. »Irgendwie müssen wir schließlich üben.«

»Üben für was?«

Ich schüttle den Kopf in Meghans Richtung, aber das nützt nichts mehr.

Meghan streckt die Hände vor. »Das beredet ihr beide besser mal selbst«, sagt sie. »Aber Tate hat recht, Pen. Wir müssen uns was ausdenken, wie wir das tagsüber machen können. Vor allem wenn –« Sie presst die Lippen zusammen. »Ich lass euch jetzt mal in Ruhe reden.«

Sie lässt mich komplett hängen, schnappt sich aber die Kajaks und wird sie ganz allein wieder verstauen, also kann ich nicht wirklich sauer sein. Zumal es ja stimmt: Das zu erklären ist schon eher meine Sache, auch wenn es *unser* Ding ist. Also, das von Meghan und mir.

Aber zuerst war es das von Dad.

Ich setze mich neben Tate, der See schwappt über unsere Füße. Die Bootsrampe ist nicht glatt, sondern hat Rillen, ich spüre sie durch meine Leggings. Ich rutsche herum, will es mir bequemer machen, sitze am Ende aber nur noch näher bei ihr.

»Wofür übt ihr?«, fragt Tate. »Willst du wieder raften gehen?«

»Und was, wenn ich Ja sage?« Natürlich ist Tate nicht wie meine Mutter, aber ich kann an nichts anderes denken als an Moms Reaktion auf Jane. Wie sie nach der Sitzung Dads Laden verkauft hat. Und wie sie ausgerastet ist, als ich sie deshalb zur Rede gestellt habe.

»Du hast das Raften geliebt.«

»Stimmt«, sage ich und ergänze: »Und ich liebe es immer noch.« Die Liebe mag rostig sein, aber sie ist real.

»Na, dann ist doch gut. Wenn es dich froh macht. Und du kannst – deine Hände sind okay, oder? Das Paddeln geht?«

»Ich musste das aufbauen. Mich wieder reinfinden. Meine Übungen machen. Aber bis jetzt läuft es ganz gut.«

»Tut es weh?«

Einen Augenblick lang bin ich still. Bei dem Versuch, Dad zu mir zu ziehen, habe ich mir meine Sehnen ruiniert und mir beinahe zwei Finger an der rechten Hand abgetrennt. Eine fürs Tauziehen typische Verletzung, haben die Ärzte gesagt … Schon klar, warum, aber das hört sich nach Kinderspiel an und nicht nach dem, was es für mich ist: eine physische Repräsentation dieses Verlusts, vor der ich nicht weglaufen kann. Was meine rechte Hand angeht, hatte ich Glück und wirklich gute Chirurgen, die sie wieder aufgebaut haben, außerdem hat Gran aufgepasst, dass ich immer zur Physiotherapie gehe.

»Meine Hand wird immer ab und zu wehtun.«

»Das ist Mist.«

Ich zucke mit den Achseln, denn das gehört jetzt nun mal zu meinem Leben.

»Also trainierst du wieder fürs Raften und willst nicht, dass Lottie das erfährt.«

»Yep, das ist alles.«

Einen Moment lang sieht sie mich einfach nur an. »Du lügst.«

Da hätten wir sie mal wieder: Annas Tochter Tate, Zeugin der schlimmsten Momente meines Lebens und Durchschauerin all meiner Lügen.

»Warum hängt sich Meghan da so rein?«

»Weil ich jemanden gebraucht habe, der mir hilft.« Das ist die Wahrheit, aber eben nur ein Teil davon. Sie sieht mich mit einem Blick an, als wäre sonnenklar, dass das Bullshit ist.

»Sie und ich, wir haben einen Plan«, ergänze ich.

»Was für einen Plan?«

»Meine Mom, die hat doch Dads Hälfte von seiner Rafting-Firma an seinen Partner verkauft, weißt du noch?«

»Ja, das weiß ich.«

»Sie hatte kein Recht –«

»Penny, was hat das damit zu tun, dass du wieder raften willst?«

»Tom ist schon immer vor allem der Mann für die Finanzen gewesen, kein Outdoor-Typ wie Dad. Er will aussteigen und wir haben ausgemacht, dass er die Ausrüstung und den Kundenstamm an Meghan und mich verkauft, wenn wir mit der Schule fertig sind.«

Einen Moment lang ist sie still. »Woher bekommt ihr das Geld dafür?«

»Die Lebensversicherung. Dad hatte zwei Policen. Eine für Mom und eine für mich. Die wird fällig, wenn ich achtzehn bin. Meghan hat was von ihren Großeltern geerbt. Wir werfen das Geld zusammen und machen das gemeinsam.«

Als sie nichts sagt, sondern mich nur schweigend anschaut,

beginnt meine Haut zu kribbeln. »Er hätte das gewollt«, sage ich. »Dass ich den Laden übernehme. Nach dem Schulabschluss hätte ich für ihn gearbeitet.«

»Ich weiß«, sagt sie.

Zwei Worte. Warum bedeuten sie mir so viel? Wieso war ich dermaßen sicher, dass sie mich auslachen würde? Oder mich zusammenbrüllen?

»Wirklich?« Meine Stimme ist zittrig, auch meine Hände zittern. Vielleicht wünsche ich mir, dass sie sie in ihre nimmt, damit das Zittern aufhört … auch wenn ich sie nicht darum bitten kann. Aber ich erinnere mich an den Tag, an dem er beerdigt wurde.

Wird sie ihr Versprechen halten?

»Dein Dad hat dich verstanden«, sagt sie und mir kommen die Tränen, noch bevor der Satz zu Ende ist, denn ja, ja, das hat er. Und jetzt versteht mich keiner … oder vielleicht doch? Tut sie das?

»Es hätte ihm so gefallen, mit dir zu arbeiten«, fährt sie fort. »Deine Mom … sie will, dass du das Geld fürs College nimmst, richtig?«

»Ja.«

»Und wann genau hast du vor, ihr reinen Wein einzuschenken?«

»Ich hab mir gedacht, erst *nachdem* ich achtzehn bin und Meghan und ich Tom alles abgekauft haben, damit sie nicht alles kaputtmachen kann.«

Tate stößt einen Pfiff aus.

»Sie wird versuchen, alles zu sabotieren«, beharre ich.

»Nein, ich versteh schon, warum sie nichts wissen darf. Sie wird nur …«

»Ja«, sage ich, als sie nicht weiterredet, denn es gibt so vieles, was Mom sein wird, wenn sie es dann erfährt, und Tate versteht das besser als sonst irgendwer. Meghan kapiert es auch, weil ich es ihr erzählt habe, aber Tate hat viel davon selbst mitgekriegt.

Manchmal wohl sogar Sachen, von denen ich nichts weiß, weil Mom vor mir weggelaufen ist.

»Wie wärs mit einem Zehn-Punkte-Plan, wie du es ihr beibringen kannst?«, schlägt Tate vor.

Ich werde rot, weil ich glaube, sie macht sich lustig über mich, aber dann schaue ich sie an und merke, dass sie es ernst meint.

»Du erzählst also nichts?«

»Nur wenn du nicht mit diesen verdammten Nacht-Sessions aufhörst.«

»Dann musst du mir helfen und mich decken«, sage ich, was wohl wie die Herausforderung zu einer Wette klingt, denn ihre Augen leuchten auf.

»Klar«, sagt sie und lässt sich darauf ein. »Das mache ich.«

»Warum?«

»Weil deine Mom falschliegt«, antwortet sie. »Und weil ich dir mal gesagt habe, wenn es hier zwei Seiten gibt, bin ich auf deiner. Das geht leicht, wenn es die richtige Seite ist.«

»Und ... was, wenn meine Seite die falsche ist?«

Wieder dieses typische Tate-Schweigen, während sie ihre Worte wägt. »Ich kenne dich schon mein Leben lang, Penny. Bei den wichtigen Sachen habe ich nie erlebt, dass du falschliegst. Es gibt nur ... na ja, falsche Sachen, die *dir* jemand angetan hat.«

Dann steht sie auf und streckt mir die Hand entgegen, während Wasser aus ihren karierten Schlafanzughosen und dem Tanktop tropft.

Ich greife nach ihr, als wäre das ein erster Fortschritt. So fühlt es sich jedenfalls an.

14

ZWEITER AKT: DIE SUCHE

Tate

Fünfzehn Jahre alt

Am Tag des Unfalls soll Marion mich vom Schwimmtraining abholen, weil Mom wegen irgendwelchen Untersuchungen in Sacramento ist.

Als stattdessen Remi auftaucht, weiß ich, dass etwas nicht stimmt. Er hat gerade den Führerschein gemacht, aber seine Mutter ist dermaßen panisch, dass sie ihn so gut wie nie das Auto haben lässt. Aber da steht er, mit dem Autoschlüssel in der Hand, und wartet auf mich. Ich muss mich beherrschen, nicht loszurennen, damit ich schneller bei ihm bin.

Und Gott sei gedankt für Remi, denn das Erste, was er sagt, kaum dass ich nah genug bin, ist: »Mit deiner Mom ist alles okay.«

»Was –«

»Auf dem Fluss ist was passiert.«

Meine Erleichterung verpufft auf einen Schlag. »Penny?«

»Ich weiß nicht. Marion hat meine Mutter vor ein paar Stunden angerufen und gesagt, Penny und ihr Vater wären nicht an der Abholstelle aufgekreuzt.«

»George macht seine Touren doch immer gern länger«, protestiere ich, obwohl da ein dumpfes Pochen in meinem Kopf ist. Mein Herzschlag, aber das kapiere ich erst nicht. Mein Herz schlägt viel zu schnell, versucht meinen rasenden Gedanken hinterherzukommen. (Wann habe ich Penny das letzte Mal gesehen? Was hat sie als Letztes zu mir gesagt? In was für eine Wirklichkeit bin ich geraten, als ich das Schwimmbadgebäude verlassen habe?)

Ich kann immer Luft holen, aber auf einmal kann ich es nicht.

»Die haben das Raft gefunden«, sagt Remi.

Poch, poch, poch.

»Es war total hinüber.«

Poch, poch, poch.

»Anscheinend mussten sie Wasser rausschöpfen.«

Poch, poch, poch.

Und dann flucht er und packt mich unter den Achseln, weil ich sonst mitten auf dem Parkplatz zusammenklappen würde.

»Alles okay«, versichere ich ihm, befreie mich aus seinem Griff und drücke die Knie durch.

Poch, poch, poch.

»Wo haben die das Raft gefunden? Wo wird gesucht?«

»Bei Devil's Fork, da ist das Ding aufgetaucht.«

»Die sollen lieber weiter oben gucken«, sage ich. »George wollte mit Penny auf den Wishbone, als Geburtstagsgeschenk, das hat er letztes Mal gesagt, als ich mit den beiden draußen auf dem Wasser war. Ruf deine Mom an. Sag es ihr.«

»Die hat keinen Empfang da draußen, weißt du doch.«

»Okay. Dann fahr hin.«

Er hebt eine Augenbraue. »Ich soll dich heimbringen.«

»Remi.«

»Okay«, sagt er. »Fahren wir.«

Remington ist mein bester Freund. Darum hören wir auf der Fahrt Musik von meinem Telefon statt von seinem und er sagt kein Wort, sondern lässt mich aus dem Fenster starren und mir die Nägel blutig beißen.

Bestimmt ist alles okay mit ihr.

Auch wenn sie Wasser schöpfen mussten – sie ist eine gute Schwimmerin. Und garantiert hat sie ihre Schwimmweste angehabt. George würde niemals zulassen, dass ihr was passiert.

(Das Erste stimmt, schon bei dem Zweiten bin ich mir nicht ganz sicher, und was das Dritte angeht … Ich glaube, das rede ich mir nur ein, denn es gibt Dinge, gegen die auch der Beste und Stärkste machtlos ist.)

Die Kiefern sind so schön um diese Jahreszeit, aber als die Straße immer höher in die Berge führt, sind sie für mich nur noch vorbeiziehende Schatten vor den Fenstern. Wir nehmen Kurve um Kurve, eine enger als die andere, vorbei an Felsklippen und Bäumen, der Fluss nur ein gelegentliches Aufblitzen von Blau und Weiß durch die dichten Kiefern, wenn man in die richtige Richtung schaut. Ich versuche mich auf die Bäume zu konzentrieren – ganz egal, auf irgendwas –, aber als Remi an einer Gabelung stehen bleibt, geht das nicht mehr.

»Wir können meine Mom suchen –«, beginnt er.

Ich schüttele den Kopf. Devil's Fork liegt ein paar Meilen nach Süden die Straße entlang, der Wishbone fünfzehn Meilen im Norden. Wir dürfen keine Zeit verlieren. Wenn sie verletzt ist …

»Zum Wishbone. Jetzt.«

»Meine Mutter kriegt einen Anfall.« Er seufzt, fährt aber Richtung Norden.

Nichts ist einfach im Wald. Das ist die erste Regel, die man mir über ihn beigebracht hat. Der Wald ist harte Arbeit. Du musst dich reinhängen. Er zwingt dich, dir zu verdienen, was du willst.

Du musst ihn respektieren. Was er dir gibt. Was er dir nimmt.

(Hat er sie genommen?)

»Da ist eine Tasche auf dem Rücksitz.« Remi dreht den Kopf. »Notfallzeugs. Wir sollten sie mitnehmen.«

Ich löse den Gurt, um sie nach vorne zu holen, ein schweres, robustes Ding mit sorgfältig zugezogenem Reißverschluss. Remis Mutter weiß, was sie tut, also klammere ich mich an der Tasche fest wie an einem Rettungsanker.

Eine Weile lang folgen wir dem Flusslauf, doch dann wechselt die Straße abrupt die Richtung und beginnt in so scharfen Kehren in die Höhe zu klettern, dass sich mein Magen zusammenzieht. Remi fährt an der nächsten Gabelung rechts auf eine kleine Forststraße, die nach ein paar Meilen erst zu einer Schotterpiste und dann zu einem holprigen Waldweg wird, auf dem sich ein Schlagloch ans andere reiht. Noch ein Stück weiter ist dann ganz Schluss: Ein Betriebstor versperrt uns den Weg.

»Scheiße«, sagt Remi.

Ich steige aus und rüttle daran, aber es ist mit einer Kette gesichert und drum herumfahren geht auch nicht. Remi steigt auch aus, die Notfalltasche über der Schulter.

»Lass uns einen Check machen, was wir haben«, sagt er, ganz der Pfadfinder. Aber das kann ich ihm nicht übel nehmen.

Wir prüfen, was in der Tasche ist: ein Erste-Hilfe-Set, Flaschen mit Wasser, eine Decke, Kleidung, Müsliriegel, zwei Trillerpfeifen, ein Messer und eine Taschenlampe. Remi schlingt sich eine der Pfeifen um den Hals und gibt mir die andere.

Ich hole mein Handy raus und stelle den Timer. »Wir laufen dreißig Minuten lang. In der Zeit sollten wir mindestens zwei Meilen schaffen. Alle zehn oder fünfzehn Schritte rufen wir ihre Namen, damit sie Zeit zum Antworten haben und wir sie hören können.«

»Okay, dann los.«

Wir setzen uns in Bewegung, entschlossen und mit schnellem Schritt.

»Penny!«

»George!«

(Ich zähle die Schritte. Eins. Zwei. Drei. *Bitte.* Vier. Fünf. Sechs. *Das kann einfach nicht sein.* Sieben. Acht. Neun. *Wenn sie okay ist …* Zehn. Elf. Zwölf. *Ich tu alles.*)

»Penny!«

»George!«

Ich trage Flipflops ohne Profil und rutsche immer wieder auf der dichten Decke von trockenen Fichtennadeln aus, die den Boden des Forststräßchens bedecken. Hier ist schon ewig lang niemand mehr gewesen. Vielleicht seit der letzten Waldbrandsaison.

»Penny!«

»George!«

Stetig und entschlossen stapfen wir weiter, dabei läuft mir Schweiß über den Rücken.

»Penny!«

»George –«

Remi schnappt mich am Arm. »Tate, guck mal da.« Er zeigt in die Richtung, die er meint, aber ich brauche einen Moment, um zu sehen, was er entdeckt hat: Zwischen den Bäumen blitzt grellorange etwas auf.

Hoffnung – sie ist etwas Schreckliches. Das habe ich gelernt.

Ich renne los. Der Forstweg steigt steil an, die Bäume werden lichter. Endlich finde ich den richtigen Blickwinkel. Von hier aus kann ich runter zum Fluss schauen – und ich sehe *sie* auf der steilen Uferböschung. Sie hat sich aufgesetzt, sie lebt. (Oh Gott, sie *lebt*.)

Das Orangefarbene ist ihre Schwimmweste, die sie immer noch anhat. Sie sitzt mit dem Rücken zu mir da und starrt ins Wasser.

»Penny!«

Sie rührt sich nicht. Kann sie mich überhaupt hören? Ich rufe lauter. »Penny?« Immer noch nichts.

Ich muss da runter.

Wo ist George? Ich schaue mich hektisch überall um, als Remi hinter mir auftaucht.

»Remi, hol das Auto.«

»Aber das Tor –«

»Denk dir was aus. Oder hol die Moms her.«

»Ich kann doch nicht –« Er bleibt stehen, sieht sie an, sieht mich an. Dann schluckt er. »Okay, ich krieg das hin.«

»Mach schnell.«

Er nickt. Ich höre, wie er losstürzt, doch mein Fokus liegt jetzt ganz auf ihr. Ich muss da runter. Ich könnte ein Stück weitergehen und einen leichteren Weg suchen, aber sie ist genau *hier* … und trotzdem ist es, als ob sie mich nicht hören könnte.

Also setze ich mich an den Rand des Hangs, beiße die Zähne zusammen und drücke mich ab, um mit den Füßen voran nach unten zu rutschen, was ziemlich wehtut. Kleine Steinchen und Äste zerkratzen mir den Rücken und ich verliere einen meiner Flipflops, aber ich komme unten an.

»Penny.« Ich krabbele zu ihr.

Sie ist … vollkommen kaputt. Ihre Hände. Oh mein Gott. Ihre *Hände*.

»Penny?«

Es dauert einen Moment, aber jetzt, wo ich direkt vor ihr knie, nimmt sie mich doch in den Blick. »Tate.« Dann kichert sie, ein hohes, hysterisches Kichern, das mich in Panik versetzt. »Du hast mich gefunden. Natürlich. Natürlich.«

»Alle suchen dich.« Konzentrier dich auf die Fakten. »Penny, ich glaube, du bist verletzt, schlimm verletzt. Deine Hände –«

»Denen gehts gut«, insistiert sie und wedelt damit – ich sehe *Knochen* zwischen den tiefen Wunden und Schwellungen aufblitzen, da bin ich ziemlich sicher –, und dazu diese Stimme … das ist nicht *sie*.

»Penny«, sage ich langsam und blicke mich um. Von ihren Sachen ist nichts zu sehen. Nicht mal eine Wasserflasche oder ein Paddel … einfach nichts. Der Fluss ist an die drei Meter weiter unten. Wie ist sie bloß hier hochgekommen mit diesen Händen? »Wo ist dein Dad?«

»Er ist tot«, sagt sie so sachlich, dass es wie ein Stoß durch mich hindurchfährt.

»Nein, das –«

»Er ist *tot*.« Sie blafft mich an, ihre eben noch so unbewegte Stimme ist jetzt ein wildes Knurren. Und auf einmal ist es wieder Penny, aber nicht die Penny, die ich kenne. Ihr Blick hat nie so gebrannt – ich bin die Asche in ihrem Lodern, Dreck bohrt sich in meine Knie.

»Okay«, sage ich. »Er ist tot.«

Es ist, als hätte ein Schuss sie erwischt; sie zuckt kurz auf und dann, *oh*, dann sinkt sie in sich zusammen, immer mehr und mehr, als meine Zustimmung in ihr ankommt.

»Danke«, flüstert sie.

Sie beginnt zu schluchzen, außer sich vor Kummer, und da erst erwischt mich der Horror des Ganzen.

Ich weiß nicht, was ich zuerst tun soll. Etwas wie Panik pulsiert unter meiner Haut. Ich muss ruhig bleiben. Ich muss der Fels sein.

(Ich muss ihr Fels sein – oh Gott, sie braucht einen.)

Sie sieht entsetzlich aus.

Blutig und zerschlagen, das Gesicht und die Beine von peitschenden Ästen verkratzt. Zwei Riemen ihrer Schwimmweste sind abgerissen; nur eine Schnalle ist noch dran. Ihre Hände sind nichts als rohes Fleisch, blutrot und dunkelviolett. Ein paar ihrer Finger stehen in die falsche Richtung weg. Hat sie überhaupt noch alle? Mein Hirn stolpert über diesen schrecklichen Gedanken und ich versuche sie zu zählen. Sie hält den Arm seltsam, als könnte sie ihn nicht strecken. Ist er gebrochen? Ich muss sie ins Krankenhaus schaffen.

»Er hat losgelassen. Im Wasser. Er hat das Seil losgelassen. Ich hab ihm gesagt, dass ich ihn habe. *Ich hatte ihn wirklich.* Ich war stark genug. Das war ich, Tate. Ich war stark genug. Ich hatte ihn, das schwöre ich. Ich hatte ihn. Ich hatte ihn. Ich *hatte* –«

»Das weiß ich.«

Ihre Haare verdecken einen Teil ihres Gesichts und ich will schon die Hand ausstrecken und sie wegschieben, aber dann wird mir klar, dass ich das nicht tun sollte, denn auch ihre Kopfhaut ist auf einer Seite blutdurchtränkt. Hat sie sich den Kopf angeschlagen? Wo ist ihr Helm?

»Warum hat er losgelassen?«

Gott, ihre Hände sind zerfleischt.

»Das wollte er nicht.«

Ich schaue über die Schulter. Kann sie laufen? Soll ich sie nach oben schaffen?

»Er hat es aber *getan.*« Ihre Hand streift das Knie, nur ein wenig, aber schon das lässt sie aufschreien.

Wie lange ist sie schon so? Den ganzen Tag? Ihre Haare sind

nicht mehr nass. Also mindestens so lang, wie es dauert, bis die Luft sie getrocknet hat. So lang, dass das Blut in ihren Haaren fest zu werden beginnt und an den Armen und Beinen schon geronnen ist. Lang genug, dass sich Blutergüsse und wüste Schwellungen gebildet haben.

Viel zu lang.

Mein Gehirn rast in tausend Richtungen auf einmal. Sie braucht Ärzte. Medikamente. Antibiotika. Bestimmt muss sie operiert werden. Wo ist Remi mit dem Auto? Wir müssen sie in den Ort bringen, und dann die Berge runter in ein richtiges Krankenhaus.

»Warum hat er losgelassen?« Sie wiederholt das immer wieder, wie in einer Endlosschleife. Ihr enormer Fokus – das, was dir das Gefühl gibt, wirklich wahrgenommen zu werden, wenn sie dich anschaut – ist jetzt ganz auf diese entsetzliche Frage gerichtet, und sie ist darin gefangen, kommt nicht frei.

Ich strecke die Hände aus, und als ich ihr Gesicht berühre, versuche ich, ganz zart und vorsichtig zu sein. (Ich will es so dringend.) Sie erstarrt, wehrt sich aber nicht. Ihr Blick trifft meinen. Und dann ebbt das Zittern langsam ab, bis es nur noch ein leises Beben dessen ist, was ihren Körper aufrecht hält – Adrenalin und Schmerz und wer weiß was sonst.

»Tate«, sagt sie wieder. »Du bist echt.«

(Als würde sie mir diesen Status erst verleihen.)

»Ja«, sage ich. »Ich habe dich gesucht.« Ich fahre mir mit der Zunge über die Lippen. Einfach. Ich muss alles einfach halten. Dafür sorgen, dass sie mit mir spricht und hierbleibt, statt wegzudriften in das, was da passiert sein mag. »Wir sollten … wir sollten nach Hause. Klingt doch gut, oder? Nach Hause?«

»Nach Hause«, wiederholt sie abwesend und dann fällt ihr Gesicht in sich zusammen, wirkt auf einmal zerknüllt wie ein

Taschentuch in der Hosentasche. »Nach Hause«, sagt sie wieder. »Oh Gott. *Mom.*«

»Du bist okay. Sie wird so erleichtert sein.«

Ich habe den Satz kaum ausgesprochen, da weiß ich schon, wie falsch das ist.

Penny lacht. Nicht hysterisch wie vorhin. Ein grässliches Lachen, voll Trauer und Gewissheit.

»Sie wird mich hassen«, sagt sie mit der gleichen Sicherheit, mit der sie *Er ist tot* gesagt hat, und ich kann gar nicht anders, als ihr das zu glauben, denn George ist eben das Metall für Lotties Magnet.

Wohl eher *war* … verdammte Scheiße.

»Warum hat er losgelassen?«, fragt sie ohne Hoffnung.

»Ich weiß nicht«, antworte ich, obwohl ich ziemlich sicher bin, dass ich es eben doch weiß.

Er hat losgelassen, um sie zu retten.

(Ich hätte das auch getan.)

15
Tate

24. Juni

Im Licht vom Parkplatz am See wringt Penny ihren Pferdeschwanz aus, das Wasser platscht auf den Asphalt.

Ich bin auch total nass, die Schlafanzughosen und das Tanktop kleben mir an der Haut, was ohne BH ein bisschen peinlich ist. Aus meinem nassen Schlafzopf tropft es mir die ganze Zeit auf den Bauch, ich würde ihn gern aufmachen und ausdrücken, so wie sie das tut.

»Hast du wenigstens ein Handtuch dabei?«, frage ich. Meine Schwimmtasche ist nicht im Pick-up, weil es ja nicht meiner ist.

»Ich hab nicht damit gerechnet, richtig nass zu werden.«

»Du hast dich umkippen lassen!«

»Das war was Spontanes. Der Moment hat einfach gepasst. Wobei du ihn mir ja ruiniert hast.«

Ich starre sie wütend an und sie seufzt. »Ich hab Decken im Auto. Komm.«

Sie schließt ihren Kombi auf, kramt im Kofferraum und fördert schließlich zwei Fleecedecken zutage. Eine gibt sie mir und ich drehe mich weg, mit dem Rücken zu ihr, damit ich die Decke wie einen Schutzschild um den Körper wickeln kann. Dann schäle ich mich aus der Hose und dem Top und stecke die Decke im Togastil fest.

Ich beuge mich vor, um meine nassen Sachen aufzusammeln, und als ich mich wieder aufrichte – ich wollte sie nicht so anschauen, das schwöre ich –, fällt mein Blick auf sie und ich sehe doch richtig hin.

Sie ist nicht nackt.

Wenn sie es wäre, würde ich weggucken. (Das ist nicht das, was ich will, nicht auf diese Art.)

Auch sie hat sich die Decke umgewickelt, ihre Schultern sind nackt und sie macht sich die Haare zusammen. Mein Blick folgt ihren geübten Bewegungen, wie meine Hände es gern täten, den Kopf hat sie zur Seite geneigt, und all das sollte mich nicht so erwischen, es ist doch etwas ganz Schlichtes und nicht mal das erste Mal, dass ich das sehe. (Aber irgendwie ist das anders hier im Parkplatzlicht, nach der Angst und dem Sprung ins Wasser, und mit dem, was ich gerade von ihr gehört habe.)

»Alles okay?«

(Da ist nichts anders, Tate, was bildest du dir bloß ein? Manche Mädchen kriegen manche Sachen einfach nicht.)

»Ja«, sage ich. »Alles in Ordnung. Danke für die Decke.«

»Wir sollten los. Ist schon fast zwei.«

»Ja. Ich werd bloß …« Ich zeige mit dem Daumen hinter mich auf den Pick-up, dann mache ich ein paar Schritte nach hinten von ihr weg.

(Ich kann nicht von ihr wegschauen, drehe mich erst um, als sie es tut – wie verdammt blöd ich bin.)

Ich steige ins Auto, aber Penny fährt als Erste los. Gott sei Dank tut sie das, denn ich kann nur gerade so lang an mich halten, bis ihre Rücklichter verblassen. Sobald Penny außer Sicht ist, drehe ich durch.

Es lässt sich nicht anders benennen oder umschreiben. Ich drehe vollkommen durch, umklammere das Lenkrad so fest, dass meine Knöchel weiß werden, während meine Tränen sich mit dem Seewasser mischen, das immer weiter aus meinen Haaren tropft.

(Ich dachte wirklich, sie –

Ich habe nicht mal gezögert.

Ich bin einfach gesprungen.)

In meinem Kopf schwirrt es. Eine typische Folge von zu viel Adrenalin. (Und Penny hat es wirklich drauf, mein Adrenalinlevel hochschießen zu lassen, was?)

Eine Bewegung im Augenwinkel ist die einzige Warnung, die ich kriege, bevor sie ans Fenster klopft. Ich schrecke nicht zusammen, auch wenn ich nicht gehört habe, dass sie zurückgekommen ist. Aber ich würde gern durch den Boden von Marions Pick-up kriechen und mich in der Erde vergraben, um von ihr wegzukommen, denn ich kann unmöglich verbergen, wie sehr ich geheult habe.

Ich lasse das Fenster runter und hebe eine Braue, als wären meine Augen nicht genauso rot wie meine Nase.

»Du bist nicht hinter mir hergefahren. Da dachte ich, vielleicht ist der Wagen nicht angesprungen.«

»Alles okay.«

Sie legt die Hände übers offene Fenster – glaubt sie im Ernst, ich würde es wieder zumachen? Wobei mir das allen Ernstes kurz in den Sinn gekommen ist. Ihre Finger – die Nägel sind in einem Goldton lackiert, mit kleinen schwarzen Dreiecken oben – schlingen sich um das Glas.

»Wahrscheinlich hab ich dich genauso erschreckt wie du mich«, sagt sie.

Das bebende Ausatmen, das mir entfährt, ist demütigend, aber ich kann nicht anders. »Stimmt wohl.«

»Tut mir leid.«

»Wirklich?«

Sie wird rot, als wäre das ein Vorwurf. So wollte ich es nicht klingen lassen.

»Ich denk mal, es ist nicht so leicht auszuhalten für mich, dass du bei jeder Katastrophe in meinem Leben dabei bist, Tate.«

»Ich – ist es das, was ich für dich bin?« Meine Stimme zittert, was sie da sagt, erschüttert mich. Ist das ihr Bild von mir? Bin ich für sie eine Figur, die für immer in ihren schlimmsten Erinnerungen auftaucht?

Ihre Augen weiten sich. »Nein. Nein. Ich bin nur –« Ihre Finger umfassen den Fensterrand jetzt noch fester, bewegen sich eher zu mir her als von mir weg. »Dein Leben und mein Leben, Tate, sind auf verschiedene Art beschissen, stimmts?«

Ich nicke.

»Aber du bist … du scheinst immer mit allem zurechtzukommen. Und ich nicht. Kein bisschen. Ich renne rum und versuche wie eine Irre, Sachen in Ordnung zu bringen, aber das endet in gut der Hälfte der Fälle bloß damit, dass mir alles um die Ohren fliegt, und wenn das passiert, bist du immer dabei. Und ich – ich will ja nur …«

»Was?«

»Mir wärs einfach recht, wenn mir nicht dauernd vor deinen Augen irgendwas schiefginge, okay?«

»Penny, ich …« Mein Mund weiß nichts zu sagen, aber mein Körper anscheinend schon, denn ich strecke die Hände nach ihr aus, meine Finger streichen über ihre, die immer noch den Fensterrand umklammern, und der Atem, der ihr entweicht …

… elektrisiert sie das auch? Ist es wie dieses Rucken, das einen durchfährt, wenn man zum ersten Mal ins Wasser springt – der

Körper warm, das Wasser kalt – dieser Schock, dem man nicht entkommen kann?

Wenn ich sie jetzt anschaue, ist es vorbei, also starre ich auf unsere Hände. Ihre und meine. Meine Finger liegen auf ihren, beide kühl vom See, aber die Gänsehaut hat einen anderen Grund.

Zumindest bei mir.

»Nur weil es aussieht, als hätte ich alles im Griff, heißt das nicht, dass es auch so ist.«

Mich habe ich jedenfalls nicht im Griff in diesem Moment.

»Das medizinische Zeug hast du jedenfalls viel besser drauf als ich«, flüstert sie. Ich kenne sie gut genug, um zu wissen, wie schwer es ihr fällt, das zuzugeben.

»Was solche Sachen angeht, habe ich einfach mehr Übung«, sage ich. »Aber von uns beiden bist du die, die operiert worden ist und lange im Krankenhaus liegen musste.«

Ihre Augenbrauen zucken, als wollte sie ein böses Gesicht machen. »Das ist nicht das Gleiche. Meine Hände – das ist was ganz anderes.«

»Kann sein, trotzdem hast du mehr Erfahrung als Patientin. Wetten, du weißt, welche Sorte Jelly im Krankenhaus die beste ist.«

»Ganz klar der grüne.«

»Limette? Igitt.« Zum Teil sage ich das nur, damit sie Gelegenheit hat, mich zu verspotten, und genau das macht sie.

Sie verdreht die Augen. »Dein Süßigkeitengeschmack ist so spießig.«

»Ich mag den roten.«

»Der schmeckt doch wie Hustensaft.«

»Leckerer Hustensaft.«

»Wie es aussieht, muss ganz klar ich die Jelly-Entscheidungen für meine *und* für deine Mom treffen, wenn es so weit kommt.«

»Unbedingt.« Ich nicke äußerst ernst. »Sie müssen vor falschen Jelly-Entscheidungen geschützt werden.«

»Ich weiß, was du da machst«, sagt sie und ihre Finger unter meinen bewegen sich, nicht so, als wollte sie sie wegziehen, sondern eher, als ob sie meine Fingergelenke an ihren spüren will. (Aber vielleicht ist das nur Wunschdenken.)

»Was denn?«

»Du willst mich ablenken.«

»*Du* bist doch zurückgekommen und hast *mich* abgelenkt. Ohne dich wäre ich garantiert längst zu Hause.«

»Ich dachte, du hast eine Panne.«

»Hab ich aber nicht. Ich versuch mich bloß davon zu erholen, dass ich wegen dir fast einen Herzanfall gekriegt hätte.«

»Bist du siebzig? So sehr nach Gran hast du dich noch nie angehört.«

»Marion ist doch keine siebzig!«

»Tate!«

Das bringt mich dazu, sie anzusehen (großer Fehler). Ihre Miene macht mir sofort Bauchweh (größerer Fehler) und meine Finger liegen jetzt auf der Narbe an ihrem Ringfinger (größter Fehler von allen).

»Es ist nur noch einen Tag hin«, sagt sie leise.

»Ich weiß«, sage ich. Am Freitag ändert sich alles.

»Das geht zu schnell. Na ja, ich weiß schon, das tut es nicht. Je früher, desto besser, das ist klar. Nur –«

»Du willst, was wir nicht haben. Mehr Zeit.«

»Ist ja nicht bloß, dass …« Sie redet nicht weiter. Ich spüre am Beben ihrer Finger, wie ihr Puls schneller wird. »Ich dachte, ich hätte mehr Zeit«, sagt sie.

Ich warte, ihre Hände zittern jetzt richtig.

»Ich dachte, ich hätte mehr Zeit, um hinzukriegen, dass sie mich wieder lieb hat.«

Ich bin still, und als das Schweigen sich immer weiter hinzieht, hebt sie schließlich den Kopf und sieht mich an. »Willst du mir denn nicht sagen, dass mich meine Mom liebt?«, fragt sie herausfordernd, als wäre das eine Mutprobe. Kann sein, dass ich die Zeugin ihrer schlimmsten Momente bin, aber sie ist die Herausforderung meines Lebens. (Die größte Mutprobe für mein verdammtes Herz.)

»Deine Mom ist schon seit Langem ziemlich scheiße darin, irgendwen liebzuhaben. Das schafft sie nicht mal bei sich selbst«, sage ich.

»Aber *deiner* Mom gibt sie einen Teil ihrer Leber.«

»Ja, das tut sie. Und ich werde ihr ewig dankbar sein und alles für sie tun. Aber das heißt nicht –«

»Was?«

»Das löscht nicht aus, was passiert ist. Damit kriegt sie keinen Freifahrtschein aus dem Knast für beschissene Mütter. Das wäre nicht fair.«

»Sie ist keine beschissene Mutter.«

»Sie *war* es aber.« Ich werde nicht drum herumreden. Auf Pennys Seite zu sein bedeutet genau das. »Nicht weil sie so abgetaucht war in ihre Trauer, sondern weil sie sich, als es ihr besser ging und sie ihre Sachen wieder auf die Reihe gekriegt hat, nicht mal entschuldigt hat oder versucht, es irgendwie wiedergutzumachen. Sie hat einfach getan, als wäre das alles nie passiert. Ist es aber, das weißt du so gut wie ich. Darum meidet sie manchmal auch meinen Blick – ich war nämlich dabei, als Mom sich um sie gekümmert hat. Und genau darum weicht sie auch dir viel zu oft aus. Bei Mom muss sie das nicht tun – Mom ist an ihrer Seite, egal was passiert. Füreinander sind die beiden alles, was sie noch haben.«

»*Wir* sind doch alles, was sie haben«, bricht es aus Penny heraus.

»Das stimmt, aber das mit den beiden ist was anderes«, sage ich. »Wir sind fast erwachsen. Wenn alles läuft, wie es soll, ziehen wir aus. Ziehen weiter in unser eigenes Leben. Aber sie sind –«

»Für immer«, ergänzt sie fast bitter.

»Die sitzen dann als alte Frauen auf der Terrasse und stricken«, sage ich, denn über dieses Bild lachen Mom und Lottie immer gern.

Ihr entlockt das aber kein Lächeln. Sie zieht die Finger weg, und meinen ist ohne sie plötzlich ganz kalt.

»Wir sollten zurück«, sagt sie. Den Ausdruck »nach Hause« scheint sie bewusst zu vermeiden.

Aber das ist es jetzt: unser Zuhause. Wir müssen lernen, dass dieses Zuhause jetzt eine neue Form angenommen hat, genauso wie wir lernen müssen, den Platz, den wir haben, zu teilen – etwas, das wir als Einzelkinder bisher noch nie mussten.

»Ich fahr dir hinterher«, antworte ich, sonst nichts, denn wenn ich weiterrede, kommt zu viel hoch.

(Denn ich war dabei in Lotties tiefsten Kummertagen, und Penny war es nicht, wofür ich dankbar bin, doch diese Monate haben tiefe Furchen in mein Herz gegraben. Lotties finstere Impulsivität, jederzeit schussbereit, und der Sog ihres Schmerzes, der mich immer wieder Pillen zählen und ihren Pulsschlag kontrollieren ließ, dazu die unentwegten Was-wäre-wenn-Szenarios.)

Den ganzen Heimweg über bleibe ich dicht hinter dem roten Schein ihrer Rücklichter. Still folge ich ihr durch das Gatter und die Auffahrt hoch, leise bewegen wir uns zum Haus und schlüpfen hinein, doch als ich in den Flur komme, muss ich langsam machen, weil ich nichts sehe und mich nicht erinnern kann, ob der Garderobenständer rechts oder links steht, und wenn ich dieses gusseiserne Monstrum umrenne, wäre das die Krönung von allem.

Also bewege ich mich supervorsichtig. Mache einen Schritt. Und noch einen. Jetzt kann ich die Treppe erkennen, ein Schatten in der Dunkelheit.

Da geht das Licht im Wohnzimmer an.

»Na, ihr zwei?«, sagt eine Stimme.

Ich erstarre. Penny lässt vor Schreck ihre Schlüssel fallen.

Und Mom?

Sie sitzt auf dem Sofa und lächelt uns ironisch an.

16

DRITTER AKT: DIE BEERDIGUNG

Penny

Fünfzehn Jahre alt

Nachdem sie mich ins Krankenhaus gebracht haben, ist für lange Zeit alles verschwommen. Vielleicht weil mich die Ärztin sofort bis oben hin mit Schmerzmitteln und Antibiotika vollpumpt, kaum dass ich da bin. Erst später verstehe ich, warum das sein muss: Meine Hände müssen operiert und meine Schulter wieder eingerenkt werden, außerdem sind ein paar Rippen gebrochen, aber dagegen kann man nicht viel machen, außer mich einbandagieren und mir noch mehr Schmerzmittel verpassen. Lange wehre ich mich gegen alles – auch gegen jeden außer Tate –, aber damit komme ich nicht durch.

Ich bin tagelang in der Klinik, vielleicht auch wochenlang. Nach dem dritten Tag verliere ich den Überblick.

Am dritten Tag finden die Suchtrupps seinen Körper. Es ist das einzige Mal, dass Gran von meiner Seite weicht – sie muss ihn identifizieren.

Meine Mutter sehe ich die ganze Zeit nicht.

»Sie ist krank, Liebling«, erklärt mir Gran. »Sie braucht Ruhe.«

Doch ich weiß die Wahrheit: Sie will mich nicht sehen.

Das wird zur Gewissheit, als ich nach Hause entlassen werde – aber ich komme eben nicht *nach Hause*, sondern zu Gran.

Ich schlafe im gleichen Zimmer, in dem mein Vater als Kind geschlafen hat, und will ihn spüren in den Wänden, den Büchern, den Angelruten, die er hier zurückgelassen hat. Doch ich spüre gar nichts.

Ich bin nicht einfach nur taub, ich bin gar nicht da.

Das Mädchen Penny hat das Haus verlassen, das Land und wahrscheinlich auch den Planeten. Ich treibe im Nirgendwo. Ich bin nichts.

Das gefällt mir besser, als es sollte.

Anna kommt. Sie bringt Tate mit. In der ganzen Zeit, in der die beiden da sind, schauen wir uns kein einziges Mal an.

Sie war bei mir, hat vor mir im Dreck gekniet. Hat mein Gesicht gehalten.

Hat *mich* gehalten und dafür gesorgt, dass ich *dableibe*.

Ich habe nicht mal Danke gesagt.

Ich habe gar nichts gesagt.

Bevor sie gehen, küsst mich Anna auf die Stirn – sie zögert ein bisschen, anscheinend ist sie unsicher, wo sie mich berühren kann, wo es am wenigsten wehtut.

»Das war schön, Tate wiederzusehen, oder?«, fragt Gran, als das Knirschen der Autoreifen auf dem Kies verklungen ist.

Ich zucke mit den Achseln. Mich von ihr wegdrehen kann ich nicht, weil ich immer noch nicht auf der Seite liegen kann. Aber das reicht, sie lässt das Thema fallen.

Mom beschließt, ihn beerdigen zu lassen.

Als Gran mir sagt, dass er in ein Erdgrab soll, starre ich sie bloß an. Sie muss sich abwenden, die Scham brennt rot auf ihren Wangen.

Wieder lasse ich ihn im Stich.

»Die Entscheidung liegt bei deiner Mom, Penny.«

Diesmal ist mir egal, wie weh es tut, mich von ihr wegzudrehen. Der Schmerz ist das Einzige, was mich davon abhält, laut loszubrüllen.

Am Morgen der Beerdigung sehe ich meine Mutter endlich wieder. Gran muss mich zu unserem Haus bringen, damit ich mein schwarzes Kleid holen kann, und da ist sie, im Wohnzimmer, fertig angezogen und auch sonst makellos, nicht mal der Mascara verschmiert. Regungslos vor sich hin starrend sitzt sie auf dem Sofa, doch als die Haustür hinter Gran zufällt, schießt ihr Blick so plötzlich zu uns herüber, dass es wie in einer Jumpscare-Szene in einem Horrorfilm ist.

»Marion?« Von weiter hinten im Haus kommt Annas Stimme.

»Ja, wir sinds«, ruft Gran zurück. Sie hat den Arm um mich gelegt. »Lottie«, sagt sie sanft. »Wir sind hier. Wir wollen doch zusammen hinfahren, weißt du noch?«

Mom nickt, aber eine Sekunde zu langsam. Sie starrt auf meine Wundauflagen und Verbände, die ich gern verstecken würde, aber das geht nicht, denn jede Bewegung schmerzt, schon der Gedanke an die verletzten Stellen und das Stillstehen tun weh.

»Hallo, Liebling«, sagt Mom.

»Penny, willst du dich jetzt umziehen?«, schlägt Gran vor, als ich keine Antwort gebe.

Aber ich habe mein Ziel jetzt genau im Visier. Ich schüttele den Kopf und marschiere aus dem Vorraum ins Wohnzimmer, bis ich aufrecht vor ihr stehe, meine Blutergüsse, Wunden und Verbände direkt vor ihren Augen.

Es gibt so vieles, was ich sagen will. Ich hasse sie und ich liebe sie und ich *brauche* sie, und sie war die ganze Zeit hier und wusste das, sie weiß es auch jetzt, und trotzdem ist sie …

Wie eingefroren.

Ich bin wirklich nichts, bedeute ihr nichts.

»Warum tust du ihn in die Erde?«

Es ist das erste Mal seit Tagen, dass ich überhaupt etwas sage. Ich schleudere es ihr entgegen, weil es sich anders gar nicht sagen lässt. Das ist so aberwitzig. Aberwitzig und verkehrt.

Er hätte das nicht gewollt.

»Penny«, krächzt sie. »Bitte, Liebling, tu mir das nicht an. Nicht heute.«

»Dann steck du ihn nicht in eine Kiste.«

»Penny.« Sie schüttelt den Kopf. »Ich brauche mein Mittel.«

»Liebling«, sagt Gran von irgendwo hinten. »Komm schon, du musst dich jetzt anziehen.«

Aber sie kann mich nicht an den Händen oder Armen nehmen oder an der Schulter packen und mich wegziehen – diesen Vorteil nutze ich aus und bleibe, wo ich bin.

»Er hätte das nicht gewollt.«

Mom schüttelt immer weiter den Kopf. »Anna?«, ruft sie. »Ich brauche meine Pillen.«

»Liebling …«, versucht Gran es mit noch mehr Nachdruck.

Aber ich mache weiter. Seit Gran es mir gesagt hat, kann ich an nichts anderes mehr denken. Dad in einer Kiste. Dad eingesperrt, für immer. Dad, der es so geliebt hat, draußen im Freien zu sein, tief in der Erde, wo es dunkel und muffig ist.

»Du weißt ganz genau, was er wollte«, fahre ich fort. »Das Wasser wollte er, im Flu–«

»Wag es nicht.« Auf einen Schlag schießt sie hoch, wie eine zum Zuschlagen bereite Schlange. Sie steht jetzt direkt vor mir, und ich bin zwar fast genauso groß wie sie, aber doch nicht ganz. »Glaubst du im Ernst, ich lasse ihn noch mal in diesen gottverdammten Fluss? Du bist doch verrückt.«

»Lottie!«

Es ist nicht Gran, die das sagt, sondern Anna. Sie kommt aus einem der hinteren Zimmer nach vorne gerannt, Tate direkt neben ihr.

»Hast du das gehört?«, fragt Mom und fährt dann in geradezu spöttischem Tonfall fort: »Der Fluss *bringt ihn um* und sie findet, ich soll ihn wieder da reintun. Verrückt!« Als sie mich dieses Mal verrückt nennt, brüllt sie es mir direkt ins Gesicht.

Ich will mich wegducken.

Aber ich bin ja nichts. Und das hat anscheinend auch Vorteile.

»Jetzt reicht es aber«, knurrt Gran.

»Lottie, du musst *aufhören*«, sagt Anna. »Penny, meine Süße, geh einfach mit Tate, okay?«

»Nein«, sage ich.

Meine Mutter senkt den Kopf, aber ich jage ihren Blick, bewege mich in ihr Gesichtsfeld. Ich werde mich nicht einfach von ihr ausblenden lassen. »Wenn du das tust, verzeihe ich es dir nie im Leben.«

Da sieht sie mich an.

Und dann lacht sie.

»*Ich* bin wirklich nicht diejenige, die Verzeihung nötig hat.«

Und so kommt es, dass Gran am Tag von Dads Beerdigung meiner Mutter eine Ohrfeige verpasst.

Ich gehe nicht mit. Gran bittet und bettelt. Mom ist es egal. Anna versucht, gute Gründe zu liefern, aber ich kann einfach nicht.

Ich bleibe auf der Veranda hinter dem Haus und höre sie drinnen rumoren. Gran ruft ein letztes Mal meinen Namen, aber nachdem ich nicht reagiere, seufzt sie nur und ihre Schritte verklingen. Als ich das Auto wegfahren höre, entspanne ich mich endlich –

– nur um gleich darauf zusammenzuschrecken, weil sich die Schiebetür hinter mir öffnet. Ganz langsam drehe ich mich um – ich finde es furchtbar, wie verzögert meine Bewegungen jetzt sind –, und da steht Tate in ihrem schwarzen Kleid, die Haare wie immer in einem französischen Zopf.

»Deine Mom ist nicht bei Sinnen«, sagt sie, läuft quer über die Veranda und beugt sich zu mir. »Ich versteh ja auch, warum. Aber du darfst nicht auf sie hören.«

Ich antworte nicht. Ich weiß nicht, was ich sagen könnte.

Wird sie bis an mein Lebensende Zuschauerin meiner schlimmsten Momente sein? Hält sie mich für so schwach und kaputt, wie ich mich gerade fühle?

Weiß sie, was sie unten am Fluss für mich getan hat?

Ich muss mich bedanken. Aber wenn ich das tue, muss ich es mir selbst auch eingestehen.

Ich war irgendwo hoch über dem Fluss, ohne sie wäre ich vielleicht ganz weggedriftet, für immer. Ich wollte es – will es vielleicht jetzt noch. Aber bevor es so weit kam, war sie da, auch wenn das unmöglich der Fall sein konnte.

Und ich dachte, *natürlich*. Natürlich fantasiert mein Hirn ausgerechnet sie herbei. Ich muss kurz vorm Sterben sein, sonst würde ich nicht träumen, dass sie hier bei mir ist.

Sie konnte nicht echt sein.

Aber dann hat sie mich berührt und war es doch. Sie war da.

Sie hat mich gefunden.

Und zum ersten Mal, seit er das Seil losgelassen hatte, wollte ich weiteratmen. Ein bisschen jedenfalls.

»Meine Mutter hat recht«, erkläre ich ihr, denn Tate hat schon immer das Schlimmste von mir mitbekommen. Da kann sie genauso gut auch meine Wahrheit hören.

»Deine Mom ist voll Bullshit, Trauer und Valium«, sagt Tate geradeheraus. »Sie weiß im Moment nicht mal richtig, wie sie heißt. Aber diese Ausflüchte kümmern mich nicht. Sie hätte bei dir im Krankenhaus sein müssen.«

Es steigt so schnell und unvorbereitet aus meiner Brust hoch, dass ich es unmöglich unterdrücken kann. Als ob sie ein Loch in den Damm in mir gerissen hätte, und was da vorschießt …

»Oh verdammt, Penny«, sagt sie, als ich losschluchze. »Es tut mir leid, ich wollte nicht – ich weiß, dass deine Mom ja selbst viel zu verkraften hat. Aber du bist fast gestorben.«

Ich kann sie nicht umarmen. Meine Angst, mit den Händen irgendwo anzustoßen, ist zu groß. Aber ich lege vorsichtig meine rechte Hand – die mit nur einem Metallstift drin – auf ihr Knie und dann auch die linke, noch viel vorsichtiger. Sie wird vollkommen still. Stößt den Atem aus, wie ein Seufzen oder Keuchen. Ihr Hände bewegen sich unruhig auf ihrem Schoß, nur Zentimeter von meinen Bandagen entfernt.

Wir bleiben lange so sitzen. Berühren uns, aber durch viele Lagen Verband, also fast nicht. Wenn sie die Finger ein bisschen strecken würde, würden ihre Fingerspitzen meine streifen.

»Danke«, sage ich schließlich.

Sie zieht die Augenbrauen hoch. »Wofür?« Jetzt strecken sich die Finger wirklich … ist das Absicht?

»Dass du mich gefunden hast. Dass du bei mir geblieben bist. Dass du auf meiner Seite bist.«

Tates Finger berühren meine. Der zarte Druck ihrer Hand durch den Verbandsstoff lässt mich fast wieder in Tränen ausbrechen.

»Ich werde dich immer finden, wenn du mich brauchst«, sagt sie. »Und bleiben, wenn du das willst. Aber, Penny, es sollte hier keine Seiten geben.«

Tates Finger streifen ganz sanft über meine Hand. Sie fährt mit der Zunge über ihre Lippen. Ihre Augen sind ein Rettungsanker. Ich kann nicht wegschauen.

»Es gibt immer Seiten.«

Ich muss wegschauen, denn wenn ich das nicht tue …

Trauer bringt einen auf die seltsamsten Gedanken. So heißt es doch immer, oder? Meine Mutter hat recht, ich bin wirklich verrückt.

Ich wünsche mir nur so sehr, dass jemand mich hält.

Tate ist diejenige, die wegschaut.

Sie ist auch die, die sich vorbeugt …

… und ihre Lippen auf meine verbundenen Hände drückt.

Erst auf die rechte. Dann auf die linke.

Und Tate ist diejenige, die mich zurück auf den Boden holt, indem sie sagt: »Wenn es hier Seiten gibt, dann bin ich auf deiner.«

DRITTER TEIL

Operationen

(oder das Mal im Pool)

17
Tate

24. Juni

Wir starren Mom an, die sich wie eine triumphierende Königin auf dem Sofa rekelt. Herrgott, sie ist so was von zufrieden mit sich. Sie wird auf keinen Fall zulassen, dass ich mich hier rauswinde.

»Hat das Rausschleichen Spaß gemacht?«, fragt Mom.

Penny zieht ihre Decken-Toga zurecht und fährt sich mit der Hand über die Haare, als könnte sie so verbergen, wie nass sie sind. Dass wir im Wasser waren, ist nicht zu übersehen. Und vor einer Schwimm-Mutter lässt es sich schon gar nicht geheim halten, nicht mal vor einer so unaufgeregten wie meiner.

»Wir waren nur –« Penny fällt keine Lüge ein, sie sieht mich verzweifelt an.

»Mal eben nackt baden?«, fragt Mom. Sie hat die Brauen nach oben gezogen und scheint sich prächtig zu amüsieren. Ihre Augen glitzern förmlich, das ist sogar in dem schwachen Licht zu sehen.

Ich bin wahnsinnig froh, dass meine Teenager-Verlegenheit sie so entzückt. Das bin ich wirklich. Sie braucht jede Gelegenheit zum Lachen, die sie nur kriegen kann.

»Nein!«, ruft Penny und klingt so entsetzt, dass es fast nicht mehr echt wirkt.

»Penny wollte mir unten am Bach Hirsche zeigen«, sage ich schnell, damit sie sich nicht noch tiefer reinreitet. »Die kommen nur nachts dorthin. Ich bin ausgerutscht und ins Wasser gefallen. Sie musste mir helfen, wieder rauszukommen.«

»A-ha«, macht Mom. »Penny, Liebling, schau doch, ob du ein bisschen Schlaf abkriegst, okay?«

»Wirst du –«

»Wir reden morgen früh«, sagt Mom behutsam.

Penny wirft mir einen letzten Blick zu, bevor sie die Treppen hochläuft, und formt mit den Lippen das Wort *Friedenspakt* – als ob ich das vergessen könnte. Ich verrate eh nichts, Friedenspakt hin oder her. Erst recht, weil es bei Lotties Rafting-Verbot gar nicht um Penny geht, sondern nur um Lottie.

Dumm bloß, dass ich nicht das Glück habe, wie Penny einfach nach oben ins Bett entwischen zu können.

Ich mache sonst nie Mist wie diesen. Ich bin eine gute Tochter. Ich schleiche mich nicht raus – das brauche ich nicht. Mom und ich, wir vertrauen einander. Und ich weiß sehr wohl, wie kostbar – und selten – das ist, denn ich sehe ja, was es mit Penny gemacht hat, das nicht zu haben.

»Komm, setz dich her«, sagt Mom und klopft auf einen Berg Sofakissen. »Brauchst du ein Handtuch?«

»Schon okay.«

»Hast du mir irgendwas zu erzählen?«

»Wir waren wirklich am Bach, um die Hirsche anzuschauen. Tut mir leid, wenn ich dir einen Schreck eingejagt habe.«

Einen Moment lang wirkt sie enttäuscht.

Dann schnappt sie sich ihr Telefon vom Couchtisch, öffnet eine App und drückt mir das Teil in die Hand. Ich werfe einen Blick auf das Display: Es ist ihre Kreditkarten-App mit der Info über den Betrag, den ich eingezahlt habe.

»Ich hab eine Mail gekriegt, dass außer der Reihe eine Zahlung eingegangen ist«, sagt sie. »Erst dachte ich, das wäre ein Fehler.«

»Ist es aber nicht.«

»Das habe ich schon kapiert. Tate, was hast du gemacht, Süße?«

Ich schaffe es nicht, sie anzusehen, in dieses offene Gesicht zu schauen, das mir mein Leben lang signalisiert hat: *Du kannst immer mit mir reden.* Ich habe es geglaubt und verflucht und geliebt, ihr Versprechen, das immer gegolten hat. *Wir zwei halten zusammen, egal was passiert.* Und jetzt habe ich dieses Versprechen verraten, einfach indem ich sie umgangen habe.

»Mein Pick-up. Ich habe ihn verkauft und das Geld genommen, um das Minus auf der Karte und ein paar andere Sachen zu bezahlen.«

»Wieso solltest du so was denn tun?«

»Die Karte war fast bis zum Maximum überzogen und ich wusste, wir brauchen sie für Notfälle, weil es immer Notfälle gibt. Und das stimmt ja auch, oder? Wir müssen eine Unterkunft in Sacramento bezahlen und die ganzen Medikamente für die Immunsuppression –«

»Tate, bloß weil du imstande bist, die gelegentliche Abwärtskurve einer chronischen Erkrankung vorherzusagen, bist du nicht Kassandra höchstpersönlich. Sondern immer noch einfach meine Tochter. Und meine Tochter sollte nicht die Kontrolle über meine Rechnungen an sich reißen.«

»Ich hab doch nicht –«

»Du hast das hinter meinem Rücken gemacht, statt mit mir zu reden. Das ist nicht unsere Art.«

»Ich wollte nicht, dass du dir Sorgen machst. Du hast schon genug am Hals.«

»Du hast diesen Pick-up mit Marion aus einem bloßen Fahrgestell neu aufgebaut. Er war dir so wichtig.«

»Ich spar mir was zusammen und such mir ein neues Schrottauto zum Herrichten, bevor ich mit der Schule fertig bin«, sage ich. »Das jetzt … das war eben *noch* wichtiger für mich.«

»Warum?«

»Weil«, sage ich. »Weil …« Dann schüttle ich nur den Kopf und meine Augen brennen.

Manche Dinge bleiben besser ungesagt, denn sie lassen sich nie mehr zurücknehmen. Manche Dinge sollten Mütter nicht hören.

(Weil ich es immer mit mir herumtragen werde, dass ich sie fast verloren habe. Weil ich mir immer mehr Sorgen um sie machen werde als um mich selbst. Weil ich zwar gierig genug bin, um trotzdem dem nachzujagen, was ich für mich will, aber anständig genug, um zu begreifen, wie egoistisch das ist. Weil es von außen gesehen scheinen mag, als wäre *sie* die Belastung, aber in Wirklichkeit bin ich es.)

»Okay«, sagt sie und malt Kreise auf meinen feuchten Rücken, während ich versuche, durch diese Berührung nicht total ins Zittern zu geraten. »Schon in Ordnung. Aber lass uns … lass uns etwas vereinbaren. Wenn du was beitragen willst, redest du erst mit mir. So wie wir das mit dem Wochenendjob im Brauhaus gemacht haben. Ich kann nicht in deinem Team sein, wenn du mich nicht in deine Pläne einweihst. Und wir zwei müssen ein Team sein, jetzt mehr denn je.«

»Ich weiß. Tut mir leid.«

»Es ist *mein* Job, für *dich* zu sorgen«, erinnert sie mich. »Wobei ich schon weiß, dass es manchmal umgekehrt gewesen ist –«

»Das macht nichts.«

»Trotzdem hast du manches verloren.«

»Solange ich nur dich nicht verliere.«

»Ach, Süße.«

»Nur noch ein Tag, Mom«, sage ich.

Sie drückt meine Hand. »Noch ein Tag«, wiederholt sie. Und wir schwelgen darin – in dem Wissen, dass das, was so bald passieren wird, vielleicht, hoffentlich der Punkt sein wird, an dem sich alles wendet.

Ich stehe früh auf. Bevor wir morgen nach Sacramento aufbrechen, muss ich im Apartment noch ein paar Sachen packen. Und irgendeine Art von Putzplan aufstellen, damit wir unsere Kaution zurückkriegen. Ronnie, der Vermieter, ist berüchtigt dafür, sie beim kleinsten Anlass einzukassieren.

Jedenfalls bin ich um halb sechs schon aus dem Bett, und bis es gegen sechs draußen hell wird, habe ich mein Schwimmzeug und eine Jogginghose an und die Tasche gepackt.

Ich schleiche nach unten – gestern habe ich immerhin gelernt, welche Stufen besonders laut quietschen. Aber meine Vorsicht ist umsonst, denn am Ende der engen Treppe sitzt Penny und wartet auf mich.

»Wieso bist du denn schon so früh auf?«, frage ich leise.

»Wir müssen doch die Küche in eurem Apartment irgendwie eingepackt kriegen, oder?«

»Das schaff ich schon.«

»Ich kann dir helfen. Meine Schicht fängt erst mittags an, um zwölf, also hast du mich für fünf Stunden. Später fahren wir dann heim zum Abendessen, das die Moms immer so wichtig finden. Ach ja, und dann hab ich noch ein paar Putzsachen eingepackt, die wir dalassen können.« Sie tippt mit dem Fuß auf die Kiste.

»Ich wollte erst noch zum Schwimmen«, sage ich. Ich hasse es, mich deswegen schuldig zu fühlen.

Sie zuckt nur mit den Achseln. »Kein Problem. Ich kann packen, während du trainierst.«

»Bist du sicher?«

»Klar. Aber lass uns losfahren, bevor sie aufwachen, sonst will meine Mom mitkommen und alles beaufsichtigen, aber dann rennt sie garantiert los, um Lunch für alle zu besorgen, und kommt zwei Stunden lang nicht zurück, also wird deine Mom die ganze Arbeit machen wollen … dabei sollen sich die beiden vor der Fahrt morgen doch ausruhen.«

»Marion ist der einzige vernünftige Mensch in diesem Haushalt«, murmele ich.

»Verdammt richtig«, kommt da ihre Stimme aus der Küche, und als Penny und ich schlagartig verstummen, lacht sie los.

»Tschüss, Gran!«, sagt Penny im Theaterflüsterton, dann schnappt sie sich die Kiste. Ich nehme meine Schwimmsachen und wir machen, dass wir wegkommen. Penny schaut mich über die Schulter an und grinst, als wäre uns ein besonders guter Witz gelungen.

Ich öffne das Gatter, damit sie durchfahren kann, und mache es hinter ihr wieder zu. Dann steige ich in den Kombi, schnalle mich an und beginne in meiner Tasche herumzukramen.

Sie wirft einen Blick auf die lila Sporttrinkflasche, in die vier Liter Wasser reinpassen, und fängt an zu lachen. »Das Ding ist ja gigantisch groß.«

»Es ist nützlich.«

»Kein Wunder, dass deine Haut so strahlt, wenn sie dermaßen gut hydriert ist.«

»Meine Haut strahlt nicht.«

»Meghan hat schon ein paarmal gesagt, ich soll rausfinden,

welche Gesichtspflege du benutzt – also, doch, deine Haut strahlt auf jeden Fall.«

»Das Einzige, was ich benutze, ist Sonnenmilch.«

»Himmel, war ja klar. Das ist absolut unfair. Deine Haut strahlt einfach so und ich sorge für Rekordumsätze in der Pickelpflaster-Branche. Hormonelle Akne ist ein Grauen.«

»Meine Mom sagt, dagegen hilft Minztee«, empfehle ich, während wir uns durch die Kurven runter zum Highway schlängeln.

»Ich würde alles ausprobieren. Als ob die blöden Krämpfe jeden Monat nicht schon schlimm genug wären.« Sie schüttelt den Kopf und fragt: »War deine Mom gestern Nacht richtig sauer?«

»Ja, schon. Aber nicht wegen uns.«

»Was war es denn dann?«

»Sie hat rausgekriegt, dass ich meinen Pick-up verkauft habe.«

»Oh Scheiße.«

»Ist aber wieder in Ordnung.«

Sie sieht mich skeptisch an. »Im Ernst?« Sie biegt auf die Autobahnauffahrt Richtung Stadt ein. »Das lässt sie dir durchgehen? Und du hast dir so einen Kopf gemacht.«

»Ich glaube, Mom hat einfach nicht die Energie, mich zu bestrafen«, sage ich.

»Ich könnte ja sagen: *Glück gehabt*, aber der Grund ist einfach zu beschissen.« Sie wechselt auf die linke Spur, um einen Holztransporter zu überholen.

Ich weiß nicht warum, aber irgendwie entlockt mir das ein Lächeln. »Glück ist das nicht. Sie und ich, wir haben einen Deal.«

»Was für einen Deal denn?«

»Wir machen kein großes Theater um Kleinigkeiten, sondern konzentrieren uns auf das, was wichtig ist. Ich hab wirklich gedacht, das wird ein schlimmer Streit, deshalb war ich so besorgt. Aber jetzt gibt es eben größere Sachen, die uns Sorgen machen. Ich wusste nicht, dass wir einen Monat lang irgendwas in Sacramento mieten müssen, bis die beiden sich erholt haben. Jetzt weiß ich das, und vielleicht hast du letztlich schon recht mit deinem *Glück gehabt* – den Pick-up zu verkaufen war doch gut.«

»Nein, ich habe nicht recht. Das war kein Glück – das warst du, die sich ins Zeug gelegt hat«, sagt sie. »So wie du das immer machst.«

Da muss ich aus dem Fenster gucken. Mich auf die vorbeiflirrenden Bäume konzentrieren. Sonst könnte es passieren, dass ich die Hand ausstrecke und nach ihrer greife, um zu sehen, ob die sich nach gestern Nacht noch an meine erinnert – meine Hand tut das nämlich.

18
Penny

24. Juni

Allein in Tates Apartment zu sein ist seltsam. Ich habe sie beim Schwimmbad abgesetzt und bin gleich rübergefahren, wo ich die Kiste mit dem Putzzeug dann erst mal die Siebzigerjahre-Betonstufen hochgeschleppt habe.

Der Müll steht noch rum, also schnappe ich ihn mir und gehe gleich wieder nach unten.

Der Container steht am anderen Ende vom Parkplatz, und als ich hinlaufe, geht im Erdgeschoss am Ende des Gebäudes eine Tür auf. Ein Mann kommt raus, lehnt sich in den Türrahmen und mustert mich von oben bis unten, auf eine Art, die mir Gänsehaut macht. Kurz überlege ich, ob ich schnell wieder nach oben laufen soll; manchmal ist es ja am besten, solche Situationen ganz zu vermeiden. Aber dann gucke ich ihn lieber scharf an – solche Creeps zu ignorieren, ist manchmal noch schlimmer, weil sie dann alles tun, um deine Aufmerksamkeit zu kriegen. Sie mit einem klaren *Fuck-off*-Blick abzufertigen, kann funktionieren, dann trollen sie sich manchmal ganz brav. Aber diesmal ist das anders – der Typ glotzt einfach weiter und in mir schrillen alle Alarmglocken. Shit, das war die falsche Entscheidung. Ich hätte den Blick senken und mich verziehen sollen.

Ich schmeiße den Müll in den Container und gehe wieder

nach oben, wobei ich den Eindruck zu vermeiden versuche, dass ich mich beeile, was mir wahrscheinlich nicht gelingt. Der Kerl bewegt sich nicht vom Fleck.

Gut, dass Tate und Anna hier rauskommen. Bei uns ist es sicherer für sie.

Bevor ich mit den Kartons loslege, vergewissere ich mich, dass die Wohnungstür wirklich abgeschlossen ist. Ich stelle meine White-Noise-App an, dann packe ich Sachen zusammen und klebe Kartons zu, während Grillen zirpen, Bäume rauschen und Vögel krächzen. Wenn Tate kommt, wird sie Musik hören wollen, aber jetzt kann ich meinen Wald haben, der mich beruhigt.

Während ich packe und klebe, schwirren meine Gedanken herum, lassen sich treiben. Jetzt wohnen wir noch keine vierundzwanzig Stunden zusammen und Tate ist schon hinter mein großes Geheimnis gekommen.

Dass Anna uns unsere Story abgenommen hat, ist unmöglich. Garantiert hat sie Mom gesteckt, dass irgendwas im Busch ist. So sind die beiden eben.

Nach Dads Tod war ein Teil von mir richtig froh, dass Mom Anna hat. Aber ein anderer Teil war furchtbar wütend. Denn das hieß, dass sie mich überhaupt nicht braucht. Vielleicht war das egoistisch. Ich hätte meine Mom nämlich schon gebraucht, aber bekommen habe ich nur gebrochene Versprechen und Verweigerung … glasige Augen und absurde Regeln, vor denen ich am liebsten weggelaufen wäre, die mich stattdessen aber an einen Menschen gebunden haben, der mich monatelang kaum ansehen konnte.

Ginge es leichter mit uns beiden, wenn wir aufhören würden, uns ständig zu verstellen? Oder wäre das so schwer, wie wir befürchten?

Bleiben wir nicht genau deswegen dabei?

Ich bin gerade mit dem oberen Teil der Küchenschränke fertig, als ich die Tür aufgehen höre.

»Tate?«, rufe ich. Ich habe doch extra abgeschlossen, oder?

»Penny, bist du das?«, fragt die Stimme von Anna.

»In der Küche.«

Anna steckt den Kopf rein. »Was machst du hier?«

»Ich packe. Tate hat mir die Schlüssel gegeben. Sie ist bis zehn beim Training.«

»Penny …« Sie lächelt. »Ich habe euch beide nicht verdient.«

»Doch, das hast du. Du solltest nach Hause fahren und dich ausruhen. Das wird morgen eine lange Fahrt. Wir haben Eistee im Kühlschrank und im Schuppen sind Liegestühle. Du kannst dir einen in Grans Garten aufstellen, da ist es wirklich schön mit den vielen Schmetterlingen überall.«

»Ich sollte besser helfen.«

»Du sollst dich ausruhen. Ich wette, Mom tut das.«

Sie lehnt sich an die Küchentheke. »Wie geht es dir, Penny?«

Ich denke an den Friedenspakt. *Kein Stress für die Moms.* »Alles klar.«

»Wirklich? Ich weiß, das alles macht Angst. Was deine Mom für mich tut …«

»Das ist super.«

Sie lächelt, mit zu viel Verständnis im Blick.

Anna hat so was an sich, eine sanfte Art, Dinge zu wissen. Du kannst ihr nicht entkommen. Diese Art lockt dich an, lädt dich ein. Sie macht, dass du Anna vertrauen willst. Aber ich muss dem widerstehen.

Ich liebe Anna. Ich bin ihr dankbar, denn selbst wenn jetzt meine Mom *sie* am Leben halten wird, hat nach Dads Tod Anna meine Mom am Leben gehalten, da bin ich ziemlich sicher.

Anna weiß immer, was zu tun ist. Ich liebe sie dafür – sie hat gewusst, was nach dem Unfall mit Dads Ring und mit Moms Herz und Kopf zu tun war – und ein bisschen hasse ich sie auch dafür, denn sie hat, was Mom betrifft, alle Antworten, die Mom selbst mir nicht geben kann oder will.

»Angst macht es trotzdem«, sagt sie. »Du hast viel verloren in den letzten Jahren.«

»Darüber will ich nicht reden.«

Sag deiner Mutter, dass ich sie liebe.

»Ich weiß«, sagt sie. »Aber falls du es doch irgendwann möchtest …«

Da schießt eine Gereiztheit in mir hoch, die Anna gegenüber ganz unfair ist. »Ganz ehrlich, Anna, das willst du lieber nicht wissen«, entgegne ich und sie zieht die Augenbrauen zusammen. In den letzten Monaten hat sie abgenommen, sie sieht wieder richtig krank aus – wie in der Zeit der Chemo. Ich sollte ihr nicht so zusetzen.

»Ich möchte, dass du über alles reden kannst, was passiert ist.«

»Das willst du echt nicht«, widerspreche ich. »Du liebst meine Mom.«

»Ja, stimmt«, sagt Anna. »Und ich liebe dich.«

»*Weil* du meine Mom liebst.«

»Oh, Penny«, sagt sie auf irgendwie traurige Art. Ich kann nicht erkennen, ob deshalb, weil sie weiß, dass das stimmt, oder weil sie mich für eine Person hält, die sich eine andere Wahrheit gar nicht vorstellen kann.

»Ich hab hier wirklich alles im Griff«, sage ich und schnappe mir den nächsten gefalteten Karton. »Und Tate ist in einer Stunde fertig.«

»Na gut«, sagt Anna langsam. »Dann pack ich nur noch ein

paar Kleinigkeiten ein. Ich muss noch mal zu Drew ins Brauhaus, bevor ich heimfahre.«

»Der Brezelteig, was?«

»Der würde den nicht mal hinkriegen, wenn sein Leben davon abhinge.« Anna schüttelt den Kopf. »Keine Ahnung, wie die in der Küche zurechtkommen sollen, wenn ich weg bin. Dann lass ich dich eben machen, wenn Tate bald zurückkommt.«

»Das tut sie.«

»Nur eins noch.«

»Ja?«

»Das gestern Nacht?«

Mein Magen verkrampft sich und meine Finger klammern sich um die Sprühflasche, die ich halte. »Na ja, glitschige Felsen und bloß eine Taschenlampe – das war einfach nicht sehr schlau, muss ich zugeben.« Ich versuche meine Stimme leicht klingen zu lassen statt flehend. Kann sie den Mom-Kodex nicht mal missachten und das durchgehen lassen?

»Okay. Darüber willst du auch nicht reden, das verstehe ich. Schon klar, dass das mir gegenüber seltsam wäre. Aber lass mich etwas fragen: Passt ihr auch auf? Sorgt ihr für eure Sicherheit, ihr beiden, du und Tate?«

Das rumort einen Moment lang in meinem Hirn, denn die erste Frage ergibt ja vielleicht noch Sinn, aber die zweite nicht, und dazu noch dieser Unterton. Auch ihr Gesichtsausdruck passt nicht; er wirkt mehr amüsiert und schicksalsergeben als beunruhigt, dass ich Moms Regel gebrochen habe. Ich bin ziemlich verwirrt, bis sie weiterredet:

»Wenn ihr zusammen seid, meine ich. Ich weiß ja, in Sexualkunde kommen queere Themen kaum vor, aber dass ihr keine Angst haben müsst, schwanger zu werden, heißt noch nicht, dass ihr nicht auf eure Sicherheit achten müsst. Vor allem, wenn ihr mit anderen Leuten Sex hattet, bevor ihr zusammengekommen seid.«

Da macht es endlich Klick bei mir. Sie redet nicht übers Raften. Sie redet über …

Anna hat uns letzte Nacht zusammen gesehen, ziemlich zerzaust und, na ja, ganz nackt unter den Decken, und das zusammen mit Tates furchtbarer Ausrede …

Oh, Shit.

Anna denkt, wir hätten uns rausgeschlichen, um …

Auf einen Schlag werde ich knallrot. Garantiert am ganzen Körper. Sie denkt, wir wären zusammen. So richtig zusammen. Zusammen im Sinn von: Wir gehen miteinander ins Bett.

Wenn mein Hirn vorher schon rumort hat, dann rumort es jetzt noch viel schlimmer. Ich überlege fieberhaft, was besser ist: wenn Anna denkt, dass ich mit ihrer Tochter schlafe, oder wenn Anna kapiert, dass sie falschliegt und ich letzte Nacht auf dem See Kajak gefahren bin. Und während ich versuche, das zu entscheiden, läuft die letzte Nacht noch mal wie ein Film vor mir ab, als hätte Annas Vermutung etwas in mir freigesetzt, was ich bis jetzt vor mir versteckt habe. Meine Finger, die unter Wasser an Tates Schulter entlangstreifen, der Träger von ihrem Tanktop, den ich dabei herunterschiebe – was, wenn ich nicht aufgehört hätte? Wie wäre es, diese sommersprossige Gegend an ihrem Schlüsselbein zu berühren? Tates Hand und wie sie sich am Autofenster auf meine gelegt hat, als könnte sie alles von mir mit ihrer Hand umschlingen – wie würde es sich anfühlen, wenn ich das zuließe?

Wenn ich mich ihr ganz öffnen würde?

»Ich will nicht rumschnüffeln in etwas, das mich nichts angeht«, fährt Anna fort. »Ich will mich nur darauf verlassen können, dass ihr beide –«

»Ja!«, sage ich schnell, bevor sie auf die Idee kommt, mich zu fragen, ob ich Lecktücher brauche oder so. »Klar, wir passen auf uns auf.«

Sie lächelt erleichtert. »Gut, da bin ich froh.« Dann drückt sie meine Schulter. »Und nicht bloß deswegen. Ich freue mich, dass ihr zwei endlich so weit seid.«

Und dann verschwindet sie, während ich nur dastehe und denke, oh mein Gott, was soll das denn heißen? Sie ist froh, dass wir *endlich so weit* sind?

Ich habe Tates Mom gerade in dem Glauben gelassen …

Was heißt, dass auch *meine* Mom demnächst denken wird, dass …

Und ich selbst habe auch … *auf die Art* an Tate gedacht.

So wie an dem Abend im Heuschober – ihre Haut war so weich, dass ich manchmal schon überlegt habe, ob ich nicht doch betrunken war und mir alles nur eingebildet habe. So wie an dem Tag auf der Veranda – da haben ihre Lippen nicht mal meine Haut, sondern nur den Verband berührt, trotzdem habe ich das Gefühl, sie zu kennen, diese Lippen. So wie an dem Abend in dem Motel in Yreka –

Nein, daran darf ich nicht denken.

Das tue ich auf keinen Fall.

19

24. Juni

!!!!! P

Meghan! Notruf! P

M Was ist los? Hat deine Mom was von letzter Nacht erfahren?

Anna hat uns beim Nachhausekommen erwischt. P

M Hat sie es deiner Mom erzählt?!

Nein. P

Anna denkt … P

Penny schreibt …
Penny schreibt …

Okay, keine Ahnung, wie sie drauf kommt, aber Anna denkt, Tate und ich hätten uns rausgeschlichen, um … na ja, DU WEISST SCHON. P

M: Wart mal, was?

M: Willst du mir erzählen, Tates Mom dachte, ihr zwei hättet Sex gehabt, und zwar – na ja, im Wald oder so?

P: Beim Bach.

P: Tate hat behauptet, da wären wir gewesen.

M: Klingt ganz schön abenteuerlich.

M: Aber auch ziemlich kalt und dreckig.

M: Da ist die Scheideninfektion garantiert.

P: Meghan!

M: Was denn? Das ist total lustig.

P: Ist es nicht!

P: Wie kommt sie bloß da drauf?!

M: Ja, wie kommt Anna bloß auf den Gedanken, dass ihr es heimlich miteinander treibt, du und Tate? Das ist mir echt ein Rätsel.

M: Wie hat sie reagiert, als du ihr gesagt hast, dass es nicht stimmt?

Na ja, irgendwie hab ich sie in dem Glauben gelassen. P

M Du hast sie also nicht aufgeklärt?

M Schön doppeldeutig, was? Aber über Sex willst du ja partout nicht reden.

Hör auf mit dem Quatsch, Meghan. P

Anna hätte alles meiner Mom erzählt. Dann wäre es aus mit unseren Plänen. P

Außerdem haben Tate und ich vereinbart, dass wir unsere Mütter nicht beunruhigen. P

Wir müssen morgen nach Sacramento!! Da kann niemand Stress brauchen. P

M Und du meinst, es hätte Anna beunruhigt, wenn sie erfahren hätte, dass ihr NICHT zusammen seid, Tate und du?

Sie war jedenfalls total entspannt damit. Fast als ob sie es cool findet … P

Keine Ahnung. P

Es ist nur … P

Was soll ich Tate bloß erzählen? P

M Verdammt gute Frage.

20

24. Juni

M: Hier geht gerade jede Menge RomCom-Zeugs ab, Remington.

R: Was ist denn jetzt wieder los?

M: Anscheinend sind wir zwei nicht die Einzigen, die gemerkt haben, dass da was ist zwischen Penny und Tate.

R: Aha?

M: ANNA glaubt, sie wären ein Paar.

R: Sind sie aber nicht.

M: Natürlich nicht. Dafür müssten sie ja erst mal zu ihren GEFÜHLEN stehen.

R: Mit Gefühlen kann Tate gar nicht. Sie drückt sie weg.

Irgendwie mies, das zu sagen, oder?
Ich mach das ja auch. R

M Wir sind alle beschissen mit Gefühlen.
Ich denk mal, das ist irgendwie menschlich.

M Jedenfalls.

M Penny läuft vor ihren weg.

M Ich vergrab mich in meinen Hobbys.

M Ist manchmal einfacher so.

M Weißt du?

Ja. R

Weiß ich. R

M Sorry, ich wollte nicht so ernst werden.
Ich will nur … Ich will, dass Penny glücklich ist. Das verdient sie. Das verdienen sie beide, sie UND Tate.

Versteh ich. R

M Okay, Themenwechsel. Schluss mit dem heftigen Zeug. Was ist mit der Spenden-Aktion?

??? R

M: Wir wollten doch ein Grillfest machen, mit Steaks und so.

R: Mir war nicht klar, dass du das wirklich durchziehen willst.

M: Na ja, ich hab mich schlaugemacht über die Nachsorge bei Transplantationen. Das dauert verdammt lang. Für die Person, die das Organ kriegt, und auch für die, die spendet.

M: Da ist es absolut nicht drin, dass Anna und Lottie bald wieder arbeiten gehen.

M: Das kostet alles ein Heidengeld.

R: Wie wärs mit Crowdfunding?

M: Ich hab Penny gefragt. Sie sagt, ihre Moms wollen ihre Geschichte nicht so in die Öffentlichkeit bringen.

R: Okay.

R: Dann brauchen wir aber noch einen zweiten großen Grill. Der von meinem Chef reicht nicht.

M: Im Brauhaus gibt es auch einen.

R: Kannst du denn grillen?

M Bringst du es mir bei?

Klar. R

M Wir können auch Pommes und Getränke verkaufen.

M Und im Blackberry Diner fragen, ob die was zum Nachtisch stiften.

M Ich mach eine Liste und ruf ein paar Leute an.

Ich frag meinen Chef in Sachen Fleisch und Grill. R

21

24. Juni

M: Wie gehts dir?

Bin am Packen für morgen. :P

M: Das hast du noch nicht gemacht?

Ich versuch das Zeug für Mom zusammenzukriegen. :P

Die Frau hat noch nie was von Packwürfeln gehört, das ist doch unglaublich. :P

M: Also … hast du es Tate gesagt?

M: Oder Anna gesagt, wie es in Wirklichkeit ist?

Zu viel zu tun. :P

Meghan schreibt …
Meghan schreibt …

M: Okay.

Ich weiß, dass du was sagen willst. P

M Stimmt, aber das Timing passt nicht.

M Du hast zu viel um die Ohren.

M Also …

M Ich bin für dich da, okay?

Ich hab dich lieb, weißt du das? P

M Solltest du auch.

M ILU2.

22

24. Juni

Wir haben den Grill! Und dazu auch noch eine Grillfleisch-Spende. R

M Großartig!

Weißt du, wann die morgen losfahren? R

M Wohl ziemlich früh.

M Ich fahr gleich morgens raus zu ihnen und lass mir von Marion zeigen, wie ich den Garten mit Wasser versorge, während sie alle weg sind.

M Willst du mitkommen und helfen? Dann siehst du auch Tate noch mal.

Okay. R

Find ich gut. R

Danke, Meghan. R

23

25. Juni

M Mach dir keinen Stress mit Zurückschreiben. Ich weiß ja, du fährst.

M Ich schicke euch allen jede Menge gute Energie.

M Wir haben euch alle furchtbar lieb, und wenn ihr IRGENDWAS braucht: Ich kann in sechs Stunden unten sein. Vielleicht auch in fünf, wenn ich richtig Gas gebe.

M Auch wenn dir nur langweilig ist oder du eine Pause brauchst oder beim Scrabble irgendwen richtig abziehen willst. Ich bin da.

M Dauert halt nur ein bisschen, klar.

M Aber ich komme.

M Hab dich lieb! Schreib mir, wenn ihr da seid.

24

25. Juni

R Hey.

R Bestimmt seid ihr noch unterwegs.

R Ist ein großes Ding mit der OP morgen.

R Meine Mom hat gesagt, ich soll dir sagen, sie betet für euch alle.

Du weißt doch, dass ich an so was nicht glaube. T

R Hab ich ihr auch gesagt.

Was hat sie gemeint? T

R Sie hat bloß geseufzt.

R Ich bete nicht für euch. Ich weiß ja, dass das nicht so dein Ding ist. Aber ich denke an euch alle, okay?

R Das wird alles super laufen. Das weiß ich genau.

R: Wenn du mich brauchst, bin in ein paar Stunden in Sacramento.

R: Ich kann bloß nicht garantieren, dass sich Meghan nicht mit dranhängt.

T: Wir fahren jetzt zum Tanken runter. Ich muss Schluss machen.

T: Danke, Remi.

25
Penny

25. Juni

Der Ärger beginnt, als wir an die Rezeption kommen. Das Motel hat zwei Stockwerke und liegt in der Nähe der Autobahn. Der Parkplatz ist brechend voll, aber immerhin finden wir für beide Autos einen Platz.

Von hier aus sind es vierzig Minuten bis zum Krankenhaus, was weiter ist als empfohlen, aber diese Empfehlungen müssen von Chirurgen stammen, die sich nie Sorgen wegen der Hotelpreise in der Innenstadt machen mussten. Oder vielleicht doch? Es muss ja wohl auch ein paar Chirurgen geben, die aus armen Familien kommen.

Zuerst höre ich gar nicht richtig zu, sondern helfe Tate, das Gepäck aus dem Weg zu räumen, damit Anna sich hinsetzen und die Beine ausstrecken kann, dann setze ich mich neben die beiden.

»Danke, Mädels«, sagt sie, während Mom die Frau am Empfang begrüßt.

»Hi, wir haben drei Zimmer gebucht für heute Nacht, die Reservierung läuft über Tate.«

»Ja, natürlich. Das sind drei Doppelzimmer mit Queen-Size-Betten«, antwortet die Rezeptionistin.

»Wie fühlst du dich?«, frage ich Anna.

»Einfach müde«, sagt sie.

»Nach dem Einchecken kannst du dich gleich hinlegen«, sagt Tate und schaut zu Mom.

»Es sollte aber nur ein Queen-Size sein und dazu zwei Doppelzimmer mit getrennten Betten«, erklärt Mom. Sie dreht sich zu uns um und bewegt die Lippen: *Nur eine Sekunde.*

»Oh nein.« Die Rezeptionistin beginnt hektisch in ihren Computer zu tippen. »Da muss bei der Buchung was falsch gelaufen sein. Ich fürchte, für heute Nacht sind keine Zimmer mit getrennten Betten mehr frei. Das tut mir sehr leid.«

»Ach, schon in Ordnung«, sagt Mom. »Wird uns ja wohl nicht umbringen, mal in einem Bett zu schlafen, stimmts, Mädels?«

Sie schaut über die Schulter zu uns, mit einem Lächeln im Gesicht.

Keine von uns reagiert. Denn, mein Gott, was für eine Antwort kann es darauf schon geben? Ich versuche, nicht zu Anna rüberzuschielen, vielleicht hat sie ja was dagegen?

Aber Anna lacht nur. »Heißt das, du und ich, wir quetschen uns zusammen in ein Bett?«, fragt sie meine Mutter trocken.

»Ist das so schlimm?«

»Du schnappst dir immer die Decke! Das weiß ich noch von früher.«

»Du willst also, dass wir beide uns ein Bett teilen?«, fragt Tate und klingt dabei so entsetzt, dass mir ganz heiß im Gesicht wird.

»Na ja, vielleicht kann auch eine von euch mit Marion –«, beginnt Mom.

»Kommt nicht infrage«, sagt Gran. »Ich bin eine alte Frau. Ich teile mein Bett nicht.«

»Ich –« Tate schaut mich kurz an und dann gleich wieder

weg. Ich laufe knallrot an – so heiß, wie mein Gesicht ist, kann es gar nicht anders sein. Anna betrachtet uns beide irgendwie neugierig.

Scheiße. Natürlich tut sie das! Sie denkt, wir wären ein Paar – Gott, sie denkt, wir hätten Sex miteinander. Ihrer Vorstellung nach müssten wir entzückt sein. Aber Tate ist kein bisschen entzückt, wie könnte sie auch, wenn …

Das hier hat keine gute Vorgeschichte. Tate und ich und ein Motelzimmer. Gar nicht gut nach Yreka.

Mein Leben ist eine Soap Opera. Aber ich bin die Einzige, die das weiß.

»In Ordnung«, sage ich rasch, denn was soll ich sonst tun? Es gibt keine andere Möglichkeit. Ich werde einfach … keine Ahnung, in einem Sessel schlafen oder auf dem Boden oder so. Mir fällt schon was ein.

Kein Stress für die Moms. Schon gar nicht jetzt, wo es nur noch ein paar Stunden dauert, bis für Anna und Tate alles besser wird.

»Das geht in Ordnung mit den Zimmern«, sagt Mom zu der Rezeptionistin und streckt Tate und mir die Schlüssel entgegen. »Lasst uns alle erst mal auspacken und ankommen, okay? Anna und ich sind den Gang entlang in Nummer 201 und Gran ist in 208.« Ich nehme den Schlüssel und betrachte die Zahl auf dem Plastikanhänger: *215*.

Tate sagt nur: »Ich pack dann mal aus.« Ich will ihr schon hinterherlaufen, doch da schlingt Gran ihren Arm um mich. »Komm und hilf mir mit dem Gepäck, ja?«

Also gehe ich mit Gran zu Annas Wagen und schnappe mir den großen Samsonite, der noch aus der Zeit stammt, bevor es Rollenkoffer gab. Er ist schwer, ich muss ihn mit beiden Händen tragen, um ihn die Treppe hoch und in ihr Zimmer zu schaffen.

»Perfekt«, verkündet Gran, setzt sich aufs Bett und verschränkt die Arme hinter dem Kopf. »Komm, setz dich zu mir.« Sie tippt mit dem Fuß auf das Bettende, und ich tue, was sie sagt.

»Wie war die Fahrt?«

»Gut«, sage ich.

»Habt ihr euch die ganze Zeit über das Radio gezankt, ihr zwei?«

»Wir haben jede Stunde abgewechselt«, sage ich. »Und Zeug von unseren Handys gehört. Du solltest mich wirklich mal ein bisschen Musik auf deins downloaden lassen.«

»Ich hab meine Platten«, erklärt Gran. »Und kann den ganzen Schrott auf dem Handy nicht leiden.«

»Die Dinger heißen Apps. Und Platten kriegen doch bloß Kratzer.«

»Sachen mit Kratzern haben Charakter. Nichts im Leben bleibt unversehrt.«

»Das ... okay, das ist wohl irgendwie wahr.«

»Wie geht es dir?«

Ich strahle sie an. »Bestens.«

Sie rückt sich im Bett zurecht, dreht den Kopf zu mir. »Ach ja?«

»Klar.«

»Du redest genauso einen Quatsch wie dein Vater manchmal«, sagt sie und sonst nichts, sie wartet einfach ab. Sie meint wohl, so kriegt sie mich zum Reden, aber da täuscht sie sich. »Du bist nicht mehr im Krankenhaus gewesen seit –«

»Das hat nichts damit zu tun. Ich bin kein Baby.«

»Es geht hier nicht ums Babysein«, sagt Gran. »Sondern darum, dir einzugestehen, dass du in diesem Krankenhaus eine verdammt harte Zeit hattest. Und ich auch.«

»Mom nicht.«

Stille. Eine bedeutsame Stille, wie immer mit Gran.

In den Monaten nach Dads Tod hat es Zeiten gegeben, in denen ich mich gefragt habe, ob Mom jemals wieder zu mir zurückkommen würde – und ich bin sicher, Gran hat sich das auch gefragt. Gran war die ganze Zeit für mich da, hat jeden Schritt begleitet, jede kleine Errungenschaft auf dem Weg zur Heilung. Einmal habe ich versucht, mich bei ihr zu bedanken, ganz am Anfang, als noch alles wehgetan hat, nicht nur körperlich, sondern auch in meinem Herzen. Da hat sie mich ausgelacht und mir einen Kuss auf den Kopf gedrückt, und dann hat sie geflüstert, ganz leise und zugleich ganz entschieden: *Ich werd dich nie verlassen, Herzchen.*

Sie hat gewusst, wie verlassen ich mich fühle, nicht nur von Dad, sondern auch von Mom.

»Dein Vater wäre sehr stolz auf Lottie gewesen, dass sie das tut.«

Das erschreckt mich. Ich habe so viel Zeit damit zugebracht, das Denken an ihn zu vermeiden – Mom scheint mir das mit ihrem Schweigen antrainiert zu haben –, dass ich nie auf die Idee gekommen wäre zu überlegen, was er wohl davon gehalten hätte.

Manchmal habe ich Angst, dass Mom ihn auslöscht, so wie sie ihn aus ihrer Kunst gestrichen hat. Dass sich dieses Auslöschen auf den Rest unseres Lebens überträgt. Dass das vielleicht schon passiert ist. Dass wir ihn schneller vergessen, wenn wir nicht über ihn reden.

Wird nach dem Verlust eines Menschen die Trauer immer mehr? Wie Schnee, der einen Hang runterrollt und dabei immer massiger wird, bis er dich erdrückt? Es soll doch angeblich besser werden, nicht schlimmer. Ist es das, wovor Mom mich zu retten versucht?

Hat Gran recht? Wäre er stolz? Ich suche in mir nach einer Antwort, indem ich mir sein lächelndes Gesicht vorstelle.

Ja.

Er wäre stolz gewesen. Er hätte sie *meine Frau, die Heldin* genannt. Statt Gran wäre er mit nach Sacramento gekommen. Gran wäre oben bei uns in Salt Creek geblieben und hätte sich um uns gekümmert, während Dad für die beiden gesorgt hätte. Er hätte Spenden-Events organisiert und alles geregelt, er hätte Berge versetzt.

Es verschlägt mir den Atem, mir dieses andere Leben auszumalen, und sei es nur für einen Moment. Er ist aus unseren Lebensgeschichten herausgelöst worden, eine entsetzliche Wendung hat seine eigene zu einem abrupten Ende geführt, und mir vorzustellen, er wäre hier ...

Das ist etwas ganz Neues. Eine Wunde. Etwas, woran ich bisher noch nicht gedacht habe, weil – oh.

Er hätte alles viel leichter gemacht.

Gott, es wäre so unfassbar viel leichter gewesen.

»Penny«, sagt Gran und ich schniefe, schüttele den Kopf und hoffe, dass mir die Tränen nicht übers Gesicht laufen.

»Ich bin okay«, sage ich. »Die Fahrt war eben lang, sonst nichts.«

Die Woche war lang. Der Monat. Das Jahr.

Das ganze Leben, dabei bin ich erst siebzehn.

»Deine Mutter ... was sie macht, ist sehr mutig«, sagt Gran.

»Ich weiß.«

»Aber es hat Zeiten gegeben, in denen sie gar nicht mutig gewesen ist«, fährt sie fort, drückt dabei meine Schulter und mustert mich. »Du sollst wissen, dass ich das verstehe. Ich sehe das.«

Ich nicke und presse ein »Danke« heraus.

»Warum gehst du nicht duschen und ruhst dich ein bisschen aus, und dann führe ich Tate und dich zum Essen aus? Die andern zwei müssen für die OP nüchtern sein, also bleiben sie zu Hause. Ich hab was von einem Film-Marathon gehört.«

»Oh Gott, wahrscheinlich gucken die den ganzen Abend RomComs und wiederholen jeden Joke, den sie gut finden«, stöhne ich. »Ja, bitte, hol uns hier raus!«

Gran lacht. »Dein Wunsch ist mir Befehl, Herzchen. Pack deine Sachen aus und erzähl Tate von dem Plan. In einer Stunde komme ich rüber und wir suchen ein Restaurant aus.«

Ich stehe auf und beuge mich vor, drücke ihr einen Kuss auf die Stirn. »Ich hab dich lieb«, sage ich.

»Das solltest du auch«, sagt sie und streicht mir über die Haare. »Ich hab dich auch lieb, mein Schatz. Alles wird gut.«

Ich gehe zum Kombi und hole meinen Koffer. Dann laufe ich die Treppe hoch und durch den offenen Korridor auf mein Zimmer zu – nein, falsch, das Zimmer von Tate und mir. Ich strenge mich an, nicht zu schlurfen, aber je näher ich der Nummer 215 komme, desto schwerer fällt es mir, mich zu bewegen. Desto schwerer ist es, die Erinnerung abzuwehren – mein wildes Klopfen gegen die Motelzimmertür in Yreka. Zimmer 143. Zu wissen, dass Tate auf der anderen Seite ist. Und dass es – sie – der einzige sichere Ort für mich ist, nachdem Laurel …

Ich schiebe es weg. Es gibt hier keinen Platz dafür. Nicht jetzt. Am liebsten überhaupt nie.

Ich hole tief Luft, stecke den Schlüssel ins Schloss, drücke die Tür auf und schiebe meinen Koffer und mich ins Zimmer. Ihre Schwimmtasche steht auf dem Koffergestell. Der Reißverschluss ist geöffnet, auf einer Seite hängen Klamotten heraus. Meine Augen bleiben an blauen Spitzenträgern hängen, die zu einem BH gehören müssen, und ich –

Ich glaub, das schaffe ich nicht.

Die Tür klappt zu. Sie blickt von ihrer Tasche auf.

Und dann sind wir vollkommen allein in diesem Motelzimmer.

26
Tate

25. Juni

Wenn es überhaupt irgendwas gibt, das dich so halbwegs von der bevorstehenden Lebertransplantation deiner Mutter ablenken kann, dann ist es wahrscheinlich das: mit einem Mädchen in einem Hotelzimmer mit nur einem Bett zu landen, mit dem du unmöglich das Bett teilen kannst.

Die ersten fünf Minuten verbringe ich mit dem Versuch, nicht durchzudrehen. In den nächsten zehn versuche ich so zu tun, als würde ich meine Sachen auspacken, drehe in Wirklichkeit aber doch hauptsächlich durch. Und dann taucht sie auf, nachdem sie Marion mit ihrem Gepäck geholfen hat. Ich hätte meine Hilfe anbieten sollen. Wie egoistisch von mir, einfach so wegzustiefeln.

Jetzt stehen wir da, sie auf einer Seite des Betts und ich auf der anderen … und wer hätte sich vorstellen können, dass ein ganz normales Queen-Size-Bett zugleich so breit und so schmal wirken kann? Das Schweigen zieht sich hin, und ich werde mit Sicherheit nicht die sein, die es bricht.

Es ist ein Déjàvu, auch wenn ich mich bemühe, das weder zu denken noch zu spüren.

Weil wir eine Regel haben. Sie steht im Friedenspakt.

Kein Ton über Yreka.

Das heißt auch, nicht daran zu denken – denn wenn ich das tue, reißt es mich in einen Strudel, und das geht einfach nicht. Keine Ablenkung der Welt ist das wert.

Ich spüre ihren Blick auf mir, versuche mich aber weiter aufs Auspacken zu konzentrieren. Auch sie geht zum Bett und holt Sachen aus ihrem lila Koffer, läuft zwischen Zimmer und Bad hin und her, hängt ihre Klamotten auf Bügel.

Weil ich nichts dabeihabe, das aufgehängt werden müsste, bin ich früher fertig und weiß nicht, was ich sonst noch tun könnte. Mit dem letzten Teil, das noch in der Tasche ist, laufe ich ins Bad – einem riesigen Ziplock-Beutel mit Shampoo, Sonnencreme und so weiter.

»Gran will uns zum Essen ausführen«, ruft mir Penny hinterher.

»Okay«, sage ich, dann schließe ich die Tür. Kurz lehne ich mich dagegen und versuche durchzuatmen, während ich die Badewanne beäuge und überlege, ob sie ausstaffiert mit ein paar Handtüchern wohl als improvisiertes Bett taugen würde.

Vielleicht kann ich Marion beim Essen irgendwie davon überzeugen, dass sie mich doch bei sich im Bett schlafen lässt ... aber noch während ich das denke, ist mir klar, dass daraus nichts wird.

Ich bin in der Hölle. Oh mein Gott. Das ist die Hölle. Penny ist auf der anderen Seite der Tür, das ist noch viel schlimmer als auf der anderen Seite vom Flur, so wie wir es zu Hause haben. Aber doch nicht so schlimm, wie ein *echtes* Badezimmer mit ihr zu teilen, mit ihrer Badeschaumkollektion und dem Geruch ihrer Duftkerzen – wegen diesem ganzen Zeug in ihrem Bad riecht sie statt nach einem bestimmten Parfüm auch immer ein bisschen nach einer Mischung aus allem, nach Blumen und Vanille und dazu ein bisschen würzig. Sie nimmt einen Toner mit Rosenwasser und bewahrt ihre Wattepads in einem grünen Glasbehälter aus den Dreißigerjahren auf – alles Details, die ich nicht vergessen kann.

Ihre Kosmetiksachen sind schon im Bad. Sie bewahrt sie in einer flauschigen lavendelfarbenen Tasche auf, die wie eine Wolke geformt ist, und an dieser Kleinigkeit wird mir auf einmal bewusst, wie gegensätzlich wir sind.

(Ich bin der Ziplock-Beutel, der unten mit Zahnpasta verschmiert ist, weil sich der Deckel von der Tube gelöst hat, Penny ist die flauschige Wolke, dazu gemacht, berührt und geliebt zu werden.)

Ich werde mich einfach rausschleichen, sobald sie eingeschlafen ist, die Nacht im Auto verbringen und leise zurückkommen, bevor sie aufwacht.

(Früher Morgen in Yreka, verschwommenes Licht und etwas Warmes, das schwer auf meinem Bauch liegt – ihr Arm, der sich um mich schlingt, aber weil ich noch halb schlafe, weiß ich das nicht so richtig … ich merke nur, dass sich das wie zu Hause anfühlt.)

Ich brauche gut fünf Minuten, bis ich mich wieder so weit im Griff habe, dass ich zurück ins Zimmer gehen kann. Sie ist inzwischen fertig mit Auspacken und hat ihr Bullet Journal auf dem kleinen Schreibtisch ausgebreitet, der in einer Zimmerecke steht. Sie hat sogar eine Aufbewahrungsbox aus blauem Plastik mit den Utensilien dabei, die sie braucht. Pinselstifte, Stempel, Aufkleber und kleine Stempelkissen.

»Machst du eine Zeitleiste für morgen?«, frage ich.

Sie verzieht sofort das Gesicht.

»Ich sag nicht, dass ich das schlecht finde«, schiebe ich hastig nach, bevor sie sich aufregt. Ihre Schultern entspannen sich.

»Tut mir leid«, sagt sie. »Ich bin nur …« Sie seufzt.

»Ich auch.«

Es ist viel leichter, quer durchs Zimmer zu gehen und mich in den Stuhl neben ihrem zu setzen, als mich auf dem Bett niederzulassen, was die einzige andere Möglichkeit wäre, und das kommt nicht infrage. Auf keinen Fall.

(Nicht noch mal.)

»Gran kommt in ungefähr zwanzig Minuten«, sagt Penny. »Sie will mit uns essen gehen.«

»Wie zur Belohnung oder so?«

»Als ob wir wieder neun wären, genau.«

»Das ist nett.«

Sie fährt mit ihrem orangefarbenen Marker am Rand der Seite entlang, von oben bis fast ganz nach unten, dann holt sie einen schwarzen Filzstift aus einem handgenähten Mäppchen, das Lottie gemacht haben muss. »Finde ich auch.«

»Deine Gran ist großartig.« Ich kenne sonst niemanden, der für so lange Zeit alles andere opfern würde, wie sie das tut. Ich weiß, dass sie die beiden liebt. Aber Lottie hat um sich herum ein emotionales Minenfeld angelegt, das nur meine Mom durchqueren kann, und wie sich Marion da immer wieder mittendurch kämpft, ist wirklich bewundernswert.

Und ich weiß auch, dass sie uns beide lieb hat. Aber Penny ist ihre Enkelin, ihr eigenes Blut, ich bin nur zugelaufen.

»Ohne sie wäre ich verloren«, sagt Penny dermaßen sachlich, dass sich in mir irgendwas dreht. Wie wenn man einen Stein hochhebt und darunter sind lauter Würmer und Maden, totes Gras und zusammengedrückte Erde, ein Abdruck im Boden von dem, was vorher dort war.

»Ich bin froh, dass du sie hast.«

Sie hört nicht auf zu zeichnen. Die Zeitleiste hat einen Farbverlauf bekommen, von Orange zu einem kühlen Pink, und sie hat eine Liste der wichtigsten Schritte angelegt: *Aufnahme, Vorbesprechung und Fragen, OP, Intensivstation*, mit Zeitangaben, wie lange das schätzungsweise dauern wird. »Ich bin auch froh, dass *du* sie hast.«

Das Telefon neben ihr brummt. Sie wirft einen kurzen Blick darauf. »Wenn man vom Teufel spricht, wie Gran sagen würde.« Sie klappt das Bullet Journal zu und beginnt ihre Stiftsammlung zu verstauen.

Marion führt uns zum Thailänder aus und wir verbringen den Abend damit, Chicken Satay und frittierte Reisnudeln zu futtern und nicht über das zu reden, was in nur zwölf Stunden passieren wird. Ich schaffe es, meine Mom nur zweimal zu fragen, wie es ihr geht, weil sie auf meine zweite Nachricht mit einem Video von Lottie und sich antwortet, in dem die beiden laut mitsingen bei »In Your Eyes«, weil sie gerade *Teen Lover* anschauen …

»Die zwei haben wirklich keinen Funken musikalisches Talent«, mokiert sich Marion, als ich das Video, noch bevor es zu Ende ist, wegklicke.

»Wir auch nicht.« Penny zeigt auf sich und mich, was meinen Magen gleich zum Flattern bringt, auch wenn das nicht sein sollte – dass es ein *Wir* geben kann zusammen mit ihr, und sei es auch nur für eine Sekunde.

»Tate hat in der Grundschule doch Flöte gespielt«, sagt Marion. »Ich erinnere mich noch an das Konzert.«

»Stimmt, ich erinnere mich auch.« Penny grinst. »Du hättest ja lieber an die Trommel gewollt, aber das durftest du nicht.«

»Und bist du damals nicht aus dem Musikunterricht geflogen, weil du dich immer in der Abstellkammer versteckt hast?«

»Tate«, schimpft Marion, obwohl das alles an die zehn Jahre her sein muss.

»Ich wollte nicht in Musik! Ich wollte in Kunst, aber bis Mom sich um die Anmeldung gekümmert hat, war der Kurs schon voll.«

»Das entschuldigt gar nichts«, sagt Marion, als die Rechnung an den Tisch kommt.

Auf dem Rückweg ins Hotel fährt sie und sichert sich die volle Kontrolle über das Radio. Den ganzen Heimweg über hören wir die Beatles und Penny tut, als würde sie sich darüber ärgern, dass Marion ihr »Yellow Submarine« vorsingt, aber ich gebe mir keine Mühe, mein breites Lächeln zu verbergen.

»Ich geh ins Bett«, sagt Marion, als wir im Motel die Treppe hochsteigen. Sie umarmt erst Penny und dann mich, und eine Sekunde lang will ich einfach so bleiben, von ihr gehalten und in Sicherheit, denn soweit ich das mitbekommen habe, ist sie noch nie an irgendetwas zerbrochen, was ihr das Leben zugemutet hat. Sie ist der einzige Mensch, von dem ich das sagen kann, und ich wüsste gern, was ihr Geheimnis ist … ich fühle mich nämlich wie kurz vorm Zerbrechen. Das ist alles so schlimm.

»Versucht ein bisschen Schlaf zu kriegen«, sagt Marion, als wüsste sie, dass das unmöglich sein wird.

»Ich schau nach meiner Mom«, sage ich. (Bloß nicht in dieses Zimmer und dieses Bett.)

Penny zuckt nur mit den Achseln und geht weiter den Flur entlang. Ich sage mir, dass das genau das ist, was ich will (das muss es sein), und laufe in die entgegengesetzte Richtung zum Zimmer von Lottie und meiner Mom. Durch die dünnen Wände höre ich, dass der Fernseher noch läuft, also klopfe ich vorsichtig an die Tür.

Lottie ist schon im Schlafanzug – graublaue gebatikte Seide und selbst gemacht, das weiß ich, weil sie Mom auch mal so einen zu Weihnachten geschenkt hat – und Mom liegt mit dem Rücken zu mir im Bett. Lotties ramponierter Laptop steht aufgeklappt da, das eingefrorene Bild darauf muss aus *Natürlich blond* sein, wenn ich meine Reese-Witherspoon-Filme richtig draufhabe.

Ist sie wach?, frage ich Lottie, indem ich die Worte mit den Lippen forme. Sie nickt.

Ich laufe auf die andere Seite vom Bett, während Lottie sich wieder hinlegt. »Hallo, Mama«, flüstere ich und streiche ihr die Haare aus der Stirn. Sie blinzelt mich schläfrig an, dreht sich von der Seite auf den Rücken und lächelt.

»Hallo, Süße. War es schön beim Essen?«

»Ja. Wir waren beim Thailänder, Marion hat uns eingeladen. Ich wollte dir nur Gute Nacht sagen.«

Ihre Hand tastet nach meiner, dann drückt sie dreimal zu. *Ich liebe dich.* »Großer Tag morgen.«

»Der größte«, sage ich. »Aber ich lass dich jetzt in Ruhe. Ich muss das viele Thai-Essen wegschlafen.«

»Wir müssen morgen schon früh im Krankenhaus sein«, erinnert sie mich.

»Ich weiß.« Ich küsse sie auf die Stirn und versuche, nicht noch länger hier herumzuhängen und mir keine Sorgen zu machen, dass dieser Kuss einer der letzten sein könnte. Dann gehe ich auf die andere Bettseite.

»Nacht, Lottie«, sage ich und – ich glaube, das überrascht sie – drücke auch ihr einen Kuss auf die Backe. »Danke«, flüstere ich ihr ins Ohr. Zittrig atmet sie ein und drückt meinen Arm, bevor ich mich von ihr löse. Ihre Augen leuchten auf, und da ist sie, die Emotion, nach der ich bei ihr immer suche und von der ich zu gern wüsste, warum sie Penny gegenüber nie da ist.

»Nacht«, wiederhole ich mit einem Lächeln, das meine Augen nicht erreicht.

Ich schließe die Tür hinter mir, der Korridor streckt sich lang vor mir aus. Ich schaue nach rechts, wo das Zimmer von Penny und mir ist. Dann schaue ich nach unten in den nierenförmigen Pool, der nicht mal annähernd fünfundzwanzig Meter hat … aber ich kann jetzt nicht wählerisch sein.

(Und ich kann dieses Bett nicht mit Penny teilen. Jedenfalls nicht, solange es nicht absolut notwendig ist.)

27
Penny

25. Juni

Ich starre auf die Zeitleiste in meinem Bullet Journal. Sehe, wie die Tönung von Orange zu einem fröhlichen Pink wechselt. Von Gefahr zu Sicherheit.

Aufnahme, Vorbesprechung und Fragen, OP, Intensivstation. Moms Operation beginnt vor der von Anna. Eigentlich klar. Man überlegt sich das alles nicht genau – wie das wirklich abläuft –, bevor man nicht dazu gezwungen wird. Mom wird ungefähr sechs Stunden lang operiert, dabei wird ihr die Hälfte der Leber entfernt. Annas OP wird noch länger dauern und noch komplizierter sein, sie wird auch viel länger brauchen, um sich zu erholen.

Die Zeitleiste für die Erholungsphase habe ich noch nicht mal angefangen. Das sollte ich aber. Und zwar genau jetzt.

Doch während ich auf diese hier starre, beginnen die Buchstaben zu verschwimmen und ich blinzele wie wild, um wieder klar sehen zu können … aber das bewirkt nur, dass die Tränen jetzt richtig fließen. Vielleicht ist es eine blöde Idee, mich so sehr auf das alles zu konzentrieren. Es wird so oder so morgen stattfinden. Vielleicht sollte ich an etwas anderes denken.

Ich gehe zu meinem Koffer und hole das kleine Care-Paket heraus, das Meghan für mich gemacht hat. Darin sind verschiedene Gesichtsmasken und eine kleine Flasche Apple-Grape-Martinelli. Mom liebt Tuchmasken, also nehme ich eine für sie und eine für Anna, schnappe mir den Eisbehälter und meine Schlüssel. Auf dem Rückweg von der Eiswürfelmaschine kann ich Mom und Anna Gute Nacht sagen.

Bei Nacht sind Motels irgendwie unheimlich. Wie eine Art Zwischenreich. Aber ich denk mal, das sind Orte für Reisende eigentlich immer. Ich hole Eiswürfel, steige die Treppe hoch und laufe auf das Zimmer von Mom und Anna zu. Doch bevor ich an die Tür klopfen kann, höre ich die Stimmen der beiden durch das offene Fenster.

»Du ziehst schon wieder die Decke zu dir rüber«, sagt Anna.

»Ich streng mich wirklich an, das nicht zu tun, das schwör ich dir.«

Ich zögere, frage mich, ob ich die beiden wirklich stören soll. Ist es nicht sowieso schon genau das, was ich in Moms Leben bin – eine Störung, ein Eindringling?

»War Tate hier?«, fragt Anna. »Das hab ich nicht geträumt, oder?«

»Ja, sie war da, als du beim Filmschauen mal kurz weggenickt bist. Bestimmt ist sie jetzt schwimmen gegangen.«

»Der Pool ist doch geschlossen.«

»Meinst du, das hält sie von irgendwas ab? Dieses Mädchen hat einen irren Antrieb«, sagt Mom mit einer Bewunderung, die mich wurmt.

»Penny auch«, sagt Anna.

»Penny will übers College nicht mal mit mir sprechen. Jedes Mal, wenn ich davon anfange, macht sie komplett zu.«

»Wahrscheinlich ist sie einfach nervös.«

»Oder sie macht ihre Drohung wahr.«

»Was für eine Drohung?«

Mom seufzt. »Weißt du noch, wie wütend sie war, dass ich Georges Anteil an der Rafting-Firma an Tim verkauft habe? Ich habe ihr erklärt, dass ich das tun muss, um für ihre Zukunft vorzusorgen. Fürs College. Da hat sie gelacht und gesagt, sie würde auf keinen Fall ihre Zeit mit Studieren verschwenden. Ich hoffe ja, sie hat das nur so dahingesagt, weil sie so aufgewühlt war, aber so ist Penny.« Mom lacht, aber es liegt keine Freude darin. Eher klingt es, als ob etwas in ihrer Kehle feststeckt, so wie wir beide feststecken in diesem ständigen Verstellen.

Ich habe Angst, es könnte das Einzige sein, was wir noch miteinander teilen. Vielleicht ist alles, was real ist, inzwischen einfach zu schwer, um es anzuerkennen.

»Du redest gern davon, dass das hier ein neuer Start für mich ist«, sagt Anna zu Mom. »Aber es kann auch für dich einer sein.«

»Hoffentlich«, sagt Mom, doch das ist auch schon alles. Ohne sie zu sehen, weiß ich nicht, ob sie das ernst meint … aber wenn ich mich bewege, werden die beiden mich sehen. Also stecke ich fest und die Ungewissheit bleibt.

»Vielleicht tut es Penny gut, ein paar Wochen mit Tate allein oben in Salt Creek zu sein«, sagt Anna. Dann kichert sie. »Ist ja schon irgendwie eine Doppelmoral, aber wenn eine von ihnen ein Junge wäre, fände ich es wohl nicht okay, dass die beiden in einem Bett schlafen.«

Oh nein. Nein. *Nein.* Sie wird doch wohl nicht –

Aber das tut sie eben doch. Sie tut es wirklich.

»Was? Wovon redest du da?«, fragt Mom, während mir vor lauter Grauen ganz flau wird.

Anna *kichert.* »Hab ich denn nicht erwähnt, dass unsere Mädchen was miteinander haben? Das muss ich vergessen haben.«

»Was? Nie im Leben!« Moms Stimme ist ein schrilles Quieken.

»So ist es aber, das kann ich dir versichern. Ich hab die beiden erwischt, wie sie sich halb nackt ins Haus geschlichen haben. Es gab da ein paar hochinteressante Decken-Togas zu sehen.«

»Du verarschst mich doch.«

Wie kann ich das stoppen? Ich kann es nicht. Nicht mehr. Was in aller Welt soll ich jetzt tun?

»Ich hab mir das für einen richtig guten Moment aufgehoben«, sagt Anna. »Ich glaube, die halten das erst mal noch unter Verschluss, also sag nichts.«

»Aber warum erzählen sie es uns nicht einfach? Sie haben sich doch sowieso schon geoutet.«

»Wer weiß«, sagt Anna. »Gib ihnen Zeit, es auf die richtige Art zu sagen.«

»Wie lang weiß du das schon?«, will Mom wissen. Sie klingt aufgekratzt und empört zugleich.

»Erst seit gestern.«

»Anna! Du hast volle vierundzwanzig Stunden gewartet? Das ist so unfair. Du hättest mir das sofort sagen sollen, nachdem du es erfahren hast! Ich dachte, Penny wäre immer noch todunglücklich wegen Laurel.«

Bei der Erwähnung meiner Ex rutscht mir fast der Eisbehälter weg und auf einmal merke ich, wie verdammt kalt meine Hände geworden sind.

»Das ist sie jetzt dann wohl nicht mehr«, antwortet Anna.

»Oh mein Gott«, sagt Mom, ihre Stimme ein aufgeregtes Flüstern. »Das ist ja wie im Film!«

»Weißt du noch, wie wir schwanger waren und herumgewitzelt haben, dass unsere Kinder mal heiraten könnten, wenn es ein Junge und ein Mädchen würde? Ich bin nie auf die Idee gekommen, dass, wenn wir zwei Mädchen hätten, die beiden ja auch was miteinander haben könnten.«

»Ich auch nicht. Penny fände das furchtbar heteronormativ von uns.«

Ist es auch! Ich muss mir auf die Zunge beißen, um das nicht laut auszusprechen.

Anna prustet los. »Na ja, war es ja wirklich.«

»Oh mein Gott. Wahrscheinlich hat sie sich deshalb immer rausgeschlichen.«

Ich lehne mich gegen die Rauputzwand des Motels und versuche, tief ein- und auszuatmen, aber nicht zu laut, sie sollen mich ja nicht hören. Sie weiß es also? *Fuck.* Das wird alles ruinieren!

»Penny hat sich rausgeschlichen?«, fragt Anna.

»Sie meint, ich hätte nichts gemerkt.«

»Hast du mal versucht, sie dir zu schnappen?«

»Damit sie noch verschlossener wird? Und wenn sie eh nur raus ist, um Tate zu treffen –«

»Aber Tate ist nachts nicht rausgegangen«, sagt Anna bestimmt.

Mom lacht. »Bist du dir sicher?«

»Tate steht jeden Morgen um fünf Uhr auf. Denn auch wenn sie Penny aufzieht wegen ihrer ganzen Pläne und der Bullet Journals – im Grunde sind ihr feste Routinen mindestens genauso wichtig.«

»Oh Gott, diese Bullet Journals – das macht mich wahnsinnig.« Mom stöhnt. Wut flammt in mir auf, doch als sie fortfährt, legt sie sich gleich wieder. »Die Collagen, die sie darin macht, sind so unglaublich gut. Aber sie lässt einfach nicht zu, dass ich sie mir richtig ansehe. Die eine mit diesem Garten voll verwelkter Blumen, die war so herrlich morbid. Ich hätte sie stundenlang angucken können. Aber ich habe höchstens fünf Sekunden gekriegt, dann hat sie das Ding zugeschlagen.«

»Das machst du mit *deinem* Skizzenbuch doch auch«, sagt Anna behutsam.

Mom lacht. »Stimmt, da hast du mich«, gibt sie zu.

»Wie die Mutter, so die Tochter.«

»Sie ist durch und durch George, und das weißt du auch.«

Wie lange ist es her, dass ich seinen Namen aus ihrem Mund gehört habe? Früher hat das ganz selbstverständlich zu meinem Leben gehört: Mom, die Dad ruft. Die lachend seinen Namen sagt, wenn Dad sie auf die Wange küsst. Oder ihn vor sich hin murmelt, während die zwei in der Küche tanzen. Aber dann hat sie seinen Namen auf einmal gar nicht mehr ausgesprochen. Als würde mit der Minute, in der sie ihn auf diesen Grabstein hat eingravieren lassen, jede Erwähnung dieses Namens heraufbeschwören, was sie falsch gemacht hat.

Sag deiner Mutter, dass ich sie liebe.

»Gott, das ist sie wirklich manchmal«, stimmt Anna ihr zu.

»Die Psychologin, zu der ich musste, um klären zu lassen, ob ich mental fit genug bin, dir was von meiner alten Kollegin hier abzutreten …«

»Ist das neuerdings der Name für das Stück Leber, das du mir gibst?«

»Erst wollte ich sie ja Eunice nennen, aber ich weiß noch, dass du damals die Babynamen, die ich gut fand, überhaupt nicht mochtest.«

»Stimmt, deine Vorliebe für Alte-Tanten-Namen ist ein bisschen schräg. Penelope ist ein schöner Name. Aber *Gertrude*? Da machen sich die anderen Kinder nur lustig.«

»*Gertie* und *Trudie* sind doch wunderbare Spitznamen! Aber egal, die Psychologin hat jedenfalls gesagt, ich würde über Penny reden, als ob sie nicht zur Hälfte von mir käme. Weißt du, was ich ihr gesagt habe? Als dieses Kind auf die Welt gekommen ist, hat es als Erstes gefragt: *Wo ist Daddy?*, und gleich hinterher: *Wo ist der Fluss?*«

Anna lacht leise. »Stimmt, sie war immer Daddys Mädchen. Aber sie hat auch viel von dir. Besonders als du jung warst. Das Steinewerfen zum Beispiel hat sie von dir.«

Mom prustet los. »Auf der Fahrt hierher habe ich gerade wieder daran gedacht«, sagt sie und ich runzele die Stirn. Eine Geschichte, in der es ums Steinewerfen geht, habe ich noch nie gehört. Hat Mom Steine auf irgendwen geworfen? Auf wen? »Ich hab immer noch eine Narbe innen am Oberschenkel von der Kletterei auf die alte Eiche, auf der ich gewartet habe.«

Auf wen gewartet? Wie es aussieht, werde ich darauf keine Antwort bekommen, denn Anna fährt fort: »Du hast mich damals gerettet. Und du rettest mich jetzt.«

»Zweimal in fast dreißig Jahren, das ist kein schlechter Schnitt – wobei *du mir* in der Zeit verdammt oft den Arsch gerettet hast«, sagt Mom. Sie versucht es leicht klingen zu lassen, aber so, wie sie es herauspresst, ist die Mühe darin deutlich zu spüren.

»Du gibst mir und Tate viel«, sagt Anna. »Das werde ich nie vergessen.«

»Du hast doch versprochen, nicht rührselig zu werden«, erwidert Mom, aber dann schnieft sie ein bisschen. »Du weißt, wie lieb ich dich habe.«

»Das ist auch besser so«, sagt Anna. »Vielleicht werden wir nämlich mal Gegenschwiegermütter.«

»Ha, das wär ein Ding.«

Mom lacht los, ein lautes, echtes Lachen, das in meiner Gegenwart so selten passiert, dass ich mich einen Moment lang daran weide. Dann wende ich mich ab und gehe zurück zu unserem Zimmer, während mir das Kondenswasser vom Eisbehälter über die Finger läuft.

28

25. Juni

Wieso passieren mir solche Sachen? P

M Alles okay?

Anna hat meiner Mom diesen Unfug aufgetischt, dass Tate und ich zusammen wären. Nur hält sie das ja nicht für Unfug. P

M Shit. Was machst du jetzt?

Mich morgen drum kümmern. Oder übermorgen. Vielleicht auch nie. P

M Sagst du es Tate?

Die ist im Pool. P

M ?

M Da bleibt sie doch nicht ewig drin. Du kannst es ihr jetzt sagen.

Geht nicht. Nicht heute Abend. Das mit dem Bett ist schlimm genug. — P

M — Was ist denn mit dem Bett?

Bei der Reservierung ist was schiefgegangen. Die haben uns ein Zimmer mit nur einem Bett gegeben. — P

Meghan schreibt …
Meghan schreibt …

M — Okay, ich hab nichts außer 😂

Meghan! — P

M — Sorry, aber das ist so wahnsinnig komisch!

Sag mir lieber, was ich machen soll. — P

M — Mit ihr knutschen und fummeln, damit das mit dem Zusammensein wahr wird?

Sei nicht blöd. — P

M — Tu einfach, als ob du schläfst, wenn sie zurückkommt.

Oh. — P

Das ist gut. — P

Das krieg ich hin. P

Okay. Muss Schluss machen. P

♥ P

29
Tate

26. Juni

»Hast du okay geschlafen?«, fragt Mom.

Ich betrachte sie in ihrem Krankenbett. »Na ja, gar nicht geschlafen trifft es eher.«

»Das lag aber nicht an Penny, oder?« Mom sortiert ihre Karten.

Ich habe die Nacht zusammengerollt auf dem breiten Sessel verbracht, der im Hotelzimmer stand, aber das werde ich ihr nicht erzählen.

»Nein, die hat schon geschlafen, als ich vom Schwimmen zurückgekommen bin. Ich war einfach nervös.«

»Na gut, dann schnarcht sie wohl nicht so wie Lottie.«

Ich lache und betrachte meine Karten. Das ist eine Tradition bei uns – wenn wir warten müssen, spielen wir immer Karten. Wir haben sie auf dem Tischchen mit Rollen ausgelegt, das sich über ihr Bett schieben lässt.

Als ich klein war, haben wir Quartett oder Uno gespielt. Später hat Mom mein Repertoire erweitert. Aber heute machen wir wieder was Einfaches: Zweierpatience. Eine Runde haben wir schon fertig gespielt, während immer wieder Krankenschwestern reinkommen und rausgehen und Marion mir alle Viertelstunde eine Nachricht schickt.

»Du könntest mich wenigstens gewinnen lassen«, sagt sie, als ich sie zum zweiten Mal schlage.

»Du hättest dir ja ein Spiel wünschen können, in dem du besser bist.«

»Wenn wir Poker spielen würden, könnte ich den ganzen Weg in den OP an nichts anderes denken.«

Ich werfe einen Blick auf die Uhr. Lottie ist schon vor einer ganzen Weile abgeholt werden. Ihre Operation kann bis zu sechs Stunden dauern. So hat es in Pennys Zeitleiste gestanden. Moms Transplantation wird bis zu zwölf Stunden dauern.

Bald werden sie kommen und sie zur OP-Vorbereitung abholen. Dann fängt für mich die Zeit an, in der ich rumsitzen werde und nichts weiter tun kann außer warten und hoffen, Stunde um Stunde.

»Du siehst traurig aus. Komm her.« Sie schiebt den Tisch weg und winkt mich mit gekrümmtem Finger zu sich, wie eine böse Hexe im Märchen. Auch dieses gackernde Lachen hat sie richtig gut drauf, meine Mom. Beim Halloween-Abend im Brauhaus ist das ein echter Hit.

»Mir gehts gut«, behaupte ich, aber nur die Infusionsschläuche halten mich davon ab, zu ihr ins Bett zu krabbeln.

»Du riechst nach Grapefruit«, sagt sie.

»Ich hab heute Morgen aus Versehen Pennys Bodylotion erwischt.«

»Ich bin so froh, dass du sie hast, in der Zeit jetzt«, sagt sie und hält immer weiter meine Hand. Um ihre genauso fest zu drücken wie sie meine, habe ich zu viel Angst. (Dann wüsste sie nämlich genau, wie sehr ich mich fürchte.)

Wir erleben das hier nicht zum ersten Mal. Wobei es natürlich noch nie *exakt* genauso war. Aber wir kennen dieses beängstigende Dazwischen, wo es einerseits Licht am Ende des

Tunnels gibt, dieses Licht aber andererseits auch einfach ausgehen kann.

»Bald ist es so weit, Süße«, sagt sie.

»Mom –«

Sie hat eine Regel. Ich darf nicht sehen, wie sie rausgerollt wird. Sie war dabei, als ihre Mom rausgerollt wurde, und die ist nie zurückgekommen – meine Großmutter ist vor meiner Geburt an Eierstockkrebs gestorben, als Mom noch ein Teenager war.

(Gott, sie war da ungefähr in meinem Alter, oder?)

Anscheinend gibt es, was das Kümmern angeht, eine seltsame Gemeinsamkeit zwischen uns, auch wenn ich bis zu diesem Moment noch nie darauf gekommen bin. Sie hat sich um ihre Mutter gekümmert, weil ihr Vater sich aus dem Staub gemacht hat, als ihre Mom krank wurde. Ich versuche mich um meine Mom zu kümmern, weil mein Samenspender nicht mal lange genug dageblieben ist, bis der rosa Strich auf dem Test zu sehen war.

Sind die Frauen in meiner Familie dazu verdammt, dass sich alles wiederholt? Ist es das, was Tochtersein bedeutet? Dem Weg der Mutter – und auch dem von *deren* Mutter und Großmutter – entweder zu folgen oder ihn bewusst abzuschütteln? Ich weiß nicht, ob ich an eine Person geraten werde, die mich verlässt, aber ich werde nicht mit siebzehn Jahren meine Mutter verlieren so wie Mom. (Ein Funken Trost in einer Angst, die zu heftig ist, um sie unter Kontrolle zu halten.)

Wir haben das hier schon oft erlebt, also ist klar, dass es noch Dinge zu bereden gibt. Für alle Fälle. Ich kenne die Punkte, um die es gehen wird: Wo die Passwörter und die wichtigen Papiere sind … und das Bargeld für Notfälle, das sie in der Kaffeedose ganz hinten in ihrem Kleiderschrank versteckt hat. *Ich liebe dich, Tate. Du bist das Beste, was ich im Leben hingekriegt habe, weißt du das?*

Ich weiß nicht, ob ich es ertrage, das noch mal durchzugehen. Und sie scheint das zu spüren, denn sie sagt: »Habe ich dir jemals erzählt, wie Lottie und ich Freundinnen geworden sind?«

Stirnrunzelnd beäuge ich die Infusion. »Haben die dir schon irgendwas gegeben? Ich weiß doch, wie ihr euch kennengelernt habt.«

»Jemanden kennenlernen ist was anderes als Freundschaft schließen«, sagt sie geheimnisvoll.

»Lottie behauptet doch immer, es wäre Liebe auf den ersten Blick gewesen.«

»Lottie mag es gern romantisch. Aber in dem ersten Jahr, in dem wir uns kannten, sind wir gar nicht miteinander ausgekommen. Ich fand sie nervig und zickig.«

»Na ja, ganz falsch hast du damit nicht gelegen.«

»Sie hat so ihre Momente«, gibt Mom zu. »Aber dann hat sie etwas gemacht, das mich überrascht hat … das mich gerettet hat.«

»Was denn?« Diese Geschichte habe ich noch nie gehört. Lottie erzählt immer, die beiden hätten sich angefreundet, als Mom in einer Tankstelle fast beim Klauen erwischt worden wäre und Lottie sie gedeckt hat.

»In meiner Jugend ging es hier in der Gegend noch viel rauer zu, besonders auf der Blue-Basin-Seite vom Fluss. Da gab es eine Gruppe von Jungs, die praktisch das ganze Gebiet beherrscht haben. Na ja, eher terrorisiert. Wenn die dich alleine erwischt haben …« Sie schüttelt den Kopf. »Die haben dich zu Brei geschlagen und dir alles weggenommen, was du hattest. Und dann war da ein Mädchen, das …« Wieder verstummt sie, und während sich die Stille ausbreitet, füllt mein Hirn die Lücke am Ende des Satzes.

Kaltes Entsetzen steigt in mir auf. »Bist du – haben die …«

Sie kann nicht das meinen, was ich denke, oder?

Mom schaut mich mit festem Blick an. »Es gab da ein Gerücht über ein Mädchen, das überfallen worden ist. Danach ist sie ganz plötzlich weggezogen. Wir haben alle davon gehört. Haben das Gerücht untereinander ausgetauscht, genauso wie wir Tipps über Make-up getauscht und überlegt haben, zu welchen Zeiten wir am besten über die Vollmer's Bridge kommen, ohne den Jungs zu begegnen.«

»Mom, das ist furchtbar. Warum habt ihr keinem was gesagt? Oder sie angezeigt?«

»Zum Teil, weil ich anders erzogen worden bin, als ich dich erzogen habe. Mir wäre es gar nicht eingefallen, jemandem was zu sagen. Und wenn doch, hätte es wahrscheinlich bloß geheißen: *So sind Jungs eben.*« Ihr Mund verzieht sich angewidert, genauso wie meiner. Eine Sekunde lang sind wir wie Zwillinge, die kleinen Unterschiede in unseren Gesichtern verblassen.

»Und was das Anzeigen betrifft … bei wem? Drei dieser Jungs waren mit Deputy Sheriffs verwandt. Das Mädchen ist jedenfalls weggezogen, ohne irgendwen anzuzeigen.« Sie zuckt mit den Schultern. »Du kannst keiner Frau einen Vorwurf machen, wenn sie sich nicht durch ein System kämpfen will, das nicht darauf ausgelegt ist, ihr zu helfen. Sie hat getan, was sie damals eben tun konnte, und die anderen Mädchen gewarnt.«

»Hatten die Jungs es auf dich abgesehen?«

Sie nickt. »Einer von ihnen hat im Unterricht andauernd meinen BH-Träger runtergeschnippt. Ich musste nachsitzen an dem Tag, weil ich ihn weggeschubst habe.« Sie verdreht die Augen. »Gott, was habe ich meinen Geschichtslehrer gehasst!

Aber als ich danach aus der Schule gekommen bin, haben sie auf mich gewartet.«

Dann sagt sie lange nichts, schaut nur auf den Venenkatheter in ihrem Handrücken. Sie hat schlechte Venen, also können sie den Zugang nicht anders legen.

»Du musst es mir nicht erzählen«, sage ich.

»Ich will aber«, antwortet sie. »Ich möchte, dass du das verstehst, Liebling, ich kann sie nämlich sehen … die Frage in deinem Kopf. Warum Lottie und ich überhaupt *Lottie-und-ich* sind.« Sie schiebt sich eine Haarsträhne hinters Ohr. Für die OP werden sie ihre Haare unter einer blauen Kappe verstecken, aber im Moment sind sie noch zu einem losen Zopf geflochten. »Die haben mich umzingelt. Mir mein Fahrrad und den Rucksack abgenommen. Ich dachte, vielleicht wäre es damit vorbei. Aber nachdem sie meine Sachen hatten, hat sich etwas verändert – ihr Lachen und die Art, wie sie mich angeschaut haben – auf einmal war alles irgendwie scharf und schwer, als ob mich schon allein die Luft so schlimm verletzen würde, wie sie es gleich tun würden. Ich hatte solche Angst. Ich glaube nicht, dass ich in meinem Leben vorher schon mal so viel Angst gehabt hatte. Dann hat mich der Größte am Arm gepackt.«

Merkt sie, dass sie sich gerade genau diesen Arm reibt? So wie sie es tut, scheint es eher unbewusst zu sein.

»Ich wollte kämpfen. Aber bevor ich das konnte …« Das Lächeln, das plötzlich ihr Gesicht erhellt, kommt so unerwartet, dass es mich herumreißt wie ein Haken, der sich in meine Wange bohrt. »… sind Steine aus der Luft auf sie geflogen. Als wäre ein Rachegott vom Himmel gekommen, wild entschlossen, sie zu bestrafen. Ein Stein trifft den Anführer – den Jungen, der meinen BH-Träger geschnipst hat – voll am Kopf und *er* geht zu

Boden, nicht ich. Einfach *wums.*« Sie schnippt mit den Fingern. »Ein Treffer und er liegt bewusstlos im Staub. Sie hat ihn wirklich gut erwischt.« Ihr Lächeln wird breiter. »Die Jungs sind in alle Richtungen auseinandergestoben.« Ihre Lippen kräuseln sich, als sie das sagt. »Immer noch taumelnd, schaue ich mich um, bin gerettet, ohne zu wissen, von wem … und dann ist sie da, klettert vom Baum runter: Lottie, in ihrem Babydoll-T-Shirt und ihren Calvins, einen ganzen JanSport-Rucksack voller Steine auf dem Rücken.«

Vorstellen kann ich mir das nicht, aber irgendwie doch. Denn Penny ist Lotties Tochter und Penny ist das Mädchen im Wald mit der Axt … ganz so, wie ihre Mutter auf einmal das Mädchen im Baum mit den Steinen ist. Diese draufgängerische Art, dieses Voll-auf-Adrenalin-Sein? Das hat Penny doch nicht nur von ihrem Dad geerbt.

Das kommt auch von Lottie. Bei ihr zeigt es sich nur anders. Total impulsiv … und manchmal richtig übel.

Aber nicht dieses Mal. Und nicht damals.

»Sie hat dich gerettet.«

»Lottie und das Mädchen, das weggezogen ist, waren Freundinnen«, sagt Mom. »Und als sie auf einmal weg war –«

»War Lottie mit der Wahrheit allein«, ergänze ich.

»Sie hat dafür gesorgt, dass die anderen Mädchen sich vor den Jungs in Acht nehmen«, fährt Mom fort.

»Hat sie dafür gesorgt, dass es rumerzählt wird?«

Mom nickt.

»Und sie ist in den Wäldern herumgestreift. Sie konnte damals wahnsinnig gut klettern … und sie hatte einen guten Wurfarm, sie war der Star vom Softballteam.«

»Das ist echt krass«, sage ich und finde es furchtbar, dass das so widerwillig klingt.

»Sie hat viel riskiert für mich«, sagt Mom. »Genau wie sie es jetzt tut.«

»Ich bin froh«, sage ich. »Wegen damals und wegen jetzt. Mom, du weißt gar nicht, wie froh ich bin. Nur –« Ich unterbreche mich. Ich liebe Lottie. Ich liebe sie wirklich. Aber meine Gefühle für sie sind nun mal widersprüchlich, und manchmal belastet mich das. Dann komme ich mir vor, als würde ich im Sand nach einer verloren gegangenen Perle suchen. »Du musst aber auch das andere sehen, Mom.«

»Was?«

»Sie riskiert so viel, aber nicht für Penny. Für Penny hat sie nichts getan.«

Meine Mutter wendet den Blick ab, ihr Kinn sinkt auf die Brust, als würde es ihr schon wehtun, das auch nur zu hören. Aber es ist *wahr*. Ich war *dabei*. Und wo kommst du hin, wenn du Sachen, die wahr sind, nicht aussprichst, weil sie wehtun?

»Ich liebe Lottie. Und ich bin ihr so dankbar. Aber …« Ich halte inne, bringe es nicht über die Lippen.

Sie nimmt meine Hand und drückt sie. Einmal. Zweimal. Dreimal. *Ich liebe dich.* Eine Geheimbotschaft durch Berührung.

»Aber du liebst auch andere«, beendet Mom den Satz.

Ich ziehe die Hand nicht weg – ich muss vorsichtig sein, denn die Hand, mit der sie mich hält, ist die mit dem Venenkatheter –, würde es aber gern tun. Mein Herz, dieses verräterische Ding, dröhnt und Hitze steigt mir ins Gesicht.

»Das ist okay, weißt du?«, fährt Mom sanft fort. »Auf Pennys Seite zu sein.«

Mein Magen verkrampft sich. Und als ich ihr in die Augen schaue, versuche ich nicht mal, die Tränen zurückzuhalten. »Mom«, sage ich und es ist wie ein Echo, das mich Jahre zurückführt, ich bin wieder mit Penny auf der Veranda statt auf der Beerdigung: »Es sollte hier keine Seiten geben.«

»Oh, mein süßer Schatz«, sagt sie, aber es klingt nicht traurig. Eher sieht sie aus, als hätte sie ein Blitz getroffen. »Verdammt«, sagt sie kopfschüttelnd. »Du hast recht. Du – du hast absolut recht.«

Und dann können wir nicht weiterreden, weil drei Schwestern ins Zimmer kommen.

»Heute ist es so weit«, sagt eine von ihnen zu Mom. »Ich bin Jessica. Wie geht es Ihnen?«

Mom richtet sich im Bett auf und zupft an ihrem Krankenhauskittel. »Gut … nervös. Das … das ist ein großer Tag.« Ihre Stimme zittert vom Gewicht dieser Aussage.

»Ist das Ihre Tochter?«, fragt die Krankenschwester.

»Das ist Tate«, erklärt Mom, während eine der anderen Schwestern ans Bett tritt und die Infusion prüft.

»Hi.« Ich winke den Schwestern kurz zu.

»Okay, meine Süße«, sagt Mom.

»Nein«, protestiere ich.

»Zeit zu gehen«, beharrt sie. »Wenn du mich das nächste Mal siehst, bin ich ein neuer Mensch.«

»Oha. Achtung, Welt!«

Vorsichtig, damit nichts mit den Schläuchen und dem Katheter passiert, streckt sie die Arme aus und nimmt mein Gesicht in beide Hände.

»Weißt du, was ich an dir liebe?«, fragt sie.

»Meinen sarkastischen Witz?«

»Na ja, den natürlich zuallererst«, sagt sie ungerührt. »Ich liebe es, wie du für andere kämpfst. Du stellst dich hin und sagst: *Das ist falsch*. Ich will, dass du das weiter so machst – dass du die Wahrheit immer laut aussprichst.«

Ihre Hände umschlingen mein Gesicht jetzt ein bisschen zu fest.

»Das mache ich.«

Mir ist klar, dass wir beide losheulen werden, wenn wir so weitermachen. Und die Ärzte sollen sie nicht mit Tränen im Gesicht sehen.

»Ich warte auf dich«, sage ich und küsse sie auf die Stirn, weil ich beim Umarmen vielleicht irgendwas abreißen würde.

»Weißt du, vielleicht wärs ganz nett, eine kurze Judge-Judy-Zusammenfassung zu bekommen, wenn ich aufwache«, sagt Mom.

»Werd ich mir merken.« Ich will nicht gehen, aber ich muss. »Ich liebe dich.«

»Ich dich auch, Liebling. Du wirst schon sehen, in null Komma nichts bin ich mit einer funktionierenden Leber zurück.«

»Na ja, speziell beeilen sollten die sich wohl besser nicht«, sage ich. Das bringt sie zum Lachen, und im Weggehen bin ich froh, sie lächeln zu sehen – froh, dass das die Erinnerung ist, die ich mitnehme: diese Hoffnung vor dem langen Aufstieg.

Jessie zeigt mir, wie ich zum Wartebereich für Angehörige komme. Auf dem Weg den geschäftigen Korridor entlang sind die Umgebungsgeräusche phasenweise wie weggeblendet und stattdessen ist da nur mein eigener Herzschlag, langsam und stetig, fast wie zum Hohn. Er erinnert mich daran, dass ich gesund und stark bin und es auch immer war. Diesen Korridor entlangzugehen, hat nichts von einem Traum, eher komme ich mir vor wie beim Anblick eines Gemäldes. Je näher du herantrittst, desto genauer siehst du, dass alles nur aus Farbklecksen besteht.

Der Wartebereich ist klein, aber angenehm, und als ich die Tür öffne und eintrete, schießt Pennys Kopf so schnell hoch, dass ich fast fürchte, er könnte gegen die Wand schlagen.

Unsere Blicke treffen sich quer durch den Raum. Unter den Sommersprossen ist sie blass und aus ihrem vorhin noch perfekten Pferdeschwanz haben sich Strähnen gelöst, die ihr wirr ins Gesicht hängen. Sie hat auf ihrer Unterlippe herumgekaut, ich sehe es an den roten Flecken.

Wir starren einander an. Ich kann den Blick nicht abwenden. Auf einmal ist sie die einzige Person, die mich versteht. Wir sind die beiden einzigen Menschen, die aus dem gleichen Grund das Gleiche zu verlieren haben.

Wir haben nichts zu tun, als zu warten und uns zu fragen, wie es ausgehen wird.

Und uns Sorgen zu machen.

Denn manche Mädchen kriegen manche Sachen nicht.

Und am Ende verlieren alle Mädchen ihre Mütter oder gehen ihnen verloren.

30
Tate

26. Juni

Ich habe wirklich Erfahrung mit dem Warten.

Die dreißig Sekunden oder so, in denen du dich an den Startblock klammerst, die Muskeln angespannt und der Körper eingerollt, und darauf wartest, loszupreschen.

Die Stunden nach Moms Zusammenbruch bei der Arbeit, als Marion mich abgeholt hat, krampfhaft darum bemüht, das Wort *Krebs* zu vermeiden, denn sogar mit acht wusste ich, dass Krebs zu den richtig schlimmen Sachen gehört.

Die Tage nach der Diagnose, die ich in einer Wolke von Verwirrung verbracht habe – George hat uns in der Zeit zur Schule gebracht; Lottie ist mit Mom von einem Arzt zum anderen gefahren; ich habe in Pennys Zimmer geschlafen und musste mich anstrengen, nachts nicht zu weinen.

Die Monate, nachdem sie ihr die Eierstöcke herausgenommen hatten, um dem Krebs zuvorzukommen.

Die Wochen mit der Chemo, als ich neun war – sie wurde immer dünner und schwächer und ich war alt genug, um zu wissen, dass nur noch die Chemo zwischen ihr und einer Verschlimmerung der Krankheit stand.

Die Jahre – es waren mehr als zwei –, in denen alle sehnlichst auf das Wort *Remission* gewartet haben.

Danach haben wir uns langsam ein wackliges Fundament aufgebaut, nur um es von einer komplett neuen Krankheit wieder zerschlagen zu lassen.

Ich habe darauf gewartet, dass es ihr besser geht.

(Und wenn ich ehrlich mit mir bin, habe ich gewartet, dass sie stirbt, aber so ehrlich zu sein ist schwer. Eine verängstigte Neunjährige ist ehrlicher als eine furchterfüllte Siebzehnjährige. Manchmal wünsche ich mir, ich wäre immer noch neun, aber ich weiß, wenn ich nicht die Person geworden wäre, die ich heute bin, wäre ich jetzt nicht hier. Manchmal musst du dich der Situation gewachsen zeigen. Und wenn es um Tod oder Leben geht, wächst du über dich hinaus.)

Ich habe auf so viele Dinge gewartet. Manche waren schon fast in Reichweite, andere nicht. (Diese kratzigen Moteldecken in der Hitze von Yreka. Pennys Finger, die sich um meine schlingen, Schulter an Schulter liegen, unsere Körper dicht an dicht.)

Ich wünschte, ich könnte behaupten, ich wäre gut darin – aber ich kann nur gut so tun, als ob ich es wäre. *Dein stoisches Kind*, hat Lottie mal zu Mom gesagt, da wusste ich, dass ich es geschafft hatte, alle über den Sturm in meinem Inneren hinwegzutäuschen.

Wir warten. Marion versucht uns zu überreden, dass wir was essen, aber das wehren wir beide ab. Jedes Mal, wenn jemand am Fenster des Wartebereichs vorbeiläuft, schießt Pennys Kopf hoch und sie verfolgt die Person mit ihren Blicken, als hinge es von ihr ab, ob Penny weiterlebt.

Ich hole das Kartendeck heraus, das ich dabeihabe, und versuche, nicht auf die Uhr zu schauen, während ich die Karten in sieben akkuraten Stapeln auslege. Ich verliere mich in der klaren Ordnung des Spiels: absteigende Zahlen, wechselnde Farben.

Wir warten. Ich konzentriere mich auf die Karten: schwarz, rot, schwarz, rot.

Penny kaut auf ihrer Lippe und dann an ihren Nägeln, sie ruiniert ihren schwarz-goldenen Nagellack. Sie starrt auf die Uhr, als würde die dadurch schneller gehen.

»Penny, warum nimmst du nicht das hier und holst dir wenigstens was aus dem Automaten?«, sagt Marion und hält ihr einen Fünf-Dollar-Schein hin.

Penny schaut kaum zu ihr rüber – nur so weit, um nicht unhöflich zu sein, denn Marion gegenüber kann man das einfach nicht. »Ich bin okay, Gran«, sagt sie vage, dann heftet sie den Blick wieder auf die Uhr.

Rot. Schwarz. Rot. Schwarz. Das leise Klatschen der Karten wird durchbrochen vom Klacken der Uhr.

»Autsch.« Mein Daumen erwischt eine der Karten im falschen Winkel.

Penny dreht den Kopf zu mir, während ich an der kleinen Schnittwunde lutsche und das Stechen zu ignorieren versuche.

»Hier«, sagt sie, kramt in ihrer Tasche und reicht mir eine altmodische Minzbonbondose.

»Ist mein Atem so schlecht?«, frage ich, aber als ich die Dose öffne, sehe ich, dass sich ein winziges Erste-Hilfe-Set darin verbirgt, mit Pflastern, antibiotischer Salbe und einer Packung Aspirin.

»Alte Pfadfinderin«, sage ich, nur um ihren Blick auflodern zu sehen.

»Du bist doch bloß sauer, dass ich viel mehr Kekse verkauft habe als du.«

»Und du ärgerst dich immer noch, dass es kein Abzeichen gegeben hat für *Überleben im Wald mit einer Axt.*«

»Du kannst ruhig wissen, dass ich damals einen Brief –« Sie

stoppt abrupt, ihr Kampfgeist ist weg und alles Blut weicht aus ihrem Gesicht, als eine Chirurgin auf den Wartebereich zukommt, die OP-Haube noch auf dem Kopf.

»Oh Gott, das ist ihre Chirurgin«, flüstert sie. Meine Hand greift nach ihrer und sie drückt sie so fest, dass es richtig wehtäte, wenn ich überhaupt irgendwas spüren würde.

(Aber meine Sinne setzen immer aus, wenn es um sie geht, genauso wie mein Verstand.)

Erst recht mit diesen zwanzig Schritten zwischen der Chirurgin und uns. Eine Ewigkeit. Eine gähnende Kluft, die uns verschlingen will.

Zehn Schritte.

Fünf.

Drei.

Zwei.

Sie öffnet die Tür zum Wartebereich und schließt sie wieder.

31

26. Juni

Mom ist aus dem OP und jetzt auf der Wachstation! **P**

M YAY!

M 🎉🎉🎉🎉🎉🎉

Mein Gott, als die Chirurgin reingekommen ist, dachte ich, ich muss kotzen. **P**

Erbrochenes über ihren Schuhen und alles. **P**

Hab ich zum Glück aber nicht. **P**

Es ist richtig gut gelaufen, sagt sie. **P**

Und dass Mom eine »sehr schöne« Leber hat. **P**

Was auch immer das heißen soll. **P**

M Ich bin SO erleichtert.

M Wie gehts Anna?

Noch keine Neuigkeiten. P

Ich muss zurück zu Tate. Im Wartebereich ist der Empfang so beschissen, da bin ich nach draußen, damit meine Nachrichten auf jeden Fall durchgehen. P

M Das geht garantiert alles super weiter! Nur noch ein paar Stunden!

32
Penny

27. Juni

Je länger sich die Stunden ziehen, desto schrecklicher wird es. Gefangen in diesem Wartebereich scheinen wir drei zerquetscht zu werden vom Gewicht der Zeit.

Meine Augen brennen von zu wenig Schlaf, ich hätte Augentropfen mitnehmen sollen. Habe ich aber nicht und der Laden unten hat schon vor Stunden zugemacht. Inzwischen ist es nach Mitternacht.

Es dauert zu lang. Annas OP hat um zwölf angefangen. Das Ganze sollte *bis zu* zwölf Stunden dauern. Nicht *mehr als* zwölf Stunden.

Vor drei Stunden haben sie sich gemeldet. Oder waren es vier? Da hat es noch geheißen, alles liefe gut.

Ist dann irgendwas schiefgegangen? Diese Frage setzt uns allen zu. Das weiß ich, das muss so sein, aber Tate legt immer weiter ihre Patiencen und ich sitze still da und sehe ihr zu, denn genau das scheint sie zu wollen. Bloß nicht reden.

Was würde ich sagen?

Was tun wir, wenn Anna –

Denk nicht dran. Gott, denk hier in diesem Raum auf keinen Fall daran. An diesem Ort, wo sie nur ein paar Wände weiter ist – und vielleicht gerade um ihr Leben ringt.

Aber Anna ist eine Kämpferin. Durch und durch. Das ist nicht bloß so ein Inspirationsspruch, der schwer kranken Menschen oft angedichtet wird, es inspiriert wirklich – als Mädchen willst du eine Frau wie sie werden, wenn du erwachsen bist.

Sie ist die Art von Mutter, die du zu sein hoffst, wenn du nicht selbst eine wie sie hattest und später etwas anders machen willst.

»Alles wird gut, da bin ich sicher«, sagt Gran aus dem Nichts, aber Tate schaut nicht mal von ihren Karten auf, sondern legt immer weiter ab. Pik-König. Herz-Dame. Kreuz-Bube. Karo-Zehn. Kreuz-Neun.

Die Stille des Krankenhauses tief in der Nacht – ab und zu unterbrochen von Piepsern und Durchsagen – erdrückt uns, mir wird fast schwindlig davon. Ich versuche mich auf das leise Geräusch zu konzentrieren, das Tate mit den Karten macht, als sie sie für ein neues Spiel mischt.

»Tate«, sagt Gran laut und ihre Stimme lässt auch mich zusammenfahren. Tate fallen die Karten runter und sie ist schon aufgesprungen, noch bevor sie den Kopf hebt.

Sie kommen zu zweit durch die Tür, eine Frau und ein Mann. Während sich die beiden auf uns zubewegen, zieht der Mann die OP-Haube vom Kopf.

»Ich bin bei dir«, sagt Gran und nimmt Tates Hand. Dabei schaut sie mich an und nicht Tate.

Ich weiß, was es bedeutet, ins Nichts wegzutrudeln. Und ich weiß auch, wie es ist, dann von sanften Händen zurückgeholt zu werden. Sanft bin ich nie gewesen, aber ich bin da. Ich bin bereit. Ich werde sie halten, falls das Schlimmste passiert ist.

Die beiden Ärzte durchqueren den Raum, und als die Chirurgin Tate anstrahlt, beginnt sich der Knoten in meinem Bauch aufzulösen.

»Dr. Rhodes?«, krächzt Tate.

»Die Transplantation ist wunderbar gelaufen«, sagt sie, immer noch lächelnd. »Anna ist jetzt auf der Wachstation. Du wirst sie am Nachmittag besuchen können, wenn alles so läuft, wie wir erwarten.«

»Sie wird sich erholen?« Tates Stimme zittert nicht, sondern klingt monoton, wie erstorben – als müsste sie etwas in sich abtöten, um den Ton ruhig zu halten. »Sie ist also okay?«

»Es geht ihr sehr gut. Wir haben wirklich Glück gehabt. Alpha-1 ist oft schwer zu diagnostizieren und es gibt kaum Lebendspender. Eine Transplantation zu bekommen, bevor die Zirrhose schlimmer wird oder das Gewebe verkrebst, ist ein äußerst positiver Schritt, der sie einer Heilung näher bringt.«

Tate starrt sie an, absolut still, und die Ärztin lehnt sich vor und sagt mit milder Stimme: »Du kannst jetzt wieder atmen, Tate.«

Tate nickt, atmet aber immer noch nicht. Stattdessen tritt sie einen Schritt vor und schlingt die Arme um Dr. Rhodes, eine kurze, heftige Geste von einer Person, die so gut wie nie jemanden umarmt. »Danke«, flüstert sie.

Dann bewegt sie sich plötzlich weg von den Ärzten, läuft an ihnen vorbei aus dem Wartebereich und den Korridor entlang und verschwindet ohne ein Wort in den Tiefen des Krankenhauses.

»Oje«, macht Marion.

»Sie wird doch wohl nicht versuchen, ihre Mutter zu finden, oder?«, fragt Dr. Rhodes. »Die kann jetzt noch keinen Besuch haben.«

»Nein, das wird sie nicht. Sie –« Gran seufzt. »Sie zeigt ihre Gefühle nicht gern in der Öffentlichkeit.«

»Das verstehe ich.« Dr. Rhodes lächelt sanft. »Aber es gibt noch ein paar Dinge zu besprechen.«

»Natürlich«, sagt Gran. »Penny, kannst du schauen, wo Tate ist?«

»Ja«, sage ich, als wäre ich nicht sowieso schon auf dem Weg aus der Tür.

Ich könnte in die Richtung losgehen, in die Tate gelaufen ist, und hoffen, dass ich sie einhole, aber ich beschließe, lieber darauf zu setzen, dass ich sie so gut kenne. Sie ist den ganzen Tag eingesperrt gewesen, wie ein Hummer in einem Topf Wasser, das langsam immer heißer wird. Jetzt ist sie frei.

Sie wird nach draußen gehen.

Ich nehme den Fahrstuhl runter zum Haupteingang, in der Erwartung, sie beim Brunnen zu finden.

Aber dort ist sie nicht.

Da brummt in meiner Jackentasche das Telefon. Als ich es herausziehe, sehe ich ihre Nachricht:

Bin zurück ins Motel. Sagst du Marion Bescheid?

»Mist«, sage ich. Ich brauche die Autoschlüssel.

33

DAS MAL IM POOL

Penny

27. Juni

Als ich beim Motel ankomme, ist sie im Pool, obwohl es fast zwei Uhr nachts ist. Wahrscheinlich hat sie den Nachtportier bestochen.

Das Wasser leuchtet im Dunkeln. Ringsum Lärm und Lichtverschmutzung. Nicht wie zu Hause, wo du in der Wiese stehen und Sterne betrachten kannst, die hier nie zu sehen wären. Ich werde erst wieder gut schlafen können, wenn ich zurück zu Hause bin, wo an Tagen mit viel Verkehr vielleicht mal zwanzig Lastwagen auf der Straße unten vorbeifahren. Ich öffne das Tor am Pool und trete hindurch. Sie bemerkt mich nicht. Ich kicke meine Flipflops weg, setze mich an den Beckenrand und lasse die Füße ins Wasser hängen. Sie ist keinen halben Meter von mir entfernt, als sie mitten im Schwimmzug begreift, dass sie nicht allein ist.

Sie hat sich nicht die Mühe gemacht, eine Kappe überzuziehen, sondern die Schwimmbrille direkt über ihre doppelten Zöpfe geschlungen, der dunkelblaue Wettkampfanzug schneidet ihr in die Schultern. Sie trägt nie irgendwas mit Mustern.

Die anderen Mädchen in ihrem Team schon, aber für Tate muss alles schwarz und dunkelblau sein, höchstens mal dunkelrot, wenn sie sich richtig verwegen fühlt.

Will sie sich verstecken? Sie sticht nämlich immer heraus. Sie ist hübscher, größer und schneller, und wenn sie dich mit ihren ernsten blaugrauen Augen anschaut, verblasst die Welt nicht, sondern wird schärfer. Als hättest du vor diesem Blick gar nicht wirklich gewusst, dass sie existiert.

»Geh weg, Penny.«

»Ich darf den Pool genauso nutzen wie du«, gebe ich zurück. Ich werde sie garantiert nicht allein lassen, nachdem sie auf die Art weggerannt ist.

Tate rennt nie vor irgendwas weg. Sie ist unerschütterlich. Das ist zugleich bewundernswert und ärgerlich.

Sie wedelt mit den Händen im Wasser herum.

Sie zittert. Das sehe ich jetzt im Licht des Pools, diese leise Vibration im Wasser und wie ihre Schultern sich bewegen.

»Tate«, sage ich langsam. »Bist du okay?«

Sie nickt, eine ruckartige Bewegung, schlingt dabei aber die Arme um sich, als ob sie Schutz bräuchte. Schutz vor mir. Der Stich, den mir das versetzt, ist nichts Neues, aber dass sie es ist, die diesen Schmerz in mir auslöst, ist eben doch neu. Manches, was sie tut, nagt an mir, aber weh tut es selten. Nicht auf diese Art.

»Deine Mom ist okay«, sage ich als Erinnerung, und wieder nickt Tate. »Alles ist gut. Alles ist so gelaufen, wie es sollte.«

Erst nickt sie immer weiter, dann sagt sie etwas. Anfangs verstehe ich es nicht richtig. Ein leises Murmeln, das erst nach und nach deutlicher wird. »Scheiße. Scheiße. Scheiße.« Immer wieder und wieder.

Ich weiß überhaupt nicht, was ich tun soll. Ich bin nicht die

Richtige für so was. Aber außer mir ist niemand da. Und sie war für mich da, als ich sie gebraucht habe.

Also tue ich das Einzige, was mir einfällt. Ich rutsche in den Pool. Der Rock von meinem Kleid, einem dünnen Viskoseteil, das an der Haut klebt, wenn es nass wird, treibt hoch und ich drücke ihn wieder nach unten. Meine Füße berühren kurz den Boden, bis sie es dann nicht mehr tun und ich entweder Wasser treten oder mich an ihr festhalten muss.

Meine Hände gleiten an ihren Schultern hoch und sie hört auf. Hört auf zu zittern. Hört auf zu fluchen. Hört auf, sich zu bewegen.

Da sind nur wir beide, sie und ich. Kein Wegschauen mehr. Keine sorgsamen Lügen.

Nur die Wahrheit.

Ich warte, mit angehaltenem Atem.

»Penny, ich hab gedacht, sie ist tot. Als das so lang gedauert hat – ich war mir *sicher.*«

Und da ist es wieder.

Sie zittert so sehr, dass ich es in meinem eigenen Körper spüre.

»Ich weiß, ich habe immer gesagt, dass garantiert alles gut geht. Nur positive Gedanken. Aber dann hab ich gedacht – oh verdammt, als die so lange nicht gekommen sind, habe ich gedacht, sie ist tot. Immer nur dieser eine Gedanke: *Jetzt ist es vorbei.* Mein ganzes Wesen war darauf vorbereitet, und wie die dann reingekommen sind mit diesem breiten Lächeln, als ob sie uns nicht so furchtbar lange hätten warten lassen, als ob ich nicht von Minute zu Minute immer sicherer gewesen wäre …«

Sie drückt sich ein Stück zurück, scheint nicht stillhalten zu können, und meine Finger beginnen von ihren Schultern zu rutschen, bis ihre Hand aus dem Wasser kommt und sich auf sie legt. Sie zieht mich weiter ins Tiefe, unsere Beine baumeln ohne Halt, die Hüften stoßen aneinander, bis ihre Schultern den Betonrand des Pools berühren.

Wir sind uns so nah, dass ich die Wärme spüre, die von ihrem Körper ausgeht – sie erhitzt schnell, als würde die Geschwindigkeit ihres Körpers von ihr abstrahlen.

Mein Kinn taucht unter und wieder auf, während die Wasseroberfläche um uns schwappt.

Wasser rinnt ihr übers Gesicht – vielleicht sind es auch Tränen, den Gedanken halte ich nicht aus.

»Wir haben es alle geschafft«, sage ich.

Sie schüttelt den Kopf, und als sie die Lippen fest zusammenpresst, weiß ich, dass sie weint.

»Das ist erst der Anfang.«

Sie hat recht. Ein Schritt von vielen. Trotzdem ist es ein Schritt, den viele Leute nicht machen, aber Anna eben schon. Ich wünsche mir so sehr, dass Tate darin schwelgen kann, und begreife gleichzeitig, warum das so schwer für sie ist.

Ich strecke die Hand aus und streiche über ihren Wangenknochen, wische die Tränen weg, die Flüssigkeit rinnt über meine Finger und sammelt sich an der Erhebung einer meiner Narben.

Lang gehegter Schmerz gegen lang verblassten Schmerz. Ziemlich passend, finde ich.

Überlegt sie es sich vorher? Was sie als Nächstes tut? Denn bevor ich mich wieder ganz von ihr löse, bedeckt ihre Hand meine. Ich kenne die Form ihrer Wange, wie ich die Narben kenne, die meine Haut durchfurchen. Beides verfolgt mich auf unterschiedliche Weise.

Wir berühren uns jetzt der Länge nach im Wasser, meine Zehen an ihren Fußknöcheln, wir sind uns so nah, dass es keine

Überraschung ist, als sich ihre Arme um meine Taille schlingen und sie mich noch viel näher zu sich holt.

Sondern unvermeidbar.

Meine Haut erinnert sich an sie – vom Heuschober und dem Parkplatz am Fluss her, von dem Motel in Yreka, als sich mein Kinn im Morgenlicht an ihre Schulter geschmiegt hat – und meine Nerven seufzen auf, ein großes *Endlich!* erfüllt mich, jeder noch so kleine Winkel meines Körpers hat sich nach dem hier gesehnt. Meine Lider flattern. Zwischen uns ist fast kein Raum mehr. Ich spüre es. Ich spüre *sie*.

Es ist so eine Erleichterung. Endlich passe ich.

»Hey! Was macht ihr zwei da drin?!«

Eine Männerstimme ertönt, was mich dermaßen erschreckt, dass ich nach hinten schnelle und mir auf die Zunge beiße. So sehr, dass es blutet.

Der Strahl einer Taschenlampe trifft uns und ich blinzele in der plötzlichen Helligkeit, während Tate sich von mir wegwindet. Ich versuche, die Flecken vor meinen Augen wegzukriegen, während sie sich aus dem Pool zieht, um mit dem Security-Typen zu sprechen.

Wieder zurück am Poolrand, hält sie mir ihr Handtuch hin und sagt: »Wir müssen weg. Ich habe ihm unseren Schlüssel gezeigt, aber er sagt, wir sollen raus aus dem Pool.«

Ich schwimme zur Leiter, ziehe mich aus dem Wasser und versuche, mein Kleid glatt zu ziehen, aber das … klappt einfach nicht.

Tate schlingt das Handtuch um meine Schultern und senkt den Blick, als ob sie mich nicht gerade an sich gedrückt hätte wie in einem Liebesroman, und in meinem Kopf dreht sich alles. Wie kann sie bloß so tun, als ob nichts wäre? Wir waren doch drauf und dran …

Ich war drauf und dran …

Bin es immer noch …

Oh mein Gott. Ich sterbe, wenn das alles nur in meinem Kopf passiert ist. Ist es aber nicht … oder doch?

Das kann nicht sein.

Das ist es nie gewesen.

»Wir sind jetzt seit bald zweiundzwanzig Stunden wach«, sagt Tate. »In ein paar Stunden müssen wir aufstehen.«

Und ich tappe ihr hinterher. Ich weiß nicht, was ich sonst tun könnte. Dann finde ich mich auf einmal in diesem Zimmer wieder, wo dieses Bett ist, und tropfe den Teppichboden voll. Also sage ich: »Ich geh duschen.«

Dann verschwinde ich im Bad und flippe *komplett* aus.

VIERTER TEIL

Allein

(oder das Mal am Damnation Peak)

34
Tate

27. Juni

Es ist drei Uhr nachts und in meinem Bett ist ein Mädchen.

Es ist drei Uhr nachts und in meinem Bett ist *das* Mädchen.

Allerdings ist es nicht wirklich *mein* Bett. Und mein Mädchen schon gar nicht. Aber die Hoffnung?

Die Hoffnung ist ein grausames Miststück.

Mom wird überleben. Das glaube ich jetzt wirklich. Das *weiß* ich.

Ich kenne Hoffnung. Ich kenne Angst. Aber ich habe keine Ahnung, was ich mit Erleichterung anfangen soll.

Ohne den Pool und das Schwimmen wäre ich kollabiert und hätte laut losgeschrien. Aber dann war sie da.

Ich konnte nicht wie letzte Nacht wieder im Sessel schlafen. Nicht um die Uhrzeit.

Sie schläft nicht. Ich weiß, wie Penny schläft – mit entspannten Gliedern streckt sie sich weit im Bett aus, als würde es ganz allein ihr gehören. Jetzt kauert sie sich zusammen wie eine Rollassel.

Auf ihrem blauen Pyjama hüpfen fröhliche kleine Schafe herum. Das kann ich sogar von der entgegengesetzten Seite des Betts aus erkennen. Ich sehe auch, wie weich sich der Stoff anfühlen muss. Fast flauschig.

Wir haben so viel Abstand voneinander, wie es nur geht, aber das nützt nichts.

(Wenn uns dieser Security-Typ nicht gestört hätte …)

Meine Hände umklammern die Bettdecke. Ich rieche nichts als die süße Frische ihrer Grapefruit-Lotion. Aus meinen Zöpfen sickert Wasser ins Kopfkissen, denn ich habe mir nicht die Mühe gemacht, sie aufzuflechten oder auch nur richtig mit dem Handtuch abzurubbeln. Ich hab mir einfach mein Schlafshirt übergestreift, während sie unter der Dusche war, und mich schlafend gestellt, als sie wieder reingekommen ist.

Jetzt tun wir beide so, als ob. Erschöpfung und Adrenalin strudeln in mir herum. Ich bin so müde … Ich bin jetzt … seit wie vielen Stunden wach?

Ich kneife die Augen fest zu. *Schlaf*, befehle ich mir. *Schlaf endlich!*

Auf der anderen Bettseite bewegt sich Penny ein bisschen. Zwischen uns ist zu viel Platz. Nicht genug Platz.

Sie ist mein ewiger Widerspruch. Mein Ruin.

(Im Pool haben unsere Körper so gut zusammengepasst, als würden wir genau so zueinander gehören.)

»Tate? Schläfst du?«

Ich atme einfach weiter, langsam und stetig, auch als sie ein Stückchen näher rutscht, um nachzusehen.

Schlaf. Schlaf einfach.

Sie lässt sich zurück auf ihr Kissen sinken und ich atme weiter, ganz langsam und stetig, bis ich aus dem vorgetäuschten Schlaf in einen echten gleite.

Ich kann mich nicht bewegen. Mein Telefon auf dem Nachttisch weckt mich mit seinem Brummen. Etwas Warmes drückt sich an meinen Körper und ich blinzle in dem hellen Licht, das durch den Spalt im Vorhang fällt. Etwas bläst mir sanft in den Nacken, und als ich den Kopf drehe …

Ist da Penny. Nur Zentimeter entfernt. Ihre Atemluft berührt meinen Hals.

Sie muss irgendwann in der Nacht wieder alles von sich gestreckt haben. Mit dem sorgfältig aufrechterhaltenen Abstand zwischen uns beiden ist es vorbei. Sie hat ihren Arm um meinen Bauch geschlungen und eines ihrer Beine liegt zwischen meinen. Ich spüre, wie glatt ihre Beine im Vergleich zu meinen eigenen stoppeligen sind.

Ich versuche mich loszumachen, aber da verzieht sie das Gesicht und ich … Ich halte mitten in der Bewegung inne.

Sie ist warm, wo ich kalt bin, ich bin eckig, wo sie weich ist, und es scheint kaum möglich, mich von ihr zu lösen. Der Versuch wäre umsonst.

(So wie im Pool, als sie seufzend in mich hineingesunken ist und ich nichts anderes denken konnte als *Endlich.*)

Wieder brummt mein Telefon. Diesmal ist es nicht der Wecker, sondern eine Nachricht. Ich muss nachschauen, sofort. Wenn sie von Mom ist …

»Mhmrrg«, knurrt sie, als ich mich unter ihr bewege und den Arm ausstrecke. Ihre Wange rutscht auf meinen Brustkorb, und wenn ich einen tiefen Ausschnitt hätte, wäre ihr Gesicht jetzt bedenklich nah bei meinen Brüsten. Ich strenge mich sehr an, diese Vorstellung zu verscheuchen, und schaue auf die Nachricht von Marion: Alles läuft bestens! Mehr später.

Jetzt, da ich mich nicht mehr bewege, ist Pennys Kopf wieder an die Stelle neben meinem Hals gerutscht, ihre Lippen zucken bei jedem Atemzug.

Warum ist sie nur so eine gute Schläferin? Wenn ich sie wecken muss …

Verdammt. Ich werde sie wecken müssen.

Zähl bis drei, Tate. Eins. Zwei.

Fuck. Ich hasse mein Leben.

Drei.

»Penny.« Ich ziehe an ihrem Arm und hieve mein Bein unter ihrem hervor. »Komm schon, Pen. Wach auf.« Als ich ein bisschen an ihrer Schulter rüttle, rudert sie im Wachwerden wild mit den Armen und blinzelt mich mit hektischem Augenaufschlag an.

Weil mein Gesicht nämlich noch immer kaum zwei Zentimeter von ihrem entfernt ist. Ich müsste mich nur vorlehnen …

(Wir hätten beide schlechten Morgenatem und es wäre schrecklich und wunderbar. Die dafür nötige Bewegung ist so winzig, wie sie nur sein kann, die Entscheidung aber gewaltig … nur ist es so, dass manche Mädchen manche Sachen eben einfach nicht kriegen.)

Sie schnippt von mir weg wie ein zu straff gezogenes Gummiband. »Morgen«, quietscht sie von der anderen Bettseite her wie ein Reh im Lichtkegel eines Autos, was meinem Ego wirklich nicht guttut.

Schließlich haben wir das schon mal erlebt. Das erste Mal war Zufall, das zweite Mal ein Fehler. Ich muss nicht erst ein drittes Mal erleben, um zu wissen, dass es dann ein Muster ist.

Ich kenne Muster. Nur zu gut.

»Deine Gran hat geschrieben«, verkünde ich. »Alles läuft gut.«

Sie nickt, die Decke bis hoch zum Kinn gezogen. »Tate, habe ich –«

»Ich geh duschen«, unterbreche ich sie. »Kommst du hinterher mit runter zum Frühstücken?«

Ich warte nicht mal ihr Nicken ab. Ich springe einfach auf und stelle die Dusche an.

Was noch beeindruckender ist: Ich kreische nicht ins Handtuch. Würde ich aber gerne.

35

27. Juni

Penny hat Tate und Marion in die Chatgruppe
TEAM SACRAMENTO ⟷ ZU HAUSE eingeladen.
Tate ist der Gruppe beigetreten.
Marion ist der Gruppe beigetreten.

Guten Morgen, Gran. P

M Penny, ich mag so was nicht.

Ich weiß, Gran. Aber so können wir das besser organisieren. P

T Jetzt musst du alles nur einmal eingeben, statt uns beiden zu schreiben.

Wir wollen gleich auschecken. Hast du die beiden schon gesehen? P

M Noch nicht, aber Dr. Rhodes sagt, bald.

Okay, dann teile ich mal die Infos, die ich gestern eingeholt habe. P

Die nächsten 7–10 Tage (Erholen im Krankenhaus)

Die Pflegerinnen in der Transplantationsstation

JESSICA: Stationsschwester. Wenn irgendwas Wichtiges los ist, brauchen wir die.

YOLANDA: Sie ist die mit der längsten Erfahrung. Die Ärzte haben Angst vor ihr, die anderen Schwestern tun, was sie sagt. Gibt auch Bescheid, wenn die Süßigkeiten im Verkaufsautomaten gewechselt werden.

LILA: Frisch eingestellt. Die letzte Option, wenn ihr was sucht oder schnell etwas braucht.

DIANE: Die entzückendste Person, die man sich vorstellen kann. Wurde mir als Geheimwaffe beschrieben.

P

T: Will ich überhaupt wissen, wo du diese ganzen Infos herhast?

P: Ich hab mit Grace aus der Pädiatrie geredet. Wir kennen uns aus meiner Zeit hier.

T: Du hast die ganze Zeit Kontakt zu einer Insiderin gehabt?

P: Ich bin einfach bei ihr vorbei, um Hallo zu sagen, und hab ihr einen Kaffee gebracht. Ganz am Anfang, während Mom aufgenommen worden ist. Die Frau hat mich wahrscheinlich vor einer Sepsis bewahrt, da war das doch das Mindeste, was ich tun konnte.

T: Ist das die, die dich mit diesem widerlichen Limetten-Jelly angefixt hat?

P: Nein, das war allein mein ausgezeichneter Geschmack.

M: Jeder weiß doch, dass Zitronen-Jelly der beste ist.

T: Da kommt von hinten links Marion aus dem Feld mit einem brandneuen Kandidaten.

P: Bist du jetzt Sportkommentatorin? Zitrone, Gran, meinst du das ernst?

M: Was glaubst du, wie ich meinen Zitronenkuchen so zitronig kriege?

P: WAS?!

P: Du hast mir erzählt, das Geheimnis wäre die frische Zitronenschale!

M: Das ist das Geheimnis der Glasur.

M: Aber der Kuchen ist eine Betty-Crocker-Backmischung mit extra Eiern und ganz viel flüssigem Zitronen-Jelly.

P: !!!!

T: Mhm, Zitronenkuchen. Wir sollten welchen machen, wenn wir nach Hause kommen.

M: Das Rezept ist in der kleinen Holzschachtel im oberen Schrank in meinem Wohnwagen.

Seht ihr, genau dafür sind Chatgruppen gut. Um Betrugsmanöver in der eigenen Familie aufzudecken. :P

M: 🍋 Ruhe in Frieden, Zitronenkuchen.

Wir checken jetzt aus, Gran. Bis in einer Stunde. :P

36
Tate

27. Juni

Ich weiß nicht, ob Mom wach ist, also bleibe ich zögernd an der Tür stehen, aber da dreht sie schon den Kopf zu mir und lächelt mich an – so breit und strahlend, dass mir gleich klar ist, wie gut die Medikamente sein müssen, die sie ihr gegeben haben.

»Hey, Süße«, sagt sie, als sie mich sieht. Sie hängt an allen möglichen Schläuchen, Kontrollgeräten und anderem Zeug, ist aber wach auf diese benommene, bis oben hin mit Beruhigungsmitteln vollgepumpte Art.

»Hi«, krächze ich.

»Erzählst du mir, was bei Judge Judy passiert ist?«

»Hab ich vergessen.« Das ist alles, was ich rausbringe, bevor ich zu ihrem Bett laufe. Umarmen kann sie natürlich nicht, aber ich umklammere die Sicherheitsbügel des Krankenhausbetts und starre auf sie herunter, sauge ihren Anblick in mich auf.

Sie sieht besser aus. Das bilde ich mir nicht nur ein, oder? Kann schon sein. Für mich sieht sie auf jeden Fall besser aus. Rundum großartig.

Das ganze Zimmer ist voller Blumen – noch etwas, woran ich hätte denken sollen, es aber nicht getan habe. Ich hätte ihr welche mitbringen sollen. Aber zum Glück haben sich die aus dem Brauhaus wirklich ins Zeug gelegt. Graham und die Köche haben Blumen geschickt und die Kellnerinnen Cupcakes für die Krankenschwestern. Von Meghans Eltern stammt ein Bonsai, von Remis Mutter Tulpen, und seltsamerweise hat sogar der Manager vom Sentry Market, wo Remi arbeitet, was geschickt – einen richtig teuren italienischen Schinken, von dem unklar ist, ob Mom ihn überhaupt wird essen können, denn nach der OP gibt es da doch Einschränkungen. Ich wusste nicht mal, dass Mom Remis Boss kennt, aber vielleicht bestellen die ab und zu was zusammen. Lebensmittel den Berg hochzukarren ist teuer.

Fast gleich nachdem ich mich hingesetzt habe, driftet sie weg, und nach einer Weile kommt eine Schwester rein – Jessica, die nach Pennys Recherchen die Stationsleiterin ist – und prüft die Anzeigen auf den Geräten und den Urinbeutel.

»Es geht ihr wirklich gut«, sagt Jessica leise.

Ich nicke. »Danke für alles.«

Jessica wirft mir ein kleines Lächeln zu, bevor sie weitermacht mit ihrer Runde.

Ich lege Patiencen. Das leise Geräusch der Karten beim Mischen und Auslegen, dazu das Piepsen der Maschinen und Moms Atemzüge – das alles hat etwas Friedliches. (Mom atmet, sie wird leben, sie hat es geschafft, hat es geschafft, hat es geschafft.)

Jetzt, wo ich sie selbst sehe, bin ich zufrieden auf eine Weise, die ich fast beunruhigend finde, denn ich weiß gar nicht, wie ich damit umgehen soll. Es ist ein so großes Gefühl. Wie soll ich es in ausreichend kleine Dosen runterbrechen, damit ich es in mir aufnehmen und behalten kann?

»Hast du mein Telefon, Süße?«, murmelt Mom.

Ich schaue von den Karten auf. »Hey, willst du Wasser oder vielleicht ein paar Eis-Chips?«

Sie schüttelt den Kopf. »Mein Telefon – ich will sehen, wie es gestern Abend in der Küche gelaufen ist. Drew hat versprochen, dass er mir schreibt.«

»Mom.« Ich stemme die Hände in die Hüften. »Am Tag deiner Lebertransplantation wird Drew dir ganz sicher keine Textnachricht wegen der Arbeit schicken. Das hat er nur gesagt, um dich zu beschwichtigen, weil du so ein Kontrollfreak bist.«

»Das ist gemein!« Aber sie grinst dabei, wenn auch ziemlich schief. »Was, wenn sie meine Küche abgefackelt haben? Louisa geht mit der Fritteuse immer voll auf Risiko.«

»Die Köche haben das Brauhaus gestern garantiert nicht in Brand gesetzt, das verspreche ich dir. Die waren nämlich viel zu beschäftigt damit, Nachrichten zu schreiben und zu fragen, wie es dir geht. Genauso wie alle, die sonst noch im Brauhaus arbeiten oder Stammkunden da sind. Daher auch der Garten hier im Zimmer.«

»Dieser kleine Baum ist entzückend«, sagt Mom. »Hat Lottie auch einen gekriegt? Ich will meinen nicht teilen.«

Vielleicht hätte ich Jessica fragen sollen, wie viel Morphium die ihr geben.

»Weiß nicht«, sage ich. »Ich kanns aber rausfinden.«

»Gut:« Die Augen fallen ihr wieder zu. »Ich hab das nicht vergessen, weißt du?«, murmelt sie.

»Was denn, Mom?«

»Das mit den Seiten«, antwortet sie. »Wir bereden das näher, wenn ich wieder zu Hause bin, okay?« Es kostet sie Mühe, die Augen wieder zu öffnen, aber anscheinend ist es ihr wichtig, mich anzuschauen, als sie das sagt, denn dadurch wird es ein Versprechen, und meine Mom hält ihre Versprechen.

»Okay.« Mehr bringe ich nicht heraus. Aber die Skepsis in mir ist stark, wie Tee, der zu lange gezogen hat und bitter geworden ist. Ich kann mir nicht vorstellen, wie sich das für Penny anfühlt, die mittendrin steckt, während ich es nur von außen mitbekomme.

Als Mom wieder wegdämmert, rolle ich mich in dem unbequemen Stuhl zusammen und versuche, so viel wie möglich aus den Stunden zu machen, die ich hier noch habe.

37
Penny

27. Juni

Sie ist komplett weggebeamt. Meine Mom. Sie schläft fast die ganzen vier Stunden, die ich sie besuchen darf, und wenn sie doch mal wach ist, kriegt sie ihre Gedanken nicht auf die Reihe. Ständig fragt sie nach Anna.

»Anna erholt sich von ihrer OP«, erkläre ich ihr und sie kneift verwirrt die Augen zusammen, bevor sich ihr Gesicht glättet und sie sich erinnert.

Gran ist im Motel, um in Ruhe zu duschen und sich umzuziehen – ihre letzte Gelegenheit, bevor Tate und ich nach Hause fahren und sie sich im Doppeleinsatz um Mom und Anna kümmern muss. Also frage ich die Schwester, die nach Mom schauen kommt (es ist Diane): »Ist das normal, dass sie so ist?«

»Es war eine große Operation«, antwortet Diane. »Im Lauf der nächsten Woche werden die Schmerzen weniger, und bis wir sie entlassen, wird es gut zu verkraften sein. Ich würde mir keine allzu großen Sorgen machen.«

Aber es ist schwer, das nicht zu tun, wenn Mom Schmerzen hat. Meine Mutter steckt so etwas nicht einfach weg, man sieht es ihr immer gleich an, sogar im Schlaf.

»Schon alles okay, Mama«, sage ich, als sie wimmert und versucht, sich ein bisschen anders hinzulegen.

»Das tut weh«, flüstert sie.

»Weiß ich«, sage ich. »Aber du bist so tapfer.«

»Ich hab nicht viel getan außer rumliegen«, antwortet sie – ein Witzchen, wie sie es mit Anna machen würde, aber nicht mit mir.

»Tja, genau davon braucht es noch ein bisschen mehr«, sage ich. »Bald tuts nicht mehr so weh.«

»Mhm. Ich hab Morphium noch nie gemocht. Das juckt.« Sie dreht den Kopf auf dem Kissen – wirft ihn geradezu herum –, damit sie mir ins Gesicht schauen kann. »Bist du okay?«

Mein Mund wird ganz trocken, denn ich bin nicht sicher, wann sie mir diese Frage zuletzt gestellt hat. »Ja, alles in Ordnung«, sage ich, denn wenn ich ihr die Wahrheit sagen würde, könnte sie sich hinterher sowieso nicht erinnern.

»Du siehst deinem Daddy so ähnlich«, sagt sie – und verdammt, das ist wie ein Speerstich aus dem Nichts.

Auf einmal mag ich auch kein Morphium, obwohl ich dem Universum vor ein paar Jahren so dankbar dafür war.

»Wenn er doch nur hier wäre.« Ihr fallen die Augen zu, dann öffnet sie sie mühsam wieder, ein Ringen mit dem Betäubungsmittel, das sie fortzieht. »Es war so viel leichter, als er noch da war.«

»Ja«, sage ich leise, denn das ist die Wahrheit, und sie wird sich nicht erinnern. »Das war es.«

Die Uhr tickt und meine Zeit ist vorbei.

Sie zurückzulassen ist so einfach, dass es mir Angst macht.

Wie die Mutter, so die Tochter, denke ich mir.

38
Penny

27. Juni

»Passt auf beim Fahren, ihr zwei, ich will, dass ihr sicher nach Hause kommt«, sagt Gran, während sie auf dem Krankenhausparkplatz die Heckklappe von meinem Kombi schließt. »Ruft mich gleich an, wenn ihr zu Hause seid – egal um welche Uhrzeit.«

»Machen wir«, sage ich.

Sie umarmt mich und küsst mich auf den Kopf. Dann schlingt sie den anderen Arm um Tate und drückt uns beide an sich – es ist schwer, keine Gänsehaut zu kriegen, als ich den Druck von Tates warmer Haut auf meiner spüre.

»Ich bin so stolz auf euch«, sagt Gran hitzig. »Die nächsten Wochen werden hart – die nächsten Monate auch. Aber ich weiß jetzt, dass ihr beide das Zeug dazu habt.«

»Ich hab dich lieb.« Ich bin nicht diejenige, die das ausspricht – es ist Tate. Gedämpft von Grans Schulter kann ich die Worte kaum hören, aber es ist, als wäre ihre Form in der Luft zu sehen, als Tate es sagt.

»Ich euch auch«, antwortet Gran. »Alle beide.«

»Danke«, flüstert Tate. »Du bist immer da. Für mich. Für meine Mom.«

»Und das werde ich immer sein«, verspricht Gran.

Mit einer gnadenlosen Besorgnis, wie nur Großmütter sie haben können, sieht sie uns beim Anschnallen zu. »Fahrt vorsichtig«, weist sie uns noch einmal an.

»Tschüss, Gran.«

Nachdem sie sich zurück auf den Weg zum Krankenhaus gemacht hat, werfe ich Tate einen Blick zu.

»Sollen wir direkt zum Apartment fahren und das restliche Zeug packen?«

Tate schließt die Augen und stöhnt. »Wie viel Zeit haben wir noch? Drei Tage?«

»Eher zweieinhalb, weil ich vormittags arbeiten muss.«

Das ist erst der Anfang.

»Lass uns losfahren«, sagt sie.

Es ist fast fünf, als wir in der Stadt ankommen. Wir haben einen Vorrat an Bagels und süßen Teilchen vom Frühstücksbuffet im Motel mitgenommen und unterwegs nicht mal zum Essen angehalten. Auch jetzt brauchen wir nichts, wir fangen einfach an zu packen.

»Du hast eine Liste, oder?«, fragt sie mich beim Aufschließen der Wohnungstür.

»Kann sein.«

»Ich stopf meine Klamotten trotzdem einfach in Mülltüten«, ist ihr Kommentar, während ich mein Bullet Journal rausziehe, und als ich die Augen verdrehe, guckt sie mal wieder zufrieden.

»Wie wärs, wenn du dir dein Zimmer vornimmst und ich die Küche fertig mache?«, schlage ich vor.

»Genau.« Sie verschwindet in ihrem Zimmer, mit einer Packung Mülltüten im Arm, obwohl die Umzugskisten schon bereitstehen.

Ich gehe in die Küche, schlage mein Bullet Journal auf und betrachte meine Pack-Checkliste.

Anna hat wahnsinnig viele Kochutensilien, was nicht weiter überraschend ist, und ich will nichts vergessen oder kaputtmachen. Mom kocht nicht, also stammt das meiste Küchenzeug bei uns zu Hause von Gran. Sie und Anna werden gemeinsam beschließen müssen, was in die Garage kommt und was bleibt. Ich habe jedenfalls keine Lust, wegen einer Gusseisenpfanne zwischen die Fronten zu geraten. Köchinnen können in solchen Dingen beängstigend wehrhaft sein. Auch bei Gewürzen oder was weiß ich.

Ich checke mein Telefon, aber da sind keine neuen Nachrichten. Ich habe auch nicht wirklich damit gerechnet, Mom war ja ziemlich neben sich, trotzdem frage ich mich …

Will sie wirklich einen neuen Start? Oder war sie in dem Gespräch mit Anna, das ich belauscht habe, nur irgendwie rührselig?

Hinter Tates verschlossener Zimmertür dröhnt laute Musik – irgendwas mit schnellen Beats, den Text verstehe ich nicht. Ich räuspere mich, schnappe mir meine Ohrhörer und mache meine App mit den Regengeräuschen an.

Das reicht nicht, um die Musik ganz wegzublenden, aber ich stelle fest, dass mir das nicht viel ausmacht.

Bis irgendwann mein Telefon brummt und eine Nachricht von Meghan kommt, sind die Küchenschränke komplett ausgeräumt.

M: Seid ihr zurück?

Ja, sind beim Packen im Apartment. :P

M Super! Bin gleich da.

»Hey, Tate!«, rufe ich, gehe zu ihrem Zimmer und klopfe an.

»Ja?«

Ich öffne die Tür. Eine zugebundene Mülltüte liegt bei dem winzigen offenen Kleiderschrank, daneben steht eine Schwimmtasche voller Klamotten.

»Meghan kommt her. Sie hat eben geschrieben.«

»Echt? Remi auch. Die müssen zusammen unterwegs sein.«

Ich runzele die Stirn. »Seit wann unternehmen die denn was miteinander?«

Tate zuckt mit den Achseln. »Keine Ahnung. War wohl in letzter Zeit öfters mal so. Er hat so was erwähnt.«

»Tja, Meghan nicht.«

»Hilfst du mir mal, die Dinger da reinzukriegen?« Sie stupst ihre Extra-Decken an.

Ich schnappe mir den Müllbeutel und halte ihn ihr auf.

»Was genau hat Remi denn gesagt?«, frage ich sie.

»Geht irgendwie darum, dass er ihr beibringt, wie man richtig grillt.«

»Was?«

»Wenn die zusammen abhängen oder was auch immer, sollten wir uns da raushalten.«

»Warte mal, du denkst also, da steckt mehr dahinter?«

»Weiß nicht. Wirst du dich auch so anstellen, wenn die beiden da sind?«

»Ich versuch doch nur, die Situation in den Griff zu kriegen!« Ich stelle mir Meghan und Remi zusammen vor. »Die wären schon ein süßes Paar. Er ist nicht insgeheim böse oder gemein, hoffe ich?«

»Glaubst du im Ernst, ich wäre mit einem Typen befreundet,

der ein Arsch ist? Oder so ein misogyner Volldepp würde sich *mit mir* abgeben?«, fragt Tate.

Ich versuche, nicht zu lachen, aber als Tate die Augenbrauen ganz nach oben zieht, muss ich es doch. »Ich wollte doch nur sicher sein! Meghans letzten Freund hätte ich am liebsten zu Tode gesteinigt, so richtig mittelaltermäßig.«

»Du und deine Mom«, murmelt sie.

»Was soll das denn heißen?«

»Anscheinend hat sich deine Mom in den Wäldern am Fluss rumgetrieben und Steine auf potenzielle Vergewaltiger geschleudert.«

»*Wie bitte?*« Mein Kinn klappt dermaßen heftig herunter, dass es mir fast den Unterkiefer auskugelt.

»Mom war vor der OP irgendwie in Erzähllaune«, erklärt Tate.

»Das kann nicht stimmen. Die muss schon voll auf Beruhigungsmitteln gewesen sein.«

Tate schüttelt den Kopf. »Für mich hat sich das vollkommen plausibel angehört.«

»Warum?«, will ich wissen.

»Trauma bricht oder verbindet einen.«

Ein Schatten wandert durch mein Herz bei diesen Worten. Wie schafft sie das bloß immer wieder? Mich … innerlich ins Mark zu treffen, ganz leicht und wie nebenbei?

Wie kann ein Mensch dich ganz und gar in der Hand haben und das nicht mal wissen?

»Ja«, sage ich. »Das stimmt.«

Mein Telefon brummt wieder. Sie sind da.

»Wir haben Essen mitgebracht!«, ruft Meghan und hält mir einen Stoffbeutel entgegen.

»Getränke auch«, ergänzt Remi hinter ihr.

Meghan rauscht herein. Ihr Paisley-Rock hat einen Kordelzug mit kleinen Glöckchen an den Enden, also klimpert sie bei jedem Schritt ein bisschen.

»Ich hab Steaks dabei, dazu Sandwich-Zeug und Chips – Tate, ich wusste nicht, welche Sorte du magst, weil Remi anscheinend an Gedächtnisverlust leidet, was die Vorlieben seiner besten Freundin angeht –«

»Hey!«, protestiert er, wirft ihr aber ein Lächeln zu, während er die Getränke auf der Küchentheke abstellt.

»– habe ich sicherheitshalber lauter verschiedene mitgebracht.« Meghan stockt nicht mal kurz, sondern redet einfach weiter. »Außerdem haben wir noch mehr Umzugskisten dabei und den Anhänger, also können wir schon ein paar Möbel transportieren. Wie gehts euch beiden?«

»Alles gut«, antworte ich schnell, während Tate sie einfach nur ansieht und versucht, die ganzen Infos zu verarbeiten. Meghan ist wahnsinnig detailorientiert und redet dazu auch noch schnell.

»Und die Moms?«

»Sind ganz gut in Form. Gran hat mir auf der Fahrt hier hoch ein Foto geschickt.« Ich zeige es ihr. »Anscheinend beschwert sich meine Mutter schon, dass sie sich nicht ein Zimmer mit Anna teilen kann.«

»Das sieht superlecker aus«, sagt Tate zu Meghan, während sie anschaut, was die alles sorgfältig ausgebreitet hat. »Hast du das gemacht?«

»Ich bringe es Meghan bei«, sagt Remi.

»Macht bestimmt Spaß«, sage ich vorsichtig. Dabei versuche ich Meghan einen *Was-zur-Hölle-läuft-hier*-Blick zuzuwerfen, aber sie weicht mir aus.

»Jetzt esst schon«, fordert uns Meghan auf. »Ihr habt doch bestimmt nur Krankenhausfraß gekriegt.«

»Hast wirklich du dieses Fleisch gemacht?«, frage ich, nachdem ich das Sandwich schon zur Hälfte verschlungen habe.

»Ich habe der Marinade sogar meinen eigenen kleinen Twist gegeben. Remi hatte erst seine Zweifel, aber dann hatte ich doch recht, stimmts?«

»Stimmt«, bestätigt er.

»Es gibt auch einen Grund, warum Remi mir das beibringt«, erklärt Meghan.

Tate schaut kurz von ihrem Sandwich hoch, mit zuckenden Brauen. Ich würde ihr gern ein *Hab ich's doch gewusst* zuraunen, lasse es aber bleiben.

Sie schubst ihn mit dem Fuß an und er beantwortet die Geste so sanft, dass ich weiß, da steckt definitiv mehr dahinter – die beiden hängen nicht nur so miteinander ab. Auch wenn sie selbst sich vielleicht einbilden, das wäre schon alles.

»Wir haben euch etwas zu erzählen«, verkündet Meghan. Sie sitzt *wahnsinnig* nah bei Remi.

»Aha?«, mache ich und gebe mir Mühe, nicht zu selbstzufrieden zu wirken.

»Meghan und ich haben zusammen etwas ausgearbeitet«, ergänzt Remi.

»Voilà!« Schwungvoll zieht Meghan einen Flyer aus den Tiefen ihres schicken Rocks und legt ihn zwischen uns auf den Tisch.

SPENDEN-GRILLFEST.
SANDWICHES! LOSE! PREISE!
GEWINN DEINEN EIGENEN BLACKBERRY-BÄR!

»Das Essen und die Preise sind alles Spenden«, erklärt Remi. »Und wir machen das mit den großen Grills aus dem Laden und vom Brauhaus.«

»Darum der Grill-Unterricht«, ergänzt Meghan.

»Meghan ist echt gut.« Remi lächelt liebevoll.

»Wir dachten, wir könnten immerhin genug Geld zusammenkriegen, um die ganzen Übernachtungskosten für Sacramento reinzuholen«, sagt Meghan.

Ich starre den Flyer an, ohne zu wissen, was ich sagen soll.

»Das ist …« Ich drücke die Hand auf mein Herz, das rast und mir in den Ohren dröhnt. »Ihr zwei … ihr habt das alles organisiert? Wie? Wann?«

»Na ja, in den letzten paar Tagen«, sagt Meghan, als wäre das supereinfach und ganz normal.

»Da siehst du, was passiert, wenn du Leuten einfach so meine Telefonnummer gibst«, sagt Remi zu Tate, die allen Ernstes einfach lacht, und dann tritt sie ihn. Woraufhin er auch lacht und zurücktritt.

»Meghan«, sage ich und kann auf einmal kaum weitersprechen, weil es mir die Kehle zuschnürt. »Ich kann das kaum glauben …«

»Ihr verdient viel mehr«, sagt Meghan ernst. »Aber das hier …«

»… ist das, was wir tun können«, beendet Remi den Satz für sie, als ihre Augen feucht werden.

»Ich bin …« Tränen laufen mir übers Gesicht, dann springe ich auf und umarme sie. »Danke«, flüstere ich ihr ins Ohr.

Dann setze ich mich wieder und schniefe ein bisschen. »Okay«, sage ich und versuche, mich wieder in den Griff zu kriegen. »Ich will alles über die Logistik wissen. Habt ihr einen Übersichtsplan?«

»Na klar«, sagt Meghan und zieht ihr Telefon aus der Tasche, während Remi aufstöhnt.

»Lass uns rüber aufs Sofa oder so«, sagt er zu Tate, die ihm ohne ein Wort bereitwillig folgt.

39
Tate

27. Juni

Es ist fast zehn, bis wir die erste Ladung Möbel und Kartons hoch auf den Berg gebracht haben, und Remi und Meghan machen sich auf den Heimweg.

Penny lässt sich auf das pinkfarbene Sofa fallen. Es gibt hier jetzt zwei Sofas, eins von Lottie und eins von Mom, die sich gegenüberstehen wie Gegner im Boxring. Lotties pinkes Sofa aus den Dreißigern, das sie eigenhändig neu aufgepolstert und bezogen hat, gegen die beige Couch von Mom, die aus einem Trödelladen stammt.

»Wir müssen den ganzen Kram sichten«, sagt Penny und wedelt mit der Hand Richtung Küche, wo ein ganzer Irrgarten von Kartons steht. »Die Möbel umstellen. Zeug in die Garage bringen.«

»Ist denn überhaupt Platz in der Garage?«, frage ich. »Ich dachte, da wäre Lotties Atelier drin?«

»Das ist halb Garage, halb Atelier. Dad hat eine Trennwand eingezogen.« Sie blinzelt, als wäre sie selbst überrascht, dass sie ihn einfach so erwähnt.

Das ist meine Chance und ich nutze sie, weil es so seltsam ist, in diesem Haus zu sein und zu begreifen, wie vollständig Lottie im Erdgeschoss jedes Zeichen von George ausgelöscht hat. Die kleine Ecke oben ist die einzige Erinnerung an ihn in dem Haus, in dem er aufgewachsen ist, und das ist einfach …

Denkt Lottie, wenn sie der Erinnerung ausweicht, sucht er sie nicht heim wegen dem, was sie getan hat? Denn falls es Geister und Gerechtigkeit gibt, wird er irgendeinen Weg finden.

»Darf ich dich was fragen?«

Sie nickt, guckt dabei aber so argwöhnisch, dass ich kurz versucht bin, es bleiben zu lassen.

»Redet deine Mom jemals mit dir über ihn?«

Penny sieht nicht weg, aber ihr Blick wird immer herausfordernder, je mehr Zeit verstreicht, bis ich irgendwann auch nicht mehr wegschauen kann. Meine Wangen brennen, weil sie mich so prüfend mustert, und vielleicht auch ein bisschen wegen meiner Waghalsigkeit.

»Hat sie in der Zeit, als sie bei euch gewohnt hat, über ihn gesprochen?«, fragt sie zurück.

Mein Herz setzt kurz aus, denn die Antwort ist Ja, aber wahrscheinlich nicht auf die Art, wie sie denkt.

»Hat sie das?«

»Sie hat über vieles gesprochen. An manchen Tagen jedenfalls. Und an anderen Tagen hat sie überhaupt nicht gesprochen.«

Genau wie es Dinge gibt, die sich nicht mehr rückgängig machen lassen, wenn du sie erst mal ausgesprochen hast, gibt es Dinge, die du, wenn du sie mal gehört hast, nie mehr nicht gehört haben kannst. (Lottie, die meine Mutter anfleht, ihr die Tabletten zu geben und sie gehen zu lassen …)

Ich werde es nie vergessen.

»Mit mir redet sie über gar nichts«, sagt Penny. »Schon gar nicht über ihn.«

»Mit mir kannst du über ihn reden«, biete ich an.

Ihr Gesicht wird weich. »Das ist – danke.«

»Mir hat er auch viel beigebracht«, sage ich mit einem Achselzucken, denn das ist wahr. Er hat uns zum Campen mitgenommen, als wir noch Kinder waren. Dank ihm weiß ich, wie man ein Feuer macht und mit einer Motorsäge umgeht. Er war ein guter Dad … ein guter Mann.

Vielleicht ist das Loch, das du hinterlässt, umso größer, je besser du bist. George hat einen Krater hinterlassen.

Sie lächelt ein bisschen und räuspert sich dann. »Zwischen Remi und Meghan läuft auf jeden Fall was«, verkündet sie.

»Die haben uns doch erklärt, was läuft«, greife ich den Gedanken auf, denn ich habe das Signal verstanden: Sie will nicht weiter über ihren Dad reden. »Die organisieren zusammen dieses Spenden-Event.«

»Ich fass es nicht, dass die das gemacht haben.«

»Ich schon.«

Sie schaut mich fragend an.

»Remi und Meghan sind, na ja, zimtschneckengut«, erkläre ich. »Und zimtschneckengute Leute verbreiten das Gutsein gern weiter.«

Sie setzt sich auf. »Und was macht das aus uns?«

»Leute, die immer gleich mehr arbeiten und Wertsachen verkaufen, wenn es schwierig wird, denn wer soll sich außer uns selbst schon um unsere Familien kümmern?«

»Aber so ist es doch nicht«, protestiert sie.

»Wir haben aber reagiert, als ob es so wäre.«

Das lässt sie verstummen, denn sie weiß, dass es stimmt. Wir haben uns verhalten, als wäre es allein an uns und Marion, alle Hürden für die Moms aus dem Weg zu räumen. Wir haben uns nicht verhalten, als hätten wir ein Dorf.

Und Remi und Meghan haben bewiesen, dass es dieses Dorf eben doch gibt, dass wir die ganze Zeit eins hatten.

»Was meinst du, was sagt das über uns aus?«, fragt Penny auf einmal.

Ich brauche eine Weile, bis ich eine Antwort geben kann, obwohl ich eine weiß. »Dass wir verwundet sind.«

Danach sagt sie gar nichts mehr. Nicht mal, als ich aufstehe und sage: »Bis morgen dann?«

Sie nickt nur und ich gehe die knarrenden Treppenstufen hoch, in dieses Zimmer, das mein Zimmer ist, aber doch nicht. Als ich sie ein paar Minuten später auch nach oben kommen höre und ihre Zimmertür direkt gegenüber von meiner ins Schloss fällt … sind die Nähe und das, was möglich wäre, diese wenigen Schritte über den Flur, fast schlimmer, als in einem Bett mit ihr zu liegen.

Als mein Wecker früh um vier losschrillt, protestiert mein ganzer Körper. Trotzdem zerre ich mich aus dem Bett, statt auf Snooze zu drücken. Ich gehe ins Bad und mache meine zwanzig Minuten Yoga. Als ich damit fertig bin und mir auch meine obligatorische Wassermenge reingeschüttet habe, höre ich das hartnäckige Piepen von Pennys Weckton.

Duschen tue ich erst nach dem Schwimmen, also ziehe ich mich an und flechte meine Haare. Dann kann ich das Piepen nicht mehr ignorieren. »Penny? Bist du wach?«

Totenstille, nur von dem Piepen unterbrochen.

Ich öffne die Tür und betrete das Zimmer. Auf ihrem Kalender sind die Wochen, in denen die Moms weg sein werden, orange markiert, und die Collage hinter ihrem Bett ist weiter gewachsen, der Garten mit Blumen geht über in einen stimmungsvollen Wald voller wuchernder Lianen.

»Penny?« Sie rührt sich nicht, als ich ihren Namen sage, also bewege ich mich langsam weiter in ihr Reich hinein, wobei ich aufpasse, nicht über den Flickenteppich zu stolpern, der die alten, abgenutzten Dielenbretter bedeckt. Ich setze mich auf den Bettrand, umfasse ihre Schulter und rüttele sie ein bisschen. »Du musst aufwachen, Penny.«

»Hmm.« Die Berührung bringt sie dazu, sich ein bisschen zu bewegen, dann dreht sie sich zu mir und öffnet blinzelnd die Augen. Das Lächeln, mit dem sie mich anschaut, so schläfrig und zufrieden und so unglaublich entspannt – entspannter, als ich sie je erlebt habe in den letzten Monaten –, erwischt mich voll: Es fährt ein Ruck durch meinen Körper, wie sonst nur dann, wenn man eine Treppenstufe übersieht.

»Da bist du ja«, sagt sie, dabei senken sich ihre Lider und sie vergräbt sich in den Kissen.

»Zeit, aufzustehen.«

»Mhm.« Sie runzelt die Stirn. »Nein. Komm zurück ins Bett.«

»Was –«

Sie packt meinen Arm, ihre Finger umklammern meine Oberarmmuskeln und ziehen mich zu sich her, und weil ich so überrascht bin, beuge ich mich wirklich zu ihr und widerstehe erst im allerletzten Moment.

Da reißt sie auf einen Schlag die Augen auf.

»Tate?!«

Penny lässt meinen Arm los und schießt wie ein Aufzieh-Spielzeug aus dem Wirrwarr von Decken und Kissen hoch. »Sorry!«, quiekt sie. »Ich dachte –« Und dann klappt sie den Mund zu.

Ich starre sie an und mein Herz wirbelt auf diese seltsame Art in meiner Brust herum, wie es das nur in ihrer Nähe tut.

»Oh Gott, es ist so verdammt früh«, ächzt Penny und vergräbt ihr Gesicht in den Händen.

»Tut mir leid«, sage ich. »Ich muss jetzt los zum Laufen.«

Sie runzelt die Stirn. »Auf der Straße?«

Ich nicke.

Stöhnend richtet sie sich auf. »Ich komm mit.«

»Das musst du nicht.«

»Tate, hier draußen gibt es Bären. Und wenn dich ein Holzlaster von der Straße in die Schlucht fegt, wo keiner dich findet, bringt mich deine Mutter um. Weißt du denn, wo Gran das Bärenspray hat oder wo die gefährlichen Stellen auf der Straße sind?«

Ich hasse es, wenn sie gute Argumente hat. »Okay, dann komm mit.«

»Gib mir fünf Minuten.«

Ich gehe aus dem Zimmer und versuche, so zu tun, als hätte ich das geflüsterte »Scheiße« nicht gehört.

(Was ziemlich schwer ist.)

40
Tate

28. Juni

Nachricht von Mom. Ich lade das Video von ihr im Krankenhausbett herunter, auf dem sie ein bisschen winkt.

Geht mir gut!, schreibt sie dazu, sonst nichts, aber auf dem Parkplatz vorm Pool schaue ich mir das Video gleich viermal hintereinander an, obwohl ich sowieso schon spät dran bin. Ich renne los, kaum dass ich aus dem Auto bin, und hoffe, dass ich trotzdem noch eine Bahn kriege.

Als ich die drei Mädchen aus dem Schwimmteam sehe, die am Becken abhängen, ist es zum Umkehren zu spät. Sie haben mich schon entdeckt. *Sie* hat mich entdeckt. Das weiß ich, weil Laurel die Augen zusammenkneift, so wie sie es immer tut, wenn sie meine Anwesenheit ertragen muss.

Pennys Ex und ich haben uns nie verstanden. Auch nicht, bevor sie Pennys Ex war.

Das ist einer der Gründe, warum ich morgens schwimme. Die anderen schwimmen sonst nie morgens.

Also gehe ich einfach weiter, werfe meine Netztasche an die Bahn, die am weitesten von ihnen weg ist. Aber egal wie deutlich das Signal ist, Evie kapiert es nicht. Typisch Evie. Sie ist wie der netteste Golden Retriever der Welt – und das meine ich als Kompliment. Das Mädchen ist wirklich süß. Und die Einzige, die seit letztem Jahr auch nur annähernd nett ist mir gegenüber. Aber damit will ich mich jetzt nicht beschäftigen. Ich habe keine Lust, an die Vergangenheit zu denken, wenn sich in der Gegenwart auf einmal alle meine Hoffnungen erfüllt haben.

Sie wird leben. Meine Mutter ist unten in Sacramento mit einer funktionierenden Leber.

»Tate! Hi!« Evie hüpft auf mich zu, ihr weißblondes Haar feucht und die Badekappe in der Hand.

»Hallo, Evie. Theresa, Laurel.«

»Wie gehts deiner Mom?«, fragt Evie.

»Wirklich gut, danke. Sie kommt bald aus dem Krankenhaus.«

Evie lächelt – ein Lächeln, das echt wirkt. »Das ist toll!«

»Wir freuen uns wirklich für dich, Tate«, sagt Theresa.

»Danke. Das weiß ich zu schätzen. Meine Mom auch. Na ja, aber jetzt sollte ich wohl …« Ich zeige mit dem Daumen Richtung Umkleide.

»Natürlich«, sagt Evie. »Aber lass mich eben …« Sie macht einen Schritt auf mich zu. »Darf ich?« Sie streckt die Hände vor.

Oh Gott, ich glaube, sie will mich *umarmen.* »Klar?«

Sie nimmt mich ganz vorsichtig in den Arm, als wäre ich aus Glas. »Ich bin wirklich froh für dich und deine Familie«, flüstert sie. »Ihr habt so viel durchgemacht.«

Ich kann mich in ihren Armen nicht entspannen. Was sie sagt, lässt meine Atemzüge schneller werden. War ich so schlecht darin, meinen Kummer zu verbergen?

»Danke, Evie«, sage ich, als wir uns voneinander lösen. »Wir sehen uns.«

»Schreib mir, wir können ja mal was zusammen machen.«

»Klar«, sage ich und weiß genau, dass ich das nicht tun werde.

Manche Dinge lassen sich nicht zurücknehmen.

Manche Dinge willst du einfach nicht.

Die schützende Leere in der Umkleide tut mir gut, nachdem mich diese Truppe da so überrascht hat. Ich habe mir nicht überlegt, wie ich mit dem allen hier umgehe – dem Schwimmanteil in meinem Leben –, wenn Penny mich fährt und abholt. Zum Glück habe ich sie abgesetzt, nicht sie mich.

Ich ziehe mich aus und streife gerade den Anzug über, als das Scheppern einer Metalltür durch die Schließfachreihen hallt.

»Hallo?« Ich schaue über die Schulter, und als ich sehe, wer es ist, drehe ich mich zu meiner Tasche, ziehe mein Handtuch raus und schlinge es mir um die Taille. Ohne ein Wort schultere ich meine Tasche und mache mich auf den Weg nach draußen.

»Du riechst«, sagt Laurel, als ich an ihr vorbeigehe.

Ich hasse es, dass das vermutlich sogar stimmt, nachdem ich beim Laufen war. Ich hasse es, dass mich der Satz anhalten lässt. Ich hasse es, dass er mich so ärgert.

(Aber irgendwie hasse ich ja auch Laurel, also ist das alles kein Wunder.)

Ich sage nichts, ich starre sie nur an und warte.

Laurel verlagert das Gewicht. Sie konnte noch nie still bleiben. Sie ist eine Sprinterin, gut für den Anfang einer Staffel, aber sie überzieht es und hat am Ende keine Energie übrig. In der Hinsicht sind wir Gegensätze. Ein starker Anfang, ein starker Abschluss, und kein Durchhänger in der Mitte – das ist das, was *ich* will.

Genau aus dem Grund besiege ich sie, und das hasst sie. Fast so sehr, wie sie mich hasst.

Die einzige Gemeinsamkeit, die wir haben.

(Na ja, abgesehen von Penny.)

Es ist, als hätte der Gedanke etwas in ihr heraufbeschworen, denn sie fragt: »Wie gehts Penny?« Es scheint ihr höllisch schwerzufallen, das laut auszusprechen.

Am liebsten würde ich weggehen, sie einfach stehen lassen mit der Frage, aber wenn ich mich darum drücke, die Sache mit Laurel zu klären, schadet das am Ende nur Penny. Ich will nicht, dass sie noch mal verletzt wird. Laurel und ich sind im gleichen Team, also wird es für Penny schwerer, ihr aus dem Weg zu gehen.

»Du und ich, wir werden jetzt eine Vereinbarung treffen.«

»Ach ja?«, fragt Laurel. »Hat dich denn irgendwer zur Pool-Königin erklärt?«

»Wir leben zusammen, Penny und ich.«

Meine Wortwahl lässt sie rot anlaufen. »Ihr lebt mit euren Müttern.«

»Im Moment sind da nur sie und ich«, sage ich und lasse den Satz nachklingen, mit allen Was-wäre-wenn-Fragen und allen Andeutungen, bis sie vor Wut rot anläuft.

»Das bedeutet: Falls du bei ihr zu Hause aufkreuzt, gibt es mehr als Stacheldraht, um dich fernzuhalten.«

Sie stößt einen Atemzug aus und versucht es wie ein Lachen klingen zu lassen. »Du bist so eine verdammte Drama-Queen.«

»Und du weißt nicht, wann du ein Mädchen in Ruhe zu lassen hast. Penny hat nach eurer Trennung ganz klargemacht, dass sie nicht mehr mit dir reden will.«

»Das weiß ich«, blafft Laurel so laut, dass es von den Wänden der tropfenden Duschen widerhallt. »Du musst so glücklich sein«, murmelt sie.

»Das bin ich auch«, sage ich und das Lächeln, das meine Lippen in die Breite zieht, ist absolut real und echt. »Die kranke Mutter von Tate mit der ewigen Trauermiene ist nicht mehr so krank.«

Sie weicht zurück, als ich ihr ihre Worte direkt ins Gesicht zitiere.

»Du wirst Penny auch in den Ferien ab und zu begegnen, wenn sie mich vom Training abholt oder so. Dann wirst du sie in Ruhe lassen.«

»Was ist, wenn *sie mich* nicht in Ruhe lässt?«, fragt Laurel.

»Penny kann tun, was sie will.« Ich zucke mit den Achseln. »Du hältst dich von ihr fern, außer wenn sie auf dich zukommt und von sich aus mit dir redet. Aber nach dem, was du getan hast, würde ich nicht darauf wetten, dass das passieren wird.«

»Du hast keine Ahnung von Penny und mir.«

Ich zucke wieder mit den Achseln, weil ich weiß, dass sie das rasend macht. »Wenn du's sagst.«

»Ich stimme überhaupt nichts zu. Du kannst mir nicht verbieten, mit ihr zu reden.«

»Nein, kann ich nicht. Aber sie kann es. Und ich kann ihr helfen. Wir sehen dann, wie das ausgeht, denke ich mir.«

Im Weggehen höre ich das Hallen von Laurels Stimme, als sie mir hinterherruft: »Sie wird dich nie lieben, Tate.«

Ich drehe mich um, damit ich ihr ins Gesicht sehen kann, bewege mich dabei aber rückwärts weiter, und in meiner Stimme ist nicht das geringste Zögern, als ich sage: »Das ist nicht der Grund, warum ich das tue.«

Als ich mich von ihr wegdrehe, gibt es nichts mehr, was sie sagen könnte.

(Für mich aber auch nicht.)

41
Tate

29. Juni

»Heute ist der letzte Tag vor der Schlüsselübergabe«, erinnert mich Penny, während ich an den Fettkrusten im Backofen scheuere.

»Ich weiß«, sage ich zum dritten Mal. »Du musst mich nicht dauernd daran erinnern.«

Sie hockt auf der Spüle und versucht, mit einem Mikrofasertuch jede einzelne Lamelle der Küchenjalousie sauber zu kriegen – und von diesen verdammten Dingern, die heute kein Mensch mehr freiwillig hat, hängt in jedem Zimmer eins. Es ist eine undankbare Aufgabe, und auch wenn sie sich kein einziges Mal darüber beschwert hat, ist klar, dass es ihr zusetzt. Sie erinnert mich nämlich alle zwanzig Minuten oder so, dass uns die Zeit wegläuft. Als hätte sie eine Art eingebauten Alarm.

»Tut mir leid«, sagt sie. »Ich bin nur –« Sie stößt einen langen Atemzug aus, hält einen Augenblick die Luft an und atmet dann wieder ein. »Ich will nur alles hinkriegen.«

»Wir schaffen das schon«, sage ich. »Denk an was anderes.«

»Was denn?«, fragt sie dumpf.

»Meine Mom sagt, Lottie kann morgen vielleicht schon aus dem Krankenhaus.«

»Deine Mom hoffentlich auch.«

»Die wird wohl ein paar Tage länger brauchen.«

»Oh Gott – das bedeutet, dass Gran und Mom allein in einem Apartment sein werden?« Pennys Augen werden groß. »Gut, dass ich bei dem Cage-Match nicht dabei bin.«

»Ist es zwischen ihnen denn wirklich so schlimm?«, frage ich.

»Du warst doch dabei, als ich das mit den Rechnungen angesprochen habe«, sagt Penny.

Ich nicke.

»So ist das.«

»Früher sind sie doch miteinander ausgekommen.«

»Na ja, früher hatte ich noch einen Dad, Gran hatte einen Sohn und Mom hatte einen Mann.« Sie kann mich nicht ansehen dabei, sondern mustert den Schmutz auf den Lamellen.

»Okay«, sage ich, denn ich ertrage nicht, dass ihre Schultern zusammensinken und sie mir nicht mal in die Augen schauen kann, als sie zugibt, wie groß das Loch in ihrer Familie ist.

Das erinnert mich an Lottie, die sich einbildet, dieses Loch würde sich schneller schließen, wenn sie jede Erinnerung an ihn aus ihrem Leben verbannt.

»Themenwechsel. Erzähl mir, was ihr mit der Rafting-Firma vorhabt.«

»Meine Pläne mit Meghan?«

Ich nicke, während ich Ofenreinigerschaum und Fett wegwische.

»Na ja, Meghan hatte die Idee, geführte Touren über eine ganze Woche anzubieten, mit Camping am Fluss. Die soll es in zwei Versionen geben: eine eher rustikal, die andere ein bisschen edler.«

»Edler? Wie wollt ihr das machen?«

»Mehr Wohnwagen, weniger Zelt«, erklärt Penny, während

ich den Ofen trocken wische und mich an die Spüle mache. »Aber dafür müssten wir erst vier Teardrop-Trailer auftreiben und sie so herrichten, wie wir sie brauchen.«

»Habt ihr das denn drauf?«

»Meghan liebt so was und ich kann es lernen. Und wenn ihr Dad von dem Plan erfährt, will er bestimmt mithelfen. Er hat eine voll eingerichtete Werkstatt, also müssen wir nicht erst teure Maschinen anschaffen.«

»Ihr habt euch das alles ja gut überlegt.« Natürlich hat sie das.

(Gott, Lottie wird toben.)

»Wir müssen uns mit ein paar Leuten einigen, die privates Land am Fluss besitzen, damit wir auf diesen Abschnitten zelten dürfen, aber ich denk mal, das ist machbar. Dad hatte ein gutes Verhältnis zu den meisten, daran kann ich sicher anknüpfen. Und dann soll es noch einen großen Trip geben.«

»Worum gehts da?«

»Ich muss viel auf die Reihe kriegen, damit das funktioniert, aber irgendwann will ich Touren über die volle Länge vom Fluss machen. Von ganz oben bis zur Mündung.«

»Du willst den kompletten Fluss runter raften?«

»Na ja, wohl eher mit Kajaks, aber im Prinzip schon.«

»Geht das überhaupt? Da sind doch Staudämme und so weiter.«

»Ja, die muss man dann umtragen. Aber es gibt Leute, die machen das.«

»Wie lange würde das dauern?«

»Ungefähr drei Wochen bis San Francisco.«

»Das ist – wow.«

Sie springt von der Küchentheke, um sich an die nächste Aufgabe auf ihrer Liste zu machen. »Findest du die Idee blöd?«

»Nein, gar nicht«, sage ich. »Das ist cool. Nur … ziemlich hardcore.«

»Ich will aber mehr draus machen. Es soll nicht bloß um die physische Herausforderung gehen. Sondern um den Fluss. Was er verschiedenen Leuten bedeutet.«

(Ja, keine Frage, Lottie wird total außer sich sein.)

Sie sieht mich an, als bräuchte sie meine Zustimmung, wie ein Gütesiegel – dass sie überhaupt irgendwas von mir braucht, ist ein seltsames Gefühl.

»Auf die Art wird es viel mehr als bloß irgendeine Paddeltour – eher so was wie eine große Lernerfahrung. Das klingt super«, erkläre ich und da strahlt sie mich erleichtert an.

So, wie ich Penny kenne, bereitet sie alles bestens vor. Bis Lottie Wind davon bekommt, wird alles schon in die Wege geleitet und so weit fortgeschritten sein, dass sie nichts mehr verhindern kann.

»Es tut gut, mal eine andere Meinung zu hören«, sagt sie. »Meghan ist so unglaublich optimistisch. Ich muss auch mal über meine Sorgen reden können.«

»Das kannst du mit mir. Aber jetzt sollten wir den Müll rausschaffen«, sage ich und deute auf die Plastiksäcke, die wir neben der Tür abgelegt haben.

»Gute Idee. Ich muss mich auch mal ein bisschen strecken.«

Wir nehmen die Mülltüten und laufen die Betontreppe runter. Auf der letzten Stufe stolpert Penny auf einmal und lässt beinahe alles fallen. Als sie sich wieder aufrichtet, sehe ich, was sie irritiert hat.

Ronnie lehnt an seinem Eingang und lässt uns nicht aus den Augen.

»Wer ist das?«, fragt Penny.

»Der Vermieter«, antworte ich.

»Der Kerl hat mich jedes Mal angeglotzt, wenn ich was zum Müllcontainer gebracht habe«, sagt Penny.

Es läuft mir kalt den Rücken runter.

»Hat er sich an dich rangemacht?«

»Er hat nur geguckt, auf widerliche Art. Gesagt hat er nichts.«

»Hoffentlich bleibt das so«, sage ich.

»Ist er denn so schlimm?«, fragt Penny leise, als ich hinter ihr her die Treppe zurück nach oben gehe, wobei ich versuche, nicht nach unten zu schauen, wo er immer noch mit seinem Kaffee dasteht und uns hinterherstarrt.

Ich folge ihr in das Apartment und schließe die Tür. »Der Typ ist jedenfalls total unheimlich. Und er ist einer von diesen Arschlöchern, die alles tun, damit sie die Kaution einbehalten können. Nebenan hat vor ein paar Jahren mal eine supernette junge Frau gewohnt, die ihre Wohnung absolut sauber hinterlassen hat. Aber er hat behauptet, er müsste die Teppichböden erst noch dampfreinigen, weil die angeblich modrig gerochen hätten. Und dann hat er die halbe Kaution eingesackt.«

»Mistkerl«, sagt Penny.

»Genau. Und wir müssen das Geld auf jeden Fall zurückhaben, also …«

»Keine Sorge, ich werd mich schon benehmen«, sagt Penny. »Jetzt fehlen nur noch das Bad und die Böden.«

Mein Telefon auf der Küchentheke brummt und ich greife danach. Eine Nachricht von Mom.

Ich weiß, du hast morgen deine erste Schicht im Brauhaus. Kannst du Drew beim Brezelteigmachen für mich filmen? Ich muss rausfinden, was er falsch macht.

»Guck dir das an«, sage ich zu Penny und halte ihr das Handy hin.

Penny lacht. »Sie kanns echt nicht lassen, was?«

»Anscheinend beantwortet er nur einen von sechs Anrufen, mit denen sie ihn jeden Tag bombardiert. Weil er natürlich wie jeder vernünftige Mensch findet, sie soll sich erholen.«

»Dafür wird er büßen, wenn sie erst wieder zurück zur Arbeit kommt.«

Ich lächle, aber es kostet mich Mühe.

»Es wird Ewigkeiten dauern, bis sie wieder arbeiten kann«, sage ich. »Das Wieder-Gesundwerden ...«

»Braucht mehr Zeit als bei meiner Mom«, ergänzt Penny. »Das weiß ich.«

»Du hast mir einen großen Gefallen getan durch dein Gespräch mit Graham«, sage ich. »Ich bin froh, dass ich ein paar Schichten übernehmen kann. Wir werden das Geld wirklich brauchen. Hoffentlich kann ich auch weiterarbeiten, wenn wieder Schule ist. Oder mir einen anderen Job suchen.«

»Im Winter haben wir immer hohe Ausgaben.« Penny schüttelt den Kopf. »Meine Mom – die achtet einfach nicht auf solche Sachen. Um das Finanzielle hat sich immer Dad gekümmert und jetzt ...«

»Machst du's.«

»Auch wenn wir beide arbeiten und ich noch mehr Nachhilfe gebe, sobald die Schule wieder anfängt, wird es eng. Wenn was kaputtgeht oder auch nur eine unerwartete Rechnung kommt ...«

»Nach den Ferien kann ich die Trainerin fragen, ob ich Schwimmunterricht geben kann«, sage ich. »Das bringe ich bestimmt noch irgendwie unter zwischen Training, Schule und den Schichten im Brauhaus.«

»Wir werden das schon hinkriegen«, sagt Penny.

»Wer von uns ist jetzt die Optimistin?«

Sie lacht.

»Ich bin so froh, dass deine Mom aus dem Krankenhaus kommt«, sage ich.

»Weiß ich«, sagt Penny. »Sie sind bald *beide* wieder zu Hause. Na ja, vielleicht nicht direkt *bald*, aber …«

»Halbwegs bald.«

»Halbwegs bald«, stimmt sie zu und nickt. Sie wirft mir ein krummes Lächeln zu, dann machen wir uns wieder an die Arbeit.

Wir müssen uns beide ranhalten und brauchen fast den ganzen Donnerstag, aber als wir fertig sind, ist das Apartment makellos sauber. Penny macht einen letzten Kontrollgang, während ich die restlichen Mülltüten die supergefährliche Treppe runterschleife und quer über den Parkplatz zum Container trage. Dort wimmelt es vor Fliegen und stinkt nach verfaulten Eiern, also beeile ich mich.

Aber natürlich kommt ausgerechnet in dem Moment Ronnie aus seinem Apartment und schlendert auf mich zu.

»Was machst du hier draußen?«

Schon allein der Klang seiner Stimme fährt mir in die Glieder.

»Wir sind am Putzen, Ronnie«, erkläre ich unserem bald schon ehemaligen Vermieter. »Ich geb die Schlüssel dann im Büro ab.«

»Hab die Tage mal ein anderes Mädchen gesehen, die hat jede Menge Müll in den Container geschmissen. Ich wollt fast den Sheriff anrufen, wegen illegaler Abfallentsorgung und so, aber dann hab ich gesehen, wie sie hoch zu dir in die Wohnung ist.«

»Das ist bloß eine Freundin, die mir hilft. Da ist nichts Illegales dran.«

»Ist doch gut, dass ich das kapiert habe, bevor ich's irgendwem gemeldet habe, oder?«

»Stimmt«, presse ich heraus.

Wir haben sechs Jahre hier gewohnt, seit ich elf war. Auch wenn es wirklich nicht toll war – dafür hat Ronny gesorgt, indem er immer nur das Allernötigste repariert hat, und auch das nur widerwillig –, war es doch unser Zuhause. Es war so kärglich wie alles im Leben, wenn das Geld immer knapp ist. Die Miete nicht pünktlich zahlen zu können war die Hölle mit Ronnie. Und mit den ganzen Arztkosten war immer irgendwas, manchmal alles auf einmal.

»Ich werd sie echt vermissen, deine Mom«, sagt er mit diesem fiesen Grinsen, das zu viel verrät. »Da muss ich jetzt wohl öfter ins Brauhaus, wenn ich sie mir angucken will.«

Du brauchst die Kaution, Tate. Lass dich nicht provozieren.

(Ich würde ihm zu gern eine reinhauen.)

»Sie wird eine ganze Weile nicht arbeiten. Da, wo wir jetzt wohnen, gefällt es uns gut«, sage ich und versuche, möglichst neutral zu klingen, vielleicht verzieht er sich dann. Ich habe jahrelang immer wieder solche Begegnungen mit ihm gehabt und mich immer exakt so gefühlt wie jetzt. Aber meine Hoffnung scheint sich nicht zu erfüllen, er bleibt, wo er ist.

»Deine Mom hat mehr Klasse als du«, sagt er – das ist eine Warnung, und zwar eine, auf die ich normalerweise hören würde. »Du solltest dir eine Scheibe davon abschneiden. Sonst hat das vielleicht noch böse Folgen.«

»Ich tue nichts weiter, als unser Apartment zu putzen«, sage ich und strenge mich wahnsinnig an, meine Miene unbewegt zu lassen. Was mir wahrscheinlich nicht besonders gut gelingt, denn verdammt, ich *hasse* diesen Typen. Ich kann an nichts anderes denken als an Moms gezwungenes Lächeln und dass sie immer versucht hat, den Scheck für die Miete einzuwerfen, wenn er nicht da war. Und wie energisch sie den Kopf geschüttelt hat, wenn ich angeboten habe, ich könnte das doch machen, und immer hat sie darauf geachtet, dass ich das Pfefferspray am Schlüsselanhänger dabeihabe.

»Ihr schmeißt ganz schön viel Zeug in den Container. Das ist unfair den anderen Mietern gegenüber. Denen, die hier wohnen bleiben.«

Ich starre ihn ungläubig an. Da sind um die acht Mülltüten von uns in dem Container, mehr nicht.

»Ein bisschen Klasse bringt eine Frau echt weiter«, erklärt er mir.

Und dann leckt er sich die Lippen.

Da kann ich mich nicht mehr beherrschen. Das Nächste, was aus meinem Mund kommt, ist: »*Fuck you.*«

Ich trete einen Schritt vor statt zurück. »Du hast meiner Mutter *jahrelang* auf den Arsch geglotzt, jedes Mal, wenn du sie gesehen hast, ganz offen, und irgendwann hast du auch angefangen, auf meinen zu glotzen. Von mir kriegst du gar nichts, du perverser, übergriffiger Kerl.«

»Du –« Er macht einen Schritt auf mich zu und ich spanne den Körper an, erwarte einen Fausthieb oder dass er mich packt oder so.

»Hey, was läuft hier?«

Pennys Stimme.

Penny ist hier. Sie steht direkt hinter ihm. Erleichterung durchströmt mich, als Ronnie einen Satz von mir weg macht. Die Hände zu Fäusten geballt, schießt sein Blick zwischen uns beiden hin und her.

Penny hat die Augen zusammengekniffen und den Kopf geneigt. Als sie mich anschaut, baumelt ihr Pferdeschwanz wie zum Zeichen, dass sie Bescheid weiß. (Dass sie von dem Alarm weiß, der in mir losgeschrillt ist, von dem Instinkt tief drinnen, den wir alle haben und der sich blitzartig nach oben graben kann: *Renn weg, denn vielleicht ist der Typ nicht nur irgendwie fies, sondern richtig böse.*)

Ronnie scheint den Sturm, der sich zusammenbraut, nicht zu bemerken. Er greift nach dem einen Machtmittel, das er noch hat: »Ihr Mädels verstopft meinen Container.«

»Bis Mitternacht ist Tate Mieterin«, sagt Penny. »Bis dahin kann sie alle Einrichtungen nutzen.«

»Aber nicht, wenn sie ihren ganzen Umzugsmüll in meine Tonne schmeißt. Dafür muss ich eine Gebühr verlangen.«

»Das können Sie nicht machen.«

»Ich kann machen, was ich will«, entgegnet Ronnie. »Ich bin der Eigentümer.«

Wie oft habe ich diesen Satz schon gehört? Öfter, als ich zählen kann. Ronnie ist exakt diese Art von Arschloch. Und er hat die Macht wirklich, denn seine Apartments sind die billigsten in der ganzen Stadt, und wenn etwas am billigsten ist, finden sich die Leute zwangsläufig mit vielem ab.

»Ich werd mir auch euer Apartment ganz genau auf Schäden ansehen müssen«, ergänzt er.

»Oh! Dann wird Ihnen das hier *supergut* gefallen!«, flötet Penny und zückt ihr Telefon. »Ich habe den gesamten Reinigungsprozess aufgezeichnet. Wollen Sie sich das in Echtzeit ansehen oder im Zeitraffer? Ich habe beide Versionen, weil ich sie gleich nach dem Heimkommen hochladen werde. Ich habe nämlich einen Putz-Channel. Der nennt sich *Shiny as a Penny*. Kennen Sie den?«

Sie drückt auf Play, und da ist Penny, wie sie die Wände in Moms Zimmer abwischt.

Ronnie verzieht das Gesicht.

»Ich hab auch jede Menge Vorher-Nachher-Fotos gemacht«, fährt sie fort. »Wir haben alles erfasst, stimmts, Tate?«

Sie schaut mich an, in der Erwartung, dass ich mitspiele.

»Deine Follower sind ganz wild auf neuen Putz-Content«, sage ich.

»Stimmt«, sagt Penny. »Die sind ganz wild.«

Er ist rot angelaufen, ein wütendes Tomatenrot. »Schafft euren Müll aus meinem Container, sonst hol ich ihn raus und kipp ihn euch in die Wohnung.«

Mir weicht alles Blut aus dem Gesicht und Pennys Lächeln ist wie weggewischt.

In ihren Augen liegt ein boshafter Glanz.

»Gut«, sagt sie und stakst um ihn herum zum Container. Mit großem Drama reißt sie den Deckel auf und wedelt dann mit dem Arm nach mir. »Tate?«, verlangt sie. »Wie wärs mit etwas Hilfe?«

Unsicher, ob sie das ernst meint, gehe ich rüber und mache eine Räuberleiter für sie. Sie hievt sich in den Container, beginnt unsere Mülltüten herauszuzerren und schmeißt sie eine nach der anderen auf den Beton. Am Ende riecht sie richtig schlimm – und ist zugleich das Großartigste, was ich je gesehen habe.

Sie klettert aus dem Container, sammelt ein paar Mülltüten ein, marschiert zu ihrem Kombi und wirft sie hinten rein. Ich beeile mich, dasselbe zu tun, und nach wenigen Minuten ist das Auto voll und Ronnie nicht mehr tomatenrot, sondern dunkellila vor Wut.

»Problem gelöst«, faucht Penny ihn an.

»Wie gesagt: Die Schlüssel gebe ich im Büro ab«, erkläre ich Ronnie.

»Und falls Ihnen noch mehr *Probleme* einfallen« – sie malt ernsthaft Anführungszeichen in die Luft –, »werde ich auch die lösen. Also lassen Sie es einfach und freuen sich stattdessen lieber, was für eine gute Mieterin Sie in Anna gehabt haben, und wünschen ihr alles Gute für ihre Gesundheit, so wie jeder anständige Mensch das tun würde.«

»Penny«, sage ich in gespielt ernstem Ton. »Du weißt doch, dass er das nicht kann. Er ist schließlich *Vermieter*.«

Penny presst die Lippen zusammen, um nicht loszulachen.

»Du kleine –«

Ich unterbreche ihn. »Die Wohnung ist makellos sauber. Wir haben alles fotografiert. Du zahlst meiner Mutter die volle Kaution zurück. Sonst habe ich genug *Klasse*, um vor Gericht zu gehen, das versprech ich dir.«

»Ich *liebe* Technik«, sagt Penny und dreht sich mit einem Grinsen zu mir. »Wir sollten jetzt los. Wir müssen ja noch zur Müllkippe. Tschüss, Ronnie.«

Auf dem Weg Richtung Auto hüpft ihr Pferdeschwanz energisch hin und her, und nachdem ich das Apartment abgeschlossen habe, steige ich auf der Beifahrerseite in ihren mit Müll vollgestopften Kombi, halte mir die Nase zu und lasse das Fenster herunter.

»Okay«, sagt Penny, steigt auch ein und lässt den Sicherheitsgurt ins Schloss klicken. »Guck mal ins Handschuhfach, da ist ein Ziplock-Beutel mit Kleingeld drin. Vielleicht reicht das ja, um das Zeug wirklich bei der Müllkippe abzugeben. Wenn wir es mit nach Hause nehmen, machen sich die Bären drüber her.«

Ich starre sie nur an und atme weiter durch den Mund, weil mir schlecht ist.

Nicht wegen des Gestanks nach Abfall.

Sondern *deswegen*.

Manche Mädchen kriegen manche Sachen nicht.
Und ich kriege Penelope Conner nicht.
(Aber ach, ich will sie so sehr.)

42
Penny

29. Juni

»Wie der geguckt hat!«, sagt Tate und schüttelt den Kopf. »Kaum zu glauben, dass du das gemacht hast.«

»Kaum zu glauben, dass ihr dermaßen lang von so einem fiesen Mistkerl abhängig sein musstet«, schäume ich.

»Du musst eben nehmen, was du kriegen kannst.« Tate zuckt mit den Achseln.

»Aber das ist doch Bullshit.«

»Tut mir leid, dass wir dein ganzes Kleingeld hergeben mussten«, sagt sie. »Ich zahls dir zurück.«

»Nein, Tate, das musst du nicht.«

»Das war *mein* Abfall aus *meinem* Apartment.«

»Halt einfach den Mund, okay?«

Da ist es wieder, dieses Beinahe-Lächeln von Tate. »Gut.«

Tate macht es sich auf der Motorhaube meines Autos bequem, während ich mich auf dem Rücksitz umziehe.

Unter uns erstreckt sich der ganze County, vom Fluss in zwei Hälften geteilt: Salt Creek und Blue Basin. Der Blick von hier oben ist großartig, darum war ich gleich einverstanden mit Tates Vorschlag, nach der Müllkippe hierherzufahren.

Ich streiche die Beine der Hose glatt, die sie mir gegeben hat, damit ich mich umziehen kann. Das Material glänzt und ist wasserdicht; unter der Berührung raschelt es ein bisschen, ein unvertrautes Geräusch. Ich ertrinke in ihren Schwimmklamotten. Der Hoodie, den sie mir in die Hand gedrückt hat, ist schon an ihr ein ganzes Stück zu groß, bei mir sind es bestimmt drei Kleidergrößen.

»Was denn?«, frage ich, als sie mir beim Hochkrempeln der Ärmel zusieht.

»Nichts«, sagt sie, doch während sie runter ins Tal schaut, wandern ihre Mundwinkel leicht nach oben.

»Ich kann nichts dafür, dass ich klein bin.«

Sie lacht, dabei hebt sich ihr Körper ein bisschen von der Motorhaube, auf die ich jetzt hochklettere. »Ich hab doch gar nichts gesagt!«, protestiert sie.

»Ihr großen Leute, ihr fühlt euch doch immer überlegen«, brummele ich und setze mich neben sie.

»Ich wollte nur, dass du dieses stinkende Kleid ausziehen kannst«, gibt sie zurück.

»Das weiß ich zu schätzen, das Ding war eklig. Aber nach dem Waschen ist es bestimmt wieder okay.« Ich prüfe mein Telefon, aber von Mom ist nichts gekommen. Immer nur Gran mit ihren Updates.

Mom hat nur ein einziges Mal etwas geschickt: ein Daumenhoch-Emoji an dem Morgen, nachdem wir weggefahren sind.

Seitdem nichts. Und jedes Mal, wenn Gran mich anruft, schläft Mom. Ich möchte nicht denken, dass das Absicht ist, aber andererseits drängt sich genau dieser Gedanke doch auf.

Es passiert wieder. Mom zieht sich vor mir zurück – wobei es überhaupt nichts Gemeinsames mehr gibt, vor dem sie sich zurückziehen könnte. Man sollte meinen, dass es deshalb weniger wehtut, aber das ist nicht der Fall.

Eher tut es noch mehr weh.

»Von hier oben siehst du alles«, sagt Tate.

»Ja.«

»Ich bin nicht mehr hier oben gewesen, seit –« Sie unterbricht sich, obwohl wir beide genau wissen, wie dieser Satz weitergeht.

Ich bin nicht mehr hier oben gewesen, seit wir beide zusammen hier waren.

Ich auch nicht. Aber wenn ich das sage …

Das kann ich nicht sagen. Oder doch?

»Penny, was genau ist eigentlich los?«

Das erschreckt mich so, dass ich sie direkt anschaue und mir das Herz bis in den Hals klopft, da ist nur dieser eine Gedanke, bis sie dann weiterredet: »Als deine Mom wieder zu euch gezogen ist, dachte ich, jetzt ginge es besser.«

»*Ihr* geht es auch besser«, sage ich. »Ich glaub mal, sie ist so froh mit ihrem Leben, wie sie es sein kann. Erst recht jetzt, wo mit deiner Mom alles gut werden wird.«

»Das Haus – das wirkt wie aufgeteilt. Das obere Stockwerk ist deins, das untere ihres.«

»Genau das haben wir gemacht«, sage ich. Da klappt sie den Mund zu und ihre dunklen Brauen ziehen sich zusammen, als wäre ich verrückt. »Guck nicht so. Sie hat mich doch nicht in einen Turm verbannt oder so was. Und ausdrücklich geplant haben wir das auch nicht. Sie … sie geht Gran und mir einfach aus dem Weg, okay? Wenn sie nicht arbeiten ist, verbringt sie die ganze Zeit in ihrem Atelier. Ihr Schlafzimmer ist unten und es gibt keinen Grund, warum sie hochgehen und nach mir schauen müsste.«

»Kommt sie denn überhaupt jemals hoch?«

»Beim letzten Mal hat sie versucht, die Fotos von ihm wegzutun und ich hab mich geschnitten, als ich ihr eins davon aus den

Armen zerren wollte. Sie hat nur wegen dem Blut aufgehört. Aber das war … in der Anfangszeit. Jetzt geht es ihr besser.«

»Und du?«, fragt sie. »Geht es dir besser? Bist du froh mit deinem Leben?«

Ich kann ihr nicht antworten. Dabei ist es nicht mal so, dass es erst real würde, wenn ich die Wahrheit sage. Es ist schon immer real gewesen.

Genau aus dem Grund bin ich immer davor weggelaufen.

»Kannst du denn wenigstens in der Therapie über solche Sachen sprechen?«, fragt Tate nach einer Weile, während ich einfach auf die Orte unten im Tal starre, statt sie anzusehen.

»Ich darf nicht mehr hin.«

»Was?«

»Mom hat mich gezwungen, die Therapie abzubrechen.«

Jetzt schaue ich sie doch an, denn ihr Gesichtsausdruck ist so fassungslos, dass ich nicht anders kann.

»Wann war das?«

»An dem Abend, als du mich hier oben gefunden hast«, nuschele ich. »Wir haben uns gestritten. Darum war ich so fertig.«

»Ich dachte, bei dem Streit wäre es darum gegangen, dass sie Georges Firma verkaufen will.«

»Das war die Folge von unserem Streit über die Therapie.«

Sie betrachtet mich, als wäre ich ein Sternbild, das sie zuzuordnen versucht. »Was redest du da?«

Ich verschränke die Beine auf der Motorhaube, damit ich mich mit den Ellbogen auf den Knien abstützen kann. Ich brauche irgendeinen Halt, wenn ich ihr das erzählen soll.

»Ich habs versaut«, sage ich. »Ich hab sie gebeten, mit in eine Therapiestunde zu kommen. Und als Jane, meine Therapeutin, damit angefangen hat, dass auch eine psychiatrische Betreuung sinnvoll wäre und wir über Medikamente nachdenken sollten, und dass es vielleicht eine Diagnose gibt, die über die PTBS vom Unfall hinausgeht, ist Mom durchgedreht. Und dann hat Jane auch noch vorgeschlagen, dass ich wieder zum Raften gehe –«

»Oh, Scheiße«, sagt Tate.

»Ja. Da ist sie explodiert. Sie hat mich geschnappt und ist mit mir von dort weg, dann hat sie erklärt, dass ich nie mehr wieder hindarf. Und als wir heimgekommen sind …« Ich unterbreche mich.

Ihre Hand legt sich über meine, ihr Daumen fährt über die Narbe auf meinem.

»Du musst es mir nicht erzählen.«

Meine Hand dreht sich in ihrer, jetzt berühren sich unsere Handflächen.

Das ist genau das, was meine Mutter will. Dass ich still bin. Dass ich alles in mir wegdrücke und hoffe, dass es nie wieder hochkommt.

Aber das bringt mich um.

»Nein«, sage ich. »Danach warst du da. Ich will, dass du das Davor verstehst.«

43

DAS MAL AM DAMNATION PEAK

Penny

Vor einem Jahr

Den ganzen Weg von Janes Praxis nach Hause redet Mom kein Wort. Aber als wir ankommen, stürmt sie nicht in ihr Atelier, wie ich das erwartet habe, sondern geht ins Haus.

Ich schaue ihr hinterher und bleibe so lange im Auto, wie ich mich traue, aber nach fünf Minuten oder so muss ich doch aussteigen. Wenn ich zu lange warte, kommt sie vielleicht zurück und ist noch wütender, weil ich ihr nicht gefolgt bin.

In Grans Wohnwagen brennt Licht. Da könnte ich hin und mich verstecken. Das würde ich gern tun.

Sag deiner Mutter, dass ich sie liebe.

Ich gehe nicht zu Gran.

Mom ist im Wohnzimmer am Telefon, als ich ins Haus schlüpfe. »Das klingt gut«, sagt sie, während ich zur Treppe schleiche und hoffe, es bis nach oben zu schaffen.

Aber sie schnippt mit dem Finger und ich erstarre. Keine Chance. Widerwillig gehe ich ins Wohnzimmer und komme bis zum Teppichrand, als sie sagt: »Sehr gut. Danke, Tim. Dann sehen wir uns am Montag und machen die Details fest.«

Mom legt das Telefon weg und verschränkt die Arme.

»Setz dich«, sagt sie.

Ich bewege mich nicht vom Fleck.

»Penelope, *setz dich hin.*«

Ich lasse mir Zeit. Dass sie das noch wütender macht, kümmert mich nicht.

»Warum hast du mit Tim geredet?«, frage ich.

»Ich wollte etwas von ihm wissen«, sagt sie. »Und sicherstellen, dass er dir nicht erlaubt hat, dir irgendwelches Rafting-Equipment zu nehmen.«

»Hat er nicht.«

»Warst du auf dem Wasser?«, verlangt sie.

»Nein.«

Sie steht auf und läuft in engen Kreisen vor mir herum. Zweimal fängt sie an, etwas zu sagen, redet dann aber nicht weiter. Dann ringt sie die Hände. Dass Leute so was wirklich tun, im echten Leben, meine ich, hätte ich nicht gedacht. Sie scheint nicht stillhalten zu können, ihre nervöse Energie, die mich so fertigmacht, muss irgendwie raus.

»Lügst du mich an?« Wieder dieses Laufen, wieder diese Kreise. »Warst du jemals auf dem Fluss? Diese Therapeutin –« Wieder dieses Händeringen.

Mein Blick huscht von ihren Händen zu ihrem Gesicht, und auch wenn ich nicht weiß, warum, schreit alles in mir: *Lauf weg.*

»Jane wollte dir was über Bewältigungsmechanismen erklären, aber statt zuzuhören, bist du gleich geplatzt«, sage ich und versuche meine Stimme so ruhig wie möglich zu halten.

Wieder das Laufen, wieder die kleinen Kreise. »Diese Frau will dich auf Medikamente setzen, die du nicht brauchst.« Und wieder das Händeringen. »Sie dichtet dir irgendwelche Diagnosen an, absurdes Zeug, das du gar nicht hast. Was für ein Wahnsinn! Und dann ermutigt sie dich auch noch, dich in Gefahr zu begeben. Ich zeige sie an.«

»Wegen was denn? Weil sie ihren Job macht?«, frage ich fassungslos. »Mom, was du da redest, ist doch verrückt.«

»Ich bin nicht verrückt!« Ihr Gesicht verändert sich vollkommen, als sie das sagt, eine richtige Jeckyll-und-Hyde-Verwandlung, die mich in meinem Sessel nach hinten wirft.

»Ich hab nicht behauptet, dass du das bist. Ich hab nur gesagt, was du redest, ist –«

»Das lasse ich nicht zu«, verkündet sie. Wieder dieses Laufen. »Du hörst mir jetzt gut zu. Mit dir ist *alles in Ordnung*. Mit *uns* ist alles in Ordnung.«

»Mom.« Mit mir ist nichts in Ordnung und mit ihr auch nicht. Wie denn auch?

»Dafür habe ich gesorgt«, sagt sie und nickt, und während sie immer weiter den Kopf auf und ab bewegt, werden ihre Augen ganz starr. »Dafür habe ich gesorgt.«

»Was redest du da?«

»Ich sorge dafür, dass du eine Zukunft hast«, erklärt mir Mom mit einem Lächeln, dessen Leere mich erschauern lässt. »Das löst alles. Jetzt wirst du dich an die Regeln halten müssen.«

»Was hast du gemacht?«

»Ich verkaufe alles an Tim«, sagt Mom wie nebenbei, als würde sie nicht gerade jeden Traum ruinieren, den ich jemals hatte. Und dazu alles, wofür Dad gelebt und gearbeitet hat.

Ich will laut losschreien. Aber wenn ich das tue, wird sie auch losschreien, da bin ich ziemlich sicher, und wenn wir beide die Fassung verlieren, dann war es das wohl.

Dann gibt es kein Zurück mehr. Dann lässt sich nichts mehr kitten.

Das macht mir so viel Angst, dass ich mich mit stetigem Atmen durch die Panik kämpfe. »Du kannst Dads Firma nicht verkaufen«, erkläre ich. »Er hat immer gewollt, dass ich mit einsteige und das alles irgendwann übernehme. Das soll doch mal alles mir gehören.«

Das Ruhigbleiben bringt nichts, wenn überhaupt, dann macht es nur alles schlimmer. Sie dreht immer weiter ihre Kreise.

»Dir gehört gar nichts, weder jetzt noch später«, knurrt sie. »Ich kann damit machen, was ich will. Und ich verkaufe es. Jedes verdammte Teil. Ich würde es niederbrennen, wenn es nicht was wert wäre.«

»Mom –«

»Ich werde nicht zulassen, dass du mit diesem Wahnsinn weitermachst«, sagt sie. »Du bist die, die verrücktes Zeug redet. Aus dir wird kein zugedröhnter Zombie werden. Du wirst nicht wieder auf den Fluss gehen. Du wirst ein Leben haben. Ein sicheres Leben. Keine Adrenalin-Achterbahn, die dich endgültig zum Krüppel macht.«

Die Worte sind noch nicht richtig draußen, da weiten sich schon ihre Augen, anscheinend wird ihr klar, was sie da gesagt hat.

»Verdammte Scheiße, Mom«, sage ich. »Dann weiß ich ja jetzt, was du über mich denkst.«

»Penny, ich –« Sie erstarrt. Ist erwischt.

»Ich bin kein Krüppel«, erkläre ich ihr, und auch wenn das stark klingt, brennt meine Kehle. »Das ist eine superfiese Aussage, ableistisch wie nur was.«

»Penny, tut mir leid. Aber du musst mir zuhören. Ich habe nur dein Bestes im Sinn. Du brauchst Geld fürs College –«

»Ich gehe nicht aufs College«, sage ich. »Red dir ein, was du willst, wenn du eine Erklärung brauchst, warum du alles kaputtmachst, wofür Dad gelebt hat. Aber für mich machst du das nicht.«

»Du wirst *nicht sterben*!« Sie zeigt mit dem ausgestreckten Finger auf mich. »Das wirst du nicht«, wiederholt sie. »Und Anna auch nicht. Niemand mehr wird sterben!«

Tränen steigen mir in die Augen und die Reue sticht scharf. Ich hätte zu Gran gehen sollen. Mich einfach verstecken sollen.

»Niemand mehr wird sterben«, sagt sie noch mal und ringt wieder die Hände. »Niemand mehr wird sterben.« Dann fängt sie wieder an, im Kreis zu laufen.

Ich stehe langsam auf, während sie immer weiter wie in Endlosschleife diesen Satz wiederholt. Wieder das Laufen. »Niemand mehr wird sterben.« Wieder das Händeringen. »Niemand mehr wird sterben.«

Etwas Grässliches steigt in meinen Magen. Ich habe kein Wort für diese wachsende Angst, von der mir ganz schlecht wird.

Ich strecke die Hand aus und packe sie am Arm, doch sie reißt ihn weg.

»Lottie! Was ist das für ein Geschrei?«

Mom wirbelt herum zu Gran, die auf einmal im Flur steht, völlig perplex. Ich renne zu ihr und sie schlingt automatisch die Arme um mich, während Mom auf sie losgeht.

»Du!«, kreischt Mom. »Du hast sie doch überhaupt erst zu dieser Therapeutin geschickt!«

»Lottie, was –«

»Soll sie denn auch noch sterben?«

»Was redest du da?«, will Gran wissen. »Penny, warum gehst du nicht hoch in dein Zimmer?«

»Sag du meinem Kind nicht, was es zu tun hat!«

»Lottie, hast du deine Pillen genommen?«, fragt Gran.

»Die nehme ich schon lange nicht mehr. Ich brauche sie nicht. Hast du mitgekriegt, was für einen Schwachsinn ihr diese Therapeutin in den Kopf gepflanzt hat?«

Gran packt mich fester. »Penny, geh in dein Zimmer.«

»Ich –«

»Die will sie unter Drogen setzen! Die fände es gut, wenn sie wieder mit dem Raften anfängt! Das Kind zudröhnen und voll ins Risiko schicken, auf dieses Ding, das alles mit sich gerissen hat und –«

»Penny, *geh*«, sagt Gran und der raue Schrei, den das meiner Mutter entlockt, erschreckt mich dermaßen, dass ich mich tatsächlich in Bewegung setze.

Aber nicht nach oben. Ich flüchte in den Vorraum, und als die Stimmen von Gran und Mom immer lauter werden, laufe ich nach rechts statt nach links, und dann bin ich aus der Tür, die Stimmen rücken in die Ferne, ihr Verklingen ist ein Segen, und ich laufe immer weiter, laufe weg, bin so dankbar, dass ich immer weiterlaufe.

Und dann bin ich weg.

44

DAS MAL AM DAMNATION PEAK

Tate

Vor einem Jahr

M: Tate, du musst mir einen Riesengefallen tun.

T: Wer ist das?

M: Meghan.

Verwirrt blinzele ich auf mein Telefon. Warum zur Hölle sollte Meghan mir schreiben?

T: Was ist los?

M: Kannst du bitte hoch zum Damnation Peak fahren und dafür sorgen, dass Penny nicht selbst heimfährt? Ich bin ziemlich sicher, dass sie betrunken ist.

M: Streich das, ich WEISS, dass sie betrunken ist. Sie würde nie solche Schreibfehler machen, wenn sie nüchtern wäre.

T: Ist sie okay?

M: Sie hatte einen irren Streit mit ihrer Mutter.

M: War echt schwer, dass Lottie wieder eingezogen ist.

M: Und es tut mir wirklich leid, ich weiß ja, wie heftig das mit der Gesundheit von deiner Mom ist.

M: Ich bin bei meinen Großeltern in Sacramento. Sonst würde ich dich da nicht mit reinziehen.

M: Ich will nur nicht, dass sie fährt. Sie schreibt nicht zurück.

M: Und wenn ich Laurel frage …

Mir dreht sich schon der Magen um, wenn ich nur den Namen von Pennys Freundin sehe.

M: Na ja.

M: Ich denk mal, da bist du die bessere Wahl.

M: Laurel würde wohl einfach mittrinken.

Bin unterwegs. T

M Ich schulde dir was.

Mach dir da mal keine Gedanken. T

Sie singt nicht, als ich am Aussichtspunkt beim Damnation Peak ankomme. Von hier oben sind alle Lichter der Stadt zu sehen und dazu das dunkle Schimmern des Flusses mit seinen Kehren und Windungen. Sie lehnt an ihrem Auto und summt betrunken vor sich hin, eine Wodkaflasche in der Hand.

Und zwar keine von diesen kleinen, sondern so ein gallonengroßes Ding mit billigem Fusel, in dem Marion Kräuter für ihre Tinkturen einlegt.

»Verdammt, Penny, das muss doch wie Verdünner schmecken«, sage ich zu ihr, als ich aus dem Pick-up steige und die Tür hinter mir zuknalle.

Als sie mich sieht, strahlt sie übers ganze Gesicht. »Tate!«

»Penny. Wo sind deine Schlüssel?«

»Im Auto«, sagt sie. »Wo kommst du denn her?«

»Meghan hatte Angst, dass du eine Klippe runterfährst oder jemanden umbringst.«

Penny runzelt die Stirn. »Ich wollte nicht fahren«, protestiert sie.

»Es ist zehn oder so. Was –«

»Ich schlaf im Auto.«

Ich starre sie an.

»Ich hab Decken. Die sind kuschlig.«

»Penny …«

»Willst du auch was?« Sie drückt sich vom Auto ab und hält mir den Wodka hin.

Ich nehme die Flasche und schütte den Inhalt auf den Boden.

»*Hey!*« Sie guckt mich böse an, bemüht sich aber nicht, mich aufzuhalten, sondern schwankt nur ein bisschen herum.

»Du hast genug.«

»Weißt du doch gar nicht!«

»Ich kanns mir aber denken.« Ich schnappe mir den Schlüssel aus der Zündung und schaue nach, ob die Handbremse angezogen ist. »Willst du jetzt nach Hause?«

»Zu Hause ist Mom, also: *Nein*, will ich nicht.«

»Okay«, sage ich und lehne mich an ihr Auto. »Wir können schon hier draußen bleiben. Aber im Auto schlafen, das geht nicht, Pen.«

»Ich sag dir doch, ich hab Decken.« Sie stolpert zu ihrem Wagen und reißt die Heckklappe auf, der Alkohol macht ihre Bewegungen noch dramatischer. Einen Moment später zieht sie ein paar Fleecedecken heraus. »Siehst du?« Sie schlingt sich eine davon um die Schultern wie ein Cape und wedelt damit.

Auch wenn sie betrunken und traurig ist – das sieht einfach süß aus. Ich kann nicht anders, ich muss lachen.

Ihre Augen werden groß. »Oh mein Gott? Hab ich da Ms Serious zum Lachen gebracht?«

Sie hüpft zu mir und tritt dabei gegen die leere Wodkaflasche, die daraufhin den abschüssigen Boden hinunterkullert. »Hoppla.«

»Du lachst nie«, erklärt sie mir. »Du bist immer so traurig.«

»Ich bin nicht –«

Ich kann nicht weiterreden, denn sie streckt die Hand aus und legt die Finger zwischen meine Augenbrauen. Sie kommt mir zu nah, hat aber zu viel getrunken, um das zu merken und die Distanz zu wahren, die normalerweise zwischen uns gilt.

(Wir betrachten uns. Wir berühren uns nicht. Denn wenn wir das tun würden …)

»Du hast so eine Falte in der Stirn«, sagt sie. »Genau da. Weil du traurig bist.«

»Im Moment bist ja wohl du die Traurige«, antworte ich und schiebe sanft ihre Hand weg.

(Sie wehrt sich, umfasst meine Hand mit ihrer.)

»Was ist passiert?«, frage ich sie.

Da lässt sie mein Handgelenk los und schiebt sich eine Strähne hinters Ohr. »Nichts«, sagt sie. »Nichts. Nur dass Mom mein ganzes Leben ruiniert hat. Das ist alles.«

»Penny … was –«

Sie dreht sich von mir weg, auf einmal ganz fahrig. Durch die Bewegung öffnet sich die Decke ein Stück und sie schlingt sie fester um sich.

»Was hat sie die ganze Zeit gemacht, als sie bei dir und deiner Mom gewohnt hat?«, fragt Penny.

»Ich glaube, das solltest du sie besser selbst fragen«, antworte ich vorsichtig.

Sie hat eine Art, mich anzustarren, die mich schon immer bis ins Mark getroffen hat, schärfer als jedes Messer.

»Ich frag aber dich.«

Ich beiße mir auf die Zunge. Dazu gibt es so viel zu sagen. Zu viel.

Da ist ein Funkeln in ihren Augen, die im Licht meiner Scheinwerfer glänzen. Sie wirkt fast wie ein wildes Tier. Ein Mädchen am Abgrund. Ein falscher Schritt und ich verliere sie.

»Musstet ihr ihre Pillen wegsperren?«, fragt Penny, und als ich zu lange brauche, um zu antworten (denn ja, das mussten wir), zuckt sie mit den Achseln und sagt: »Gran meine schon.«

Sie weicht meinem Blick nicht aus, sondern starrt mich an,

als wäre das nicht einfach verdammt herzzerreißend, sondern so was wie eine Herausforderung.

(Wenn ich eines Morgens wach würde und sie wäre nicht mehr da …)

Da ist nicht mal ein Zögern. Ich überwinde den Abstand zwischen uns, keine vier Schritte, dann liegt sie in meinen Armen, fest an mich gedrückt, den Kopf an meiner Schulter vergraben. Ihre Nase ist ein Fleck Kälte auf meiner Haut.

Einen Atemzug lang erstarrt sie, dann packt sie mich auch und schlingt die Arme fest um meine Taille, während ihre Tränen an meiner Brust entlangrinnen.

»Jedes Mal, wenn ich das Gefühl habe, ich hätte ein bisschen was zurück, nimmt sie es mir wieder«, weint Penny. »Warum kann sie mich nicht in Ruhe lassen? Sie gibt mir immer noch die Schuld. Sie wünscht sich, ich wäre es gewesen und nicht er. Ich mir auch.«

Ich löse mich von ihr, damit sie meine Augen sehen kann. Damit sie die Wahrheit in meinem Gesicht liest. »Also, *ich* tu das nicht«, sage ich schnell und sie blinzelt, getroffen von der Heftigkeit in meiner Stimme. »Und dein Dad hat sich das auch nicht gewünscht. Er hat dich gerettet. Du bist jetzt hier bei mir, weil er dich so geliebt hat, dass seine letzte Tat im Leben war, dich zu retten. Das kann sie dir nicht nehmen – niemand kann das.«

Mit nassen Augen schaut sie zu mir hoch, während die Tränen kleine Bahnen in ihr Gesicht zeichnen.

»Das kann dir niemand nehmen«, wiederhole ich.

»Sie versucht es aber dauernd«, sagt Penny mit belegter Stimme. »Es wär leichter, einfach nachzugeben.«

»Penny, du bist der störrischste Mensch, den ich je kennengelernt habe«, sage ich. »Es wäre nicht leichter, wenn du dich diesem Mist von deiner Mutter ergibst. Vergiss sie. Nur für eine Minute. Sieh mich an. Beruhig dich. Spür dein Herz. Hier. Atme mit mir.«

Ich nehme ihre Hand und drücke sie an ihre Brust, lasse meine darauf liegen. Ihr Herzschlag rast, ein Beben durch ihre Haut und meine, aber Atemzug um Atemzug wird er langsamer.

Auch wenn ich so auf die Idee gekommen bin, hat das hier gerade nichts mit Meditation zu tun. Das kann es auch gar nicht, wenn es um sie und mich und um das hier geht. Wenn sich meine Finger an ihre schmiegen und ich die Rundung ihrer Brust direkt unter der Handfläche spüre, und dann sind da auch noch ihre Augen, ihre unendlich dunklen, schimmernden Augen, die kaum blinzeln, während sie tief in meine starrt, als wäre ich ein Bild, in dem irgendetwas fehlt.

»Warum bist du gekommen?«, fragt Penny.

»Ich hab dir doch gesagt, Meghan hat mir geschrieben.«

»Du hättest Gran herschicken können. Oder Laurel.«

Der Name von Laurel stellt alles wieder scharf. Als wäre das hier bis jetzt ein nebulöses Märchen gewesen und auf einen Schlag geht es zurück die kalte, harte Realität.

»Wärs dir denn lieber, ich hätte Laurel geschickt?«

Kaum habe ich das gesagt, schüttelt sie schon den Kopf, und das ist so süß (und ich bin so selbstsüchtig), dass ich nicht mal versuche, mich von ihr loszumachen.

(Aber das werde ich, sage ich mir. Ich werde mich von ihr losmachen.)

»Warum bist du gekommen?«, fragt sie wieder.

»Du bist betrunken«, wende ich ein.

»Du kommst immer, wenn was ist«, sagt sie. »Warum?«

»Penny …«

»*Warum?*« Ich hasse es, wie verwirrt sie klingt. Es bringt mich in Versuchung, ihr einfach die Wahrheit zu sagen. »Hat Laurel denn recht?«

Eis in meinen Adern. Ich lasse ihre Hand los. (Ihren Herzschlag nicht mehr zu spüren, schmerzt meine Haut.)

»Was redest du da?«, frage ich zittrig.

»Sie hats mir nicht geglaubt, als ich gesagt habe, wir hätten nie ...«

Mir wird ganz schlecht.

»Sie hat gesagt, da müsste doch irgendwas sein ...« Penny lacht nervös. »Sie findet, es wäre doch *offensichtlich*, dass wir ...« Penny verdreht die Augen. »Ehrlich gesagt hat sie deswegen ziemlich rumgezickt.«

»Laurel ist immer zickig, oder?«, sage ich und da steigt ein Kichern in ihr hoch, so plötzlich, dass sie sich mit der Hand auf den Mund schlägt.

»Hat sie recht?«, fragt Penny durch die Finger.

»Ich lasse mich nicht auf Laurels Paranoia ein«, erkläre ich und versuche mich jetzt wirklich von ihr loszumachen, aber sie hat zu viel Wodka getrunken, denn sie sagt: »Ich frag mich, ob ich einfach –«, dann streckt sie die Hand aus und tippt mir auf die Lippen, federleicht, und nach einem kurzen Zögern fahren ihre Finger sanft an meinen Lippen entlang und ich bin einfach ...

Weg. Vollkommen weggebeamt.

(Aber das darf ich nicht sein. Es gibt so viele Gründe, warum das nicht geht, und so wenige, einfach still stehen zu bleiben ... aber ich bleibe still stehen.)

»Ich frage mich immer, was dich wohl glücklich machen würde«, sagt Penny. »Nur wenn du mit deiner Mom zusammen bist, lächelst du mal.«

»Penny.« Meine Stimme summt auf ihrer Haut. Wenn sie den Kopf in den Nacken legen würde …

(Wenn ich mich herunterbeugen würde …)

»Was würde es dafür brauchen?«

(Ihr Daumen bewegt sich über meine Unterlippe. Hin und her. Einfach … ein Reiben. Ich wusste nicht, dass eine Berührung so sanft sein kann. Und so fragend.)

Ich wünsche mir, die Antwort könnte ganz einfach sein: *dich*. Aber es ist alles andere als einfach. Für uns beide. Wir sind zu verdammt kaputt. Unser Timing stimmt nie. Etwas wie das hier macht sie nur, wenn sie getrunken hat.

(Ich will mich gehen lassen. Ich will in ihrem Mund versinken. Ich will schwach sein und nehmen und nehmen und nehmen.)

Aber das darf ich nicht. Ihr ist schon zu viel genommen worden. Auch wenn ich Laurel nicht leiden kann, werde ich ihre Beziehung nicht ruinieren.

Meine Hand schlingt sich um ihre und zieht sie von meinen Lippen weg. Ihre Lider zucken – ist sie verletzt oder erleichtert? Ich weiß es nicht.

»Es würde mich glücklich machen, wenn du ein bisschen Wasser trinken und mich fahren lassen würdest. Und wenn du *nächstes Mal* deiner Freundin schreibst, falls du wieder jemanden zum Fahren brauchst.«

Sie presst die Lippen zusammen, und wenn ich nicht selbst so außer mir wäre, ließe mich die Wut in ihrem Blick zu einem Nichts zusammenschrumpfen.

»Feigling«, sagt sie und stakst an mir vorbei zu meinem Pick-up.

FÜNFTER TEIL

Wahrheit

(oder das Mal auf dem Parkplatz vor dem Diner)

45

11. Juli

Die haben die Bärenstatue für die Tombola eben bei mir zu Hause abgeliefert.
R

M
Super! Ich habe gerade die Geschenkgutscheine bei der Bäckerei, beim Baumarkt und im Antiquitätenladen abgeholt.

Meghan, du hast mir nicht gesagt, dass dieser verdammte Bär an die zwei Meter groß ist!
R

M
Oh, hoppla! Tut mir leid. Ich dachte, das wär klar gewesen.

Das Ding steht jetzt mitten auf der Auffahrt. Wir haben es kaum von der Ladefläche gekriegt, der Typ vom Lieferdienst und ich. Das ist sauschwer.
R

M
Brauchst du Hilfe, ihn wegzuschaffen?

Ja, ich brauche Hilfe. Das ist ein fast zwei Meter großes Monster, geschnitzt aus einem einzigen Stück Stamm einer scheißschweren Eiche. R

M Da hat wohl jemand schlechte Laune.

Der Hund von meinem Nachbarn dreht durch. Der denkt, Barry wär wirklich ein Bär. R

M Du meinst Berry.

Meghan! R

M Gibs zu, du lachst.

M Oder lächelst immerhin.

Remi schreibt …
Remi schreibt …

Erwischt. R

M Echt?

Echt. R

M In einer halben Stunde bin ich da.

46
Tate

18. Juli

»Du und Drew, ihr habt euch doch verbündet gegen mich«, beschwert sich Mom, während ich bei unserem Videocall noch schnell meine Frisur fürs Arbeiten fertig mache – ich stecke die letzte Nadel in den Zopf, den ich mir um den Kopf gewickelt habe. Nach knapp drei Wochen zusammen haben Penny und ich eine Routine entwickelt. Aufstehen um vier, zum Laufen um fünf, am Pool um sieben, dann arbeitet Penny ab zehn und meine Schicht fängt um elf an.

Zu Hause allerdings läuft lange nicht alles glatt. Noch immer stehen überall Kisten herum, denn ohne die Moms zu fragen, weiß ich nicht, wo ich die Sachen hintun soll. Penny ist kein Morgenmensch und will allen Kaffee für sich – aber sie beschwert sich nie, dass es zum Frühstück immer geschroteten Hafer gibt und ich sie an fünf Tagen die Woche auf einen Sechs-Kilometer-Lauf mitschleppe.

Beim Abendessen sitzen wir am Küchentisch statt im Esszimmer – auch wenn keine von uns das laut ausgesprochen hat, kommt es uns wohl beiden seltsam vor, nur zu zweit im Esszimmer zu sitzen. Manchmal essen wir einfach, was uns die Leute aus der Brauereiküche mitgeben (anscheinend denken die, wir könnten uns selbst nicht ernähren), dann arbeitet sie an ihrem

Bullet Journal und ich schnappe mir ab und zu einen von den Krimis, die Marion herumliegen hat. Aber es kommt auch vor, dass wir miteinander reden.

Manchmal können wir anscheinend kaum noch damit aufhören, jetzt, wo wir das Haus für uns allein haben.

»Ich fass es nicht, mein eigenes Kind macht gemeinsame Sache mit dem Feind«, verkündet Mom in dramatischem Ton und reißt mich aus den Gedanken an Penny.

»Wie kann Drew dein Feind sein, wenn er deine rechte Hand ist?«

»Er gibt in seinen Nachrichten ständig damit an, wie großartig du mit Messern umgehen kannst – dabei habe *ich* dir das doch beigebracht!«

Ich schnaube. »Mom, ich kann in dieser Küche nicht mal *einen* Atemzug tun, ohne dass er oder Louisa in dieses ewige ›Oh, sie ist genau wie Anna‹ ausbricht. Alle wissen, dass ich mein Geschick mit Messern von dir habe, davon kannst du ausgehen.«

»Das will ich auch hoffen«, brummelt Mom in gespieltem Ärger.

»Erzähl mir lieber, was die Ärzte sagen«, fordere ich sie auf, während ich meinen Fettstift aus der Tasche hole und mir die Lippen creme. Der Waschraum im Brauhaus ist winzig, aber sauber. Nicht zuletzt deshalb, weil es zu meinen Aufgaben gehört, ihn zu putzen.

»Alles in Ordnung«, sagt Mom, vage wie immer. »Lotties letzter Check-up wird vielleicht nächste Woche gemacht.«

»Schon?«

»Dann sind es drei Wochen«, sagt Mom.

»Meinst du, du kannst dann auch nach Hause kommen?«

»Ich werde wohl die vollen vier Wochen hier unten bleiben

müssen«, sagt sie. »Aber jetzt lenk mich nicht von meiner Mission ab: Ich will wissen, wie lange Drew die Hefe im warmen Wasser lässt und –«

»Mom.« Ich schaue sie scharf an.

»Mir ist langweilig«, erklärt sie und schiebt sich im Bett hin und her.

»Vertreibt ihr euch denn nicht die Zeit mit Kartenspielen, Marion und du?«

»Sie hat meine ganze Schokolade gewonnen! Bis auf den letzten Rest! Ich werde Schuldscheine ausstellen müssen.«

»Schokoladenschulden auflaufen zu lassen ist der sichere Weg in den Ruin, Mom.«

Sie lacht. »Ach, Süße, ich vermiss dich.«

»Ich dich auch.« Ich kriege einen Kloß im Hals.

Jemand klopft an die Tür.

»Ich muss los«, erkläre ich ihr.

»Denk dran, dass du Drew beim Teigmachen beobachtest!«

Ich mache das Telefon aus und gehe zum Arbeiten.

Als die Schicht endlich vorbei ist, rieche ich nach Ketchup und Bier. Penny sitzt seit drei Stunden auf dem Parkplatz und wartet auf mich.

»Wars anstrengend?«, fragt sie, als ich einsteige.

»Mom hat immer noch diese Obsession mit dem Brezelteig und dem Rätsel, warum er nicht gelingt«, sage ich, um sie zum Lachen zu bringen.

Doch ihr Lächeln ist knapp und angespannt. Sie hat ihr Bullet Journal auf einer zusammenklappbaren Schreibfläche aus Holz liegen, die so konstruiert ist, dass sie ums Lenkrad passt.

»Woher hast du die eigentlich?«

»Meghan hat sie mir gebaut«, sagt Penny. »Sie liebt diese DIY-Sachen, weißt du ja.«

Sie räumt ihre Stifte und das Buch nicht zusammen, sondern spielt mit der Kappe ihres blauen Stifts herum und starrt die aufgeschlagene Seite an.

Es ist der Budgetplan fürs Haus, mit kleinen Schneeflocken am Rand.

»Planst du den Winter?«

Sie nickt.

Ich werfe einen Blick auf die Posten in der Tabelle: die erwarteten Ausgaben und daneben unser Geld auf der Bank. Die Kosten sind viel höher als der Geldbetrag.

»Das Heizen macht mir Sorgen«, gesteht Penny. »Holz ist teuer, aber Propangas erst recht. Und Mom macht draußen in der Garage immer einen Heizlüfter an, wenn sie arbeitet, der treibt die Stromrechnung in die Höhe.«

»Meine Mom muss es warm haben«, sage ich. »Sie darf sich nicht erkälten.«

»Genau darum will ich ja sicher sein, dass wir alles haben, was wir brauchen. Aber ich habe keine Vorstellung, wie das gehen soll mit dem Budget, das uns jetzt zur Verfügung steht.«

»Können wir nicht einen Baum fällen oder so und uns unser eigenes Feuerholz machen, statt es zu kaufen?«

Sie runzelt die Stirn und wirbelt den Stift herum, den sie in der Hand hat. »Einen frisch gefällten Baum musst du erst lagern lassen. Aber es gibt da einen, der letzten Winter umgestürzt ist. Weil er keinen von den Zäunen erwischt hat, hat Gran ihn einfach liegen lassen.«

»Ist es eine Kiefer?«

»Ja.«

»Kiefernholz brennt schnell ab.«

»Eiche ist besser«, stimmt sie mir zu. »Aber es ist ein großer Baum. Verdammt viel Holz.« Dann unterbricht sie sich. »Aber du musst mir helfen. Ich kann die Motorsäge nicht lange halten. Meine Hände –«

»Na klar«, sage ich.

Sie lächelt. »Danke.«

»Was ist das?«, frage ich, als wir an das Gatter beim Eingang kommen. Auf der anderen Seite steht Remis Pick-up in der Zufahrt und daneben eine riesige Bärenstatue.

Penny fährt hin und parkt hinter dem Pick-up.

Der Bär steht auf den Hinterbeinen und überragt uns beide, auf seiner Schulter thront eine riesige Brombeere, die er wie einen Sack Mehl mit seinen Tatzen umklammert.

»Das ist ein Blackberry-Bär«, verkündet Penny und beäugt ihn mit den Händen in den Hüften.

Sie hat recht – er sieht aus wie eine der Statuen, die draußen vor dem Diner stehen. Alle Blackberry-Läden haben mindestens drei von den Dingern. Muss eine Franchise-Regel sein oder so.

»Was zur Hölle macht der hier? *Meghan!*« Ihre Stimme erhebt sich zu einem Rufen.

»Wir sind auf der Wiese.«

Ich folge Penny hinters Haus auf die weite Fläche von gelbem Gras, das dringend gemäht werden muss. Ich sollte Penny bitten, das auf die entsprechende To-do-Liste in ihrem Bullet Journal zu schreiben.

Meghan hat eine Decke auf dem Boden ausgebreitet, Remi liegt auf dem Rücken, den Kopf in den Händen, und starrt hoch in den Himmel.

»Ich hab Nudelsalat gemacht«, sagt Meghan, als sie uns sieht.

»Was macht der Blackberry-Bär hier?«, fragt Penny, lässt sich auf die Decke fallen und nimmt den Teller mit Nudelsalat, den Meghan ihr hinhält.

»Das ist unser Hauptpreis für die Tombola«, erklärt Meghan.

»Meghan hat ihn Berry getauft«, sagt Remi.

»Wie habt ihr das hingekriegt, dass die ihn spenden?«, fragt Penny ungläubig. »Das Paar, das die Dinger herstellt, tut das nur für den Diner.«

»Passendes Timing und Charme«, sagt Meghan. »Wir müssen allerdings auch für den Transport sorgen, zumindest wenn ihn jemand hier aus der Gegend gewinnt.«

»Man braucht zwei Leute, um Berry zu bewegen«, erklärt Remi. »Meghan und ich haben das ganz gut –«

»Ich hab dir Berry fast auf den Fuß fallen lassen!«

»Das hab ich extra nicht erzählt, aus Freundlichkeit.«

»Ich hätte ihm beinahe die Knochen gebrochen«, sagt Meghan fröhlich. »Aber wir wollten Berry von Remis Auffahrt wegschaffen.«

»Einer der Nachbarshunde mochte Berry gar nicht«, fügt er hinzu.

»Also, können wir ihn bis Samstag hierlassen?«, fragt Meghan.

»Klar«, sagt Penny. »Der ist super«, lobt sie Meghan und zeigt mit der Gabel auf den Teller.

Meghan strahlt. »Das ist gut, den will ich nämlich als Beilage zu den Steaks machen.«

»Wisst ihr schon, wann die Moms zurückkommen?«, fragt Remi.

»Die Ärzte sagen, meine Mom könnte nächsten Mittwoch nach Hause«, sagt Penny.

Mir wird ganz schlecht. »Was? Seit wann weißt du das?«

Penny legt die Gabel weg. »Gran hat mir geschrieben, als ich mit der Arbeit fertig war. Mom hat noch nicht entschieden, ob sie gleich heimfahren will oder lieber wartet, bis Anna auch mitkommt.«

»Wirst du sie abholen?«

»Wenn sie nach Hause will, ja«, sagt Penny. »Sie treibt Gran in den Wahnsinn. Wäre wahrscheinlich besser, wenn sie zurückkäme, damit beide ein bisschen Luft haben.«

»Die wird garantiert wieder ranklotzen wollen, kaum dass sie hier ist, du kennst sie doch«, warne ich Penny.

»Ich überlege fast, das Schloss von ihrem Atelier auszutauschen, damit sie nicht reinkann.«

»Das ist eine Superidee!« Ich bin ernsthaft begeistert.

»Penny!«, protestiert Meghan und Remi kichert bloß, während ich auf dem Rücken neben ihm liege, hoch in den Himmel schaue und wegdrifte, während die anderen weiterplappern.

(Wenn Lottie zurückkommt, ist es mit dem Frieden hier nicht mehr weit her.)

47
Penny

20. Juli

An meinem freien Tag kann ich ausschlafen bis um neun, was prächtig ist. Tate ist noch nicht vom Schwimmen zurück, also gehe ich nach draußen in die Garage, um schon mal die Motorsäge vorzubereiten.

Ich komme an Moms Teil der Garage vorbei. Die Tür ist verschlossen – Mom ist sonderbar, was ihren Arbeitsraum angeht. Schon vor Dads Tod hat sie hier gearbeitet, eine Gefälligkeit von Gran, die ich inzwischen fast gruselig finde, denn Mom hat es sich ja nicht nur mit mir verdorben. Sie und Gran waren früher nicht so …

… voll stiller Wut aufeinander, denke ich mal.

Ich habe Angst, dass es noch schlimmer wird. Die beiden mussten sich noch nie ein Haus teilen. Am Tag von Moms Einzug hat sich Gran in ihren Wohnwagen verzogen, und die beiden kriegen es gut hin, sich aus dem Weg zu gehen, auch wenn Gran ganz selbstverständlich in der Küche und im Garten ist.

Aber in Sacramento können sie das nicht. Ich höre es am angespannten Klang von Grans Stimme, wenn wir telefonieren, und an dem Schweigen in Moms seltenen Anrufen. Gran kann es kaum erwarten, wieder nach Hause zu kommen, das ist mir klar.

Ich ziehe an der Schnur für das Licht und sehe mich nach der Motorsäge um. Sie ist unter der Werkbank verstaut, in einer grünen Plastikbox. Ich ziehe sie vorsichtig heraus und stelle sie vor die Tür, dann gehe ich wieder nach drinnen zu der Wand mit den Halterungen, an der Gran ihr Werkzeug hängen hat. Ich nehme mir Handsäge, Heckenschere und Axt. Außerdem krame ich einen Kanister Benzin und einen Feuerlöscher heraus.

Die Sonne scheint hell, als ich alles nach draußen bringe, und ich sehe, wie genau in dem Moment mein Auto die Auffahrt hochkommt.

»Wars gut beim Schwimmen?«, frage ich Tate, während sie eine pinke Bäckereischachtel aus dem Wagen holt.

»Ja. Ich hab dir Donuts mitgebracht.«

Ich nehme die Schachtel und klappe den Deckel hoch. Es sind sechs perfekte Zimt-Streusel-Donuts darin. »Hast du den geschroteten Hafer heute ausfallen lassen?«, frage ich, obwohl ich die Antwort kenne: Sie hat natürlich ihr Haferfrühstück mit Erdnussbutter gegessen, ist sechs Kilometer gelaufen und wer weiß wie viele Bahnen geschwommen, und dann hat sie mir Donuts mitgebracht … warum?

Weil sie weiß, dass ich die gern mag? Bei dem Gedanken laufe ich rot an.

»Du brauchst Energie für den Tag. Du sollst ja nicht schlappmachen.«

»Musst du dich noch ausruhen, bevor wir anfangen?«

»Nein«, sagt sie. »Das passt schon.«

Sie streift ihr Flanellhemd ab. Darunter kommt ein weißes T-Shirt zum Vorschein, bei dem sie nicht nur das Halsbündchen weggeschnitten hat, sondern auch die Ärmel und den unteren Saum. Der ausgefranste Rand umspielt ihre Taille, was mich total ablenkt, weil immer wieder ein bisschen Haut aufblitzt.

Ich räuspere mich und schiebe mir einen Donut in den Mund, um mich auf andere Gedanken zu bringen.

»Wenn wir die Motorsäge und das andere Zeug in eine Schubkarre räumen, haben wir es leichter«, sagt Tate.

Ich nicke, den Mund voll Köstlichkeit.

Grans Grundstück hat mehrere Ebenen, das Haus und die Wiese dahinter sind auf einer Höhe, dann kommt die Zufahrtsstraße am Haus vorbei und dahinter ein sanfter, bewaldeter Anstieg. Die umgestürzte Kiefer liegt in der Nähe der Grundstücksgrenze bei dem alten Stacheldrahtzaun, für den zersägte Telefonmasten als Zaunpfosten dienen – eine Idee, auf die Grandpa kurz nach der Hochzeit mit Gran gekommen ist. Anscheinend hat er die Masten günstig gekriegt und in passende Stücke zerlegt, damit der Hund, den Gran haben wollte, nicht weglaufen konnte.

Tate und ich hieven die Schubkarre den Weg hoch und an Grans Wohnwagen vorbei. Weiter geht es nicht, also schnappe ich mir das Werkzeug und den Feuerlöscher und sie nimmt die Motorsäge und den Kanister, dann stapfen wir zusammen querfeldein Richtung Zaun.

»Hat deine Mom sich entschieden?«, fragt Tate.

»Ja«, sage ich. »Ich hol sie am Tag nach dem Spenden-Dinner ab.«

Ich trotte zwischen den Kiefern hinter ihr her, unsere Sohlen rascheln auf den viel zu trockenen Kiefernnadeln und Ästchen, die den Waldboden bedecken. Langsam, aber stetig nähert sich der Höhepunkt der Waldbrandsaison, deshalb habe ich den Feuerlöscher dabei. Ein Funken aus einer Motorsäge am falschen Ort kann hier in der Gegend ein Inferno über vierzig Hektar auslösen.

»Ist das okay für dich, dass sie heimkommt?«

»Immerhin besser, als wenn Mom Gran gegenüber ausflippt«, sage ich. »Die brauchen Platz für sich, sonst gibt es ein Desaster. Deine Mom kann den Stress nicht brauchen … und sie kommt gut mit Gran aus. So ist es besser.«

»Dann müssen wir die Küche und das Wohnzimmer freiräumen«, sagt Tate.

»Kommst du mit nach Sacramento? Dann kannst du deine Mom sehen.«

»Wenn ich meine Schicht tauschen kann, ja. Pass auf – da ist ein Eichhörnchennest!« Sie umrundet ein Häufchen Blätter und Hundehaarbüschel.

»Bitte sieh zu, dass du das hinkriegst.« Mein Tonfall ist fast flehend. »Ich will nicht stundenlang allein mit meiner Mutter im Auto sitzen.«

»Ich soll also der Puffer sein?«

»*Bitte*, Tate! Wenns sein muss, setze ich sogar einen Hundeblick auf.«

Sie sieht mich schief an. »Gehört das irgendwie dazu, wenn man mit einer Schar von Conner-Frauen zusammenlebt?«

»Wir sind keine Schar, harmlos wie Hühner. Eher eine Meute Krähen. Dabei sind Krähen so klug. Sie haben ein komplexes Sozialleben, genau wie Menschen.«

»Im Grunde sind sie gefiederte Dinosaurier.«

»Viele Dinosaurier hatten Federn. Unsere Vorstellung von ihnen ist doch bloß von Skeletten und Fossilien abgeleitet und bestimmt ungenau. Wie sie wirklich waren, werden wir wohl erst rausfinden, wenn jemand im echten Leben irgendwann so was wie *Jurassic Park* hinkriegt.«

»Aber wir könnten aus solchen Filmen auch lernen und das schön bleiben lassen«, sagt Tate. »Dass du das so dahinsagst, als würde es auf jeden Fall passieren, macht mich ganz nervös.«

Ich grinse ein bisschen und denke an die vielen Stunden, die ich damit verbracht habe, mit Dad diese Filme anzuschauen und über sie zu reden. »Na ja, ich wär jedenfalls die Erste, die Schlange steht.«

»Und ich werd jetzt hier im Wald den ganzen Tag bibbern, dass uns gleich ein Velociraptor überfällt«, erklärt Tate und ich lache.

Wir haben die umgestürzte Kiefer erreicht und bleiben oben an der Krone stehen. Ihre Äste bedecken den Boden und überall sind braune Nadeln, weil der Baum schon so lange tot ist.

Ein umgefallener Baum ist reines Chaos. Niemand macht sich eine Vorstellung davon, wie riesig solche Bäume sind, bis sie dann am Boden liegen. Wenn sie stürzen, sind sie auf einmal fehl am Platz, aber irgendwie doch nicht, denn eigentlich sind ja eher *wir* es, die hier fehl am Platz sind. Der Baum gehört hierher, egal ob er aufrecht steht oder umgefallen ist.

»Wie ist der Plan?«, fragt Tate.

»Erst entfernen wir alle Äste und tun sie beiseite, damit wir später Anzündholz daraus machen können. Dann nehmen wir die Motorsäge und zerteilen den Stamm in einzelne Abschnitte. Die schaffen wir mit der Schubkarre runter zur Straße.«

Ich greife nach der Axt, zufrieden damit, dass meine Hand nicht allzu sehr wehtut, als ich sie packe.

»Klingt gut«, sagt Tate. Sie legt den Kopf schief und mustert mich.

»Was denn?«, frage ich. Meine Finger spannen sich um den Axtstiel. Starrt sie meine Narben an?

»Erinnerst du dich an das Buch, dass wir in der Grundschule gelesen haben?«

»Was für ein Buch?«

Sie nimmt die Handsäge und geht zu dem Baum – fünfzehn

Meter umgestürzte Kiefer im Blick bahnt sie sich einen Weg durch die Äste zum Stamm.

»Das, das dich dazu gebracht hat, mit der Axt in die Wälder zu ziehen.«

»Allein in der Wildnis?«

»Ja, genau, das wars.«

Das Lächeln auf meinen Lippen ist unvertraut. Ich komme selten dazu, über Erinnerungen zu sprechen, die mit ihm zu tun haben. Aber Tate lockt sie immer wieder hervor.

»Mein Dad war jede einzelne Nacht, die ich hier draußen verbracht habe, keine hundert Meter weit weg. Aber so, dass ich ihn nicht sehen konnte.«

Sie lächelt – ein langsames, hart verdientes Lächeln, das typisch Tate ist und dir das Gefühl gibt, du hättest Sternenlicht mit der Hand eingefangen. »Das klingt nach ihm.«

»Du hast dich damals über mich lustig gemacht«, erinnere ich sie und klettere mit ihr in das Durcheinander von Ästen.

»Weil ich das so cool fand und nicht wollte, dass du das merkst.«

»Endlich gibt sie es zu«, sage ich zum Himmel gewandt, und da lacht sie prustend auf.

»Erwischt.« Fast strahlt sie mich an … und Strahlen gehört nicht zu dem, was Tate sonst so tut. Sie schimmert nur – aber vielleicht hat sich da inzwischen etwas geändert? Vielleicht kann sie jetzt doch strahlen, weil das Gewicht ihrer Sorgen weniger geworden ist, ein bisschen zumindest. Ich hoffe es so sehr. Sie verdient es.

Wir machen uns an die Arbeit, fallen in einen Rhythmus. Sie sägt, ich schwinge die Axt. Nach etwa zehn Hieben muss ich jedes Mal Pause machen und die Finger meiner rechten Hand strecken, aber sie kommentiert das nicht, und in den Momenten, in denen ich still dastehe und sie sich weiter bewegt, versuche ich, mit meinem Blick nicht ihrem in die Quere zu kommen.

Aber Tate in Bewegung ist …

Sie ist ganz und gar Kraft und Können, der ausgefranste Saum ihres Shirts tanzt, während sie die halb abgesägten Äste mit einem festen Tritt ihres Stiefels abbricht – einer Bewegung, die mir jedes Mal in den Magen fährt.

Der Schweiß läuft mir über den Rücken, aber nicht, weil es heiß ist hier draußen. Es liegt an ihr. An der Erinnerung.

Es ist das Wissen, wie sich ihre Oberschenkel anfühlen, wenn sie sich an meine drücken, die Erinnerung an die muskulöse Wölbung ihres Bauchs und die Spannweite ihres Brustkorbs, die mich an eine Luna-Motte erinnert und sich meinen Händen und Gedanken tief eingeprägt hat.

»Alles okay bei dir?« Ich sollte ihr wohl dankbar sein, dass sie mich aus meiner Trance reißt, aber mein Körper will nichts anderes als protestieren.

»Ja«, sage ich und wende den Blick von ihr ab. »Ich muss nur meine Hände strecken.«

»Sag Bescheid, wenn du eine Pause brauchst.«

»Ich bin okay«, beharre ich.

»Na gut. Dann sag *ich* eben Bescheid, wenn ich eine Pause brauche«, erwidert sie gelassen.

Ich verdrehe die Augen und arbeite weiter.

»Und was ist *dein* Plan?«, frage ich sie eine Viertelstunde später, als mir die Stille zu viel wird. Ich hätte mein Handy mitbringen und Musik hören sollen.

»Hmmm?«

»Was ich nach der Schule vorhabe, das weißt du ja jetzt genau. Egal ob es gelingt oder nicht.«

»Sammelst du Material, um mich zu erpressen?«

»Bitte. Du bist so durch und durch ehrlich, dass es schon langweilig ist. Ich wette hundert Dollar, dass deine Mom alle deine Pläne kennt.«

Sie ist still. »Auf die Wette lass ich mich nicht ein.«

»Ha! Siehst du? Weil ich recht habe. Also, was hast du vor? Seit du gesagt hast, du willst nur weg aus dieser Stadt, muss sich ja wohl was getan haben. Inzwischen weißt du es bestimmt genauer.«

Sie sägt weiter. Immer hin und her, ohne Druck auszuüben, und ich denke schon, vielleicht genügt ihr ja dieses stetige Schrappen und sie will gar nicht mehr, aber sie ist stark und sicher und weiß genau, was sie tut: Nach einer Weile ist der Ast doch durchgesägt und sie bricht ihn vom Stamm.

»Es hat sich was getan, ja«, gibt sie zu.

»Was denn?«

Sie lehnt sich zurück und ihr Blick wandert den Baumstamm entlang zu mir. Sind ihre Hände genauso klebrig vom Harz wie meine? Ein paar Schritte und ein kurzes Gekletter über den Asthaufen, dann könnte ich die Arme ausstrecken und es feststellen.

»Ein College finden, bei dem ich keine Schulgebühren zahlen muss, weil die wollen, dass ich für sie schwimme. Einen Abschluss machen. Einen Job finden, der gut bezahlt und sicher genug ist, damit Mom sich nie mehr Sorgen um Geld oder Versicherungen machen muss.«

Sie zählt die einzelnen Punkte an den Fingern runter und ich frage mich, ob sie sich wohl an diesen Abend im Heuschober erinnert, als ich ihr von meinem Fünfunddreißig-Schritte-Plan fürs Leben erzählt habe. Jahrelang habe ich mir eingeredet, sie hätte mehr getrunken als ich – warum sonst hätte sie mich ihr Gesicht zwischen die Hände nehmen lassen, ohne sich zu wehren, und wäre so still geblieben dabei? Wahrscheinlich erinnert sie sich gar nicht mehr daran. Nicht an den Moment im Heuschober. Und auch nicht an den auf der Veranda oder beim Damnation Peak.

Aber jetzt … so, wie sie mich anschaut, beinahe herausfordernd, bin ich mir doch nicht so sicher.

»Was für einen Abschluss? Was für eine Art Job?«

»Steuerberatung oder so.«

Das habe ich nicht erwartet. »Wirklich?«

Sie zuckt mit den Achseln und platziert die Säge über einem dicken Ast. »Ich kann gut mit Zahlen umgehen und mit dem Mist, den Leute verzapfen.«

»Da ist was dran.« Ich hacke noch ein Bündel Äste vom Stamm und werfe sie auf den wachsenden Haufen, den ich drei Meter entfernt von der höchsten Stelle des umgefallenen Baums angelegt habe. »Aber ist das wirklich das, was du willst?«, frage ich.

Ich muss diese Frage stellen, denn sie hat nur über ihre Mom geredet und nicht über sich selbst … und wenn sie auf meiner Seite ist, sollte ich ja wohl auch auf ihrer sein, oder?

»Ich denk schon, dass das cool sein könnte« – mehr sagt sie nicht. Ich versuche es mit ihrer Taktik und warte einfach ab. Nach mindestens einer Minute Sägen redet sie endlich weiter. »Ich dachte, ich kann vielleicht nach L. A. gehen und für Leute arbeiten, die das Vermögen von Athleten managen und so. Wenn ich aufs richtige College komme.«

Jetzt wird das Bild klarer für mich. »Du willst also mit richtig großem Geld arbeiten.«

»Viele Pros in allen möglichen Sportarten kommen aus Familien wie unseren«, sagt Tate. »Da heißt es hopp oder topp.«

»Dann wirst du also Rettungsschwimmerin für Finanzen, was?«

Sie senkt den Kopf, um ihr Lächeln zu verbergen, aber das gelingt ihr nicht – ich kann am Winkel von ihrem Hals und der Wölbung ihrer Wange erkennen, ob sie lächelt oder nicht.

»Auf meine Visitenkarten schreib ich das aber nicht.«

»Das verletzt mich zutiefst.«

»Das merke ich.«

»Du wärst gut darin«, erkläre ich. Ich sehe das schon vor mir.

»Meinst du?«

Ihre Ernsthaftigkeit trifft mich mitten ins Herz.

»Ja. Wirklich gut. Weil es so schwer ist, dich aus der Fassung zu bringen.«

Sie schnaubt – fast ist es ein Lachen – und wendet sich wieder dem Ast zu. »Das würde ich nicht sagen«, murmelt sie, aber so leise, dass ich mich frage, ob ich das vielleicht gar nicht hätte hören sollen.

Also tue ich so, als ob ich wirklich nichts mitgekriegt hätte, schnappe mir wieder die Axt und arbeite weiter.

48
Tate

22. Juli

Am Tag des Spenden-Dinners brauchen wir trotz der Rampe drei Leute, um Berry in Remis Pick-up zu hieven. Meghan ist schon unten beim Diner und stellt die Grills und die Tische auf.

»Hier, das ist dein Ende«, sagt Remi und wirft das Seilende über die Ladefläche.

Penny neben mir zögert und rührt es nicht an.

Fuck. Der Unfall.

»Okay«, sage ich und schnappe mir das Seil. »Ich mach das.«

Sie sieht mich an, ihre Erleichterung ist deutlich zu spüren. »Danke«, flüstert sie und wirft einen Blick auf Remi. Er hat nichts gemerkt, oder vielleicht tut er auch nur so, als hätte er das nicht.

»Ich denk mal, das passt so«, sage ich zu Remi, während ich das Seil ein letztes Mal fest anziehe und dann gegen Berrys Knie drücke. Die Statue wackelt nicht mal.

Wir fahren den ganzen Weg bis in die Stadt hinter Remi her. In den Kurven den Berg runter schaukelt Berry ein bisschen zwischen den Seilen.

Meghan ist Multitasking-Genie: Als wir ankommen, sind die Tische schon alle aufgestellt und die Grills angezündet. Es ist noch früh und der Parkplatz beim Diner ist leer, aber wenn es so weit ist, wird er voll sein.

Remi ist schon aus dem Pick-up gesprungen und stürmt davon, um mit Meghan zu reden.

»Oh mein Gott, die haben die gleichen Schürzen«, sagt Penny halb ehrfürchtig, halb entsetzt, als Meghan ihm eine Schürze hinhält und Remi sie sich umbindet. Sie sagt etwas zu ihm und er lacht. »Niemand außer Zwillingen und Kitschpärchen geht im Partnerlook, Tate«, fährt sie fort.

Ich pruste so laut, dass sie kichern muss.

»Komm«, sage ich. »Wir helfen mit.«

Mom ruft an, als ich gerade die Klappstühle aufstelle, also wechsle ich auf Video, damit sie alles sehen kann.

»Ihr habt ja den ganzen Platz belagert!«, ruft sie aus.

»Meghan hat total viele Spenden aufgetrieben«, sage ich und drehe mich mit dem Telefon langsam im Kreis.

Mom strahlt, aber im Hintergrund höre ich Stimmen, dann wird eine Tür zugeknallt. Sie schaut kurz über die Schulter und ihr Lächeln verblasst.

»Alles okay?«, frage ich betont munter. Streiten sich Marion und Lottie wieder mal?

»Ja«, sagt Mom. »Ich lass dich jetzt weitermachen.«

»Okay, aber –«

»Kuss!« Sie wirft mir eine Kusshand zu und ist weg.

Ich stecke das Telefon ein und schaue von dem Stapel Servietten auf, den ich gerade auf einen Beistelltisch neben Senf, Ketchup und Salz legen wollte. Remi und Meghan grillen, was das Zeug hält, aber Penny ist ganz hinten auf der Wiese und beugt sich alle paar Sekunden nach unten.

Ich schiebe die Servietten unter eine Ketchupflasche und gehe zu ihr rüber.

»Was machst du?«, frage ich.

»Ich liebe die!« Sie bückt sich wieder und pflückt mit wippendem Pferdeschwanz rosa leuchtende Wicken. »Die können wir als Tischschmuck nehmen.« Sie hat schon ein ganzes Sträußchen in der Tasche von ihrem Kleid verstaut.

»Soll ich etwa auch rosa Blümchen pflücken? Wir haben hier noch jede Menge zu tun.«

»Bisschen unleidlich, was?« Sie zieht die Nase kraus und ich sage mir, dass das *nicht* hinreißend ist. (Ist es aber.) »Macht nichts, das krieg ich weg.«

Unerwartet streckt sie die Hand aus und ich halte still – dass sie so nah ist und mich gleich berühren wird, lässt mich erstarren. Ihre Mundwinkel heben sich, während sie Wickenblüten in die Haargummis an meinen Zöpfen steckt. »Dir fehlt nur was Süßes.«

»Oh mein Gott«, sage ich, nein, lache ich. »Du bist so verdammt kitschig.«

Sie schenkt mir ein strahlendes Lächeln und ich grinse sie vollkommen idiotisch an. (Ich bin vollkommen idiotisch, wenn es um sie geht.)

»Das gefällt dir, gibs zu«, sagt sie, dann verschwindet auf einmal ihr Lächeln und sie schaut weg. Ich kann nicht anders, als mich zu fragen, woran das wohl liegen mag. Weiß sie Bescheid? Geht es ihr genauso? So schnell, wie sie zurückweicht, muss das jedenfalls etwas zu bedeuten haben.

»Komm und hilf mir mit den Tellern«, sage ich und sie folgt mir. So, wie sich ihre Schultern entspannen, scheint sie froh um diesen Ausweg.

Als dann die ersten Leute kommen, hat Meghan schon alles perfekt organisiert. Remi und sie grillen, Penny macht Sandwiches und ich nehme das Geld entgegen und verkaufe Lose und Getränke. Als es zwölf Uhr wird, sind wir wie eine gut geölte Maschine. Und das ist gut so, denn die Schlange von Leuten reißt nicht ab. Von den Grills gehen sie weiter auf die Wiese und essen dort unter den großmütigen Blicken von Berry, mit dem andauernd irgendwer Selfies macht.

Ich glaube, alle, die ich jemals getroffen habe, sind gekommen. Die ganzen Leute und die viele Anteilnahme machen mich ein bisschen nervös. Mrs Kellogg, meiner Lehrerin aus der zweiten Klasse, kommen die Tränen, als sie erzählt, wie sich meine Mom für den Elternbeirat gemeldet hat, und da fangen gleich auch drei Frauen in der Schlange hinter ihr an zu weinen. Alle wollen reden und stellen Fragen, was ich mir vorher nicht klargemacht habe, und weil ich fürs Antworten zu lange brauche, kommt irgendwann Penny und springt für mich ein.

Als Remis Eltern für eine Weile alles übernehmen, damit wir essen können, setzt Remi sich neben mich.

»Bist du okay?«, fragt er im Flüsterton.

»Das ist alles großartig«, sage ich, und weil er mein bester Freund ist, lässt er mir durchgehen, dass ich für eine ehrliche Antwort zu überwältigt bin.

Als wir aufgegessen haben, gehen wir zurück. Meghan war schneller als wir, sie steht schon wieder am Grill. Penny ist nirgends zu sehen.

»Ich muss noch mehr Lose aus meinem Auto holen«, sagt Remi. »Kannst du Meghan helfen?«

»Mhm, weiß nicht. Leihst du mir deine Schürze aus? Sonst passen wir ja gar nicht zusammen, sie und ich.«

Er feuert einen vernichtenden Blick auf mich ab. »Ich werd mich hüten, ein Geschenk von einem Mädchen abzulehnen.

Schon gar nicht, wenn es mir gefällt. Außerdem hat die Schürze jede Menge praktische Taschen.«

»Also magst du sie wirklich.«

»Ich hab nie das Gegenteil behauptet.«

»Aber du hast dich so geärgert, als ich ihr vor einer Weile deine Nummer gegeben habe.«

»Das war falsch«, sagt er schlicht.

»Wow.«

Er grinst und schaut kurz über meine Schulter, richtet den Blick auf Meghan. »Genau«, stimmt er mir zu. »Wow.«

Und dann dreht er sich um und läuft zu seinem Pick-up, als ob alles einfach wäre.

(Ist es das?)

»Hey, Tate!« Meghan grinst mich an, als ich zum Grill komme, um ihr zu helfen.

»Ich spring kurz für Remi ein«, erkläre ich ihr. »Aber du musst mir sagen, was ich tun soll.«

»Oh, super, nimm die Sprühflasche hier und spritz die Reihe Fleisch ganz hinten ein.« Sie drückt mir das Ding in die Hände. »Das läuft alles besser, als ich erwartet habe«, sagt sie, während sie ein ganzes Stück Fleisch in Folie wickelt. »Es sind so viele Leute da!«

»Wir haben schon eine große Rolle mit Losen verbraucht.«

»Echt? Das ist Wahnsinn!« Mit Greifzangen in beiden Händen wendet sie die Steaks in einem atemberaubenden Tempo. »Ich hätte nie gedacht, dass es mir so gut gefällt, in der Gegend rumzustehen und Fleisch zu braten«, sagt sie grinsend. »Kochen auf einem echten Feuer macht viel mehr Spaß als in der Küche auf einem Herd.«

»Ein neues Hobby, was?«

»Hab ich Remi zu verdanken.«

»Ihr zwei versteht euch.«

Sie zieht eine Augenbraue hoch. »Kommt jetzt die Stelle, an der du sagst, dass du mich umbringst, wenn ich ihm wehtue?«

Da muss ich fast lachen. »Nein«, sage ich. »Das ist die Stelle, an der ich sage, dass er in letzter Zeit glücklicher wirkt, und das liegt ziemlich sicher an dir.«

Ihr ironisches Lächeln verschwindet und macht einem Ausdruck Platz, der irgendwie verletzlich wirkt. »Findest du das wirklich?«

»Ja.«

Das Lächeln, das jetzt in ihr Gesicht tritt, ist kein bisschen ironisch. Es liegt etwas Weiches darin, und ich frage mich, ob es dieses Lächeln vielleicht nur im Zusammenhang mit ihm gibt. (Ich kenne das: Es gibt Arten des Lächelns, die nur für eine Person sind.)

»Danke, Tate.«

Ich suche immer wieder die Menge ab, entdecke sie aber nicht. »Hast du Penny gesehen?«

»Sie ist reingegangen, wollte kurz mal Pause machen.«

Ich nicke und besprühe das Fleisch, so wie sie es mir gesagt hat. Aber Meghan dreht sich nicht wieder zum Grill.

»Kann ich dich was fragen?«, sagt sie.

»Klar«, antworte ich in dem Glauben, es ginge um meine Mom oder so.

»Wirst du irgendwann endlich den ersten Schritt machen?«

Ich lasse die Flasche fallen. »Was?!?«

»Nicht bei mir.« Meghan lacht über meinen schockierten Gesichtsausdruck. »Komm schon, Tate. Du weißt, was ich meine.«

»Nein, ich –«

»Sie lässt zu, dass du ihre Hände berührst«, sagt Meghan.

Ich starre sie nur an und frage mich, wovon zur Hölle sie redet. »Was?«

»Penny. Sie mag es nicht, wenn irgendwer ihre Hände anfasst. Sie zieht sie weg. Ist dir das nie aufgefallen?«

»Ich –« Ich weiß nicht, was ich sagen soll. Das ist es wohl nicht.

(Denn Penny lässt mich ihre Hände berühren. Niemand anderen. Mich.)

»Du und ich, wir sind Freundinnen, stimmts, Tate?«, fragt Meghan. »Ich weiß schon, besonders eng sind wir nicht, aber –«

»Natürlich sind wir Freundinnen.«

»Okay. Dann sage ich dir was. Als *deine* Freundin. Wenn ein Mädchen, das seine inneren Wunden vor allen versteckt, dich seine äußeren Narben berühren lässt, hat das wirklich was zu sagen.«

Ich kämpfe an gegen die Worte, die in mir hochsteigen, denn ich habe zu viel Angst nachzufragen, auch wenn ich es mir dringend wünsche.

»Ich kenne euch beide jetzt seit ungefähr sieben Jahren«, sagt Meghan. »Und zwischen den vielen kleinen Spitzen und Streitereien und der ständigen Behauptung von euch beiden, ihr würdet euch ja nur euren Moms zuliebe gegenseitig aushalten, ist mir eines aufgefallen.«

»Was?«

»Wenn es drauf ankommt, bis du für Penny da und Penny für dich. Und das ist nicht bloß irgendein Muster. Sondern eine Tatsache, an der es nichts zu rütteln gibt.«

Und da ist sie. (Die Wahrheit, vor der wir anscheinend nicht weglaufen können.)

Ich stehe für dich ein. Du stehst für mich ein.

»Weißt du, wie ich das nennen würde?«, fragt Meghan.

»Wie denn?«

»Liebe.« Sie zuckt mit den Achseln, dann streckt sie die Hand aus und drückt meine Schulter, bevor sie sich wieder dem Grill zuwendet.

Als wir abends anfangen, alles einzupacken, gehe ich allein zum Auto. Ich ziehe die Wicken heraus, die Penny mir ins Haar gesteckt hat. Einen Moment lang stehe ich mit den Blüten in der Hand da, die sich tiefrosa von meiner Haut abheben. Sie einfach wegzuwerfen ist unvorstellbar für mich, auch wenn alle Blumen verblühen, sogar die, die niemand gepflückt hat.

Ich schaue im Auto herum und überlege. Das einzige Buch in meiner Tasche ist das Mathebuch aus dem letzten Schuljahr, also lege ich die Blüten zwischen die Seiten und drücke sie zusammen. Während ich zurückeile, um den anderen beim Wegräumen der Tische zu helfen, rede ich mir ein, ich hätte es getan, weil die Blumen bestimmt hübsch aussehen werden, wenn sie gepresst sind.

(Das stimmt nicht.)

Aber um die Erinnerung geht es auch nicht.

Denn ich werde mich noch lange, nachdem die gepressten Blütenblätter zerfallen sind, immer weiter erinnern.

Manche Dinge werden mit dem Alter eben brüchig, aber nicht dieses Gefühl.

(Liebe.)

49

DAS MAL AUF DEM PARKPLATZ VOR DEM DINER

Tate

22. Juli

»Halt ihn gerade! Bist du sicher, dass nicht ich rückwärtsgehen soll?«, fragt Penny.

»Alles okay«, beharre ich. »Jetzt nur noch zwei, oder? Dann haben wir alles geschafft.«

»Na ja, nächste Woche müssen wir Berry noch zu seiner neuen Besitzerin bringen.«

Ich packe den Tisch fester und schaue über die Schulter zurück über den Parkplatz vom Blackberry. Die Tische, die wir uns von dort ausgeliehen haben, sind keine billigen Plastikdinger, sondern solide und viel schwerer als gedacht.

Wir lehnen ihn an die hintere Wand des Diners neben die anderen Tische. Ich krame in meiner Hosentasche nach dem Schlüssel, als hinter mir eine Autotür zuklappt und Penny scharf die Luft einzieht.

Ich schaue auf und kann nichts anderes denken als *Fuck*, und das sage ich dann auch laut, denn –

»Fuck.«

Laurel kommt mit langen, kampfbereiten Schritten über den

Parkplatz, ihre blonden Locken wippen. Penny neben mir erstarrt, dann weicht sie zurück, bis sie gegen die Wand stößt.

»Das ist der Hintereingang, Laurel«, sage ich.

»Das ist mir klar«, antwortet sie, als wäre ich eine Idiotin. »Darf ein Mädchen nicht mal Hallo sagen?« Sie lässt ihren Autoschlüssel am Finger baumeln, immer hin und her. »Ich hab von eurem Spenden-Dinner gehört. Ich wollte eigentlich auch kommen, aber ich hatte die Zeit nicht im Blick.«

Penny und Laurel starren einander an und ich bin zwischen den beiden. (*Fuck* – schon wieder bin ich zwischen ihnen.)

Soll ich zusehen, dass ich wegkomme? (Das mache ich dauernd, mich selbst aus dem Weg räumen, oder?)

»Ich hab dir geschrieben«, sagt Laurel. »Immer wieder, seit ich gehört habe, dass deine Mom im Krankenhaus ist.«

»Ich weiß.« Penny reckt das Kinn vor, als sie das sagt. Ich will sauer auf sie sein, aber ich habe ihr ja nicht wirklich von der Konfrontation mit Laurel in der Umkleide erzählt, also wäre das ziemlich daneben.

»Dann hast du mich nicht blockiert.« Laurel spielt auf eine Art mit ihren Locken, die etwas Triumphierendes hat. »Wär gut gewesen, wenn du mir geantwortet hättest. Meine Mutter wollte Blumen schicken. Am Ende hab ich Lottie selbst anrufen müssen, um rauszukriegen, an welche Adresse sie sollen.«

»Wann hast du meine –« Penny beißt sich auf die Zunge.

»Ich hab mir Sorgen gemacht«, redet Laurel weiter. »Ich mag deine Mom wirklich.«

»Aber *sie* mag *dich* wirklich *nicht*«, murmele ich und Laurel fixiert mich mit zusammengekniffenen Augen. »Was denn? Hast du dir eingebildet, Lottie fände dich gut?«

»Also stimmt es«, sagt Laurel und der Blick ihrer braunen Augen wandert zwischen uns hin und her. »Lottie hat es mir erzählt, aber ich dachte, vielleicht ist sie nur vom Morphium benebelt.«

»Was soll das –«, fängt Penny an, doch dann werden ihre Augen auf einmal riesengroß und sie wird knallrot. »Oh.«

Laurel verdreht die Augen und wirft ihre Haare so geschmeidig und selbstverständlich über die Schulter, dass ich das gegen meinen Willen fast bewundere. »Ja, sie hat mir alles über euch beide erzählt.«

Ich runzele die Stirn. Was redet sie da?

»Wie hat sie das noch mal ausgedrückt?« Ihr Autoschlüssel schwingt weiter hin und her, während sie sich an die Hüfte tippt. »›Die zwei haben endlich die Kurve gekriegt und sind jetzt zusammen‹, so war es wohl. Wahrscheinlich habt ihr darüber alle sehr gelacht.« Wieder rollt sie mit den Augen. »Aber weißt du, wer eigentlich am lautesten hätte lachen müssen? *Ich*, weil ich von Anfang an recht hatte.« Sie starrt Penny an, nicht mal böse, sondern eher forschend. »Sagst du mal was dazu, Pen?«

Einen Augenblick lang ist da nur ohrenbetäubende Stille, während ich zu verstehen versuche, aber das … gelingt mir einfach nicht. Ich stecke fest zwischen Penny und Laurel, das ist eine vertraute Situation (ich *hasse* es, wie vertraut sie mir ist) – aber beim letzten Mal wusste ich, was zu tun war.

Jetzt weiß ich überhaupt gar nichts.

»Ja«, sagt Penny. »Zum Vordereingang gehts da lang.«

Laurel bewegt sich nicht.

»Ich wusste, dass das passieren wird. Ich habe es vorhergesagt«, erklärt sie Penny. »Du bist eine Lügnerin, wenn du das abstreitest. Ich hab dir gesagt, sie –«

»– aber zu der Zeit hast du falschgelegen«, sagt Penny bestimmt.

Wann? Was redet sie da überhaupt?

Schon Laurels hochgezogene Augenbraue gibt mir den Rest, aber dann sagt sie auch noch höhnisch: »Das glaub ich dir nicht mal eine Sekunde lang.«

»Oh, fick dich«, sage ich, denn das fasst alles zusammen. Ich habe Laurels Tricks und Ausreden so unendlich satt. Das ist von Anfang an ihr großes Ding gewesen.

»Immer die Beschützerin«, sagt Laurel und dann wirkt es fast, als würde sie sich der Tatsache beugen, dass Penny sie weggeschickt hat, denn sie dreht sich um und stolziert zum Diner. Dabei schüttelt sie so energisch den Kopf, als könnte sie uns auf die Art loswerden.

»Oh mein Gott.« Wie ein Reh, das aufgeschreckt quer über die Straße jagt, läuft Penny zum Auto. Ich folge ihr, taub am ganzen Körper, nur das Herz in meiner Brust pocht grauenhaft laut.

»Ich glaub, ich muss brechen«, sagt Penny, beugt sich neben ihrem Auto vor und keucht. »Das ganze letzte Halbjahr habe ich's geschafft, ihr aus dem Weg zu gehen.«

»Penny.«

»Wirklich, falls ich kotze, musst du wegschauen«, warnt sie mich an die Fahrertür ihres Kombis gelehnt und versucht, tief durchzuatmen.

»Penny!«

Sie zuckt zusammen und sieht mich an.

»Wovon redet Laurel da?«, frage ich langsam.

Penny guckt, als hätte sie einen Becher rostiger Nägel geschluckt. »Ich – ich wollte es dir noch erzählen.«

»Mir *was* erzählen?«

»Unsere Moms denken wohl irgendwie, wir hätten was miteinander.«

»Was?« Die Bestätigung aus ihrem Mund haut mich dermaßen um, dass mir die Knie weich werden. Ich möchte mich am Auto anlehnen, aber das wäre Schwäche, und ich bin so wütend, dass ich mich ihr gegenüber in diesem Augenblick nicht verletzlich zeigen will. (Vielleicht nie, Tate, diese verdammte Lektion hättest du schon beim ersten Mal gelernt haben müssen.)

»Weißt du noch, die Nacht, als du mir zum See nachgefahren bist? Und uns deine Mom beim Zurückkommen erwischt hat, in Decken eingehüllt?«

Ich bin still, in meinem Hirn strudeln die Gedanken. Das war vor über einem Monat. Vor der Transplantation. Ich hätte es doch erfahren, wenn Mom gedacht hätte, dass –

Oh mein Gott. Ist das der Grund, warum Mom so seltsam war? Ich dachte, das wäre wegen der Transplantation, aber wenn sie geglaubt hat, dass Penny und ich –

(Mein Kopf explodiert gleich. Mir … mir spritzt das Gehirn weg.)

»Deine Mom hatte eine Vermutung«, fährt Penny fort und zieht dabei nervös an ihrem Pferdeschwanz. »Sie hat mich gefragt …« Sie läuft dunkelrot an.

»Was?«

»Ich meine, sie hat nur … sie hat was gesagt, wodurch ich gemerkt habe, dass sie glaubt, wir wären zusammen.«

»Was hat sie gesagt?«

»Tate …«

»Sie ist meine Mom!«, platzt es aus mir heraus. »*Meine* Mom, *meine* Sache. Genau so steht das in dem verdammten Friedenspakt.« Ich schlage so fest auf die Motorhaube des Autos, dass mir die Hand wehtut.

»Sie hat mich gefragt, ob wir für unsere Sicherheit sorgen, okay?«, blafft Penny. »Sie hat gedacht, wir hätten uns rausgeschlichen, um Sex zu haben, was ich absolut nicht begreife, denn zu Hause haben wir zwei wunderbare Betten, die nur ein paar Schritte über den Flur voneinander entfernt sind. Und dann hat sie angefangen, über Safer Sex zu reden, also habe ich einfach gesagt, ja, wir *sind* sicher, bevor sie am Ende noch ein Kondom aus der Tasche zieht und mir zeigt, wie sich daraus ein Lecktuch basteln lässt. So verdammt peinlich war das nämlich. Und ich war in Panik und hab mich nicht getraut, das zu korrigieren, denn wenn sie erfahren hätte, dass ich wieder Kajak fahre, hätte sie das meiner Mom erzählt. Und wenn du schon mit dem Friedenspakt kommst – die Moms sollten doch keinen Stress haben, oder? Und sie hat total zufrieden gewirkt. Ich wollte es ihr nach der Transplantation sagen, aber da hatte sie es schon meiner Mom erzählt, und die zwei waren so richtig schön RomCom-mäßig angetan, und ich, ich hab … ich dachte einfach, mir fällt schon noch ein, wie ich alles erklären kann.«

»Wem? Mir oder ihnen?«

»Beides.« Penny antwortet ohne das geringste Zögern, was mir zeigt, dass es wohl der Wahrheit entspricht.

(Das ist egal. Sie hat mir die ganze Zeit etwas vorgespielt. Diese verdammte Idiotin.)

»Ich habe in meinem Bullet Journal extra einen Plan dafür gemacht«, sagt sie. *Natürlich* hat sie das.

»Damit es den Moms gut geht, hast du mich komplett verarscht.« Ich spreche es laut aus, weil ich das brauche, ich muss es laut hören. Und ich brauche auch, dass sie es hört. Damit sie begreift, was sie getan hat.

Sie reißt entsetzt die Augen auf. »Was? Nein. Gott. Nein. Das ergibt doch keinen Sinn. Die sind ja nicht mal hier!«

»Ich glaube dir nicht. Warum sollte ich?«

Jetzt liegt kein Entsetzen mehr in ihrem Blick, nur noch

blanke Wut. Ihre Augen schießen Blitze. Und da ist sie, die Penny, die statt Furcht nur Furchtlosigkeit kennt, etwas bricht sich Bahn, beißend und unerträglich:

»Ich weiß nicht, Tate, vielleicht weil *das hier*« – sie stößt die Finger in meine Richtung, zeigt auf den Raum zwischen uns (in dieses Funkeln und Brodeln, das wir sind, sie und ich, das wir immer gewesen sind) – »nichts Neues ist. Vielleicht solltest du mir glauben, weil wir unser halbes Leben damit zugebracht haben, das zu ignorieren, was zwischen uns ist. Ich muss das nicht erfinden, um dich zu verarschen oder irgendwem sonst etwas vorzumachen. Es ist da. Immer schon. Das zwischen uns.«

Ich lache. Ein verächtliches, blubberndes Geräusch, von dem ich mir nie hätte vorstellen können, dass ich es einmal gegen sie richten würde. (Bis jetzt.) »Du kannst es ja nicht mal aussprechen.«

Vielleicht tue ich das, um sie zu reizen. Um herauszufinden, wie sie reagieren wird.

»Wie soll ich es denn nennen? Meghan würde *Energie* dazu sagen.« Oh Gott, jetzt macht sie wieder diese Luftanführungszeichen, und das sollte ich wirklich nicht süß finden, aber trotzdem ist es so, unter der ganzen Wut.

(Sie hat meine Mom glauben lassen, wir wären ein Paar … what the fuck?)

Penny macht einen Schritt vor und ich wehre mich gegen den Impuls, vor ihr zurückzuweichen, nur um festzustellen, dass ich mit dem Rücken sowieso schon dicht an ihrem Kombi stehe.

»Ist *Spannung* ein besserer Ausdruck?«, fragt sie.

Noch einen Schritt auf mich zu.

Ich muss wirklich, wirklich von hier weg, unbedingt. Sie hat wieder diesen Blick. Den Blick vom Heuschober. Vom Damnation Peak. Nur Herausforderung, keine Angst.

»Oder *gemeinsame Geschichte*?«

»Ich habe nie darum gebeten, Teil deiner Geschichte zu sein«, krächze ich.

Jetzt steht sie direkt vor mir.

»Ich weiß«, sagt sie leise.

Sie legt eine Hand auf den Kombi, direkt über meiner Schulter, und dann hebt sie auch die zweite Hand, bis ihre Arme mich links und rechts einfangen. Als ich mich in dem Raum, der zwischen uns ist, langsam und gleichmäßig aufrichte, bilden wir ein schräges *H*, ihre Arme sind die Verbindung, durch die aus unseren Körpern dieser Buchstabe wird – ich habe noch keine Form der Welt so geliebt wie die in diesem Moment, ihr Gesicht und ihr Atem so nah.

»Wie würdest du es nennen, Tate?«, fragt sie.

Remi hat recht gehabt mit dem, was er am Anfang des Sommers gesagt hat. Und ich bin davor weggelaufen. Habe es verleugnet. Aber jetzt bin ich da, mitten im Gestrüpp ihrer Dornen.

Sie ist da, reißt mir den Brustkorb auf und zerquetscht mein Herz.

»Bitte«, flüstert sie, so nah bei mir, dass ich ihren Atem auf den Lippen spüre. Ihre Hände bewegen sich von der Höhe meiner Schulter zu meiner Taille, zwei ihrer Finger schlingen sich in meine Gürtelschlaufen, und wenn sie mich jetzt nach vorne zieht, sterbe ich. Aber das tut sie nicht. Sie sieht mich nur an, mit großen, ernsten Augen und viel näher, als sie sein sollte, und ich schwanke nach vorne, für einen Moment ganz von ihr gefangen.

»Wie würdest du es nennen?«

Liebe.

»Ärger. Nichts als Ärger.« Die Worte lösen sich aus meinem Mund, ohne dass ich es will, kommen direkt aus meinem zerquetschten Herzen. Noch eine Wahrheit, vor der ich nicht weglaufen kann.

Und dann reiße ich mich los. Weiche Haut an rauem Denim, ihre Finger, die aus meinen Gürtelschlaufen gleiten … *Kehr um, kehr um.*

Aber das tue ich nicht.

Ich laufe weg.

SECHSTER TEIL

Bruch

(oder das Mal in Yreka)

50

22. Juli

Tate — P

Kommst du zurück? — P

Penny schreibt …
Penny schreibt …

Bitte. — P

Es tut mir leid. — P

* * *

Weißt du vielleicht, was für ein verdammter Mist da passiert ist? — R

M — ???

Tate ist hier. Sie liegt auf meinem Bett und heult sich die Augen aus. — R

M — Oh Gott. Ist was mit den Moms?

Nein, es war irgendwas mit Penny. P

M Oh, Shit.

M Meinst du, es ist schlimm?

Sie weint!! P

Tate weint nie. P

M Fuck. Ich schreib gleich Penny, vielleicht krieg ich was raus.

* * *

M Bist du okay?

Weißt du, wo sie ist? P

Bei Remi? P

M Penny, was ist passiert, verdammt noch mal?

M Den Tag über war doch alles super mit euch?

M Soll ich dich irgendwo abholen? Wo bist du überhaupt?

Penny schreibt …
Penny schreibt …

Ich hab Scheiße gebaut. P

Oh Meghan. P

Ich hab alles kaputtgemacht. P

51

22. Juli

Tate,

P

Es tut mir leid. Ich hätte die Vermutung deiner Mom nie stehen lassen dürfen. Ich hätte das richtigstellen müssen, noch im selben Moment. Auch wenn es geheißen hätte, ihr die Wahrheit zu sagen, nämlich dass ich wieder Kajak fahre.

P

Ich wollte dich nicht als Schutzschild für meine Geheimnisse benutzen, aber ich habe es getan. Das war falsch und es tut mir leid.

P

Ich tu alles, was du willst. Ich mache einen Gruppenchat und schreibe den Moms, gleich auf der Stelle. Ich rufe sie an und gebe zu, dass ich gelogen habe. Ich erzähle meiner Mom alles – von Meghan und von meinen Plänen nach der Schule. Was auch immer du willst, ich tue es. Die Folgen kümmern mich nicht.

P

Mich kümmert nur eins: dass ich dich verletzt habe. P

Ich will dich nicht verletzen. P

Niemals. P

Das ist das Gegenteil von dem, was ich will. P

Ich dachte … P

In den letzten Wochen, da dachte ich … P

Ich dachte, vielleicht habe ich dich ein bisschen froh gemacht. P

Ich will dich froh machen. P

Egal wie. Sogar wenn du meinen aufgespießten Kopf willst. P

Hoffentlich nur metaphorisch. P

Aber wenn du es wörtlich nehmen willst … P

Ich weiß, dass es noch mehr gibt, wofür ich mich entschuldigen muss. P

In Yreka hast du gesagt, ich würde weglaufen. Du hast recht gehabt … und trotzdem bin ich einfach weiter weggelaufen. P

Das hätte ich nicht tun sollen. P

Bitte rede mit mir. P

Tate schreibt …

Mein Herz macht einen Satz, als ich sehe, dass etwas von ihr kommt. Aber als mein Telefon dann brummt und das Bild klar wird, macht es alle meine Hoffnung auf einen Schlag zunichte.

Sie hat ein Foto unseres Friedenspakts geschickt und den letzten Punkt unterstrichen:

T – Kein Ton über Yreka.

52

DAS MAL IN YREKA

Tate

Vor fünf Monaten

Ich bin mit dem ganzen Team für einen Schwimmwettkampf in Yreka und der Tag ist perfekt gelaufen. Jedes einzelne Mal, wenn ich angetreten bin, habe ich gewonnen. Ich bin in Hochstimmung, gebe Mom meine Zeiten durch und bekomme eine Trilliarde Emojis als Antwort. Dann schickt sie ein Video von sich und Lottie, wie sie in der Küche vom Brauhaus zu »We Are the Champions« tanzen, während Drew und Louise das Ganze mit Löffeln und Töpfen begleiten.

Das Motel, in dem wir übernachten, ist billig, geschmacklos und aus der Zeit gefallen, mit Wagenrädern als bevorzugtem Deko-Element und Siebzigerjahre-Holzverkleidung an den Wänden. Wir sind immer zu zweit in einem kleinen Zimmer untergebracht, und Theresa macht Witzchen, dass sie mich aus dem Queen-Size-Bett wirft, falls ich ihr die Decke wegziehe.

»Kein Problem, solange du nicht das Bad blockierst.«

»Mach dir keine Sorgen, ich bin nur zum Schlafen da.«

Skylar hat eine Flasche Wodka dabei, das habe ich mitgekriegt, weil sie beim Wettkampf darüber geredet haben. Dass sie das vor mir verstecken, kümmert mich nicht groß, ich freue mich auf eine Runde Stretching und frühes Schlafengehen.

»Ich geh mal rüber zu Skylar«, erklärt Theresa, nachdem wir ausgepackt haben. Ohne auch nur in den Spiegel zu schauen, frischt sie den fuchsiafarbenen Lipgloss auf, den sie immer trägt. Das ist verdammt eindrucksvoll. Ich würde wie ein Clown aussehen nach so einer Aktion. Sie drückt leicht die Lippen zusammen und steckt den Gloss ein. »Willst du mit?«

Ich lasse mich aufs Bett fallen. »Ich bin ziemlich erledigt. Ich bleib einfach hier.«

Sie nickt, als hätte sie nichts anderes erwartet. »Okay. Ich hab ja meinen Schlüssel, du darfst nur die Tür nicht verriegeln.«

Ich nicke. »Du warst gut heute bei der Staffel.«

Sie lächelt. »Danke. Du auch.«

Theresa verschwindet, und nachdem ich alles Chlor weggeduscht habe, schalte ich den Fernseher an, hole meine Faszienrolle heraus und widme mich meinen verspannten Schultern. In der Lagenstaffel schwimme ich immer Schmetterling – das ist nicht meine beste Disziplin, trotzdem bin ich schneller als die anderen. Es geht eben darum, einen starken Anfang und einen starken Schluss zu haben.

Als es neun wird und ich eine weitere Episode von *Mord ist ihr Hobby* auf dem Motel-Fernseher angeschaut habe, auf dem es nur acht Sender gibt, schicke ich eine Nachricht an Theresa: Hey, du weißt Bescheid, oder? Um zehn müssen alle in den Zimmern sein.

Ich schreibe meiner Mom Gute Nacht, bekomme aber keine Antwort. Wahrscheinlich ist sie gerade dabei, die Küche aufzuräumen, damit sie Schluss machen kann. Ich sehe mir noch mal das Video von Lottie und ihr an, weil es auf wirklich süße Art so unglaublich albern ist – es macht ein warmes Gefühl, auch wenn ich immer wieder lachen muss, dass die beiden so was Bescheuertes tun.

Inzwischen ist es fast zehn und Theresa ist immer noch nicht aufgetaucht, auf meine Nachricht hat sie auch nicht reagiert. Aber ich bin nicht ihre Babysitterin, von mir aus kann sie Mrs Rawlins' Anweisung ignorieren und morgen verkatert schwimmen, wenn ihr das gefällt. Aber dass ich die Tür nicht verriegeln kann, als ich mich zum Schlafengehen bereit mache, das ärgert mich.

Umso mehr, als ich sie plötzlich wild gegen die Tür klopfen höre. Hat sie ihren Schlüssel verloren?

Ich reiße die Tür auf und rufe: »Verdammt, was soll das, Theresa?«

Aber es ist nicht Theresa.

Penny steht vor der Tür, ins gelbe Licht des nächtlichen Motels getaucht.

Eine Sekunde lang starre ich sie nur an, sie ist so ganz am falschen Platz und so unerwartet.

Aber das alles wird unwichtig, als ich merke, dass sie weint – so ein richtiges Schluchzen, von dem ihr Mascara verlaufen und der Lippenstift abgekaut ist. Bevor ich nachdenken kann, was ich da tue, habe ich schon den Arm nach ihr ausgestreckt, ihr Handgelenk genommen und sie sanft ins Zimmer gezogen.

»Penny, was tust du hier?«, frage ich sie, nachdem ich die Tür geschlossen habe.

Sie wirft sich aufs Bett – das ist keine Redensart, sie tut es tatsächlich, das habe ich noch nie bei irgendwem gesehen. »Sie hat gesagt, sie liebt mich«, stößt sie zwischen Schluchzern hervor, und ich spüre, wie sich kleine Eissplitter ihren Weg unter meine Haut bahnen, denn Penny verhält sich kein bisschen wie ein Mädchen, das gerade eine Liebeserklärung bekommen hat.

»Wieso macht sie das bloß? Sie hat mich aus dem Zimmer geschmissen! Als ob *ich* das Problem wäre. Dabei waren *sie* es doch, die nackt waren! Läuft das schon die ganze Zeit?« Ihr Blick hakt sich in meinen, kurz herrscht ihrerseits entsetzte Stille und meinerseits Verwirrung und dann sagt sie: »Hast *du* das gewusst?«

»Was gewusst?«, frage ich perplex.

»Lügst du mich an?« Ihre Stimme wird laut. »Bin ich der Witz fürs ganze Team? Oh Gott, habt ihr euch etwa alle die ganze Zeit totgelacht über mich?«

»Penny.« Ich setze mich neben sie aufs Bett. »Atme, okay?«

Keuchend stößt sie Luft aus, mehr ein Schluchzen als ein Ausatmen.

»Gut. Und jetzt erzähl mir, was los ist. Warum bist du hier? Warum weinst du?«

Noch mehr Tränen. Ich beuge mich zum Tisch und schnappe die Box mit den Papiertüchern.

»Ich wollte Laurel überraschen. Den Schlüssel hatte ich von dem Mädchen, das mit ihr das Zimmer teilt. Ich habe mir alles genau überlegt und …« Sie löst sich wieder in Tränen auf, und bevor ich weiterfragen kann, hämmert es an die Tür.

»Oh Gott.« Sie richtet sich auf, als sie das hört. »Ist sie das?« Hektisch sieht sie sich um, als würde sie auf einen Schrank hoffen, der plötzlich aufspringt und durch den sie wie durch ein Fantasy-Portal flüchten kann. »Bitte lass sie nicht rein, Tate. Ich weiß, dir ist das alles ja sowieso egal, aber –«

Ihre Annahme verpasst mir einen Stich mitten ins Herz. »Mach dir keine Sorgen«, sage ich. »Bleib … einfach hier.« Ich gehe zur Tür und spähe durch das Loch. Ich ziehe das Handtuch von den Haaren und schlinge die feuchten Strähnen zu einem Knoten zusammen.

»Gehst du weg?«

(Das Zittern in ihrer Stimme macht mich fertig.)

»Ich bin gleich wieder da, Pen. Okay?«

Es dauert ein paar Sekunden, bis sie nickt.

»Im Bad sind noch mehr Papiertücher.« Mehr fällt mir nicht ein, bevor ich die Tür gerade so weit öffne, dass ich durchschlüpfen kann, und sie dann gleich hinter mir zufallen lasse, wodurch sie automatisch abgeschlossen ist.

Laurel steht direkt vor der Tür, ihre Locken wie ein Lichtkranz um ihr Gesicht und ihre Augen zusammengekniffen. Sie hat kaum Zeit zurückzuweichen, ich stehe dicht vor ihr, aus reiner Notwendigkeit, denn sonst hätte ich die Tür nicht schließen können.

»Ist sie da drin?«, will Laurel wissen.

»Komm mit.« Ich warte nicht mal, um zu sehen, ob sie hinterherkommt, sondern gehe einfach – die Treppe runter Richtung Parkplatz.

»Herrgott, Tate«, sagt sie angewidert, aber es funktioniert, sie folgt mir.

Meine Sneaker treffen auf Asphalt und ich gehe weiter, steuere eine leere Ecke gegenüber dem Raucherbereich an, der von im Boden eingelassenen Wagenradhälften begrenzt wird.

Ich drehe mich um, verschränke die Arme und warte. Schuldgefühle schaffen jeden irgendwann, wenn er oder sie nur einen Funken Anstand hat.

Sie tritt von einem Fuß auf den anderen und zieht die Schultern ein.

Laurel ist verdammt hübsch. Sie und Penny zusammen, das bedeutet geballte Niedlichkeit: Küsse, Crop-Tops und beide so süß, dass es kaum auszuhalten ist. Aber da ist irgendwas mit der Art, wie Laurel mich schon immer angeschaut hat, noch bevor die beiden zusammengekommen sind. (Als hielte ich alles, wovon sie träumt, mühelos in der Hand.)

»Hast du mich hierhergelotst, weil du dich mit mir prügeln willst?«, höhnt Laurel und bricht die Stille zwischen uns, die ich habe andauern lassen.

»Hast du denn irgendwas gemacht, weswegen ich mich mit dir prügeln müsste?«

»Das geht dich nichts an, Tate«, sagt sie knapp. Knapp und wütend.

(Auf jeden Fall schuldig.)

»Und ob.« Ich zeige mit dem Daumen auf das Gebäude hinter mir. »Sie ist oben in meinem Motelzimmer und weint.«

»Ich wusste nicht, dass sie herkommt. Sie ist da in was reingeplatzt, und bevor ich irgendwas erklären konnte –«

»Was denn erklären?«

Ihr Mund klappt zu. Ihre Lippen glänzen im Licht der Straßenlaternen und ich blinzele, während der Anblick in meinem Hirn kreist.

Laurel benutzt keinen fuchsiafarbenen Lipgloss.

Aber Theresa schon.

»*Was* erklären, Laurel?« Ich trete einen Schritt vor, wobei mir vollkommen klar ist, was ich tue – nichts an dieser Aktion ist unbewusst. Ich würde ihr gern eine reinhauen. Hat sie wirklich getan, was ich glaube? Hat sie Penny tatsächlich betrogen?

»Das war nur ein Moment, Tate«, sagt sie. »Ein schwacher Moment. Bloß ein Kuss, mehr nicht, das verspreche ich. Ich hätte das erklären können! Und ich hätte es ihr erzählt, das hätte ich garantiert. Aber Penny hat uns gesehen und ist weggerannt.«

Sie zieht die Augen zusammen. »Und zwar zu dir.« Sie lacht. »*Natürlich* zu dir.«

In meinem Kopf ist auf einmal ein Brummen, wie eine Warnung. »Hör auf damit.«

Sie schüttelt den Kopf. »Nein, ich glaube nicht, dass ich das tun werde. Ich muss nicht mehr die Nette spielen. Dabei war ich bis jetzt immer so verdammt nett, was dich betrifft.«

Diesmal macht sie einen Schritt vor und kommt mir zu nahe, aber sie ist trotzdem kleiner, ich schaue trotzdem auf sie runter. Und ich bin nicht der Typ, der leicht erschrickt und sich zurückzieht.

»Ich hab dich zu ignorieren versucht«, sagt Laurel. »Aber du bist einfach immer da, stimmts? Der Star vom Schwimmteam … Es gibt wahrscheinlich an der ganzen Schule niemanden, der was Schlechtes über dich sagen würde. Die stoische Tate mit ihrer kranken Mutter und der ewigen Trauermiene. Klar, dass so einer alle helfen wollen.«

»Erwähn noch *ein Mal* meine Mom und wir kriegen ein viel größeres Problem als so schon.«

Sie stößt ein Lachen aus, aber ich höre die Angst, die darin mitklingt.

»Ich konnte dir nirgends ausweichen, nicht beim Training und nicht in der Schule, und als ich dann mit Penny zusammengekommen bin, dachte ich, na ja, wenigstens in meinem Liebesleben kommt dieses Mädchen nicht vor. Aber dann hat Penny …«

Sie wendet den Blick ab, die Erinnerung scheint ihr wehzutun.

»Was denn?« Ich hasse mich für diese Frage, aber ich will es wissen. Sie hat Penny auf eine Art kennengelernt, wie ich sie nie kennen werde, und dafür hasse ich Laurel … und gleich noch mehr hasse ich sie, weil sie das alles einfach so wegwirft.

»Penny hat sich wahnsinnig angestrengt, nie über dich zu reden. Aber ich *wusste* es. Ich wusste es einfach.« Sie lächelt, aber es wirkt wie eine Grimasse, sie schüttelt dabei den Kopf und muss sich offenbar anstrengen, nicht die Fassung zu verlieren. »Eine von euch würde früher oder später einknicken, das war mir klar. Also hab ich es lieber gleich selbst gemacht, denk ich mal.« Ihr Lachen klingt mehr nach einem Schniefen und ihre Augen glänzen, es scheinen Tränen darin zu stehen.

Warum würde sie mir das vorspielen? Die Tränen müssen echt sein, und das versetzt mir einen Stich. (Denn es bedeutet, dass ihre Gefühle für Penny echt sind – echt *waren.*)

»Das erfindest du doch bloß, um dich besser zu fühlen mit deinem Betrug.«

»Tu ich nicht. Und falls du das selbst wirklich nicht siehst …« Sie schüttelt den Kopf. »Das kann ich nicht glauben.«

»Penny redet nicht über mich, weil sie nicht an mich denkt. Wir sind keine Freundinnen.«

»Na klar, das seid ihr *auf gar keinen Fall.* Frag Remi. Oder Meghan. Frag egal wen, mit dem ihr *wirklich* befreundet seid.« Ihr Grinsen ist zurück, diesmal wirkt es gemein. »Frag eure Mütter.«

»Was denn fragen?« Es überrascht mich, dass ich meine Stimme unter Kontrolle halten kann. Die verarscht mich, will mich fertigmachen. Das weiß ich. Trotzdem laufe ich direkt rein, ich kann nicht anders.

»Du weißt genau, was«, zischt sie. »Du bist schlau. Und raffiniert bist du auch. Aber du beobachtest sie, wenn ihr im gleichen Raum seid. Und sie beobachtet dich.«

Ich streite es nicht ab. (Das geht nicht, denn für mich stimmt das absolut, und vielleicht stimmt es ein bisschen auch für sie, denn manchmal, wenn ich quer durch den Raum nach ihr schaue, hat sie mich schon gefunden.)

»Ich verschwinde jetzt«, erkläre ich ihr.

»Ich kann dir bis hoch zum Zimmer nachgehen, das weißt du schon?«

»Du kämst nicht mal bis zum Gehweg.«

»Oh mein Gott.« Sie zeigt mit dem Finger auf mich. »*Genau das.* Das ist es. Hörst du das nicht selbst? Kann schon sein, dass ihr auf Distanz geht, wenn ihr könnt, aber du und Penny, ihr seid wie euer ganz persönliches Wolfsrudel. Ihr beißt jeden, der euch zu nah kommt.«

Ich recke das Kinn. »Penny ist zu mir gekommen. Sie hat mir gesagt, ich soll weder dich noch irgendwen sonst reinlassen. Ich tue nur, was sie sagt.«

»Warum? Wo ihr doch angeblich nicht mal wirklich befreundet seid? Sie ist schließlich *meine Freundin.*«

»Wenn du sie betrogen hast, ist sie das wahrscheinlich nicht mehr.«

Das Wort kommt heraus wie ein Knurren: »Bitch.«

»Kann sein. Aber nicht in der Hinsicht.«

»Du kannst sie nicht für immer verstecken«, faucht Laurel. »Sie muss mich sehen. Wir haben Schule. Sie kann sich nicht verstecken.«

»Penny kann tun, was sie will. Und ich helfe ihr. Das wars jetzt, ich hab genug.«

»Ich aber nicht!«

Ich zucke mit den Achseln und drehe mich weg. Zugegeben: Ein Teil von mir will, dass sie sich auf mich stürzt. Aber auf eine Prügelei lasse ich mich nur ein, wenn ich mich verteidigen muss. Schließlich ist Penny allein oben im Zimmer und weint. Außerdem wäre meine Mom sauer.

Aber Laurel ist feige, sie lässt mich gehen. Wahrscheinlich läuft sie gleich zurück zu Theresa. Ich kann mich nicht entscheiden, ob ich auch auf sie wütend bin. Theresa und ich haben uns immer gut verstanden. Vielleicht hat Laurel Theresa erzählt, sie und Penny hätten sich getrennt, bevor sie … getan haben, was auch immer sie getan haben, als Penny reingekommen ist.

Meine Beklommenheit wächst, als ich die Treppe hochsteige, die Zimmertür aufschließe und den Raum betrete. Penny liegt quer über dem Bett, in die kratzigen Decken gehüllt wie ein Dachs, der endlich seinen Bau gefunden hat. Nicht mal ihr Kopf ist zu sehen, aber alle paar Sekunden höre ich ein Schnaufen, also weiß ich immerhin, dass sie atmet und nicht unter dem Deckenberg erstickt ist.

»Penny, bist du okay?«

Sie antwortet nicht. Es kommt nur noch mehr Schniefen.

Ich schaue auf meinem Telefon nach der Uhrzeit. Mrs Rawlins muss jeden Augenblick für ihre Kontrollrunde vorbeikommen. Ich kann nur hoffen, dass Theresa bei Laurel bleibt oder so.

Also krame ich noch kurz im Zimmer herum, packe meine Sachen für die Wettkampfrunde morgen und mache das Licht aus. Als Mrs Rawlins etwa zehn Minuten später anklopft, kann ich die Tür aufmachen und sie sieht nur einen Haufen Decken, den sie natürlich für Theresa hält.

»Alles okay bei euch?«, fragt sie, als ich die Tür öffne.

»Alles klar«, sage ich.

»Gute Nacht, Tate. Nacht, Theresa.«

»Gute Nacht.«

Bevor Penny auch antworten und sich als Theresa ausgeben muss, habe ich die Tür schon wieder geschlossen. Als ich höre, wie sich die Schritte von Mrs Rawlins entfernen und sie an die nächste Tür klopft, atme ich erleichtert aus.

Im Dunkeln schaue ich zu Penny, die alle Decken um sich

geschlungen hat, und würde am liebsten wieder seufzen. Ich gehe zum Bett und ziehe an der oberen Decke.

»Penny, kann ich eine von denen haben? Ich muss mir ein Bett auf dem Boden machen.«

Sie schnaubt und ich frage mich schon ernsthaft, ob ich mich am Ende mit meinem Schwimmparka in die Badewanne legen muss, als sie endlich aus dem Deckenmeer auftaucht, kein bisschen schmetterlingshaft alles von sich wirft und das Licht auf dem Nachttisch anknipst.

Ihre Nase ist rot, ihre Augen sind es auch, und mit ihrem verlaufenen Mascara sieht sie wie ein sehr süßer und sehr trauriger Waschbär aus.

»Ehrlich, du schläft doch nicht auf dem *Boden.*« Sie krabbelt aus dem Bett. »Ich geh duschen.«

Sie verschwindet im Bad und mir bleibt nichts anderes übrig, als mich auf den Bettrand zu setzen und tief durchzuatmen. Ich höre, wie sie die Dusche anstellt. Sie duscht ziemlich lang, lang genug jedenfalls, dass ich, als sie in ein Handtuch gehüllt aus dem Bad kommt, auf dem Bett liege. Mit einem Gesichtsausdruck, den ich schwer deuten kann, betrachtet sie die Jogginghose und das Shirt, das ich auf ihrer Seite vom Bett für sie hingelegt habe. Aber dann nimmt sie sie doch und verschwindet wieder im Bad … und als sie zurückkommt, trägt sie meine Sachen. (Sie in meinem Shirt zu sehen, macht mich fertig.)

Penny sitzt mit dem Rücken zu mir auf der rechten Bettseite, sie beginnt ihre nassen Haare mit den Fingern zu kämmen und zu einem Zopf zu flechten. Das Earth-Day-T-Shirt, von dem ich das Halsbündchen abgeschnitten habe, rutscht ihr viel tiefer über die schmalen Schultern als mir, und ich möchte das Bild von ihr in meinen Klamotten so tief in mein Hirn einbrennen, dass beim Sterben diese Erinnerung das Letzte ist, was ich vor mir sehe.

Ich schlucke. Auf dem Boden zu schlafen wäre besser. Viel, viel besser.

Aber ich bleibe liegen, auch als sie fertig ist mit Flechten und zu mir ins Bett schlüpft.

(Manchmal bin ich unfassbar hirnlos.)

Sie macht das Licht aus und ich höre ihren bebenden Atem in der Stille.

»Bist du okay?«

Penny schüttelt den Kopf. Aus dem Bad kommt genug Licht, um die Bewegung wahrzunehmen und ihr Profil zu sehen.

»Was hat Laurel gesagt?«, fragt sie nach einer Weile.

»Es wär bloß ein einziger Kuss gewesen, hat sie gemeint.«

Penny schnaubt. »Ziemlich unwahrscheinlich, wo sie gerade mal noch ihr Höschen anhatte.«

»Ich hasse dieses Wort.«

Da muss sie lachen – ein Lachen, das einigermaßen echt klingt. »Höschen? Klar hasst du das.«

Penny dreht sich auf die Seite zu mir hin und ich tue das auch, sodass wir uns jetzt gegenüberliegen. »Das war nicht nur ein Kuss, Tate.«

»Ich glaube dir.«

»Wirklich?«

»Natürlich. Ich wusste nicht, dass sie mit irgendwem rummacht«, betone ich noch mal. »Das musst du mir glauben. Wenn ich das gewusst hätte –«

»– dann hättest du es mir erzählt, was?«

»Ja, das hätte ich.« Ich hasse den sarkastischen Unterton in ihrer Stimme. »Verdammt, Penny, wofür hältst du mich eigentlich?«

»Weiß nicht«, nuschelt sie.

»Wann habe ich dich jemals angelogen?«

Ich kapiere nicht, wie falsch es ist, ausgerechnet das zu sagen, auch nicht hinterher, nachdem ich es ausgesprochen habe.

(Ich kapiere nicht, dass es ein Blitz zwischen uns ist.)

Aber sie sagt lange gar nichts, starrt mich nur im Dunkeln an, und je länger das geht, desto schwerer wird das Wegschauen.

»Hast du nie«, sagt sie endlich. »Du sagst immer die Wahrheit. Auch wenn sie höllisch unangenehm ist.«

»Ich hätte es dir gesagt«, insistiere ich.

»Dann ist es halt ziemlich beschissen, dass du es nicht gewusst hast«, sagt sie und hat auf einmal wieder Tränen in der Stimme.

»Tut mir leid. Ich weiß, du hast –« Ich will es nicht laut aussprechen, weiß aber, dass es wahr ist. Es ist nicht das Gleiche wie mit Jayden. Laurel war ihr wichtig. Vielleicht war es sogar …

(Ich kann das nicht mal denken, so sehr hasse ich es.)

»Das ist egal«, sagt sie so dumpf, dass es fast wirkt, als hätte sie das schon tausendmal gesagt … oder vielleicht gedacht. »Eigentlich wusste ich es. Wirklich. Ich dachte nur –« Sie schnieft. »Gott, ich bin so blöd.«

Ihre Selbstverachtung versetzt mir einen Stich. »Bist du nicht«, widerspreche ich heftig.

»Wie würdest du denn ein Mädchen nennen, das immer weiter versucht, Leute, die sie eindeutig nicht lieben, dazu zu bringen, dass sie es doch tun?«, will Penny wissen. »Erst meine Mom. Jetzt Laurel. Ich muss das akzeptieren.«

»Was denn?«

»Dass ich einfach nicht … Ich habe es eben nicht. Dieses Etwas, das andere dazu bringt, einen zu lieben. Ich bin immer zu viel oder zu klein oder was weiß ich. Ich weiß ja, dass ich rechthaberisch bin, und manchmal nerve ich –«

»*Penny.*« Meine Finger tasten im Dunkeln nach ihren und umschlingen sie. Ihre Hand liegt so nah an ihrem Gesicht, dass ich ihre heißen Tränen auf meinem Handrücken spüre.

»Sie hat das mal gesagt«, flüstert Penny gebrochen und in mir steigt Entsetzen auf. »Dass ich … dass es schwer wäre, mich zu lieben.«

»Fuck Laurel.«

»Nein«, sagt Penny, und das Entsetzen verwandelt sich in etwas Neues, noch viel Schlimmeres. Ich weiß nicht, ob überhaupt ein Wort existiert für das, was ich empfinde, als sie weiterspricht: »Nicht Laurel. Meine Mom.«

Am liebsten würde ich in diesem Moment *Fuck Lottie* sagen, aber das geht nicht. So einfach ist es nicht, und genau das macht mich rasend.

»Niemand wird mich jemals lieben«, sagt sie hoffnungslos. Sie ist sich so sicher, dass ich es kaum aushalte hier in diesem Bett mit ihr (wo ich sie doch liebe … immer schon geliebt habe).

Ich denke nicht nach über das, was ich als Nächstes tue – wenn ich nachdenken würde, würde ich gar nicht erst anfangen, geschweige denn es durchziehen.

»Penny.« Leise sage ich ihren Namen, Frage und Trost in zwei Silben, die in dem Raum zwischen uns weiterklingen. »Komm her.« Ich ziehe sie leicht an der Hand, strecke den anderen Arm aus und bedeute ihr, dass in meinen Armen Platz für sie ist. (Platz für *uns*.)

Und sie kommt, schmiegt sich an mich, tränenüberströmt und voll Trauer (immer voll Trauer) … und sie *passt*. Nachdem ich das einmal weiß, kann ich es nie mehr vergessen. Wie genau sie unter mein Kinn passt, die Kopfkrone mit ihrem Scheitel und ihr Zopf an meinem Arm ist eine neue Gegend, die es zu erkunden gilt. Ihre Hand umklammert meine, drückt sie an ihre Brust, diese weiche, so sanfte Erhebung. Mein Magen pocht, mein Verstand zerspringt in tausend Splitter.

Aber mein Körper weiß, was zu tun ist. Meine freie Hand streichelt ihr Haar, und der kleine Ton, den sie macht, als ich das tue, zeigt mir, wie richtig es ist. Zwischen uns ist kein Zentimeter Abstand mehr, unsere Arme und Beine sind ineinander verschlungen, dabei reden wir nichts und bewegen uns kaum. Und ganz langsam nach und nach spüre ich, wie sich ihr Körper entspannt und in die Schwere des Schlafs sinkt.

Ich höre nicht auf, ihr Haar zu streicheln, mache immer weiter, auch als klar wird, dass sie eingenickt ist.

Ich sage es erst, als ich vollkommen sicher bin, dass sie mich nicht hören kann.

(Aber ich muss es sagen.)

»Es ist nicht schwer, dich zu lieben«, flüstere ich in die Dunkelheit, schicke die Worte auf die Stelle an ihrem Kopf unter meinen Fingern, als könnten sie auf die Art ganz in sie einsinken, in ihren Körper, ihre Seele, ihr Herz … damit sie sich so sehen kann, wie ich sie sehe. »Kann schon sein, dass du manchmal gern recht hast, aber was macht das denn? Du bist so gut bei dem, was du tust. Und nervig sind alle mal. Aber es war noch *niemals* schwer, dich zu lieben. Ich weiß das, Penny. Weil ich dich liebe. Ich hab dich schon geliebt, bevor ich verstanden habe, was das war.«

Ich schließe die Augen – kämpfe an gegen die Worte, von denen ich dachte, sie würden nie ausgesprochen. Es ist grausam: Das Mädchen, das ich will, liegt in meinem Bett, in meinen Armen, und die Worte sind endlich gesagt … aber nichts ist so, wie ich es mir erträumt habe, wenn ich mir mal zu träumen erlaubt habe. Denn sie ist todunglücklich und ich bin wütend auf alle außer auf sie, und wir werden für immer und ewig zwei Kometen im Weltall sein. Unser Zusammenstoß würde die Galaxie aus den Angeln heben, aber im Tumult zu vieler Was-wäre-wenns werden wir uns immer verpassen.

Mein Daumen gleitet an ihrem Zopf entlang, der über ihrer Schulter liegt. Und ich mache mir klar, dass das, dieser Moment, alles ist, was ich jemals kriegen werde. Aber es ist schwer, das im Sinn zu behalten, so wie ich da an sie geschmiegt liege, ihre Hand auf meinem Kreuz, unter dem Shirt.

(Was wäre wenn …

… du es ihr sagen würdest?

… du sie küssen würdest?

… es in Ordnung wäre?

… sie sich danach sehnen würde?

… manche Mädchen eben doch kriegen, was sie wollen?)

53

Vor fünf Monaten
Ein Uhr nachts

M: Wie war es?

M: War Laurel überrascht?

M: Ich will alles wissen!

M: Ich meine, natürlich nicht alles. Aber du weißt schon!

Meghan, hier ist Tate. :T

Ich weiß, dass es furchtbar spät ist. Kann du mir antworten, wenn du das hier kriegst? :T

M: Ich bin da. Ist Penny irgendwas passiert? Soll ich dich anrufen?

Penny ist okay, im Moment. :T

M: Was ist passiert?

Sie und Laurel haben sich gestritten. Jetzt ist sie bei mir im Zimmer. T

Kannst du herfahren und sie abholen, bevor wir auschecken müssen? T

M Ich werde da sein.

Danke. T

54
Penny

Vor fünf Monaten
Sechs Uhr morgens

Ich werde nie wissen, was mich geweckt hat. Aber ich erinnere mich, wie es sich angefühlt hat.

Warm. Nicht auf diese unerträgliche, stickig heiße Art, bei der du sofort alle Decken wegreißen willst. Sondern warm wie goldenes Sonnenlicht, das sich auf einen Holzboden ergießt, wie ein geschenktes Schmuckstück auf der Haut der Person, die du liebst.

Ich blinzele in das schwache Licht und bewege mich unter den Decken, meine Zehen streifen der Länge nach über ihr Bein. Wir liegen nicht als Löffelchen, aber fast wünsche ich mir, es wäre so, denn dann würde ich ihr den Rücken zudrehen. Aber wir sind Vorderseite an Vorderseite aneinandergeschmiegt, und das ist viel schlimmer – viel besser –, denn so bin ich ganz von ihr eingehüllt, beschützt von ihren starken Armen und Schultern, ihre sommersprossige Haut berührt meine Narben.

Ihre Hand liegt auf meiner Hüfte, die Finger so gestreckt, dass ich mich dagegendrücken möchte, um herauszufinden, ob sie mich dann umklammern. Meine Stirn ist an ihrem Schlüsselbein, mein Kopf schmiegt sich in die Kuhle zwischen ihrem

Hals und ihrer Schulter, mein Zopf streicht der Länge nach über die weiche Haut an den Innenseiten unserer Arme.

Ich bewege mich nicht. Jetzt, wo ich wach bin, sollte ich mich von ihr zurückziehen. Ich bin nicht hierhergekommen, um in Tates Bett zu schlafen – in Tates Armen. Ich wollte zu Laurel, aber stattdessen bin ich jetzt hier. Laurel würde darüber lachen. Und behaupten, es wäre Rache.

Fuck – sie würde verkünden, sie hätte es mir ja schon immer gesagt.

Wie bin ich überhaupt hier gelandet?

Wieso bin ich nicht in den Denny's gegenüber vom Motel gegangen? Wieso habe ich nicht einfach Meghan angerufen, dass sie gleich am Abend zurückkommen und mich abholen soll? Ich bin nicht mal auf die Idee gekommen, ihr zu schreiben, obwohl sie mich doch hergefahren hat. Sie hat mir geholfen, die Überraschung für Laurel zu planen.

Wieso bin ich direkt zu Tate gerannt, als wüssten meine Füße etwas, das ich nicht weiß?

Während sich in meinem Kopf immer mehr Fragen auftürmen, zwirbeln meine Finger am Saum ihres Schlafhemds. Ich höre damit auf, was aber nur dazu führt, dass meine Hand jetzt auf ihrem Rücken liegt, und das ist ... eine ganz neue Erfahrung. Durch den Stoff spüre ich ihre Muskeln.

Auf dem Nachttisch vibriert ihr Telefon und sie reagiert sofort. Sie muss schon die ganze Zeit wach gewesen sein – vielleicht sogar länger als ich. Sie löst sich von mir, wodurch meine Hände von ihr abgleiten, aber unsere Beine sind weiter ineinander verschlungen. Sie stellt das Telefon ab und dann –

– kommt sie zurück.

Sie kehrt einfach so in die Wärme zurück, die zwischen uns entstanden ist; der einzige Unterschied ist, dass ihre Hände statt auf meiner Hüfte jetzt zwischen uns liegen und dass sie ein Stück nach unten gerutscht ist. Unsere Gesichter sind jetzt auf einer Höhe und wir schauen uns an.

»Bist du okay?« Früh am Morgen klingt ihre Stimme wie eingerostet, was ein Ziehen in meiner Magengrube auslöst.

Ich nicke, denn ich habe Angst, wenn ich spreche, könnte sie sich zurückziehen, diesmal für immer.

»Gut«, fährt sie fort und ich frage mich, ob sie das nur sagt, um die Stille zu füllen.

Und ob Tate sie auch spürt – diese atemlose Schwere in dem Raum zwischen ihr und mir, der kaum existiert. Ich will sie lösen, sie aufheben, und ich weiß auch wie. Vielleicht habe ich das nicht schon immer gewusst. Vielleicht habe ich mit der Vorstellung nur gespielt, wie ein Kind, das das Feuer liebt, sich aber nicht verbrennen will. Doch in diesem Moment, hier in diesem Bett mit ihr, fühle ich mich –

– als würde ich ihr angehören.

Sie liebt mich. Das hat sie gesagt. Und das zählt, auch wenn sie dachte, ich würde schlafen.

Das tut es doch, oder?

Will ich das?

»Es ist schon Morgen«, sagt sie und ich weiß warum.

Ich soll ihr zustimmen, und dann soll sich eine von uns lösen und alles soll von vorn anfangen: Die Welt bricht auseinander, Tate ist immer für mich da und ich bin immer feige. Besonders, wenn es drauf ankommt.

Wie wäre es, mutig zu sein?

Herauszufinden, wie sie schmeckt?

Die Form ihrer Lippen zu erspüren?

Ihren Körper wirklich kennenzulernen?

»Penny?«, fragt sie, weil ich mich nicht von ihr löse.

»Geh nicht«, sage ich.

In dem Bett ist kein Platz.

Es soll nie mehr Platz sein zwischen uns.

»Penny.« Diesmal ist es keine Frage. Sie seufzt es, und als ich die Hand ausstrecke und an ihrem Kinn entlangfahre, meinen Finger auf die Sommersprosse unter ihrem Ohr drücke, schließt sie die Augen.

»Willst du es denn nicht wissen?«, frage ich, denn *ich* will es.

Ich will es wissen. Ich will es spüren, *mehr* davon spüren.

Sie lässt mich immer so viel mehr spüren.

Sie lässt mich alles spüren.

Kaum zu glauben, dass es möglich ist, jemanden so ganz und gar zu berühren – das Gefühl wirbelt durch mich und gräbt neues Wissen in jedes Nervenende. Da ist nur eine einzige Stelle, an der wir uns nicht berühren: unsere Lippen.

Wenn sie sich einfach vorbeugen würde …

Wenn sie mit der Hand durch meine Haare fahren und mich zu sich ziehen würde …

Und dann tut sie es … und ich lasse sie … ganz und gar bereit und so dankbar, dass es *endlich* geschieht.

Endlich werde ich es wissen.

Meine Augen schließen sich. In mir schießt das Vorgefühl hoch, und dann …

Nichts.

»Penny«, sagt sie leise, meine Lider öffnen sich und dann dieser Atemzug …

Oh, ihre Augen.

Immer ist sie so traurig.

»Ich verdiene mehr als das«, sagt Tate. »Mehr als deinen Herzschmerz wegen einem anderen Mädchen. Mehr als Tränen und Weglaufen … denn du *läufst* weg, Penny. Du läufst vor so vielem weg.«

Wenn sie ein Messer gezogen und auf mich eingestochen hätte, hätte mich das weniger verletzt. Am schlimmsten ist, dass sie sich auch noch vorlehnt und mir einen Kuss auf die Stirn drückt. Ich keuche, spüre die Intensität des Moments, in dem sie in mich überzugehen scheint, als ob wir eins wären, nur für eine Sekunde.

»Und du verdienst auch mehr als das«, flüstert sie mir heftig ins Ohr. »*Wir* verdienen das.«

Sie steht auf und verschwindet im Bad, lässt mich liegen, genauso zerknautscht wie die Hotellaken.

Das Prasseln der Dusche reißt mich aus meiner Trance. Mein Herz rast wie wild und ich schaue nach unten, atme schneller und schneller.

Ich schaffe es, mir mein Telefon zu schnappen und zur Tür zu hechten, ich presche durch die kalte Morgenluft, stolpere über den Parkplatz und ringe nach Luft, als Meghan neben mir anhält.

»Penny! Penny? Was ist passiert?«

Meghan stürzt aus dem Auto und zu mir, aber ich kann nicht antworten; ich schüttele nur den Kopf und fange an zu weinen.

Da sagt sie kein Wort mehr, sondern bringt mich einfach weg von hier.

55
Penny

23. Juli

Nach unserem Streit auf dem Parkplatz kommt Tate nicht nach Hause. Als am nächsten Morgen mein Alarm losgeht, ist sie immer noch nicht da.

Ich überlege, ob ich ihr schreiben soll. Aber nachdem sie mir gestern Abend den Auszug aus dem Friedenspakt geschickt hat, gibt es da nicht mehr viel zu entscheiden.

Ein Teil von mir überlegt tatsächlich, ob ich zu Remi fahren und einen großen Auftritt hinlegen soll.

Aber ich kenne sie – genau deshalb hätte ich Anna nie in dem Glauben lassen dürfen, dass wir zusammen sind. Tate wird mich nur noch mehr hassen, als sie es jetzt schon tut, wenn ich sie bedränge.

Also breche ich nach dem Anruf, dass Mom bereit ist, allein nach Sacramento auf und weine den ganzen Weg über. Viereinhalb Stunden Tränen und traurige Musik, keine Nachrichten, keine Anrufe – nichts von ihr. Zweimal muss ich anhalten und mir an einer Tankstelle einen Becher Eis für meine Augen holen, damit ich nicht als ein verquollenes Desaster ankomme und alle gleich wissen, dass was nicht stimmt.

Trotzdem sehe ich beschissen aus, als ich vor der Tür des Apartments stehe und anklopfe.

Gran macht auf, mit einer gewaltigen Erleichterung im Blick. »Oh, Penny«, sagt sie. »Du bist da.«

Ich trete durch die Tür und umarme sie. »So schlimm, was?«

»Deine Mutter ...« Gran redet nicht weiter, denn auf dem Wohnzimmersofa sitzt Mom, in eine Decke gehüllt.

»Hey, Mom!«, rufe ich.

»Liebling! Hallo!« Sie strahlt mich an und will aufstehen.

»Nein, nein, bleib sitzen«, sage ich und eile zu ihr. Als sie die Arme ausstreckt, zögere ich, denn wann hat sie mich zum letzten Mal umarmt? Ich weiß es nicht mal. Es ist zu lange her, um mich zu erinnern.

Die Umarmung fühlt sich seltsam an. Nicht nur, weil ich Angst habe, fester zuzudrücken, als ich sollte. Sie ist immer noch in der Rekonvaleszenz.

»Wo ist Tate?«, fragt Gran von hinten.

»Oh, hat sie nicht geschrieben? Sie musste arbeiten«, sage ich, die Lüge wie ein Löffel voll Zimt im Mund – unerträglich.

»Anna ruht sich aus«, ergänzt Gran. »Ich sag ihr nachher Bescheid.«

Daraufhin verdreht Mom die Augen und sagt: »Ich mach das schon«, was Gran mit einem eisernen Lächeln quittiert.

»Natürlich«, erwidert sie. »Dann bringe ich deine Taschen in Pennys Auto.«

»Danke«, antwortet Mom mehr als widerwillig. »Liebling, komm und setz dich her!« Sie klopft neben sich aufs Sofa und ich tue, was sie sagt, aber nur, weil ich keine andere Wahl habe.

»Hübsch hier«, sage ich und lasse meinen Blick durch das Apartment schweifen. Es ist modern eingerichtet, mit glänzend glatten Möbeln und Farbakzenten hier und da, dazu gibt es viel zu viele von diesen extravagant umrandeten Sofadecken.

»Ich vermisse mein Atelier«, sagt Mom. »Ich kann es kaum

erwarten, nach Hause zu kommen. Endlich wieder frei. Deine Großmutter ist ein *Tyrann*. Ich weiß nicht, wie du sie damals ausgehalten hast, im Krankenhaus und in der Zeit danach.«

Ich starre sie an. Während ihre Bemerkung dröhnend in mir nachhallt, steigt Hitze aus meiner Brust in mein Gesicht, und mit jedem Zentimeter wächst meine Abwehr. Mein Instinkt sagt mir, dass ich darüber hinweggehen sollte. Besser ein falsches Spiel spielen und mich hinter der *Ich bin okay*-Lüge verstecken, als ihr zu sagen, dass sie mich ankotzt.

Aber der Wahrheit auszuweichen hat mir nur Ärger und Schmerz gebracht und mich Leute verlieren lassen, die schon vorher nicht so zu mir gehört haben, wie ich mir das wünsche.

Ich glaube, damit bin ich durch.

»Ohne Gran wäre mein Daumen nie mehr so beweglich geworden«, sage ich. »Sie hat alle Übungen mit mir gemacht.«

»Na sicher hat sie das, Liebling«, wiegelt Mom ab. »Ich habe nur gemeint – es ist eben anders.«

Klar, weil du mich hast, aber ich hatte dich nicht.

»Ich schau mal nach Anna«, sagt Mom. »Bin gleich wieder da.«

Sie läuft den Flur entlang und ich lasse mich zurück aufs Sofa sinken, wobei ich versuche, das elende Schlingern der Angst in meinem Magen zu ignorieren.

Bis zu diesem Moment war mir nicht klar, was für eine Erleichterung es gewesen ist, in den letzten drei Wochen nicht um sie herumschleichen zu müssen.

Ich bin eine schreckliche Tochter.

Sie ist eine schreckliche Mutter, würde Tate sagen, wenn sie hier wäre.

Ich hole mein Telefon heraus in der Hoffnung, ich hätte eine Nachricht verpasst ... aber da ist nichts.

Was soll ich bloß sagen, wenn ich mit Mom nach Hause komme und Tate nicht da ist?

Und wie soll ich diese Geschichte über Tate und mich aus der Welt schaffen, ohne dass Mom ein zweites Mal alle meine Pläne zerstört?

Ich habe zu viele Fragen und keine Antworten, weiß nicht, wohin mit meinen Ängsten. Also ziehe ich mein Bullet Journal heraus, blättere nervös darin herum und lande auf einer der Seiten mit den Collagen.

Es ist die mit dem Garten. Mom findet sie gut, das hat sie gesagt. Ein künstlerisches Kompliment von ihr ist …

… wirklich extrem selten.

»Penny!«

Ich schaue auf, und als ich sehe, dass sich Anna, gestützt von meiner Mom, langsam ins Zimmer bewegt, zwinge ich mich zu einem Lächeln.

»Hey. Tut mir leid, dass Tate nicht mitkommen konnte.«

»Mach dir keine Sorgen, sie hat mir geschrieben«, versichert Anna, setzt sich neben mich und küsst mich auf die Wange. Mom setzt sich auf die andere Seite, sodass ich zwischen den beiden eingeklemmt bin. Das Bullet Journal liegt immer noch auf meinen Knien.

»Ach, du meine Güte, ist das eine von deinen Collagen?«, ruft Anna. »Darf ich sie anschauen?«

Dazu kann ich nicht gut Nein sagen. »Ja, mach mal«, sage ich und lasse sie das Buch nehmen.

»Was für ein Talent«, murmelt Anna und fährt mit dem Finger vorsichtig über das Gartentor aus gepressten Blütenblättern.

»Du bist sehr impressionistisch geworden«, sagt Mom.

Die Wohnungstür öffnet sich. Gran ist zurück vom Auto, sie hat das Gepäck eingeräumt.

»Alles bereit«, sagt sie und setzt sich in den Polstersessel gegenüber vom Sofa.

»Wirfst du mich schon raus?«, fragt Mom. Der Tonfall wirkt leicht, aber ihre Miene ganz und gar nicht.

»Wir sollten los«, sage ich, als von Gran keine Antwort kommt. »Sonst kommen wir in den Feierabendverkehr.«

»Na gut.« Mom seufzt. Ich stehe auf und sie beugt sich zu Anna, um sie vorsichtig zu umarmen. Dabei flüstert sie ihr etwas ins Ohr, woraufhin Anna lacht und dann nickt.

»Umarmst du Tate für mich?«, fragt Anna und ich lächle sie an, obwohl ich nicht mal weiß, ob ich Tate wiedersehen werde, bevor ihre Mom heimkommt.

Sie kann sich nicht für immer verstecken. Aber für eine ganze Weile schon, wenn sie will.

Und meine Mom wird das nicht groß kümmern, falls es ihr überhaupt auffällt. So gut kenne ich sie.

Mom dazu zu bringen, dass sie sich von Anna trennt und zum Auto kommt, dauert lange und strapaziert meine Geduld, aber irgendwann kriege ich es hin. Nachdem ich die Beifahrertür geschlossen habe, gehe ich zu Gran, die neben dem Auto auf dem Gehweg steht.

»Hey«, sage ich. »Alles im Lot?«

Das hat sie mich nach der Physiotherapie manchmal gefragt. Erst hat das ihr Besorgtsein ausgedrückt, dann wurde es zu einer Gewohnheit und irgendwann zu so was wie einem Motto.

»Ich bin müde«, sagt Gran, und das erschüttert mich, denn es muss wohl heißen, dass wir beide im gleichen Zustand sind.

Nicht mehr in der Lage, die harten Wahrheiten wegzujonglieren.

Dann steckt Mom wirklich in der Scheiße. Und wir auch.

Hier kann niemand gewinnen. Wir sind alle verloren. Anscheinend kriegen wir es einfach nicht hin, einander zu finden.

»Jetzt übernehme ich«, sage ich, damit sie sich besser fühlt, aber sie verzieht das Gesicht.

»Oh, Penny«, sagt sie und schlingt die Arme um mich. »Fahr vorsichtig.«

»Mach ich.«

Mom hat schon Musik laufen, als ich einsteige, also ist sie offenbar diejenige, die auswählt. Immerhin hat sie sich nicht für einen von diesen True-Crime-Podcasts entschieden, die sie beim Arbeiten manchmal hört.

Ich schaffe es, aus der Stadt und bis zu dem langen Autobahnabschnitt mit den Reisfeldern und Heuwiesen zu kommen, ohne dass sie sich allzu sehr ins Fahren einmischt, aber jedes Mal, wenn einer der großen Lastzüge an uns vorbeirauscht, verkrampft sie sich, als hätte sie Angst, das Ding könnte ausscheren und in uns reinkrachen.

»Bist du okay?«

Ich bin so verblüfft über Moms Frage, dass ich erschrocken zusammenzucke.

»Mir gehts gut«, sage ich und konzentriere mich auf die Straße. Sie führt immer geradeaus, das Land hier ist flach und gut für den Reisanbau geeignet. Später, wenn die Berge anfangen, kommen erst Obstgärten und dann nur noch Felswände und zerzauste Kiefern.

»Du hast geweint.«

»Allergie, sonst nichts«, lüge ich und hoffe, dass sie die Ausrede schluckt, auch wenn ich noch nie im Leben auf irgendwas allergisch war.

Aber dieses eine Mal nimmt sie nicht den leichtesten Weg.

Das war ja klar: Wenn ich will, dass sie mich in Ruhe lässt, tut sie es nicht.

»Ist irgendwas mit Tate? Sei nicht böse«, schiebt sie hastig hinterher. »Anna hat mir erzählt, dass ihr zwei … wir freuen uns für euch, weißt du das?«

»Mom, ich bin nicht … Lass es einfach, okay?«

Sie starrt auf ihre Hände und nestelt an ihrem Bettelarmband herum. Das hat sie vor Jahren gemacht – hat Pennys auf Bahnschienen gelegt und plattfahren lassen und dann Löcher reingestanzt. Als ich klein war, habe ich immer damit rumgespielt, wenn sie es am Handgelenk hatte, und sie hat gesagt, sie würde es mir schenken, wenn ich älter wäre.

Versprechen zu halten war nie ihre Stärke.

»Habt ihr euch gestritten? Das tun Paare eben manchmal. Das ist ganz normal, auch wenn es sich anfühlt wie das Ende der Welt.«

»Wir sind okay. Ich bin okay. Das ist doch das, was du willst, also sind wir alle okay.«

Sie lacht nervös. »Was soll das heißen?«

»Nichts«, sage ich. »Hast du irgendwelche Skizzen fertig gekriegt, während du dich von der OP erholt hast?«

»*Ich* rede über meine Skizzen, wenn *du* über deine Collagen redest«, sagt Mom, was dermaßen kindisch und so typisch für sie ist, dass ich nicht mal sauer sein kann.

»Du hast doch gerade eine gesehen. Ich hab sie dir gezeigt.«

»Du hast sie *Anna* gezeigt«, widerspricht sie.

»Aber du hast doch direkt neben ihr gesessen!«

Meine Finger krampfen sich ums Lenkrad.

»Warum darf *ich* sie mir nicht ansehen?«, fragt Mom. »Du hast aufgehört zu zeichnen, dieses Bullet Journal und die Collagen sind das einzige Künstlerische, was du noch machst, und –«

»Oh mein Gott«, explodiere ich. »Was ist verdammt noch mal los mit dir?«

»Wie bitte? *Penny!*«

Sie schreit meinen Namen, weil ich das Auto von der Fahrbahn auf den Seitenstreifen lenke. Steinchen spritzen auf und der Wagen rutscht ein Stück, bevor ich ihn zum Stehen bringe. Ich ziehe die Handbremse an und schaue ihr ins Gesicht.

Dann strecke ich meine Hände so nach vorne, dass sie den Anblick meiner Narben nicht vermeiden kann.

»Ich zeichne nicht mehr viel, weil meine Feinmotorik ziemlich beschissen ist. Solche Details wie früher kann ich nicht mehr. Darum hab ich mich auf Collagen verlegt. Und du hast recht, das Bullet Journal ist das Einzige, was ich noch mache. Weil ich sonst nämlich nichts tun kann, ohne nach zwanzig Minuten Fingerschmerzen zu kriegen.«

Sie guckt vollkommen entsetzt. Ob das echt ist oder aufgesetzt, ist mir egal. Dafür bin ich zu wütend.

»Penny … tut mir leid. Ich hab nicht daran gedacht –«

»Das tust du nie.«

Ich haue den Blinker rein und fahre zurück auf die Straße.

An die zweihundert Meilen lang wechseln wir kein Wort.

56
Tate

23. Juli

Ich höre, wie Pennys Auto die Auffahrt hochkommt, rühre mich aber nicht und verlasse auch dann nicht das Zimmer, als von unten die Stimmen der beiden hochdringen.

Eigentlich wollte ich gar nicht zurückkommen. Remi hat gesagt, ich könnte bleiben, solange ich will, und ich war wirklich versucht, das zu tun. Aber dann hätte Lottie es natürlich meiner Mom erzählt, und die hätte sich gesorgt.

Also bin ich hier. Und sie sind unten, doch sogar auf diese Entfernung höre ich die Anspannung in Pennys Stimme, während sie dafür zu sorgen versucht, dass ihre Mom gut zu Hause ankommt.

(Ich hasse das, sogar jetzt will ich noch zu ihr.)

»Mom, nein!«

Ich bin sofort auf den Füßen, denn ich kenne diesen Ton. Ich stürme die Treppe runter und weiche den Taschen und Koffern aus, die den Gang versperren. Als ich ins Wohnzimmer komme, liegt Lottie auf dem Boden, das Gesicht schmerzverzerrt, neben ihr Penny, die versucht, sie irgendwie hochzuhieven.

»Hey, hey«, rufe ich und renne hin. »Warte mal. Du musst aufpassen, dass du sie richtig hochhebst.«

»Mir gehts gut«, sagt Lottie und schlägt meine Hände weg.

»Lottie, bitte lass mich dir helfen.« Vorsichtig hebe ich sie hoch und bringe sie zum Sofa. Mit einem Seufzen lässt sie sich zurückfallen.

»Wo tut es dir weh?«, frage ich. »Habt ihr was gegessen? Hat deine Gran dir alle Medikamente mitgegeben?«, wende ich mich an Penny.

»Die sind in ihrer Tasche. Ich hol sie«, sagt Penny und läuft los.

»Willst du was trinken?«, frage ich Lottie.

»Ich will nur in mein Atelier«, antwortet Lottie. »Da ist das Skizzenbuch, das ich brauche. Ich kann durch den Garten gehen. Ich soll mich doch bewegen.«

»Aber nicht nach der langen Autofahrt! Du musst dich ausruhen«, beharrt Penny. Sie ist zurück mit einer Plastiktüte in der Hand, auf der das Logo vom Krankenhaus aufgedruckt ist. »Ich hab hier alle Pillen und Anweisungen.«

»Ich brauche mein Skizzenbuch. Die Galerie in San Francisco will die Sachen in den nächsten Wochen haben«, erklärt Lottie. »Wenn es gut läuft, wollen sie vielleicht noch mehr davon.«

»Ich hol es dir, Mom«, sagt Penny. »Du bist hingefallen, als du aufstehen wolltest. Schau mal, ich hab dir einen Korb mit Snacks gemacht, den stelle ich direkt neben dich, und du hast auch ein Glöckchen.« Sie holt die Glocke von dem Beistelltisch neben dem Ausziehsofa. »Du kannst richtig schön nervig sein und nach mir klingeln, statt eine Nachricht zu schicken.«

Lottie nimmt die Glocke und grinst. War ja klar.

»Ich hol dir Wasser«, sage ich, denn das ist das Einzige, was nicht in dem Korb mit Snacks ist, den Penny vorbereitet hat, als wäre Lottie hier in einem Hotel.

Penny folgt mir erst nicht, aber als ich den Wasserkrug aus dem Kühlschrank hole, höre ich ihre Schritte im Flur.

»Du bist zurückgekommen.«

Ich reiße den Schrank auf und greife nach einem Glas. »Na ja, ich wohne halt hier.«

»Tate, können wir –«

»Nein, können wir nicht«, sage ich und fülle das Glas mit solcher Wucht, dass das Wasser nur so spritzt.

»Tate.«

»Was denn?«, verlange ich und wirble herum. »Was willst du?«

»Ich will mich entschuldigen.«

»Nicht nötig.«

»Doch, das ist es.«

»Ist es nicht«, wiederhole ich und hasse den Zweifel, der in meinem Magen rumort. »Wir sind keine Freundinnen. Sind es nie gewesen.«

»Aber wir sind auch nie Feindinnen gewesen«, sagt Penny.

Das stimmt.

Was wir gewesen sind … Früher dachte ich, dass das wahrscheinlich nicht zu definieren wäre. Dass es kein Wort gäbe, um dieses ständige Sich-Kreuzen unserer Wege und diese gegen unseren Willen verschlungenen Leben zu fassen.

Das denke ich nicht mehr.

Es gibt sehr wohl ein Wort dafür.

Ich glaube nur, dass wir beide immer davor weggelaufen sind – und wenn das nicht möglich war, haben wir uns gestritten. Das war einfacher.

Und dann hat sie alles ruiniert, es so unauflöslich kompliziert gemacht, bloß damit meine Mom nicht weitererzählt, dass Penny wieder Kajak fährt.

»Penny?«, ruft Lottie aus dem Wohnzimmer. »Wolltest du nicht mein Skizzenbuch holen?«

Penny sieht mich verzweifelt an und wartet, dass ich etwas sage.

»Penny?«, ruft Lottie wieder.

»Geh einfach«, sage ich.

»Es tut mir so leid«, wiederholt Penny. Dann hebt sie ihre Stimme. »Ich geh schon, Mom!«

Ich kehre erst ins Wohnzimmer zurück, als ich gehört habe, wie die Eingangstür sich geöffnet und wieder geschlossen hat und ich sicher sein kann, dass sie weg ist.

57
Penny

23. Juli

Als ich den Lichtschalter in Moms Atelier drücke, flackert die Glühbirne und geht aus.

»Na klar«, murmele ich, strecke die Hände aus und taste mich im Zombie-Stil vorwärts, wobei ich mich immer an der rechten Wand des Raums zu halten versuche, um nicht aus Versehen in irgendwelche Glaskunstwerke zu laufen und sie umzustoßen.

Wenn ich eine der kostbaren Arbeiten ruinieren würde, auf die die Galerie wartet, würde sie mir das bis in alle Ewigkeit vorhalten.

Es ist entsetzlich heiß hier drin, eine abgestandene, intensive Hitze, die mir mit jedem Atemzug tiefer in die Lunge dringt.

Meine Hände schließen sich um den Rand ihres Arbeitstischs. Ich ziehe die Schublade auf und krame auf der Suche nach der Taschenlampe in der Dunkelheit herum. Endlich finde ich sie.

Der Lichtstrahl ist schwach, aber besser als nichts. Ich leuchte auf ihren Tisch, der mit Werkzeug und halb fertigen Arbeiten bedeckt ist. Ihr mit Gummibändern zusammengehaltenes Skizzenbuch liegt in der Ecke. Ich schnappe es mir und wende mich Richtung Tür, als das Licht der Taschenlampe auf eine Buntglas-Arbeit auf der Staffelei rechts von mir fällt.

Ich sehe sie in dem schwachen Licht – drei Teile, zwei komplett verhüllt, das dritte teilweise mit einem Tuch abgedeckt.

Erst ist es, als würde mir mein Hirn etwas vorgaukeln. Das kann nicht sein.

Denn was ich sehe –

Ist wie ein Traum.

Ein Albtraum.

Ich gehe näher heran, so wie ein Wolf auf eine Falle zupirscht, und ziehe langsam das Tuch weg. Staubflusen wirbeln auf, aber ich nehme sie kaum wahr.

Ich sehe nur das Glas.

Nur das, was sie gemacht hat.

Ich enthülle auch das zweite Teil und dann das dritte, und als ich einen Schritt zurücktrete und alle drei zusammen sehe …

Ich habe noch nie jemanden so sehr gehasst wie meine Mutter.

Die Arbeiten sind abstrakt, so wie alles von ihr, seit Dad tot ist. Aber zugleich sind sie … eben nicht abstrakt. Nicht wenn du es *weißt*.

Es sind drei zusammengehörende Buntglas-Tafeln. Eine Geschichte in drei Teilen. Eine Trilogie des Schmerzes. Wahrscheinlich kennen Kunstleute einen Fachausdruck dafür, aber ich weiß ihn nicht, er ist mir auch egal, denn sie …

Die erste Tafel besteht vor allem aus Grün und Blau. Der Wald und der Fluss, der sich in ihn eingegraben hat. Außerdem gibt es ein paar sorgfältig gesetzte graue Glasteile – sie deuten Menschen an, Dad und mich –, und die Figuren sind in etwas Gelbes und Blaues eingefasst, das wie ein Raft aussieht. Eine heitere Szene, wenn du nicht Bescheid weißt.

Eine finstere Szene, wenn du es tust.

Auf der zweiten Tafel ist das Grün an den Rand gedrängt –

alles ist Blau und Weiß, ein wirbelndes Chaos tosender Wellen, in dem die beiden Figuren kaum noch zu erkennen sind. Aber sobald du sie gefunden hast, ist ihre Verzweiflung nicht mehr zu übersehen.

Die dritte Tafel wirkt wie eine ins Abstrakte gewendete Luftansicht. Da ist das Grün und Braun von Wald und Felsen und dann das sich schlängelnde Band des Flusses, dessen Farbe von tiefem Blau über ein zerborstenes Gelb zu Blutrot wechselt.

Ich sinke zu Boden, meine Hand hält immer noch einen Zipfel des Abdecktuchs.

Habe ich vorher je gewusst, was tiefes Entsetzen ist? So etwas wie das hier habe ich noch nie gefühlt, alles bricht und zerschellt, von allen Seiten stürzen Trümmer, das Rot schrillt wie eine Sirene. Mein Gesicht ist verzerrt, meine Lippen halten mit aller Macht den Schrei zurück, den ich ausstoßen will.

Ich weiß nicht, wie lange ich auf den Knien hocke und auf das starre, was Mom gemacht hat.

Auf die Kunst, in die sie mein Trauma verwandelt hat.

Ich weiß nur eins: Das nächste Geräusch, das ich außer meinem eigenen zerrupften Atem höre, kommt von ihr.

Es ist Tate, natürlich ist es Tate.

Bis in alle Ewigkeit Zeugin meiner schlimmsten Momente.

»Penny, deine Mom hat mich –« Tate unterbricht sich abrupt. »What the fuck.«

Ich schaue über meine Schulter, aber sie sieht nicht mich an. Sie starrt auf die Buntglas-Tafeln und das Entsetzen in ihrem Gesicht …

… ist wie ein Geschenk.

Eine Bestätigung.

Ich bin nicht verrückt. Sie sieht es auch. Das tut sie doch, oder?

»Du – siehst du das auch?« Die Frage kommt so schrill aus meinem Mund, dass ich meine Stimme kaum wiedererkenne. Verdammt, atme ich überhaupt noch?

Ich muss atmen. So wie es mir Jane, meine Therapeutin, beigebracht hat.

Ich lege mich hin, der Betonboden der Garage ist kühl. Das gefällt mir, ich glaub, hier bleibe ich einfach. Aber auf einmal ist Tate neben mir, ihre Hände schieben mich sanft nach oben, ihre Arme stützen mich.

»Penny, sieh mich an«, leitet sie mich, während um mich herum alles verschwimmt.

»Ich –«

Ich kann nicht aufhören, das Glas anzustarren. Ich will einen Hammer. Ich will diese Dinger zertrümmern.

»Hey«, sagt sie und dann bewegt sie sich so, dass ich die Tafeln nicht mehr sehen kann. »Schau das nicht an. Guck mich an, okay?«

»Sie hat Kunst daraus gemacht.« Ich zwänge die Worte heraus.

»Das hat sie«, sagt Tate einfach.

Ist das Verrat? Kann mich Mom überhaupt verraten, wenn sie sich so ganz und gar von mir losgesagt hat? Es fühlt sich an wie Verrat. Oder vielleicht ist es nur die Bestätigung, dass ich niemals hätte hoffen sollen.

An diesem Tag habe ich sie beide verloren. Ich habe mir etwas vorgemacht, als ich dachte, das könnte sich ändern.

»Und das ist absolut scheiße«, sagt Tate, eine simple, schlichte Wahrheit. Als sie die Arme um mich schlingt, lasse ich mich hineinsinken, spüre ihre weiche Haut, ihre glatten Schultern. Ihre Hand schwebt über meinen Hinterkopf, dann berührt sie ihn, schmiegt sich an. Ihr Daumen streicht über die Stelle, wo mein Nacken in den Haaransatz übergeht, und Tränen lösen sich aus meinen Augenwinkeln. Ein Schauer durchfährt uns, als sich unsere Körper berühren, wie das zögernde Zittern kurz vorm Eintauchen in heißes Wasser, dessen Wärme dann die Entspannung bringt.

Aber ich kann mich nicht entspannen. Nicht hier. Nicht so dicht bei diesen Dingern.

»Ich kann nicht mehr hier drin sein«, sage ich, löse mich ohne ein weiteres Wort aus ihren Armen und gehe nach draußen, aufs Haus zu. Ich höre, wie Tate flucht und mir durch den Garten hinterherläuft, drehe mich aber nicht um.

Ich marschiere direkt ins Haus und gehe schnurstracks ins Wohnzimmer, wo Mom auf dem Sofa liegt. Meine Hände umklammern immer noch ihr Skizzenbuch und kurz bin ich versucht, damit nach ihr zu werfen. Ich will die Seiten durchwühlen und nachsehen, ob Skizzen von den Buntglas-Tafeln aus der Garage drin sind. Ich will es zerfetzen. Aber stattdessen stehe ich einfach so am Ende von ihrem Bett, bis sie aufschaut und mich ansieht.

»Da ist es ja.« Mom streckt begierig die Hände aus und zuckt dann leicht zusammen. »Danke, Liebling.«

Aber ich gebe es ihr nicht.

»Dachtest du, ich würde es nie rausfinden?«, frage ich.

»Was rausfinden?«

»Eins der Tücher ist von den Teilen gerutscht.«

Sie löst den Blick nicht mal von ihrem Skizzenbuch. »Hoffentlich hast du es wieder richtig zugehängt. Für die Galerie müssen sie in perfektem Zustand sein.«

»Nein, Mom, das habe ich *nicht*.«

Ihr Kopf hebt sich. »Du bist ärgerlich.«

Sie ist so dreist, die Stirn zu runzeln.

»Meinst du?«

»Aber warum solltest du …«

Sie wirkt völlig verwirrt. Das lässt mich zusammenschrumpfen, eine Sekunde nur, aber genau zur falschen Zeit. Was ich sagen will, bleibt mir in der Kehle stecken. Ich zittere am ganzen Körper.

»Diese Glastafeln sind wirklich das Letzte, Lottie.«

Es kommt von hinter mir.

Tates Stimme.

Sie steht in der breiten Türöffnung zum Esszimmer, mit der zweiflügeligen Schiebetür, die so klapprig ist, dass wir sie nie zuziehen, weil sie sonst kaputtginge, und scheint die gesamte Öffnung auszufüllen. Als ob ihre starken Schultern alles tragen könnten.

Wieder einmal ist sie der Rettungsring, an den ich mich klammere.

»Wie bitte?« Mom blitzt sie an.

»Du hast es gehört«, sagt Tate.

»Du bewegst dich auf dünnem Eis, mein Fräulein.« Ihr Tonfall ist scharf, aber sie wird nicht lauter.

»Mom, du hattest kein Recht –«, beginne ich.

»– meine Kunst zu machen?« Jetzt wird sie doch laut.

»Kunst zu machen aus dem, was passiert ist.«

»Es ist auch mir passiert, Penny.«

»Verdammte Scheiße«, murmelt Tate und Mom dreht den Kopf zu ihr, diesmal langsamer.

»Tate, hör auf damit«, zischt sie.

Ich atme ein und aus, versuche ruhig zu bleiben. Das hier funktioniert nur, wenn ich nicht ausflippe oder weglaufe, denn dann wird sie mich als hysterisch abtun wie damals, als sie beschlossen hat, Dads Firma zu verkaufen. Es ist nicht mal so, dass ich das Weglaufen satthätte. Ich kann es nur nicht mehr, nachdem ich das Ganze in buntem Glas vor mir gesehen habe.

Mom legt die Hände zusammen, eine bittende Geste, aber ich sehe nur die Beschwichtigung. »Wir haben beide deinen Vater verloren, Penny.«

»Nein«, sage ich. In mir brodelt es nicht nur, es kocht. Dieses Verlangen, den unsichtbaren Pakt des Schweigens zwischen uns zu durchbrechen. »Es steht dir nicht zu, so zu tun, als ob es das Gleiche wäre. Und es steht dir auch nicht zu, Kunst aus diesem Tag zu machen, wo du nicht mal *da* warst.«

»Keiner hat mich gebeten mitzukommen«, sagt sie. »Wenn ich dabei gewesen wäre, wäre vielleicht …« Ihr Gesicht verzieht sich, sie kämpft mit einer alten, uralten Wunde, merke ich jetzt.

Ich blinzele bestürzt, denn dieser Gedanke ist mir niemals gekommen, was vielleicht egozentrisch ist. Er und ich, wir sind allein losgezogen, es war ein Vater-Tochter-Ausflug, wir haben nicht mal gefragt, ob sie gern mitkäme. Sie hat Wildwasser noch nie gemocht.

»Mom«, sage ich und versuche, zugleich sanft und hart zu sein, denn so ist die Wahrheit eben. »Wenn du mitgekommen wärst, wären wir alle gestorben.«

»Ich – nein, nein. Das ist nicht –« Mom schlägt die Hand vor den Mund, unterdrückt ein ersticktes Schluchzen.

»Das zusätzliche Gewicht … Wir wären noch schneller untergegangen. Wir hätten es nie bis zu diesem Baum geschafft. Wenn du mich *jemals* gefragt hättest, was an diesem Tag passiert ist, dann wüsstest du das. Aber das hast du nie. Du hast mich einfach ignoriert und aus der Therapie genommen. Dich mit Was-wäre-wenn-Fragen gequält und Kunst gemacht aus deinen Fantasien. Kunst über das, was du *denkst*, dass passiert ist. Das war dir lieber, als dich dem auszusetzen, was *wirklich* ist.«

»Das sind keine *Fantasien* – wie kannst du so was behaupten!« Sie hat Tränen in den Augen.

»Fantasien. Metaphern. Ein blutroter Fluss – was soll der denn sonst sein?« Ich schüttele den Kopf. »Es steht dir nicht zu, eine Metapher aus der Realität zu machen, vor der du *weggelaufen* bist. Du warst nicht da. Du warst nicht bei ihm. Du hast nicht gehört, wie er mich angefleht hat loszulassen. Du weißt nicht, was passiert ist. Weil du nie gefragt hast! Du hast nie auch nur *eine einzige Frage* gestellt. Und über das, was hinterher passiert ist, weißt du auch so gut wie gar nichts, weil du da genauso wenig da warst.«

»Penny –«

Ich habe die Kontrolle verloren, keine Richtung mehr. Die Worte brechen aus mir heraus, endlich, *endlich.*

»Dad hat mich losgelassen, weil er *musste.* Das weiß ich. Ich weiß es wirklich. Aber du hast mich losgelassen, weil es dir zu schwer war, mit mir klarzukommen. Also hatte ich nur Gran, die konnte nicht mal richtig trauern, weil sie sich um mich gekümmert hat. Ich weiß, wie es ist, für jemanden das Wichtigste auf der Welt zu sein, denn für sie war ich das. Für dich nicht. Du konntest trauern, so viel du wolltest und wie du wolltest. Was hast du gemacht in der Zeit, als Gran und ich hier waren und alles versucht haben, um meine Hände wieder hinzukriegen? Erst verkaufst du das Haus und dann auch noch sein Geschäft, dann schwebst du nach Monaten bei Anna einfach wieder hier ein, löschst ihn aus Grans Haus und tust, als wäre das total in Ordnung. Nachdem die härteste Zeit vorbei war, in der Gran *alles* für mich getan hat, drängst du dich in ihr Haus und machst kaputt, was wir uns zusammen aufgebaut haben – und ich soll auch noch so tun, als ob das alles super wäre. Als ob du eine *echte* Mutter wärst. Habe ich auch gemacht. Weil es einfacher war. Mit dir klarzukommen, ist viel leichter, wenn man tut, was du willst. Aber seinen Tod, den kriegst du nicht. Diesen Tag kriegst du nicht. Du warst nicht da. Er gehört dir nicht.«

»Penny.« Jetzt fließen die Tränen.

»Hör auf, immer bloß meinen Namen zu sagen! Sag endlich mal was, das eine *Bedeutung* hat! Du tust nie irgendwas, nur mein Leben ruinieren und mich von den Leuten wegholen, die mir helfen! Nie sagst du irgendwas von Bedeutung!«

Aber sie weint einfach nur weiter. Und ich weiß, ich werde heute keine Antworten bekommen, egal wie sehr ich es mir wünsche, und auch sonst nichts von dem, was ich will.

Dieser ganze Mist kann unmöglich in einem Gespräch oder einem Tag gelöst werden, in einem einzigen schrecklichen Moment der Offenbarung.

Ohne Gespräche über Tage und Wochen und Monate kann nichts gelöst werden – vielleicht dauert es sogar Jahre. Und wenn sie nicht redet, nicht mal jetzt, wenn sie mich immer weiter aussperrt …

Was soll ich denn tun, wenn sie es nicht mal versucht?

Ich werfe das Skizzenbuch auf den Sofatisch.

»Da hast du's«, sage ich, weil es sonst nichts zu sagen gibt.

»Penny, bitte«, antwortet Mom.

Und es ist wirklich eine Bitte. Eine Bitte, wieder normal zu sein. Alles zu ignorieren. Weiterzumachen mit dem Spiel, allem auszuweichen, alles wegzudrängen.

Aber mir reicht es.

Keine Spiele mehr.

Nur die Wahrheit.

»Weißt du, wenn du mich jemals nach dem Tag gefragt hättest, hätte ich dir alles erzählt. Wie tapfer er war. Wie ruhig. Vollkommen darauf konzentriert, mich zu retten. Und wenn du nicht so viel Angst gehabt hättest, dann wüsstest du auch, was die letzten Worte waren, die er je gesagt hat. Seine letzten Worte? Er hat mich angefleht, dir zu sagen, dass er dich liebt.«

Das Geräusch, das sie macht, klingt nicht menschlich.

Ich kenne es.

Genau so habe ich geklungen, als er losgelassen hat.

58
Tate

23. Juli

Penny stürmt aus dem Wohnzimmer und ich versuche nicht, sie aufzuhalten. Ich stehe weiter im Türrahmen, während Lottie auf dem Sofa vor sich hin schluchzt.

Sie erstickt fast an ihrem Rotz, also gehe ich hin und lege ihr eine Packung Papiertaschentücher in den Schoß.

»Na, bist du jetzt zufrieden?«, fragt sie, pampig wie eine Fünfjährige.

Ich starre sie fassungslos an. Ein Teil von mir will sich zusammenreißen, will die Worte zurückhalten, die in mir hochsteigen. Aber ich kann nicht mehr. Nicht nach dem, was eben passiert ist.

»Das ist deine Schuld, Lottie. Es war doch klar, dass sie irgendwann zusammenklappt. Und du bist eine Idiotin, wenn du dir das nicht selbst gedacht hast.«

Sie schnappt nach Luft, vor Wut und wegen ihrer verstopften Nase, aber das Geräusch eines startenden Autos lenkt mich ab.

Scheiße! Ich renne zur Eingangstür und reiße sie auf, gerade noch rechtzeitig, um zu sehen, wie sich die Rücklichter von Pennys Kombi entfernen, die Auffahrt runter und durch das offene Tor.

»Fuck!«, brülle ich, außer mir vor Wut. Doch einen Moment später wird die Wut von Angst verdrängt.

Sie sollte nicht Auto fahren. Nicht in diesem Zustand. Das ist nicht sicher.

»Tate?«, ruft Lottie. »War das – was ist los?«

Ich ignoriere sie und knalle die Eingangstür zu.

»Tate?«, ruft sie wieder. »Ich stehe auf, wenn du nicht –«

»Lass das gefälligst.« Ich laufe zurück ins Wohnzimmer. »Du hilfst keinem, wenn du dir wehtust.«

»Ist sie weggefahren?«, fragt Lottie mit zitternder Unterlippe. Wenn sie wieder anfängt zu weinen …

»Hast du im Ernst geglaubt, diese Bildtafeln würden ihr nichts ausmachen?«, frage ich, unfähig, mich zu bremsen. Wie kann sie nur so grausam sein?

»Die Psychologin«, sagt Lottie.

»Was?«

»Die Psychologin. Die, zu der ich musste, damit ich Spenderin werden kann. Sie hat mich gefragt, warum ich meine Trauer nicht in meine Kunst fließen lasse, und das habe ich nicht mehr aus dem Kopf gekriegt. Ich war nur – anders wäre ich die Frage nie losgeworden. Die Bilder von diesem Tag aus meiner …« Der restliche Satz verliert sich wieder in diesem schauderhaften Schluchzen.

Ich kann nichts anderes denken als *Fuck*, in mir ist nichts als Wut. Das ist so typisch: Lottie hat in der Therapie eine Erleuchtung gehabt, aber Penny durfte mit ihrer nicht mal weitermachen.

Nie im Leben habe ich jemanden gleichzeitig so geliebt und gehasst wie Charlotte Conner. Ich weiß nicht, wie ich damit umgehen soll, es macht mich total fertig. Dabei bin ich nicht mal ihr Kind. Wie sich Penny da fühlt …

Ich muss sie finden.

Aber ich kann Lottie nicht allein lassen.

»Bleib liegen«, sage ich und laufe aus dem Wohnzimmer in den Flur. Dort lasse ich mich auf die unterste Treppenstufe sinken und ziehe mein Telefon heraus.

Ich brauche einen Plan. Ich brauche eine Lösung. Ich brauche ein gottverdammtes Wunder.

Was ich habe, das sind Meghan und Remi. Immerhin nah dran.

Ich schicke beiden die gleiche Nachricht in einen Gruppenchat:

Ich brauche Hilfe. Kann einer von euch herkommen und bei Lottie bleiben?

Ich muss Penny suchen gehen. Sie haben sich gestritten.

Ganz entsetzlich gestritten.

Während ich warte, dass sich einer der beiden meldet, stehe ich auf und gehe die Treppen hoch, damit Lottie nicht lauschen kann.

Jeder Schritt ist ungewiss. Ich weiß nicht, ob das die richtige Entscheidung ist.

Ich weiß nur, dass das hier aufhören muss.

Dass es Dinge gibt, die größer sind als wir.

Dass wir manchmal Hilfe brauchen.

Lottie hat Penny alle möglichen Hindernisse in den Weg gelegt. Sie hat aberwitzige Regeln erfunden und das Reden über George zum Tabu gemacht, wie ein Falter, der aus den Schatten ins Licht flieht, wodurch Penny immer kleiner und trauriger geworden ist. Sie hat Penny immer schlimmer leiden lassen, nur weil das für sie einfacher war, als ihrem eigenen Schmerz ins Gesicht zu sehen.

Penny verdient mehr.

Penny verdient alles.
Sie verdient es, Hilfe zu bekommen, verdammt noch mal.

59
Penny

23. Juli

Ich war schon immer gern hier oben am Damnation Peak. Die Lichter der Stadt spiegeln sich im Fluss, der sich die Berge hinunterschlängelt. Es ist ein friedlicher Ort, auch dann, wenn du selbst alles andere als friedlich bist.

Ich kriege sie nicht aus dem Kopf. Diese Tafeln, die Mom gemacht hat. Die Vorstellung, dass irgendwer sie besitzen könnte … Ich weiß nicht mal, was für ein Gefühl das in mir auslöst.

Sie findet wahrscheinlich, ich hätte es nicht verdient, dazu überhaupt eine Meinung zu haben.

Ich habe nie verdient, bei irgendwas mitzureden. Nicht als Dads Sachen eingelagert werden sollten. Nicht als sie mich aus der Therapie rausgerissen hat. Nicht als sie mich erst im Stich gelassen hat und dann einfach so zurückgekommen ist, nur um sich dann voll in die Rettung von Anna zu stürzen.

Ich überkreuze die Beine, lehne mich gegen die Windschutzscheibe und schaue auf die Lichter unten.

Vielleicht sollte ich einfach losfahren. Alles hinter mir lassen. Mir irgendwo einen Job suchen und nie mehr zurückkommen.

Ich will nie mehr zurück nach Hause. Warum auch? Dort gibt es nichts mehr für mich.

Ich bin wieder da gelandet, wo ich früher war. Der einzige Mensch, der mich wirklich liebt, ist Gran. Mehr Familie habe ich nicht.

An sie zu denken tut mir weh. Sie hat Dad am längsten gekannt. Eine seltsame Vorstellung, aber so ist es. In jedem Moment, in dem er am Leben war, war sie es auch.

Das macht den Schmerz wohl eher größer als kleiner.

Aber sie hat mir nie irgendwas vorgeworfen. Sie hat nie aufgehört, sich für mich einzusetzen. Sie hat nie bereut, dass es mich gibt.

Wenn sie doch nur hier wäre.

In der Nacht, in der sie alle meine Pillen einsperren musste, hat sie stundenlang bei mir am Bett gesessen. Meine Hand konnte sie natürlich nicht halten, aber dafür hat sie ihre Hände neben meine gelegt, damit ich ihre Wärme spüre.

Sie war einfach da. Hat mit mir weiter existiert. Und darauf geschaut, dass ich weiterlebe.

Ich weiß noch, wie sich das angefühlt hat. Nicht mehr existieren zu wollen.

Ich will das nie wieder fühlen.

Ich lege meine Hände übereinander und schließe die Augen. Aber sie stehen direkt vor mir: diese beschissenen Tafeln. Der blutrote Fluss. Wie kann sie es wagen?

Als ich das Motorgeräusch eines Pick-ups höre, richte ich mich auf. Ich blinzele ins Scheinwerferlicht, und schon in dem Moment, in dem ich den Umriss von Berry auf der Ladefläche sehe, der erst noch zu seiner neuen Besitzerin gebracht werden muss, weiß ich Bescheid.

Tate findet mich immer.

Vielleicht ist das seit jeher etwas, wofür ich sie liebe.

»Mit diesem Bär hintendrauf durch die Gegend zu fahren

ist ein Sicherheitsrisiko«, sagt sie, während sie auf die Motorhaube klettert und sich neben mir an die Windschutzscheibe lehnt.

»Meine Mom?«, frage ich endlich.

»Der hab ich Meghan auf den Hals gehetzt«, erklärt Tate.

Das bringt mich fast zum Lachen. Aber ich schaffe es nicht, das Lachen tatsächlich laut werden zu lassen.

»Tut mir leid«, sage ich.

»Du –«

»Du bist hier rausgekommen. Du hast eine Stinkwut auf mich und viele gute Gründe dafür, trotzdem bist du hier rausgekommen. Das musstest du nicht.«

»Ich musste wissen, ob du okay bist.«

»Ich glaub nicht, dass ich das jemals sein werde. Und zurück kann ich wohl auch nicht«, sage ich ruhig. Ich spüre ihren Blick, aber ich kann ihr nicht ins Gesicht sehen, während ich das ausspreche.

»Penny«, sagt sie sanft. Sie richtet sich auf, verschränkt die Beine und setzt sich mir gegenüber, die Oberschenkel wie Schmetterlingsflügel ausgebreitet. »Ich hab was getan. Vielleicht macht dich das sauer, aber ich bin auch sauer auf dich, also können wir, wenn das so ist, einfach gegenseitig sauer sein.«

»Was hast du denn gemacht?«

Sie hält mir ihr Handy hin. Die Notiz-App ist geöffnet.

TATES HILFSPLAN FÜR PENNY

1. Marion anrufen.
2. Die Nummer von Pennys Ex-Therapeutin rauskriegen.
3. Lottie ein Ultimatum stellen.
4. Einen Notfalltermin mit der Therapeutin ausmachen.

Ich starre den Plan an. Die Wörter verschwimmen, als Tränen an meiner Nase entlanglaufen und auf das Display tropfen. Schnell wische ich sie weg und gebe ihr das Handy zurück.

»Ich habe nichts von dem gemacht, was auf der Liste steht«, erklärt sie mir. »Ich wollte nur – du mochtest die Therapeutin doch, oder?«

Ich nicke.

»Du wolltest weiter zu ihr gehen? Und auch zum Psychiater und –«

»Ja.« Ich hauche es mehr, als dass ich es sage, denn mein Herz schlägt so schnell, dass ich kaum ein Wort herausbringe.

Es ist so simpel und es steht schwarz auf weiß da. Vier Schritte, damit ich Hilfe bekomme.

Vier Schritte zurück zu jemand, die mir wirklich zuhört.

Vier Schritte, damit ich Antworten kriege.

»Penny, ich kann nichts dagegen tun, dass deine Mom immer weiter so einen monumentalen Mist baut. Aber ich kann sie dazu bringen, dass sie dich zu der Therapeutin gehen lässt.«

»Du hast nicht mitgekriegt, wie sie bei dieser einen Sitzung reagiert hat, bei der sie mit war«, protestiere ich. Hoffnung zu haben ist so verdammt schwer, egal um was für eine es geht.

»Was sie darüber denkt oder wie sie sich fühlt, ist vollkommen egal«, sagt Tate. »Wenn es das ist, was *du* willst, dann sorge ich dafür, dass es passiert.«

»Wie?«

»Deine Gran wird ihr sagen, dass sie das Atelier räumen muss, wenn sie dich nicht lässt.«

Ich starre sie mit offenem Mund an. »Das kannst du nicht –«

»Es ist Marions Haus. Und Marions Garage. Meinst du etwa, sie wäre nicht einverstanden? Meinst du, sie will dich nicht glücklich und gesund sehen?«

»Aber Lottie ist meine Mutter, Tate.«

»Sie tut dir weh«, sagt Tate. »Das ist genauso schlimm, wie wenn sie verboten hätte, dass du operiert wirst, oder dich gezwungen hätte, die Physiotherapie abzubrechen. Sie kommt nur damit durch, weil die Welt bei allem, was mit Gefühlen und psychischer Gesundheit zu tun hat, so unfassbar dämlich ist.«

»Ich –« Ich kann nicht mit ihr darüber streiten.

Bei so vielen Wahrheiten ist Streiten schwer.

»Sie ist nicht böse«, fährt Tate fort. »Sie ist bloß dumm und egoistisch und steckt immer noch im Loch ihrer Trauer. Sie braucht auch eine Therapeutin, nur ist das nicht meine Sache.«

»Ich aber schon?«

Als sie mir direkt in die Augen schaut, kann ich den Blick nicht abwenden. In einem Atemzug switchen wir von traurig zu elektrisiert, so schnell, dass es mich taumeln lässt.

»Du bist keine Freundin für mich«, sagt Tate. »Und du warst auch nie meine Feindin, Penny. Du bist … *du*. Ich bin auf deiner Seite. Das bedeutet, dass ich nicht aufgebe, wenn es um dich geht. Schon gar nicht, wenn du nichts weiter willst, als zu der Therapeutin zu gehen, die dir geholfen hat.«

Ich will noch viel mehr, aber wenn ich das laut ausspreche, gehen alle möglichen Türen auf, die ich so lange verschlossen gehalten habe.

»Ich werde das tun, was du von mir willst«, sagt Tate. »Wenn du etwas nicht willst, dann tue ich es auch nicht. Aber wenn du das möchtest, werde ich hier bei dir sitzen und deine Hand halten, während du deine Gran anrufst. Ich werde dabei sein, wenn Marion es Lottie sagt. Ich werde dich selbst zu der Therapeutin fahren. Aber wenn *du* nicht selbst etwas änderst, Penny, dann wird sich nichts ändern. Lottie lässt das nicht zu.«

Sie hat recht.

Tate hat immer recht. Meistens ist das äußerst nervig, aber jetzt …

Ich bin so dankbar.

Ich halte ihr meine Hand hin.

Sie nimmt sie.

»Lass uns Gran anrufen«, sage ich.

60
Penny

2. August

Janes Praxisraum ist so, wie ich ihn in Erinnerung hatte. Zwar nicht ganz genau, denn sie hat neue Sofakissen, aber es riecht exakt wie früher. Hier hereinzukommen war ein überwältigendes Gefühl. Als würde sich in dem Moment, in dem ich mich auf das Sofa setze, ein Knoten in meiner Brust endlich lösen.

»Es ist gut, dich zu sehen«, sagt Jane.

Ich nicke und presse die Lippen zusammen, um nicht loszuweinen.

Die Aussicht auf dieses Gespräch hat mich schon die ganze Woche nervös gemacht. Mom hat die Papiere sofort unterschrieben, nachdem Jane sie geschickt hatte.

Wenn du doch nur verstehen könntest, wie viel Angst ich habe, dich zu verlieren, Penny, hat sie gesagt, als sie mir die Unterlagen zurückgegeben hat.

Am liebsten hätte ich geschrien: *Du hast mich schon verloren*, aber das habe ich bleiben lassen.

Jane wäre stolz gewesen.

Diskret schiebt sie die Schachtel mit Papiertaschentüchern in meine Richtung. Ich nehme gleich die ganze Packung, statt nur eins herauszuziehen. Nur damit ich etwas habe, woran ich mich festhalten kann.

»Ich bin nervös«, gebe ich zu.

»Unser letztes Treffen ist dramatisch verlaufen«, sagt Jane mit einem leisen Lächeln. »Deine Mutter war sehr aufgewühlt über die Situation, so wie sie sie wahrgenommen hat.«

»Ihre Wahrnehmung war falsch«, erwidere ich.

»Sie hat sich aus Angst so verhalten«, sagt Jane. »Für manche Menschen bedeutet eine Diagnose, dass etwas zuvor Vages realer wird. Und viele Leute haben eine negative Einstellung gegenüber Psychopharmaka. Aber ich gebe zu, ihre Reaktion war auch für mich entmutigend. Es war nicht fair dir gegenüber, Penny. Es muss sehr wehgetan haben.«

»Na ja, ist halt noch was, das ich auf die Liste setzen kann.« Mein Versuch, mich in ein Witzchen zu flüchten, scheitert erbärmlich, denn Jane sieht mich einfach an und wartet, dass die Wahrheit an die Oberfläche kommt.

»Es war schlimm«, sage ich in die Stille hinein, in den Raum, den sie mir gibt.

»Deine Großmutter hat erwähnt, dass deine Mutter im Krankenhaus gewesen ist.«

»Ja, sie hat ihrer Busenfreundin ein Stück Leber gespendet.«

»Wie ist es dir damit gegangen?«

»Ich freue mich«, antworte ich. »Das tue ich wirklich. Ich bin so froh, dass es Anna gut geht. Aber es war … Sie hat mich nicht mal vorgewarnt. Die haben es uns erst fünf Tage vor der OP gesagt.«

»Das ist wirklich sehr knapp«, sagt Jane. »Impulsivität scheint ein Muster bei ihr zu sein.«

»Die letzten beiden Jahre über hat sie alles getan, um mich immer tiefer reinzureiten«, sage ich. »Erst stirbt Dad und sie verbuddelt ihn in der Erde, statt ihm das zu geben, was er sich gewünscht hat. Sie kommt nicht mehr heim, sondern schiebt mich zu Gran ab und wohnt bei Anna. In den letzten paar Jahren hat Tate mehr Zeit mit meiner Mom verbracht als ich. Können Sie sich vorstellen, wie beschissen das ist?« Ich mache keine Pause, in der sie antworten könnte. »Und dann verkauft sie auch noch seine Rafting-Firma. Wegen Ihnen.«

»Wegen mir?« Jane runzelt die Stirn.

»Na ja, nicht so ganz. Wegen der Sitzung bei Ihnen. Sie ist komplett ausgeflippt bei der Vorstellung, ich könnte wieder aufs Wasser. Also hat sie sich die Regel ausgedacht, dass ich, abgesehen von Swimmingpools, überhaupt nicht mehr mit Wasser in Berührung kommen darf. Und sie hat Dads Anteil an seinen Geschäftspartner verkauft, der den Laden im letzten Jahr so ziemlich an die Wand gefahren hat.«

»Viel auf einmal, womit du zurechtkommen musstest«, stellt Jane fest.

»Und dann gibt sie auch noch ihre Leber an Anna – na ja, einen Teil davon – und Anna und Tate ziehen bei uns ein, denn haben Sie eine Ahnung, wie unfassbar teuer diese verdammten Immunsuppressiva sind? Das ist echt kriminell. Dieses Land ist so ein Dreck, was die medizinische Versorgung angeht. Und jetzt muss ich gegenüber von dem Mädchen wohnen, das –« Ich unterbreche mich.

Endlich. Wow, das war verbales Auskotzen.

Emotionales Auskotzen.

Jane setzt sich in ihrem Stuhl zurecht.

»Das war schlimm«, wiederhole ich. »Und dann ist es noch schlimmer geworden.«

»Wie denn?«

»Ich habe aufgehört, mich zu verstellen.«

»Wieso verstellen?«

»Ich hab aufgehört, so zu tun, als ob ich okay wäre. Mom ist nach der OP fast einen Monat zur Nachsorge in Sacramento geblieben. In der Zeit musste ich nicht um Dads Tod herumschleichen. Ich musste keine Angst haben, dass Mom mich erwischt, wenn ich heimlich Kajak fahren gehe. Ich musste nicht lächeln, wenn sie mit ihrem Abendbrotteller an mir vorbeigelaufen ist, um im Atelier zu essen statt mit mir. Irgendwie war das, als ob alles im Haus schwarz-weiß gewesen wäre, und kaum war sie weg, hat auf einmal alles geleuchtet wie in Technicolor. So richtig knallbunt, wie in den Musicals aus den 1950ern.«

Jane lacht ein bisschen. »Die mag ich auch.«

»Mich nicht mehr verstellen zu müssen war schön. Mit Tate über meinen Dad reden zu können hat mir wahnsinnig gutgetan. Mit einer Person, die selbst auch viele Erinnerungen an ihn hat. Und es hat mir gefallen, jeden Morgen und jeden Abend zusammen zu essen. Aber als Mom dann zurückgekommen ist …«

»Da musstest du dich wieder verstellen.«

»Nur konnte ich das schon auf der Fahrt nach Hause nicht mehr durchhalten«, gestehe ich. »Und dann habe ich gesehen …«

Dieser blutrote Fluss wirbelt in meinem Kopf herum. Jedes Mal diese Woche, wenn ich an ihrem Atelier vorbeigekommen bin, habe ich überlegt, ob ich reingehen und die verdammten Dinger kaputt schlagen soll. Einmal hab ich tatsächlich versucht reinzugehen, aber die Tür war abgeschlossen.

Sie hat mich ausgesperrt.

Hat dafür gesorgt, dass ihre wertvollen Todesfantasien in Sicherheit sind.

Ich erzähle Jane von den drei Glastafeln und der Auseinandersetzung, nachdem ich sie entdeckt hatte. Als ich fertig bin, ist sie lange still.

»Kunst ist eine Gemeinsamkeit zwischen dir und deiner Mutter, richtig?«, fragt sie schließlich.

»Ja, kann sein.«

»Hast du dich seit dem Unfall denn eigentlich mal selbst künstlerisch auszudrücken versucht?«

Meine Stacheln richten sich auf. »Finden Sie es denn okay, was sie gemacht hat?«

»Nein«, sagt Jane. »Das war unglaublich verletzend. Damit hat sie viele Grenzen überschritten. Sie hat nicht nur vermieden, mit dir über einen gewaltigen Verlust zu sprechen, der euch beide betrifft, sondern auch geschwiegen über das entsetzliche physische und mentale Trauma, das du erlitten hast. Und jetzt macht sie Kunst, um die Lücken zu füllen, denn es gibt so viel, was sie über den Unfall und diesen Tag nicht weiß.«

»Ich hätte es ihr erzählt«, betone ich, »wenn sie nur gefragt hätte.«

»Das weiß ich«, sagt Jane. »Und du verdienst es, ihr zu erzählen, was passiert ist. Genauso wie sie es verdient, es wirklich zu wissen, statt sich Szenarien in ihrem Kopf auszudenken.«

»Sie will sie verkaufen«, flüstere ich. »Die Kunstwerke.«

»Vielleicht hasst sie es genauso sehr wie du, sie anzuschauen«, sagt Jane sanft.

Dieser Gedanke ist mir bisher nicht gekommen.

»Aber warum hat sie sie dann überhaupt erst gemacht?«

»Ich denke mal, Kunst ist ihre Bewältigungsstrategie«, sagt Jane. »So wie das Raften für dich. Deine Mutter hat in ihre Kiste gegriffen und das vertrauteste Werkzeug herausgezogen. Das sicherste. Sie hat sich in der Arbeit vergraben, in den Geschichten, die sie selbst über den Unfall erzählt hat, um das auszublenden, was danach gekommen ist. Die Entscheidungen, die sie seitdem jeden Tag getroffen hat. Denn manche von ihnen waren wirklich schlecht, und deine Mutter … na ja, sie tut sich schwer mit ihren Gefühlen.«

»Ich doch auch, aber ich muss nicht nur mit meinen eigenen klarkommen, sondern sie lädt mir auch noch ihre auf.«

»Das ist nicht fair. Aber wir können gemeinsam daran arbeiten, wie du Grenzen setzen kannst, wenn sie das versucht. Es gibt einen Unterschied zwischen euch beiden: Du bist dir bewusst, dass du Schwierigkeiten mit deinen Gefühlen hast«, sagt Jane. »Du hast dir Hilfe gesucht. Und du kannst das, was wir beide hier tun, mit in deine Werkzeugkiste nehmen.«

»Also geht es darum, dass ich ein besserer Mensch sein muss als sie?«, frage ich.

»Es geht darum, zu begreifen, dass du mitbestimmen kannst, welche Art von Beziehung du zu deiner Mutter hast«, sagt Jane. »Oder ob du überhaupt eine haben willst. Du setzt selbst deine Grenzen. Du hast erzählt, wie schwer es dir gefallen ist, dich wieder zu verstellen, als sie zurückgekommen ist. Und wie befreiend es für dich war, über deinen Vater zu reden. Wie wäre es, wenn du … einfach weiter über ihn sprechen würdest? Wenn du sie um ein Familienessen bittest? Wenn du ihr sagst, dass du über den Unfall reden willst? Und dass du zum Kajakfahren auf den See gehst, weil du das für dich brauchst, und dass es da sicher ist?«

»Ich weiß nicht«, sage ich leise.

Jane beugt sich vor. »Vielleicht ist es an der Zeit, das herauszufinden.«

SIEBTER TEIL

Zu Hause

(oder das Mal, bei dem wir es hinkriegen)

61
Tate

9. August

»Siehst du sie?« Ich recke den Hals über die Spüle und spähe raus auf die dunkle Auffahrt. Keine Autoscheinwerfer.

»Bestimmt sind sie bald da«, sagt Penny. Sie rührt in der Pastasoße, die schon den ganzen Tag auf dem Herd vor sich hin köchelt.

Heute Morgen hat sie den Zitronenkuchen gemacht – inklusive der geheimen Jelly-Zutat. Er steht oben auf dem Kühlschrank, bereit für später.

»Soll ich deine Mom holen?«, frage ich.

»Ja, glaub schon«, sagt Penny.

Lottie hat sich in den letzten Tagen langsam, aber sicher in ihr Atelier vorgekämpft. Am ersten Tag habe ich sie noch nach draußen begleitet, aus Angst, sie könnte hinfallen, auch wenn die Ärztin ausdrücklich gesagt hat, sie soll herumlaufen. Es vorsichtig angehen lassen muss sie trotzdem. Beim zweiten Mal habe ich sie nur von der Veranda aus im Blick gehabt und jede Stunde nach ihr geschaut. Mittags habe ich ihr was zum Essen rübergebracht und ihr abends zurück ins Haus geholfen, wo sie dann allein in ihrem Zimmer gegessen hat.

Ich lasse Penny in der Küche zurück und gehe nach draußen Richtung Garage.

Es wird dunkel – Mom und Marion sind spät aufgebrochen; die letzte Untersuchung hat länger gedauert, als Mom dachte, aber die Ärzte haben ihr grünes Licht gegeben.

Mom wird jeden Moment zurück nach Hause kommen.

Dann ist es vorbei. Das jetzt ist das Ende und der Anfang.

(Der Anfang vom Rest unseres Lebens. Mom, die gesund ist und aufblüht. Ich weiß nicht, wie ich mir das vorstellen soll, und kann kaum erwarten, es herauszufinden.)

Vorsichtig klopfe ich an die Tür von Lotties Atelier, bevor ich am Türknauf drehe. Diesmal ist überraschenderweise nicht abgeschlossen, also gehe ich rein, denn sie soll erst aufstehen, wenn sie bereit ist.

Da sind sie: die drei Tafeln des Schmerzes. Es hängen schon lange keine Tücher mehr darüber.

Lottie, die zusammengesunken auf ihrem Stuhl sitzt und sie anstarrt, hebt kurz den Blick.

»Meine Mom und Marion kommen bald an«, sage ich. »Wir haben drüben im Haus ein Essen vorbereitet. Soll ich dir helfen rüberzukommen?«

Sie nickt, steht aber nicht auf und schaut immer weiter auf die Buntglasbilder.

Lottie nimmt einen großen Schluck Wasser. Gott, hoffentlich *ist* es Wasser. Wenn nicht, sind wir alle am Ende.

»Sie müssen verpackt werden«, verkündet sie und schwenkt die Wasserflasche in Richtung der Tafeln. »Die Galerie wartet schon.«

»Willst du sie denn wirklich da hinschicken?«, frage ich.

Ich weiß nicht, ob Penny es verkraftet, wenn sie das tut.

Lotties Gesicht ist wie eine Flamme hinter einem Blatt Papier. Bevor sich das Licht durchfrisst, wird erst alles schwarz.

»Das hatte ich vor, ja. Das wollte ich. Aber jetzt –«

Sie wischt sich die Tränen weg. »Die einzig gute Entscheidung in meinem Leben war, mich mit deiner Mom anzufreunden.«

Ich kann ihr nicht mal widersprechen. Vielleicht stimmt es wirklich. Sie hat auf jeden Fall eine richtig miese Bilanz, was Entscheidungen angeht.

»Du könntest dich fragen, was sie tun würde«, schlage ich vor.

Lotties Augen glänzen, während sie darüber nachdenkt. Es ist fast unheimlich, wie ihr Blick über das bunte Glas streift, als wollte sie sich alles einprägen.

Dann schleudert sie die Wasserflasche gegen das Teil in der Mitte. Das passiert so schnell, die Bewegung kommt so plötzlich, dass ich in meinen Flipflops hochspringe, noch bevor die Flasche mit Wucht gegen den brodelnden Fluss knallt.

Der Aufprall lässt das schwere Glas zersplittern, die Staffelei wankt.

Ein gewaltiges Scheppern.

Dann fällt sie um und mit ihr stürzen auch die anderen beiden Tafeln.

Sie zerschellen am Boden, ein Chaos von Blau, Grün und Rot.

Schwankend kommt Lottie auf die Füße, bewegt sich auf das Glas zu, doch ich packe sie, denn sie trägt nur dünne Hausschuhe. Sie wehrt sich, schwach, wie sie ist, aber ich habe solche Angst, ihr wehzutun, dass mein Griff nicht viel bringt gegen ihren Widerstand.

»Tate?! Lottie!«

Wettergegerbte Hände ziehen mich von Lottie weg und ich klappe fast zusammen vor Erleichterung, als ich sehe, dass das Marion ist.

»Mom?« Ich rufe schon nach ihr, bevor ich sie überhaupt sehe. Sie steht in der Tür zum Atelier und starrt Marion an, die Lottie so vorsichtig wie möglich zurück zu ihrem Stuhl drängt, damit sie sich nicht schneidet.

»Was ist hier los?«, fragt Mom. »Tate? Bist du okay?«

Ich nicke.

»Lottie?«

Lottie schüttelt den Kopf. »Ich habe Mist gebaut«, murmelt sie. »Ich habe solchen Mist gebaut.«

»Wir können das doch bestimmt –«, beginnt Mom, aber Lottie schüttelt den Kopf.

»Nein. Ich hätte die Tafeln nie machen dürfen. Ich hätte mit ihr reden müssen. Ich hätte nie so einen kolossalen, schrecklichen Mist bauen dürfen.«

»Was ist …« Mom redet nicht weiter, sondern sieht Marion nur fragend an.

»Später«, sagt Marion.

»Hast du mir was verheimlicht?«, fragt Mom.

»Ja«, antwortet Marion, ohne einen Hauch von Scham oder Entschuldigung. »Du hast genug anderes am Hals. Lottie, wo sind deine festen Schuhe?«

»Im Haus«, sagt Lottie. »Ich muss das hier wegräumen.«

»Ich sag dir, was du musst: dir Schuhe anziehen«, erklärt Marion. »Und dann packst du deinen Hintern auf ein Sofa oder ein Bett und machst erst mal Pause. Du siehst ja aus wie der Tod auf Urlaub.«

»Mom, du musst auch ins Haus«, sage ich. »Die lange Fahrt –«

»Mir gehts gut«, versichert Mom. »Lottie, was läuft hier?«

Lottie schüttelt den Kopf. »Alles in Ordnung«, beharrt sie und steht auf. »Ich muss nur in mein Zimmer.«

Die Vorstellung, dass sie sich wieder mal verkriecht, statt mit uns zu essen, und ich mit ansehen muss, wie jeder Funken Hoffnung in Penny erlischt, macht mich fertig.

»Wir haben was zum Abendessen vorbereitet, du solltest mit uns essen«, sage ich.

»Ich glaub nicht –«, beginnt Lottie.

»Penny würde das mögen«, unterbreche ich sie.

Sie sieht mich an.

Es ist, als ob das Licht in ihr wieder angeknipst wäre. »Wirklich?«

»Wirklich«, sage ich.

»Lasst mich euch helfen, Mädels«, sagt Gran und schiebt sich zwischen Mom und Lottie, dann machen die drei sich auf den Weg zum Haus.

Ich folge ihnen und drehe mich noch kurz um, um die Tür zu schließen.

Auf dem grauen Betonboden glänzt das zerbrochene Glas. Mir ist klar, dass das nicht genügen wird.

Aber es ist ein Schritt zur richtigen Entscheidung.

62
Penny

9. August

Das Abendessen läuft alles andere als perfekt.

Dabei ist die Soße, die ich gemacht habe, absolut großartig. Mit Grans Rezepten kann nichts schiefgehen. Aber kaum sind alle von draußen reingekommen, ist die Energie auf einen Schlag seltsam. Mom hat total rote Augen und Anna runzelt unentwegt die Stirn. Gran bugsiert die beiden aufs Sofa und Tate bleibt bei ihnen, während Gran in die Küche kommt und mich umarmt, lange und fest.

»Alles im Lot?«, flüstert sie mir ins Ohr.

»Nein«, sage ich. »Aber ich glaube, ich komme da hin. Dank dir, Tate und Jane.«

Als sie sich von mir löst, lächelt sie, mit einem Anflug von Traurigkeit und echter Reue im Blick. »Es tut mir leid. Ich hätte nicht zulassen dürfen, dass alles so schlimm wird.«

»Hast du nicht.«

»Ich hätte öfter eingreifen sollen«, sagt Gran. »Ich hätte unbedingt verhindern müssen, dass deine Mutter dich aus der Therapie nimmt. So was wird nie mehr passieren, das verspreche ich dir.«

»Ich werde nicht zulassen, dass es wieder passiert«, sage ich und denke an das, was Jane über Grenzen gesagt hat. Die Pasta ist fast fertig, also gieße ich sie ab, schütte sie in den Soßentopf und rühre die Nudeln durch, damit sie sich gut mit der Soße verbinden.

»Im Ofen ist Knoblauchbrot«, sage ich und stelle den Topf auf die Theke, um Pasta und Soße auf die Teller zu verteilen.

»Zitronenkuchen hast du auch gemacht«, stellt Gran mit einem Blick auf den Kühlschrank fest.

»Tate hat geholfen«, sage ich.

Sie war da für mich, diese ganze schreckliche Woche über, in der Mom sich vor mir versteckt hat und ich mit gesenktem Kopf herumgeschlichen bin, als wäre es eine Sünde, dass ich zu Jane gehe.

»Sie hat überhaupt viel geholfen«, antwortet Gran, während sie das Knoblauchbrot aus dem Ofen holt.

Tate war eine unglaublich große Hilfe: Sie hat mir die ganze Zeit den Rücken freigehalten und zwischen Mom und mir vermittelt. Ihr Essen gebracht, damit ich das nicht muss. Jede Stunde nach ihr geschaut, für den Fall der Fälle.

Das ist alles so unfair. Ich habe sie angelogen. Und die Moms auch. Nur damit meine andere Lüge nicht auffliegt. Aber statt mich einfach fallen zu lassen, hat sie dafür gesorgt, dass Gran meine Mutter zwingt, mich wieder in die Therapie zu lassen. Tates Hilfsplan für Penny. Ich habe einen Screenshot davon auf meinem Telefon. Den schaue ich mir vor dem Einschlafen immer an. Wie einen Talisman.

Vier Schritte als Anfang einer Klärung.

Vier Schritte als Anfang einer Heilung.

Wie viele Schritte mich wohl zu Tate führen würden?

Der einzige Parmesan, den wir haben, ist der in den kleinen Tütchen vom letzten Mal Pizzaholen, also reiße ich über jedem Pastateller eines davon auf und lade mir alle fünf Teller so auf die Arme, dass ich sie gleichzeitig ins Wohnzimmer tragen kann – mit der Leichtigkeit einer Kellnerin, die sich auch vom Sonntagvormittagsansturm im Blackberry nicht aus der Ruhe bringen lässt.

Gran kommt mit dem Knoblauchbrot hinterher und ich verteile die vollen Teller. Den Beistelltisch schiebe ich näher an Moms Sofa, damit die beiden gut drankommen.

Dann setze ich mich neben Tate, und erst in dem Moment fällt mir auf, dass wir uns aufgeteilt haben: die Mütter auf Moms Sofa, wir auf dem von Anna. Wie gegnerische Kriegsräte, die bereit sind, in zähen Verhandlungen zu einer Vereinbarung zu kommen.

»Das sieht köstlich aus«, sagt Anna. »Nehmt es mir nicht übel, wenn ich nur ein bisschen was esse. Ich bin ziemlich groggy von der Fahrt.«

»Willst du direkt ins Bett?«, fragt Tate und springt auf. Sie scheint bereit, sich ihre Mutter zu schnappen und ins Schlafzimmer zu tragen.

»Nein«, sagt Anna. »Lieber will ich wissen, was zur Hölle hier eigentlich los ist.«

Totenstille im ganzen Raum. Ich starre auf meine Pasta.

Anna zeigt auf Lottie. »Du hast geweint.«

Als Nächstes ist Gran dran. »Du bist total zugeknöpft seit diesem Anruf spätabends letzte Woche.«

Dann komme ich. »Penny ist ein Nervenbündel.«

Zuletzt nimmt Anna Tate ins Visier.

»Und du, Süße, kriegst immer ein Grübchen zwischen den Augenbrauen, wenn du ganz still für dich am Durchdrehen bist. Und dann noch dieses zertrümmerte Buntglas im Atelier. Wetten, das war kein künstlerischer Temperamentsausbruch?«

Mein Blick fliegt zu Mom. »Du hast sie zerschlagen?«

Sie kann mir nicht in die Augen sehen. Zuerst denke ich, sie wäre wütend, aber als sie mich nach einer Weile doch anschaut und sagt: »Ja«, ist da keine Spur von Wut.

»Es tut mir leid«, sagt sie. »Ich hätte sie nie zum Verkauf freigeben dürfen. Sie nie machen sollen. Nicht ohne vorher mit dir zu reden. Es hätte bei der Vorstudie bleiben sollen, etwas nur für mich.«

Was, wenn du aufhören würdest, dich zu verstellen?

»Ja«, sage ich. »Es hätte etwas nur für dich sein sollen.«

Annas Blick schießt zwischen uns hin und her. Sie versucht zu begreifen, worum es in unserem Gespräch geht, fügt die Puzzleteilchen zusammen.

»Ich will dir nicht wehtun, Penny«, sagt Mom.

»Dann hör auf damit«, antworte ich. Denn es ist wirklich so einfach. Es *sollte* so einfach sein.

Ist es aber nicht. Das wird ein langer Weg. Vielleicht dauert es ein Leben lang.

»Ich versuche es wirklich«, sagt Mom.

Aber diesen langen Weg wird es nur geben, wenn sie bereit ist dranzubleiben. Ich weiß nicht, ob sie das kann. Ich weiß nicht mal, ob ich das will. Ob gemeinsam zu heilen und zusammenzuwachsen besser ist, als zu heilen und uns voneinander zu lösen. Manchmal denke ich, es wäre gesünder, wenn wir einfach auseinanderwachsen. In mir ist ein Teil Hoffnung, dass das nicht passiert, aber ein anderer Teil fragt sich, ob das nicht unvermeidlich ist.

»Dann such dir Hilfe, allein bist du nämlich ziemlich schlecht darin«, gebe ich zurück. Das ist eine Herausforderung – eine, die sie im Moment wohl kaum annehmen kann. Sie war vor der Transplantation doch nur deshalb bei dieser Psychologin, weil sie Anna sonst nicht ihre Leber hätte geben können.

Ihr Blick lodert auf, aber ich starre einfach zurück, bin nicht bereit wegzuschauen. Ich kann nicht mehr so tun, als ob.

Wenn sie ihre Tochter will, wird sie mich so nehmen müssen, wie ich bin, nicht nur die Hülle, aus der sie mein Inneres herausgelöst hat.

»Das ist viel verlangt, Penny.«

»Ist es nicht«, widerspreche ich. »Wenn du's nicht für mich oder dich tun kannst, tu es eben für Dad.«

Ihre Finger krampfen sich um ihre Serviette, als ich ihn erwähne, anscheinend braucht sie etwas Vertrautes als Anker.

»Er hätte es gehasst, dich so zu sehen«, erkläre ich ihr, und das ist die Wahrheit. Es wäre furchtbar für ihn gewesen, sie so traurig zu sehen. So verloren. So wenig bereit, Hilfe zu suchen und anzunehmen.

»Ich hasse es auch, mich so zu sehen, Penny«, flüstert sie. Das ist alles, was sie mir im Moment geben kann. Das Elend anzuerkennen. Vielleicht kommen wir eines Tages an den Punkt, an dem es so groß wird, dass sie keine andere Wahl mehr hat, als sich helfen zu lassen. Aber das wird nicht heute oder morgen oder in einer Woche passieren. Es sei denn, sie überrascht mich. Das wünsche ich mir.

Doch egal, ob sie das tut oder nicht, Jane hat wohl recht: Es ist meine Sache zu entscheiden, ob mir ihre Veränderung ausreicht.

Und ich weiß, dass Mom und ich etwas haben, das ich mit Dad nicht hatte: Zeit, um es herauszufinden, wenn ich das will.

Mom und ich haben Zeit. Anna und Tate haben Zeit.

Aber was ist mit Tate und mir? Ich habe Angst, dass uns beiden die Zeit ausgeht.

63
Penny

11. August

»Ich glaub, wir haben uns verfahren«, sage ich.

»Haben wir nicht«, versichert Tate, während wir in ein besonders übles Schlagloch rumpeln und der Pick-up wild hin und her schwankt.

Nervös schaue ich nach hinten. Berry, die Bärenstatue, ist extra gut festgezurrt, aber der Asphalt ist schon vor zehn Meilen in Schotter übergegangen und das Straßenstück vor uns ist überhaupt nicht mehr befestigt.

Berry abzuliefern war von Anfang an ein Drama. Wir haben ewig gebraucht, um einen Tag zu finden, an dem wir beide freimachen können, und dann hatte Remi keine Zeit, um uns zu helfen, also karren wir diese gigantische Figur jetzt allein durch die Berge.

Berrys neue Eigentümerin wohnt im entlegensten Waldwinkel von North County. Ein passender Ort für einen Motorsägen-Bär, aber das Ding dort rauszuschaffen ist ein Desaster.

»Hier steht, wir sollen von der South Fork Road aus die erste rechts nehmen«, sagt Tate und zeigt auf die Papierserviette mit den hingekritzelten Angaben, die Remi mir gegeben hat. »Alle anderen Abzweigungen waren links. Es ist wohl einfach ein Stück weiter die Straße runter, als wir dachten.«

»Wir rufen sicherheitshalber besser an«, sage ich, nehme die Serviette und ziehe mein Telefon raus. Aber es gibt keinen Empfang. Keine Ahnung, was ich erwartet habe. So tief im Wald sind wir wirklich im Nirwana.

»Da!«, ruft Tate. »Da gehts nach rechts.«

Sie blinkt, pflichtbewusst wie eine kleine Pfadfinderin, obwohl wir die ganze Zeit keinem einzigen Auto begegnet sind. Fährt um die Kurve und – *kracks!* Auf einmal kippen wir nach rechts. Tate rutscht auf mich zu, nur vom Sicherheitsgurt gehalten, während sich die linke Seite des Pick-ups in die Luft hebt.

»Scheiße«, sagt Tate.

»Sind wir – was ist passiert?« Meine Schulter ist an die Tür gepresst, der Griff bohrt sich in meine Seite.

»Lass mich mal sehen«, sagt sie und löst mit einer Hand den Gurt, während sie mit der anderen die Tür aufstößt. Sie hievt sich raus und lässt sich nach unten fallen.

Ich höre, wie sie flucht, kann sie aber nicht sehen, also schnalle ich mich auch ab und klettere aus dem Wagen. »Tate?«

»Hier unten.«

Ich gehe um Grans Pick-up nach vorne, wo sie flach auf dem Rücken liegt und versucht, von unten einen besseren Blick zu kriegen. Jetzt, wo ich draußen bin, sehe ich, dass der Chevy zur Seite gesackt ist, das rechte Vorderrad ist schräg nach innen gebogen. Auf der Ladefläche lehnt Berry gefährlich weit zur Seite, einer der Spanngurte hat sich gelöst.

»Sind wir irgendwo dagegengefahren?«, frage ich.

»Ich hab das da erwischt.« Tate zeigt ein paar Meter nach hinten. Am Anfang der Kurve hat jemand eine lange Rinne gegraben. Eine Art improvisierte Bremsschwelle. »Ich bin im falschen Winkel rein. Die Achse hat was abgekriegt.«

»Scheiße.« Ich hocke mich neben sie und sehe mir den Schaden an. »Mit Berry hintendrauf ist der Wagen zu schwer, um ihn sicher aufzubocken.«

Tate windet sich unter dem Auto hervor und kommt auf die Füße. »Das ist auch schon egal. Wir können das hier draußen nicht reparieren.«

Ich schaue über die Schulter zurück und dann nach vorne die Straße entlang. Nichts als Wald.

»Wir sind mindestens acht Meilen von der Asphaltstraße entfernt. Vielleicht zehn«, sage ich.

Tate schaut zwischen den Bäumen hoch zum Himmel. »In einer Stunde wird es dunkel.«

»Und wir können nicht telefonieren«, sage ich. »Gran dreht durch, wenn wir nicht zurückkommen.«

»Kann doch sein, dass jemand vorbeikommt, oder?«, schlägt Tate vor.

»Vielleicht«, sage ich. »Hoffentlich.«

»Und die Moms haben die Adresse«, stellt Tate fest. »Wenn wir nicht wieder aufkreuzen, kommt uns irgendwer suchen.«

»Wird aber eine Weile dauern, bis die uns wirklich vermissen«, sage ich. »Wir sollten nachschauen, was wir haben.«

»Gute Idee.«

Es ist Grans Pick-up, also ist die Kiste mit Werkzeug und Ausrüstung unter Garantie gut gefüllt. Allerdings ist schwer an sie heranzukommen, weil Berry im Weg ist. Ich quetsche mich hinter die Statue, öffne die Kiste und reiche Tate alles, was wir brauchen können. Es gibt eine Wolldecke, ein Notfallkit mit Verbandskasten, eine Taschenlampe, Bärenspray, einen großen Plastikbeutel voller Snacks, zwei Behälter mit Wasser und drei Signalraketen, die ich in der Waldbrandsaison garantiert nicht abfeuern werde.

»Nicht schlecht«, sagt Tate und breitet alles auf der Heckklappe aus. »Verhungern werden wir schon mal nicht.«

»Auf Gran und ihre Süßigkeiten ist Verlass.« Ich fische eine Packung M&M's aus dem Plastikbeutel und reiße sie auf. Wir hocken uns neben den Snacks auf die Klappe und ich lasse die Beine baumeln. »Was machen wir die ganze Nacht, wenn wir hier feststecken?«

Ich habe die Frage kaum ausgesprochen, da zucke ich zusammen, denn – verdammt noch mal, Penny, wie peinlich ist das denn?

»Bei den Notfallsachen ist auch ein Kartendeck«, sagt Tate.

»Ach ja? Willst du spielen?«

Sie nickt und holt sie heraus, streift den Gummiring ab und beginnt die Karten zu mischen. Sie gibt jeder von uns zehn Karten aus, während ich die übrigen M&M's aufteile, damit wir was zum Gewinnen haben.

Wir spielen, bis es dunkel wird und die Grillen und anderen Nachtgeräusche im Wald immer lauter werden. Ich gehe nach vorne und stelle den Warnblinker an. Wir stehen zwar so weit am Rand, dass uns wohl keiner umfahren wird, aber man weiß ja nie. Tate packt alles zusammen, was wir brauchen, und bringt es ins Fahrerhaus, dann klettern wir beide hinein.

Es ist nicht mal zehn und ich bin hellwach, in meinem Kopf kreisen viel zu viele Gedanken.

»Was für eine Woche«, seufze ich und lehne mich auf der Sitzbank zurück.

»Was für ein Monat«, stimmt mir Tate zu.

»Was für ein Sommer.« Ich drehe den Kopf zu ihr, als ich das sage, und wünsche mir, sie würde auch zu mir herschauen.

»Der ist fast vorbei«, sagt sie.

Es klingt so, als fände sie das gut. Gut und irgendwie beruhigend. Aber mein ganzes Wesen sträubt sich dagegen, es fühlt sich an, als hätte mir jemand Hustensaft eingeflößt und behauptet, es wäre Ahornsirup.

Denn auf eine Art, die kaum zu fassen ist, hat mich dieser Sommer begreifen lassen, wer ich bin.

Ich kann mich nicht losreißen vom Anblick ihres Profils, das so stark und entschlossen wirkt. Ich will es auch gar nicht. Wenn ich sie nur lange genug anschaue, dreht sie sich vielleicht doch irgendwann zu mir. Und belohnt mich mit blauen Augen und einem Urteil.

»Tate, können wir darüber reden?«, frage ich.

»Ich weiß nicht …«, beginnt sie. »Was meinst du?«

»*Das.* Alles«, sage ich. »Ich weiß, ich hab mich schon ein paarmal entschuldigt wegen meiner Lüge den Moms gegenüber, aber …«

»Penny, lass.« Ihre Worte überschneiden sich mit meinen, als würde sie meine Gedanken kennen, bevor ich sie ausspreche.

»Es tut mir leid, Tate. Das mit Laurel und dem Parkplatz am Diner. Und dass ich deine Mom habe glauben lassen –«

»Ich mach das nicht mit«, sagt sie und sucht nach dem Türgriff.

Ich folge ihr. Dieses Mal wird sie mir nicht entwischen.

»Es tut mir leid, dass ich solchen Mist gebaut habe«, fahre ich fort, während ich hinter ihr hermarschiere. Sie ist jetzt ein ganzes Stück vom Pick-up entfernt, das einzige Licht kommt vom Mond und den blinkenden Warnlichtern, die ihren Rücken in einem klickenden Rhythmus tiefrot anstrahlen. Ich zögere, bleibe an der Heckklappe stehen. »Ich hätte deine Mom korrigieren können. Ich war egoistisch. Es war einfacher, als ihr den wahren Grund zu sagen. Aber nicht für dich, das tut mir leid.«

»Gut«, sagt Tate. »Es tut dir leid. Ich habs kapiert.«

»Auch andere Dinge tun mir leid«, fahre ich fort, denn ich spüre es: Was sie angeht, rinnt mir die Zeit durch die Finger. »Es tut mir leid, dass du deine Gefühle beiseiteschieben musstest, um mir helfen zu können.«

»Hab ich nicht«, wehrt sie ab. »Ich kann sehr gut wütend auf dich sein *und* dir helfen, beides zugleich. Das nennt man nuancierte Emotionalität.«

Ich lache, was vielleicht gerade nicht passt, aber sie ist manchmal so seltsam. Immer wieder überrascht sie mich.

»Da ist noch mehr«, sage ich. »In Yreka –«

»Nein.« Ihr Gesicht versteinert. »Ich rede nicht über Yreka. Das steht im Friedenspakt.«

Ich fahre mir mit der Zunge über die Lippen. »Okay. Dann will ich den Friedenspakt ändern.«

Die roten Lichter blinken jetzt in ihrem Gesicht und lassen das Blau ihrer Augen noch dunkler erscheinen. An ihren Zöpfen entlang kringeln sich unbändige kleine Härchen. »Penny.«

»Wir haben beide das Recht, Änderungen zu machen.«

»Penny.« Diesmal ist es kein Seufzen. Eher eine Warnung. Oder ein Flehen.

Ich setze mich über beides hinweg. Unser Timing passt nie. Also werde ich es passend machen. Denn uns geht die Zeit aus.

»Ich will über Yreka reden.«

Sie schnappt nach Luft, so heftig, dass es fast schmerzhaft sein muss. »*Du* wolltest das doch im Friedenspakt haben.«

»Ich habe es mir anders überlegt.«

In ihrem Gesicht blitzt Verärgerung auf. Das hier bringt sie zum Platzen, wobei mir das vorher schon klar war. »Warum?«

Vier Wörter. Wenn ich sie ausspreche, wird sich alles verändern. Ich weiß nicht, ob ich dafür bereit bin. Aber – oh Gott – ich bin jedenfalls bereit, es herauszufinden.

»Ich habe dich gehört.«

»Was –«

»In dem Motel. In Yreka. Ich habe nicht geschlafen.«

Das Erzittern zwischen uns ist wie flirrende Luft an einem heißen Tag. Es verändert, was wir wahrnehmen.

»Du …«

»Ich habe dich gehört.«

Ihre Hände verkrampfen sich. Ich will sie in meine nehmen. Sie beruhigen. Wie kann sie nicht wissen, dass es okay ist?

Weil es nie okay war.

Wir haben uns angezickt. Sie hat gewartet und ich bin weggelaufen. Ich habe gelogen und sie im Dunkeln gelassen. Wir haben Fehler gemacht, Falsches geglaubt und nicht über die richtigen Dinge geredet. Wir sind uns ausgewichen und wie Kaulquappen umeinander herumgezischt.

Wir haben zu viel verloren. Wir haben viel Gutes gewonnen, das dieses Zuviel an Verlorenem nicht wettmachen kann.

Wir sind hier. Wieder einmal sind wir *hier*. Sie und ich, wir atmen einander ein, werden zueinandergezogen von so viel Verschiedenem, dass ich nicht weiß, ob ich es in diesem Moment aufzählen könnte.

An so was wie Schicksal glaube ich eher nicht.

Aber an das hier glaube ich.

An sie.

An das *Wir*, das wir zusammen ergeben.

Sie starrt mich an. Der Warnblinker geht an und aus.

»Sag was. Bitte, Tate.«

»Du machst mich wahnsinnig«, sagt sie, aber statt sich von mir wegzubewegen macht sie einen Schritt auf mich zu. »Die einfachsten Dinge werden bei dir so furchtbar kompliziert.« Ihre Augen funkeln in dem roten Licht. Noch drei Schritte. Nur noch drei Schritte und sie steht direkt vor mir. Hitze durchströmt mich bei der Vorstellung. »Mit dir zusammen zu sein ist, wie in einem Labyrinth zu landen, ohne Führer, ohne Faden und ohne jede Orientierung.«

»Das Gleiche könnte ich über dich sagen!«, schieße ich zurück.

»Ich bin ein geradliniger, unkomplizierter Mensch«, erklärt sie. »Kein Labyrinth.«

»Machst du Witze? Unter der Oberfläche hast du so viel Zeug aufgestaut, dass du die Titanic versenken könntest.«

»Jetzt bin ich also kalt wie ein Eisberg?«

»Nein, du bist so tief und unerschütterlich wie ein Eisberg. Ein großer Unterschied. Du bist die, die mit der griechischen Mythologie angefangen hat! Wer macht denn so was? Soll ich in der Metapher etwa König Minos sein, der dem Minotauros Menschenopfer bringt?«

»Eher die Person, die sich dieses undurchdringliche Labyrinth ausgedacht hat«, erwidert Tate.

»Das wäre dann Dädalus.«

»Oh mein Gott, natürlich weißt du auch noch, wer diesen Irrgarten gemacht hat«, murmelt sie zum Himmel. »Siehst du, genau das meine ich: Ich benutze mal eben eine Metapher und auf einmal reden wir über Mythologie. Einfach« – Sie wirft die linke Hand in eine Richtung – »Kompliziert.« Die rechte Hand fliegt in die andere Richtung, ihre Arme sind weit geöffnet.

Ein Wink.

Also gehe ich auf sie zu.

Ein Schritt.

Zwei.

Und dann muss ich mich nicht mehr bewegen.

Denn sie überwindet den Abstand zwischen uns. Eine Bewegung wie ein Sprung, herzerschütternd und voller Hoffnung. Als sie zu mir herunterschaut, weiß ich es. Ich *weiß* es einfach.

Endlich passt das Timing.

»Du regst mich wahnsinnig auf«, wiederholt sie, aber viel weniger hitzig, jetzt, wo ich so nah bin. Ihre Hand schließt sich um meine und meine Finger finden ein neues Zuhause, sind geborgen in ihrer Handfläche.

»Du liebst mich«, sage ich und das Lächeln, das sich auf meinem Gesicht ausbreitet, ist eine Herausforderung, die gewagter nicht sein könnte. Furchtlos gegenüber der Wahrheit.

Sie starrt mich an, ihr Daumen reibt über meine Fingerknöchel. Ihrem Gesicht ist anzusehen, wie sehr sie mit sich ringt.

»Das ist okay«, sage ich. Ich beuge mich vor, mein Mund streift ihre Hand, die meine hält. Ich denke an die Veranda, an ihre Lippen auf meinen verbundenen Händen, zwei Jahre ist das jetzt her. Und an den Heuschober und dieses waghalsige Nimm-mich-Gefühl, das sie in mir ausgelöst hat. Ich denke an den Warteraum mit der tickenden Uhr, in dem wir gesessen haben. An all die frühen Morgenstunden und ihre bescheuerte Wasserflasche und viel zu viel Haferschrot. »Ich liebe dich auch. Schon lange, bevor ich es verstanden habe. Und als ich es dann kapiert habe, dachte ich, ich verdiene dich nicht. Ich *wusste* einfach, dass du was Besseres verdienst als mich.«

»Hey«, protestiert sie, immer bereit, mich zu verteidigen, sogar gegen mich selbst.

»Hey«, gebe ich sanft zurück, und dann mache ich mich lang, denn wenn sie sich nicht vorbeugt, muss ich mich auf die Zehenspitzen stellen, damit das hier klappt …

Aber dann tut sie es.

Ich strecke mich und sie beugt sich vor, ihr Arm umschließt meine Taille und meine Finger schlingen sich in ihre Gürtelschlaufen, und es ist wie bei all den Malen vorher, dieses Erschauern vor Nähe, bevor alles den Bach runtergeht.

Aber diesmal unterbricht uns niemand.

Diesmal zögere ich nicht.

Und sie auch nicht.

Diesmal finden ihre Lippen meine und sie schmeckt nach Erdnuss-M&M's, ich wohl auch. Sie nimmt die Hand von meiner Taille und legt sie um mein Gesicht, und dann küsst sie mich, als hätte ein Krieg uns getrennt. Ein Krieg, den wir selbst angezettelt haben. Ich kann nicht atmen. Ich kann nicht denken, auf die beste Art, die es gibt. Ich bin kurz davor, jetzt und hier zu sterben und im gleichen Moment neu geboren zu werden, besonders als ihre Finger diese Stelle unter meinem Wangenknochen berühren, von der ich gar nicht wusste, dass sie so besonders ist.

Was natürlich genau der Moment ist, in dem der Pick-up ein gewaltiges Ächzen von sich gibt – die Kombination von gebrochener Achse und dem Extra-Gewicht von Berry ist einfach zu viel. Er neigt sich jetzt noch mehr zur Seite, was nicht wirklich schlimm wäre, aber die Bewegung lässt den letzten Gurt, der Berry noch hält, mit einem Knall zerreißen.

»Scheiße.« Tate schubst mich genau in dem Moment weg, als Berry mit dem Kopf voraus in den Berghang kracht, wild entschlossen, wieder eins zu werden mit der Erde. Durch den Aufprall löst sich die riesige Brombeere und kullert an uns vorbei.

»Oh mein Gott«, sage ich in die fassungslose Stille hinein, während wir ihr hinterherblicken. Dann beginne ich lauthals zu lachen. »Was für ein beschissener Tag.«

Sie sieht mich an, und das Lächeln, das winzige Fältchen um ihre Augenwinkel zaubert, ist ein perfekter Freefall. »So schlimm, was?«

»Ein paar helle Momente hatte er schon«, sage ich, schiebe meine Finger wieder in ihre Gürtelschlaufen und ziehe sie zu mir.

»Ja?«

Diesmal küsse ich sie.

Diesmal dauert es sehr lang, bis ich ihr antworten kann: »Ja.«

64
Tate

11. August

Also ja.

Am Ende bin ich die, die zuerst einknickt. Später werde ich darauf bestehen, dass sie mich dazu getrieben hat. Aber ich mache den ersten Schritt. Ich küsse Penelope Conner mitten im Wald vor einer zwei Meter großen Bärenfigur, die uns gleich darauf fast zerquetscht, nachdem wir uns über griechische Mythologie und den Untergang der Titanic gestritten haben.

Der reinste Märchenstoff. Und das ist nicht sarkastisch gemeint.

Sie zu küssen ist, wie nach hundert Jahren wieder zum Leben zu erwachen. Es macht alles neu.

(Überall da, wo sie mich berührt, fühle ich mich neu.)

Sie zu lieben ist nicht neu. Das ist ein permanenter Zustand, an den ich mich gewöhnt habe.

Aber *von ihr* geliebt zu werden?

Das ist, wie zum allerersten Mal Wasser spüren.

Ich wusste es einfach.

(Bei ihr bin ich zu Hause.)

FRIEDENSPAKT VON PENNY UND TATE

(Geschlossen am 22. Juni,

ergänzt am 11. August)

- Wir verraten den Moms nicht das echte Datum von unserem Jahrestag. Das ist leichter, als das Ganze zu erklären.
- Ich stehe für dich ein.
- Du stehst für mich ein.
- Ich werde dich lieben.
- Du wirst mich lieben.
- Kann sein, dass das auch mal schwer ist.
- Aber meistens werden wir glücklich sein.

Danksagung

Ich hätte es süß gefunden, die Danksagung so anzulegen, dass sie sechs Teile hat, aber ich bin nicht ohne Grund Schriftstellerin. Zahlen sind noch nie mein Ding gewesen.

Auch ein Buch ist in gewisser Weise eine Gemeinschaftsarbeit und ich habe einigen unglaublich tollen, talentierten Leuten zu danken, die bei der Entstehung dieses Romans mitgewirkt haben.

Ein großer Dank gilt meiner Lektorin Lisa Yoskowitz, die mir und meinem Debüt vor langer Zeit den Weg in die Verlagswelt geebnet hat und der fast ein Jahrzehnt später gleich klar war, worum es mir bei meiner kleinen Ode an die Strukturen von Fanfiction und lesbischen Slow-Burn-Romanzen ging. Das Leben hat mir bei der Arbeit an diesem Buch viele Steine in den Weg gelegt – du hast darauf mit Gelassenheit und Anmut reagiert und mir immer mit gutem Rat beigestanden.

Danke auch an Rachel Boden, die wunderbare Lektorin der britischen Ausgabe, deren Einsichten und Anmerkungen mich ermutigt haben, mit meiner Geschichte noch mehr in die Tiefe zu gehen.

Zu danken habe ich auch meinem Agenten Jim McCarthy, der nach vielen Büchern voller Morde nicht mit der Wimper gezuckt hat bei der Ankündigung: »Ich hab da so ein Buch geschrieben, in dem es ums Sich-fast-Küssen und die Probleme der medizinischen Versorgung in ländlichen Gebieten geht …« Ich weiß dich und deinen guten Geschmack bei Cat-Cardigans wirklich zu schätzen.

Danke an Lily Choi, deren genaues Auge für Strukturen ein Segen für dieses Projekt war. Und danke an Caitlyn Averett für all die Unterstützung.

Danke an Kathleen Cook, deren Sinn für Details und Zeitabläufe höchst willkommen war – und wirklich nötig, denn ich hatte mich bei meinem Zeitraster gleich um ein paar Tage vertan!

Danke an meine wunderbaren Freundinnen, die sich immer wieder meine Klagen anhören mussten, dass es bei diesem Buch so schwer war, die Struktur richtig hinzukriegen: Elizabeth May, Charlee Hoffman, Dahlia Adler, Jess Capelle, Sharon Morse, R.C. Lewis, Romily Bernard und alle aus dem Trifecta.

Und danke an K. – schon wieder musstest du mit einem Waldbrand klarkommen, während ich am Schreiben war. Eines Tages werde ich es hinkriegen, nicht gerade in einer Deadline festzuhängen, wenn es ans Evakuieren geht, das verspreche ich dir, Liebling.

Carlsen-Newsletter: Tolle Lesetipps kostenlos per E-Mail!
Unsere Bücher gibt es überall im Buchhandel und auf carlsen.de.

Wir produzieren nachhaltig
• Klimaneutrales Produkt
• Papiere aus nachhaltigen und kontrollierten Quellen
• Hergestellt in Deutschland

FSC www.fsc.org MIX Papier | Fördert gute Waldnutzung FSC® C083411

Völckersstraße 14–20, 22765 Hamburg

Originalverlag: Little, Brown and Company; Hachette Book Group;
1290 Avenue of the Americas, New York, NY 10104
Originaltitel: Six times we almost kissed (and one time we did)
Umschlaggestaltung: formlabor unter Verwendung des Originalentwurfs;
cover artwork created with images from Shutterstock.com
Aus dem Englischen von Beate Schäfer
Lektorat: Brigitte Kälble
Herstellung: Björn Liebchen
Satz: Pinkuin Satz und Datentechnik, Berlin
ISBN: 978-3-551-58530-1